ミステリ

JAVIER CERCAS

テラ・アルタの憎悪

TERRA ALTA

ハビエル・セルカス

白川貴子訳

TOKYO HAYAKAWA BOOKS

A HAYAKAWA
POCKET MYSTERY BOOK

TERRA ALTA
by
JAVIER CERCAS

Translated by
TAKAKO SHIRAKAWA
First published 2024 in Japan by
HAYAKAWA PUBLISHING, INC.
This book is published in Japan by
arrangement with
AGENCIA LITERARIA CARMEN BALCELLS, S.A.
through JAPAN UNI AGENCY, INC., TOKYO.

装幀／水戸部 功

筆者のテラ・アルタであるラウル・セルカスとマルセ・マスに捧げる。

テラ・アルタの憎悪

登場人物

メルチョール・マリン……………………テラ・アルタ署の刑事
バレーラ…………………………………………同署長
エルネスト・サローム……………………同巡査長
ブライ
ピレス　｝…………………………………………同巡査部長
ゴマ・ミケル…………………………………トルトーザ署警部補
フランシスコ（パコ）・アデル……アデル美術印刷社長
アデル夫人……………………………………フランシスコの妻
ジョゼップ・グラウ………………………アデル美術印刷常務取締役
アルベルト・フェレ………………………同専務取締役
ロシータ…………………………………………フランシスコの娘。アルベルトの妻
マリア・フェルナンデス・ザンブラノ……アデル家の料理人
ジェニカ・アルバ…………………………アデル家の家政婦
オルガ……………………………………………メルチョールの妻
コゼット…………………………………………メルチョールの娘
ロサリオ…………………………………………メルチョールの母
ジル…………………………………………………囚人
カルメン・ルーカス………………………ロサリオの友人
ドミンゴ・ビバレス………………………弁護士

第1部

第1章

　メルチョールは、まだ仕事部屋にいた。夜勤が明けるのをじりじりしながら待っている。突然、電話が鳴りだした。署の受付デスクにつめている当直の同僚からだった。受話器の声が飛びこんできた。通報がはいった。アデルの屋敷で、人がふたり死んでいるそうだ。

「アデル美術印刷のアデルか？」

「そのアデルだ、場所はわかるか？」

「ビラルバ・デルス・アルクスの街道沿いだったな？」

「そのとおり」

「現場にはだれか行っているのか？」

「ルイスとマヨールがいる。たったいま、電話をしてきた」

「すぐに行く」

　それまでは、いつもと同じいたって平和な夜だった。夜も更けたこの時間、所轄署は森閑としてほとんど人影がない。部屋の明かりを消し、ドアを閉め、上着に袖をとおしながら、人気《ひとけ》のない階段を駆け下りる。署内はテラ・アルタに着任したばかりのころを思わせる深い静寂に包まれていた。ここへ来た当初は、都会の喧騒が恋しくて、しんしんとした田舎の静けさのなかではどうしても眠ることができず、小説や睡眠薬に頼って夜をしのいでいたものだった。いまの俺は、テラ・アルタに異動してきた四年まえの当時とは、まったくの別人になった。惚れこんでいる小説『レ・ミゼラブル』の、ひとりで相反するふたりの正反対の顔をもつ、犯罪者でもあり、法を守る男でもあるジャン・バルジャンとマドレーヌ氏みたいだと、メルチョールは思った。

一階に着き、武器庫から九ミリ口径のワルサーP99拳銃と弾薬箱を取りだしながら、胸のうちでつぶやいた。そういえば、ずいぶん長いあいだ『レ・ミゼラブル』を読んでいない。それに今朝は、妻と娘といっしょに朝食を食べるのをあきらめなくてはならないだろう。

車庫におり、パトカーにすべりこみ、署の向かいにある児童公園までオペル・コルサを走らせたところで、ブライ巡査部長に電話をかけた。

「よっぽど重要な用件でかけてきたんだろうな、このスペイン主義者」たたき起こされたばかりの寝ぼけ声で、巡査部長はぼやいた。「さもなければ、ただじゃおかないぞ」

「アデルの屋敷で、死体が二体発見されたそうです」メルチョールは伝えた。

「アデルだと？　どのアデルだ？」

「アデル美術印刷のアデルです」

「なんだと、ふざけるな」

「いま、パトロール中の警官から通報がはいったところで、ルイスとマヨールがもう現地にいます。俺も向かっているところです」

眠気が吹きとんだブライ巡査部長は、矢つぎばやに指示をだしはじめた。

「言われなくても心得ていますから」メルチョールはそれをさえぎって訊いた。「ひとつ確認しますが、サロームと鑑識係には俺から連絡しますか」

「その必要はない、私から連絡しておく。全員に報せなくてはならない。きみはぬかりなく現場を保存しろ、そして屋敷への出入りを封鎖して、それから――」

「心配いりませんよ、巡査部長」メルチョールは再びさえぎった。「あと五分で着きます」

「三十分ほどくれ」ブライは言い、メルチョールに対してというより、ひとりごとのようにつぶやいた。

「アデルときたか、ちくしょうめ。こいつはとんでもない大騒ぎになるぞ」

サイレンを鳴らさず、着脱式の回転灯も装着せずに、メルチョールは猛スピードでオペラ・コルサを走らせた。この時間のガンデーザは、警察署の無人の廊下や踊り場に負けず劣らず人影がなかった。まれに、サイクルウェアに身を包んだ自転車乗り、ランニングウェアでジョギングしている人、長い土曜日を過ごしてきたか、長い日曜日に向かおうとしている車とすれ違った。夜が白みはじめたテラ・アルタは、太陽の見えない一日を告げる灰色の空におおわれていた。上り坂を走り、ピケ・ホテルにさしかかったところでハンドルを左に切る。ビラルバ・デルス・アルクス街道に乗ってガンデーザを出ると、アクセルを踏みこんだ。数分ほど走り、舗装道路からそれて、土がむき出しの田舎道に入った。農家造りの広大な屋敷《マシーア》は、その百メートルほど先にあった。ツタにおおわれ、ガラスの破片を上に埋め込んだ高い石塀がぐるりと敷地をかこい、横幅のある茶色い鉄門が半分開いていた。パトカーが一台、夜明けのうす明かりにチカチカ回転灯の青い光を投げかけている。その脇では、ルイスが石のベンチで泣いている中南米人らしい中年女性をなぐさめているのが見えた。

メルチョールは車を降り、なにがあったんだとルイスに問いかけた。

「それが、わからないんだ」パトロール警官のルイスは、中年女性を示しながら答えた。「この人はこの家の料理人で、彼女が通報者なんだが、屋敷のなかで人がふたり死んでいると言っている」

女は全身をわななかせ、膝の上で両手を握りあわせながら、涙でぐっしょり顔を濡らして鳴咽していた。落ち着いてもらえるように、メルチョールはルイスと同じ質問をしてみたが、怯えきったまなざしと意味不明の片ことしか返ってこなかった。

「マヨールはどこだ？」メルチョールが訊くと、

「なかにいる」とルイスは答えた。

門に規制テープをはって立ち入り禁止にしてから、この人についてここにいてくれ、もうすぐほかのみんなが到着する。ルイスにそう頼んでから、メルチョールは中門をくぐり、屋敷へ向かった。中門には、作動停止状態の防犯カメラが二台設置されていた。足ばやに小径をすすみ、手入れのゆきとどいた庭を横ぎる。青あおとした芝生には柳、桑や桜の木が点在し、バラ、ジキタリス、ヒナギク、牡丹のほかに、ユリ、ゼラニウム、スミレ、ジャスミンが植えられていた。角を曲がると、重厚な木製の扉をかまえた古めかしい三階建ての屋敷が目に飛びこんできた。正面に堂々とした分厚い木製の扉があり、鉄格子をめぐらせたバルコニーをつけた家だった。最上階にならんでいる窓には、装飾を施したひとつづきの軒蛇腹《コーニス》がついていた。大扉の脇の柱に身を寄せているマヨールが目に入った。軽く腰を落とし、両手で拳銃をかまえている。茶褐色の壁のまえで、濃紺の制服が鮮やかな輪郭を浮きあがらせていた。メルチョールを認めたマヨールは、こっちへ来いというように手招きした。

扉のまえの地面に独特な模様のわだちが刻まれているのに目をとめながら、メルチョールも拳銃を抜き、近づいていった。門扉は半開きの状態になっている。反対側の脇柱に背中をつけ、「屋敷のなかに入ったのか？」とマヨールに訊いた。

「まだだ」

「屋内にはだれかいるのか」

「わからん」

錠前を見る。こじ開けた形跡はなかった。次にマヨールを見た。びっしょり汗をかき、目に恐怖の色をにじませていた。

「俺のあとについてこい」

声をかけて扉を蹴り開け、屋敷のなかへと踏みこんだ。マヨールをしたがえてそろそろと足をすすめ、うす暗がりのなかで一階を点検する。玄関ホールにはコート掛けがある。つぎにチェスト、本をならべたガラス棚。ひじ掛け椅子。エレベーター。バスルーム。衣装戸棚つきの寝室が二部屋、ベッドはきれいに整えられている。陶器の水差し、ワインをぎっしりならべたワインセラー。つづけて石造りの階段を二階へあがると、天井から吊るされたランプに照らされた大広間が開けた。そこで目にしたものに、メルチョールは圧倒的な非現実感に突きおとされ、しばらくのあいだ、衝撃のあまりその場に棒立ちになった。われにかえったのは、マヨールが苦悶のうめき声をあげて嘔吐したときだった。

「なんてこった!」パトロール警官は胆汁と胃のなか身が混じりあったものをぺっぺっと吐きだし、声を絞りだした。「いったい、なにがあったというんだ」

それはテラ・アルタに来てから、メルチョールがはじめて遭遇した殺人現場だった。殺人事件には何度も遭遇してきたが、これほどのものにはお目にかかったことがなかった。

赤や赤紫が入りまじった肉塊がふたつ、ひとつはソファに、もうひとつはひじ掛け椅子に乗って向かいあっている。どちらも血液、内臓、軟骨、そして皮膚が混ざったドロドロの液体に浸かっている。それが床にも壁にも、はては暖炉にまで飛びちっていた。空気中には、血の匂い、肉の苦痛と拷問の匂いが漂い、その場面を目撃していた四方の壁が、苦悶の絶叫を閉じこめているような、奇妙な感覚を起こさせた。しかし同時に、メルチョールはあたりの雰囲気に——それがなによりも彼を落ち着かなくさせたのだが——ある種の歓喜とも、陶酔の香りとも呼べそうな空気も感じとった。それは言葉にならない感覚だったが、言葉にすれば、不気味なカーニバルのお祭り騒ぎ、狂気の儀式、享楽めいた人身御供の儀式とでも表現することができそうだった。

メルチョールは情況証拠を踏まないように用心しながら、魅せられたように、おぞましいふたつの肉塊に向かった（床には、引き裂かれた血まみれの布片が二枚落ちていた。猿ぐつわをかませるのに使ったのだろう）。ソファまで近づくと、血みどろのふたつの塊が入念な拷問を受けたすえに切り刻まれた、男女の死体であることがわかった。眼球をくり抜かれ、爪がはがされ、歯を抜かれている。耳と乳首も切り落とされ、あたりに撒きちらされているのは、切り裂いた腹から引きずり出された内臓だった。残された部分には、白っぽい灰色の髪、たるんだ肉をつけた手足（あるいはその残骸）があり、被害者ふたりが高齢であることが見てとれた。

ぼんやりした天井のランプが映しだしているその光景には、いつまでも目をとらえて離さないような吸引力があった。

「これはアデル家の人たちか？」メルチョールは訊いた。

マヨールが数メートル離れた場所から近づいてきたので、同じ問いを繰りかえした。

「そうだと思うね」とパトロール警官は答えた。

地元紙や地域の印刷物にのっていた写真を見たことはあったが、メルチョールは直接アデル夫妻に会ったことはなかった。無残な姿になりはて、もはや生前の面影はどこにも残されていない。

「ここにいて、だれにも指一本、触れさせないようにしてくれ」マヨールに言った。「もうすぐブライ巡査部長がやってくる。俺はひとっぱしり、屋敷のなかを調べてくるからな」

農家は巨大で、数えきれないほどの部屋があった。古い構造をそのまま残し、それ以外の部分はすべてが新しくしつらえてあるため、まるで建築雑誌に出てくるような家だった。二階と三階のあいだに、かつては物置だったのだろうと思える小さな部屋があった。画面が消えたモニターパネルがずらりとならび、警備管制室になっていたが、モニターはすべて電源が落とされていた。

三階に上がると、ホールがあった。六つのドアに面し、そのうちのふたつが観音開きに開いていた。ひとつ目のドアは、ダブルベッドが置かれた寝室だった。めちゃくちゃに荒らされている。ベッドはシーツが剝ぎとられ、枕、羽布団、マットレスもずたずたに切り裂いて投げ捨ててあった。ナイトテーブル、チェストや洋服簞笥も、ひっかきまわしてなかのものが放り出され、椅子やひじ掛け椅子がひっくり返され、洋服、下着、寝まきが床に散乱し、ガラスと金属の破片も落ちていた。これはSIMカードを抜きとってからたたき割った携帯電話の残骸だった。薬瓶、ローション、フェイスクリーム、靴、スリッパ、雑誌、新聞、印刷物、グラスやカップの破片、なか身を空けた宝石箱。木と象牙でできた高価な十字架、イエスの聖心の油彩画、銀の枠に入った家族写真。壁にかかっていたものも、時代がかった床のタイルにたたき落とされていた。

ここが老夫婦の寝室だったのだろうと思いながら、狼藉をきわめた室内をみまわし、メルチョールは疑問をおぼえた。犯人はただの押し込み強盗だったのか？それとも、なにか目当てのものを探していたのか。それは見つかったのか。徒労に終わったのか。

つづけて、ドアが開いているもうひとつの部屋に入った。そこにはもうひとつ、死体があった。藁色の髪と抜けるように白い肌をした、頑健な身体つきの女性だった。寝乱れたままのベッドの横で、仕切りに背中をもたせかけ、床に座ったかっこうで、肩にがくりと頭をたれている。クリーム色の寝まきにブルーのガウンを着て、悪魔を見たかのように目を見ひらき、額に硬貨大の穴があった。そこから流れ出た血が、鼻から口へとまっすぐに乾いた筋をえがいている。残りの四部屋——居間がひとつと寝室がみっつ——も調べてみたが、変わったところはみられない。メルチョールはそれから四階にあがり、屋根裏部屋を調べた。すぐに、侵入者はここには入っていないことがわかった。窓に近づき、外をのぞくと、門のまえに車が五台停まっているのが見えた。切りあげて下に降りることにした。

二階ではブライ巡査部長とサローム巡査長が老夫婦の遺体を検分していたので、メルチョールもふたりに加わった。そのうしろでは、駆けつけた鑑識班の三人がケースから道具類を取りだし、黙々と準備をすすめている。メルチョールに気づいたブライが訊いた。

「死体はこれだけか?」

ブライは四十五歳になったばかりだが、その年齢よりも若く見えた。ぴったりしたジーンズをはき、胸と二の腕の筋肉が目だつ縞模様のTシャツを着て、剃りあげた頭、正直な青い目をしている。その目に驚愕と嫌悪の色をにじませて、虐殺現場を観察していた。

「もう一体、女性の死体がありました。一撃で射殺されていますが、拷問は受けていません」

「おそらくルーマニア人の家政婦だろう。料理人の話では、夫婦の近くで寝ていたらしい」ブライが言った。

「夫妻の寝室はめちゃくちゃに荒らされています」メルチョールはつづけた。「おそらく主寝室でしょう。床に破壊された携帯電話がありました。入念に壊していったようです。表にタイヤの痕がありましたね、気がつきましたか?」

死体に視線をすえたままで、ブライはうなずいた。

「どうもその点だけがひっかかるんです。それ以外は、すべてがプロの仕事であることを示しているのに」メルチョールが言った。

「それとも、頭がおかしいやからのな」ブライは意見をだした。「悪魔に取りつかれた連中かもしれん。そうとでも考えなければ、ここまでのことをやってのけられると思うか？」

「それは俺もすぐに考えました」メルチョールが言った。「これは儀式だったんだと。しかし、どうやらそうじゃない」

「その理由は？」ブライが訊き、メルチョールはさあ、と肩をすくめてから説明した。

「門扉にはこじ開けた形跡がない。防犯カメラと警報機も電源が切られている。携帯電話を破壊して、わざわざＳＩＭカードを抜きとった。履歴を消すために。被害者が意識のある状態で、拷問をくわえている。これはプロの仕事です。しかし宝石や現金を狙った強盗だった可能性もあるでしょう。金庫はどこにも見あたりませんでしたが。それにしても、泥棒がここまでのことをして、なんになるんです？　なにかを探していたのかもしれない。そのための拷問じゃないですか」

「そうかもしれん」ブライが言った。「いずれにせよ、プロが気の触れた人間であってもおかしくない。儀式にしてもそうだ。サローム、きみはどう考える？」

巡査長は自分が見ているものが信じられないように、催眠術でもかけられたような目で老人たちの死体を見つめていた。いつもの落ち着きが消え失せ、やや青ざめて顔をゆがめ、上唇をわずかに震わせながら、口で息をしている。顎と口まわりにたっぷりとひげをたくわえ、肉づきのいい体軀をして、時代遅れの眼鏡をかけているサロームは、ブライよりほんの数歳しか年長でなかったが、見た目はブライよりずっと年上に見えた。

「私も、この時点でプロの仕事と考えるのはどうかと思う。たしかに、頭がおかしい連中のしわざだったのかもしれない」サロームは答えた。

「アデルたちとは知りあいだったのか？」ブライが問いかけた。

「この老夫婦と？」サロームは死体の方を示し、訊きかえしてから答えた。「ええもちろん。娘さんとその夫が、幼いころからの友人なので」そしてメルチョールに顔を向け、つけ加えた。「きみの奥さんも、娘夫婦のことはよく知っているぞ」

三人はしばらく黙っていた。サロームの唇の震えは、そのあいだになんとか収まった。ブライ巡査部長はたため息をつき、やむを得ないという調子で告げた。

「トルトーザ署に連絡する。われわれの手に負える事件ではないからな」

巡査部長がトルトーザ署の地方捜査局と電話で話しているあいだ、メルチョールとサロームはまだ殺戮の現場を見ながらそこに立ち尽くしていた。

「俺がなにを考えているかわかるか?」メルチョールが言った。

サロームは少しずつショックから立ち直ってきたように見えた。

「なにを考えている?」

「俺がここに移ってきた日に、あなたに言われたことを」

「なんて言ったんだ?」

「テラ・アルタでは事件など起こらない、ってね」

メルチョールは刑事課の同僚ふたりの助けを借りて警備システム制御室を調べ、警報機と防犯カメラが金曜の夜十時四十八分から一日半にわたり、スイッチが切られていたことを突きとめた。そのとき、パトロール巡査のひとりが、もとは倉庫だった警備制御室のドアから顔をのぞかせ、メルチョールに伝えた。

「トルトーザ署からゴマ警部補が到着した。バレーラとブライから、すぐに来いとの仰せだ」

朝の九時には、ブライ巡査部長が率いるテラ・アルタ署刑事課の全員が、アデルの屋敷に顔をそろえた。つまり、署長であるバレーラ警部補以下、テラ・アルタ署に所属する全警察官の半分が屋敷に集まっているということである。屋敷には封鎖テープがはられ、二時間ほどまえから、あたりは静かな狂乱状態におちいっている。制服警官と私服警官が入りまじって忙しく行きかいながら、情報を交換し、メモをとり、写真を撮り、指紋を採取し、現場の保存につとめつつ、犯行の解明に有用な客観証拠を捜し、なにか見つけたかそれとおぼしきところに番号札を置いていた。門のまえに制服警官がふたり立ち、しばらくまえからつめかけているやじ馬や報道関係者を押しとどめている。だが群衆は増えるばかりだった。蒸し暑い朝で、夜明けの灰色の空には乱雲がわきあがり、雨になりそうな雲ゆきだった。

二階の広間ではバレーラ警部補とブライ巡査部長が、ひとりの男と話していた。メルチョールは、あの男がトルトーザ署の地方捜査局を指揮する新任のゴマ警部補だろうと推測した。その隣に立っているやせっぽちのきりりとした三十がらみの女性警官は、褐色で巻き毛の短い髪をし、タブレットのアイパッドを手にして、鎖骨のくぼみに赤いハートに矢が刺さったタトゥーがあった。ピレス巡査部長だ。トルトーザ署の会議で何度か見かけたことはあったが、タトゥーをしていたことには気づかなかった。最近入れたばかりなのかもしれない。四人の上司が死体を検分しているそばでは、科学警察局の鑑識官たちが立ちはたらいていた。白いつなぎ、青い手袋と足カバー、グリーンのマスクをつけ、小声でささやき交わしている。バレーラ警部補とブライ巡査部長は、到着したばかりのふたりにこの凄惨な現場を説明しているのだろう。メルチョールはそう察し、彼らもいつまでも死体から目を離すことができないんじゃないかと思いながら、少し離れて立っていた。ブライ巡査部長は、だれの目にも明らかなはずのことまで含め、アデル夫妻が受けたと考えられる拷問についてひとしきりふたりに説明していたが、メルチョールがそこにいたことに気づくと、ゴマ警部補に紹介した。ゴマは興味と不信が混じりあったような顔で握手の手を差しだした。

「きみが最初に現場に到着した刑事か？」

「はい。通報があったときに当直だったので」

死体に背を向け、広間の中央へ向かって歩きながら、メルチョールはゴマ警部補に最初の状況を説明した。ほかの者もあとにつづいた。ピレス巡査部長はアイパッドでメモをとり、ブライ巡査部長は、ときどき口をはさんでメルチョールの説明に言葉を補足した。ゴマはメルチョールの報告を聞き終えると、少し考えてから、屋敷の入り口に何人か残し、残りの全員を一階に集合させてくれとバレーラ警部補とブライ巡査部長に頼んだ。

五分後、ゴマ警部補とバレーラ警部補をかこみ、一階のホールに警察官の人垣ができた。ゴマは全員に向けて話しはじめた。鑑識官たちに顔を向け、手短にすませるつもりだと約束してから、本事件の重要性とメディアに与える影響は、どれほど誇張しても足りるものではない、と話を切りだし、言葉をつづけた。重大事件であるから、諸君は激務になるのを覚悟してもらいたい。ここにいる者だけではとうてい手に負えない。したがって午前中に、トルトーザ署から引きつづき援軍が送られてくる。犯罪現場は可能なかぎり保存しなくてはならない。よって鑑識の者以外は、二階への立ち入りを控えてもらいたい。鑑識官は屋敷を区画にわけ、隅ずみまでミリ単位で這いずりまわってくれ。どれほど取るに足らない些細なことでも、見逃してはならない。ゴマはそう話してからピレス巡査部長を指し、彼女に鑑識捜査の実施と、報告書作成の責任を担ってもらうことにする。証拠収集を一元化し、ピレス巡査部長に提出するために、テラ・アルタ署の鑑識班から代表をひとり選んでほしいと言い、問いかけるようにブライ巡査部長を見た。

「シルヴェン」ブライはオーバーオールの作業衣を着てフードから卵型の顔をのぞかせている、リスのような目をした警官に呼びかけた。「引き受けてもらえるか？」

シルヴェンは承知しましたと答えた。ゴマ警部補は満足した顔になり、ぐるりと全員をねめまわした。冷ややかなまなざしの中背の男で、銀髪をきっちりと右分けにし、混紡のベージュのスーツに白いワイシャツを着て、茶色いネクタイを締めている。小ぶりの四角い縁なし眼鏡のせいで、どことなく学者めいた雰囲気を漂わせていた。

「私の話は以上だ。もういちど言っておくが、どれほど些細なことでも注意してもらいたい。不明な点があれば質問してくれ。いま言ったことは理解してもらえただろうか」一同がうなずく。

「それでは諸君、任務にもどってくれ」ゴマは締めくくった。一行はざわざわと解散し、メルチョールもその場を離れかけた。すると、ゴマ警部補に呼びとめられた。

「きみの意見を聞かせてもらいたい」と、ゴマはメルチョールに問いかけた。バレーラ警部補、ピレス巡査部長とブライ巡査部長もその場にとどまっていた。

「きみはなぜ、これをプロのしわざと考えているんだね？」

「手ぬかりがないからです」メルチョールは答えた。

「少なくとも一見したかぎりでは。タイヤのわだちを残していった点をのぞけば、ですが」

ブライが割りこんで言い添えた。「あれはコンチネンタル製のタイヤ痕でした。しかし、車種までは特定できないでしょうな」

「わだちの痕は、手ぬかりではなかった可能性もあるだろう」ゴマが言い、「過失と考えるには、あまりにも明らかすぎる。われわれを欺くためにわざと残していったのかもしれない」とその理由を説明した。

ゴマの言葉で一同は考えこむように黙ったが、ブライ巡査部長が沈黙を破って言った。

「私の感触でも、プロの仕事であると考えていいものかどうか、決めかねますな」

バレーラ警部補もブライの意見を支持した。「私も同意見だ。それに、いたるところに指紋を残しているからね」

「おそらくほとんどが被害者のものでしょう。そうでなければ、家族のものかもしれない」メルチョールが意見を述べた。

「家族といえば、もう連絡はしたのか?」ゴマが訊く。

「まだです」ブライが答えた。

「なにをぐずぐずしているんだ。それから、家族に報せるときに、指紋も採っておく必要がある。この二日間、屋敷にいた者全員の指紋も採っておいてくれ。犯人の指紋を割りだすことができるように。見つけることができればだがね」

ピレス巡査部長はアイパッドにゴマの指示を書きとめていた。ブライ巡査部長はだれかを探すように顔を動かしていたが、見つからなかったとみえ、ホールを出ていった。ゴマ警部補は無言で二階に向かいながら、ついてきなさいとメルチョールに声をかけた。バレーラ警部補とピレス巡査部長もそのあとにつづいた。二階の広間に出たゴマは、しばらく死体を眺めてから、床を汚しているドロリとしたものを指した。

「これはなんだ、だれかわかる者はいるか?」

「俺といっしょにここに入ったパトロール警官が、吐いてしまったんです」メルチョールが答えた。

「吐き気に見舞われたのは、その警官だけじゃありませんよ。それより少しばかり慎重にふるまったというだけで」

そう言ったバレーラ警部補は、ゴマ警部補からかすかに冷笑を浮かべた視線を投げられ、不満そうに顔をそむけると、腹をさすりながらぼやいた。

「先にひとこと、教えてもらえればよかった。朝食をすませたばかりだったから、肝臓までぜんぶ出してしまったよ」

テラ・アルタ署長のバレーラは、これを掃除しろと部下に命じたものの、鑑識の仕事が終わるまでは現場に手をつけてはならないとゴマに注意されるまえに、あわててその指示を撤回した。ブライ巡査部長がもどってきて再び一行に加わった。

ゴマ警部補は、そこにいる一同に宣言した。「この事件のための特別捜査チームを編成する。トルトーザ署から、ピレス巡査部長のほかに五人を割りあてることとする。テラ・アルタ署からも、二名を供出してもらえるか」

「必要なことはなんでもしますよ」バレーラ警部補が請けあった。

ゴマはメルチョールを指し、

「ひとりはこの若い警官にしてほしい。もうひとりは、この地域に詳しい者がいい。ここに住んでいる者を選んでくれ」と頼んだ。

ブライ巡査部長が言った。「適任者がいます。家族と友人づきあいをしている男です」

「アデル夫妻の家族とか？」

「はい」

「ここに呼んでもらおうか」

「じつは彼には、ついさっき家族に知らせてくるように命じたところでして」

「もどってくるように伝えてくれ」

ブライは一行から離れ、てばやく電話をかけてからすぐにもどった。間もなくサロームがあらわれた。ゴマは握手をしてから、老夫婦の死体を示し、きみはこの人たちを知っているかと訊ねた。

「テラ・アルタでこのふたりを知らない人はいませんよ。小さなところですから」サロームは答えた。

「個人的な交友があったのかという意味だ」

「ええ。私はガンデーザで生まれ、この人たちと同じように、ほぼずっとこの土地で暮らしてきたので。といっても、夫人の出身はべつの場所です。テラ・アルタに長く住んでいましたが。私は娘夫婦と親しくしているんです。とくに、義理の息子と」

「夫婦にはそのほかにも子どもがいるのか?」

「いいえ。私の知るかぎりでは、ほかに肉親もいません」

ゴマ警部補は、アデル家がこのテラ・アルタで最も裕福な家だというのはほんとうかと訊ねた。サロームはうなずいた。

「アデル老人は一流の実業家でしたから、ガンデーザの半分が彼のものです。もちろん、アデル美術印刷も」

バレーラ警部補が口を添えた。「いろいろな紙製品を製造している会社です。カップケーキの紙型、焼き菓子の敷紙、チョコレートの化粧箱、色厚紙。それに卵の紙パックやら、アーモンドミルクのパックやらを。テラ・アルタではいちばん羽振りのいい企業です」

サロームも説明を加える。「本社は、テラ・アルタ郊外のラ・プラナ・パルク工業団地に置かれています。そのほかに、東欧やラテンアメリカの各地にも子会社をかかえています」

「だれが総指揮をとっていたんだ」

「統括していたのはだれかという質問ですか?」サロームが問いかえし、ゴマはうなずいた。「アデル老人でした。そのほかに事業をまとめる番頭役の、常務取締役がいます。娘婿は、専務取締役です」

「きみの友人という人だね」

「ええ、アルベルト・フェレという名前です。しかし会社の権限はアデル老人が握っていましたし、重要な決定をくだしていたのは老人の方でした」

「何歳になっていたんだ?」

「さあ、私は知りませんが、九十代であることは間違いないでしょう」

ゴマ警部補は年齢を聞くと眉をあげ、ぎゅっと口を結んで感心したふうにいやいや、と首をふった。そしてまだそこにいるのを確認するように、老夫婦の遺体に視線を向けた。ピレス巡査部長もいっしょになってその方向に顔を向けた。メモをとる手をとめ、ゴマの言葉を待ちかまえている。バレーラ警部補とブライ巡査部長は、少し離れたところで話をしていた。メルチョールはピレスの胸元のタトゥーに目をとめ、なにか文字が書かれているらしいと思ったものの、読みとることはできなかった。

「アデルの傘下にある会社をすべて書きだした資料を作成してくれるか」ゴマは唐突に、ピレス巡査部長に向かって言った。ピレスは言われたことをメモに書きとめた。「午後の会議で使いたい。会議は何時からだったかな」

「五時です」アイパッドに目を落としたままでピレスが答えた。

「それまでに間にあうか?」念を押したゴマは、ピレスのはいという返事を聞いてから、メルチョールとサロームに視線を移した。「きみたちも参加してくれ。所轄署での会議だ」

メルチョールとサロームは、了解しましたとうなずいた。

「もうひとつ、教えてもらえるか」ゴマはサロームに訊ねた。「アデルたちには敵が多かったんじゃないのか?」サローム巡査長が答えにつまっていると、ゴマは言葉をつけ足した。「つまり、彼らを嫌ったり憎んだりしていた人が、という意味だ」

「それほど多くはなかったと思いますが。なぜそう思われるんですか?」サロームは問いかえした。

「金持ちには敵がつきものだからな。金持ちであればあるほど、敵が多いのが世の常というものだろう」とゴマは説明した。

「アデル夫妻の場合はどうでしょうね」サロームは疑わしそうに言った。「少なくともこのテラ・アルタでは。それというのも、アデルさんのおかげで仕事にありついていた人が大勢いましたから。この郡の半数の人が、彼のもとで働いているようなものなんです。それに夫妻は敬虔なキリスト教の信徒でしたし。オプス・デイに参加していたほどの。それについては分別をもって行動していましたがね。控えめで禁欲的な夫妻でした。この土地のみんなと知りあいで、面倒見が良かったですからね。ここではむしろ、好かれていたんじゃないですか。家族たちもそうです」

バレーラ警部補とブライ巡査部長も、個人的な印象やそれを裏づけるデータをあげてサローム巡査長の意見を支持し、ピレス巡査部長がそれを丹念にアイパッドに入力する。意見が出つくしたところで、サロームが言った。

「私はそろそろ、家族に事件を報せにいかなくてはなりません」

「そうしてくれ、そうしてくれ」ゴマ警部補がねぎらった。「指紋を採ってくるのを忘れないように。ところでブライ、判事にはもう連絡してあるのか？」

「はい、そちらに電話してからすぐに。こちらのきりがついたら知らせてほしいとのことでした」

「では連絡してもらおうか」

ブライ巡査部長は鑑識班が現場検証を終えた隅の一角へ電話をかけにいき、そのとちゅうでバレーラ警部補を探していたパトロール警官と顔をあわせ、用向きを聞くと、ちょっと外しますとことわり、いっしょに広間を出ていった。いっぽう、ゴマ警部補はピレス巡査部長に指示を与えはじめた。職務にもどるいいタイミングと判断したメルチョールは、その場を離れかけたが、ゴマにまた呼びとめられた。

「ちょっと待っていてくれ、まだ話があるんだ」

メルチョールは言われたとおりに待機した。そのあいだに、トルトーザ署から送られてきた鑑識課員二名が機材ケースを手に、急ぎ足で入ってきた。ふたりは死体のまえでしばらく呆然と立ちつくし、それからシルヴェンに歩み寄ると、打ち合わせをしながら、作業衣、靴カバー、手袋、マスクをてきぱきと身につけていった。メルチョールのすぐそばでは、しばらくまえから同僚の鑑識班の女性がサイドボードで筆を動かし、指紋を採取していた。ピレス巡査部長の携帯電話が鳴りだし、ゴマ警部補が電話に出るように言った。

ピレスは人さし指を立てて「少しお待ちください」とゴマにことわり、「新聞社のロペス記者からです」と教えた。

ゴマ警部補はそれを聞いてメルチョールの腕をとると、隅の三階へあがる階段のそばへ連れていき、「きみのことは、バレーラとブライから聞かせてもらったよ」と、いきなりうちとけた口調になって用件を切りだした。

腕をつかんでいた手を離したゴマは、眼鏡の奥の目がそれまでの冷ややかさに加えて冷たい光をおび、探るような色を浮かべていた。メルチョールはなにを言われるのかすぐに察したが、その視線に耐えてゴマを見つめかえした。

「きみの噂はこれまでにもずいぶん耳にしていた。テロ事件からどれくらい経つ？　四年、いや五年くらいか？」

四年です、と答えると、ゴマはしきりにうなずきながら言った。

「あれはお手柄だったな。日ごろから心がまえがしっかりしていなくては、ああいうことはなかなかできない。よくやった」眼鏡をはずして息をふきかけ、ハンカチの角でレンズを拭きながら、ゴマは言った。「しかしね、必ずしもいい噂ばかりではない。きみも、そのことは知っているんだろう？」

もちろん、メルチョールはそれを知っている。テラ・アルタに配転されてからはとくに、伝説めいた噂がまことしやかにささやかれていることは知っていた。

だがほとんどが、根も葉もない憶測でしかなかった。よく知っている、しかしもう以前の自分とは違う、この四年間で変わったし、いまでは妻と子がある身になり、まったくべつの人生を歩んでいる、そうゴマにほんとうのことを答えるべきか、メルチョールは一瞬、逡巡した。しかしうまく伝えられないだろう、面倒なことになるのは避けたいと思いなおし、返事を控えた。

ゴマは少し待っていたが、眼鏡をかけなおし、顔をつきあわせるようにしてこう言った。

「わかってもらいたいのは、公私混同してはならないということなんだ。自分がチームの一員であることを忘れてしまう人がいるものだが、私はそうじゃない。捜査はチームワークだからね。そのことを忘れずにいてもらいたいんだ。せめて私の下にいるあいだはな。きみを指名して、捜査チームに加わってもらっただろう？　きみを信頼しているからだよ。きみは信頼できる男だと聞いたんでね、だから信頼を裏切らないでくれるか。私の捜査チームでは、集団のひとりでしかないことをしっかりと自覚してくれ。話はそれだけだ。共同作業の一員、ということだ。わかってもらえたね？」

メルチョールはうなずいた。

「それを自覚してもらうことが大切なんだ」ゴマは念を押した。「もし納得がいかないと思えば、遠慮なくそう言ってくれ。事件の担当からはずして、穏便にとりはからうよ。きみにとっても私にとっても、そうするのが最善だからね。事件の捜査にとってもな」

メルチョールはまたうなずいてみせた。

「よかった。わかりあえて安心したよ」ゴマは歯をのぞかせて、満足げにほほ笑んだ。

ピレス巡査部長は電話を終えてから、男同士の密談を少し距離をあけて見守っていたのだが、話が終わったところで近づいてきた。ゴマはピレスに聞こえるのを意識し、親しげな口調を改めた。

「昨晩は夜勤だったそうだな。寝ていないんじゃないのか」

「はい」メルチョールが答えると、

「判事がくるまでもう少し待ってくれ。私に言ったことを、判事にも話してもらいたい。それからなにか食べて、少し休みたまえ。すっきりした頭で午後の会議にのぞんでほしい」

司法の関係者は十一時まえに屋敷に到着し、お見えになりましたと巡査のひとりが告げにきた。ゴマ警部補とバレーラ警部補が、ブライ巡査部長とピレス巡査部長をしたがえ、庭に出て一行を出むかえた。メルチョールとサロームは屋敷の扉に立ってそのようすを見守った。やってきたのは判事と監察医、裁判所事務菅の三人だった。ズボンをサスペンダーでとめたでっぷりした判事は、まる禿げに近い頭にまるまるとした顔をした人で、ゴマと会話をしてから、一団の先頭にたって事件現場へと足をすすめた。まえを通るときに、ついてくるようゴマに身ぶりで命じられ、メルチョールとサロームも一行に加わった。そのため三人の反応を観察することができた。死体のある広間に足を踏みいれた三人は、待ち受けていた恐ろしい光景に度肝を抜かれたように、それぞれの反応をみせた。判事は、階段をのぼってきたせいでゼイゼイ息をきらせ、白いハンカチで顔の汗をぬぐっていたが、死体が目に入ったとたん、飛びだしそうなほど目を見ひらき、ぽかんと口をあけた。事務官もそれと似たり寄ったりの反応だった。監察医は専門家の矜持をみなぎらせ、惨殺死体をまえにしているというよりも二元二次方程式に取りくむ数学者のように落ち着きはらい、きびきびと仕事にかかった。

「これはたまげた」判事はようやく声をだした。「いやはやまったく、どうしたことだ」

判事と事務官がまだショックからさめやらないうちに、間もなくすると死体の搬出作業がはじめられた。

監察医は灰色がかった白衣を着て青い手袋をつけ、アデル夫妻の残骸を調べはじめた。判事はまだハンカチでこめかみの汗を拭きながら、現時点でわかっていることを説明するようゴマに求めた。

「詳しいことは彼からお話しします。最初に現場に到着した警官ですから」ゴマはそう言ってメルチョールを指した。

判事がメルチョールに顔を向けた。法廷で顔をあわせたのは一度や二度ではなかったが、名前までは知らないだろうと思っていたメルチョールに、判事は言った。

「それではきみ、話してくれ。しっかりと聞かせてもらおう」

玄関ドアにカギを差しこもうとしてガチャガチャいわせていると、もう家のなかから大きな声が響いてくる。その一瞬後には、飛びだしてきた娘がメルチョールの首にかじりつき、百メートル走を全力疾走してきたみたいにハアハア息を切らせながら、顔にキスを浴びせてきた。お帰りなさいも言わずに一生懸命になにかを訴えている。なにを言っているのかわけがわからなかったが、ようやく、友だちの家に遊びにいきたいとせがんでいることがわかった。

「パパ、オネガイ！」

ふたりはキッチンに入ったところだった。なんの話をしているんだ？　目で問いかけると、オルガが答えた。

「さっき広場で、エリーザ・クリメンにばったり行きあったの。そのときにお母さんが、うちに遊びにいらっしゃいよって誘ってくださったのよ」

メルチョールはびっくりした顔を作って娘に訊いた。

「ほんとうか？」

「うん！　いいでしょ、パパ！」

こんどはうーんと考えこむ顔を作った。

「そうだなあ、どうするかな」

「ねえパパ、オネガイ！」腕のなかでバタバタ暴れながら、コゼットは食いさがる。「オネガイ、オネガイ、オネガイ！」

こらえきれなくなり、メルチョールはぷっと吹きだした。

「よしわかった、いいだろう」コゼットは嬉しさのあまり、チュッと頬にキスをした。「けれども、ひとつだけ約束をしてもらわなくちゃならない」

コゼットは顔を離し、不安そうに父を見る。

「なにを？」

「パパにキスしてくれなくちゃだめだ」

コゼットは笑顔になった。生き生きとした輝くような笑顔だった。

「もうしたもん！」

「もうひとつだ」

コゼットはチュッとキスをする。

「もっとしっかり」

ほっぺたにギュッと口を押しつけてキス。

「もっともっとしっかりだ」

困りはてたコゼットはべそをかいて、母親にうったえた。

「ママ〜！　パパがね」

メルチョールは娘を床に降ろし、ポンとお尻をたたいてやる。キッチンの食卓には、パスタを食べた皿が二枚、空のコップがひとつ、赤ワインが半分残ったグラスと、半分になった水のボトルがのっていた。

「食事はすんだのか？」

「ええ、もちろん」オルガは答えた。「何時に帰ってくるのかわからなかったし、もうすぐエリーザがお母さんと迎えにくるから。ちゃんとあなたの分もあるわよ」

「それはよかった、お父さんの食事がなかったら——」メルチョールはしゃがみこみ、ガオ〜とうなり声をあげて両腕を突きだし、指をカギ爪にしてコゼットに突きつけた。「ふたりとも食っちまうぞ！」

　怯えたコゼットは身体をすくめて悲鳴をあげると、けらけら笑いながら母親のうしろに逃げこんだ。メルチョールはしてやったりと満足の笑い声をあげ、母親の脚のあいだから片目をのぞかせてこっちをうかがっている娘を見る。

「お腹がすいて、眠いでしょう？」オルガが訊く。

「まあな」身体を起こしながら、「まずはシャワーを浴びてくるよ」と声をかけた。

　シャワーに打たれながら身体を泡立てていたときに、呼び鈴が響いた。パジャマに着替えてキッチンへもどると、コゼットは出かけたあとだった。食卓にはボロネーズソースをからめたマカロニが湯気をたてていて、よく冷えた缶コーラが添えてあった。

「アデルさん、たいへんなことになったのね」

「どうして知ってるんだ？」

「どうしてって、耳に入ってくるから。村じゅうがその話でもちきりだし、ニュースもそればっかり、みんな知ってるわよ。テラ・アルタがこれほど話題になったのは、エブロ川の戦い以来はじめて。だれがそんなことをしたのかわかったの？」

「見当もつかない」

「手がかりはないの？」

「ないんだ。しかし、必ず犯人を捕まえてみせる」

　オルガはメルチョールの向かいに横むきに座ると、脚を組んで壁にもたれかかり、ときどきワイングラスをかたむけながら、その朝ラジオで聞いたことを話した。白いシャツに使い古しのジーンズをはき、セミロングにしたストレートの黒髪をクリップでうなじに留めている。メルチョールはコーラとマカロニを交互に口に運び、表現が豊かなオルガの話に耳をかたむけた。美人で、教養があって、心が優しいこんな女性をひとり占めにしている俺は、なんて果報者なんだろうと思いながら。

三十歳を目前にしたメルチョールは、オルガに出あってから運命が向きを変えたらしいと思うことがたびたびあった。テラ・アルタに来るまでの母親から受け継いだ情けない生き方が変わり、別人の人生になったと思えるほど、以前とは比べられない輝きに満ちた時間を過ごしていた。ときどき、昔の悪夢にうなされて明け方にびっしょり汗をかいて目を覚ますこともあったが、パニックがおさまり、ここはガンデーザの自分の家で、かたわらで妻が熟睡していて、廊下の向こうでは娘が眠っていることを思いだすと、いいしれない安堵が胸に広がった。そうして現実に引きもどされてから、そっとオルガに触れて起きあがり、子ども部屋へいってコゼットの寝顔を見つめ、ダイニングルームに入ってドアを閉めると、手をふりまわして狂人のように歩きまわり、早朝の静寂のなかで、俺はこの世界でだれよりも幸運な男なんだと胸の内で叫んでいた。


メルチョールはたまにうなずいては、オルガの話を聞いていた。屋敷で起こったこと、一部の報道が伝えている凄惨さについては、ところどころで話をやわらげたり、オブラートに包んで訂正したりし、アデルたちとは知りあいだったのかとオルガに訊ねた。

「もちろん」オルガはグラスの脚をつまみ、ゆっくりと回転させながら、思案気に言葉をつづけた。「娘さんとはとくに。わたしと同年配で、あなたよりだいぶ年上の彼女とは、小さいころ、いっしょに小学校に通っていたのよ。家が近かったから。ご主人とも知り合いよ」

「サロームの友人だそうだな」

「すごく親しい関係」ワイングラスをまわしていた手をとめ、視線をあげると、オルガはこう説明した。

「昼と夜みたいに対照的なふたりだけど、学生時代にバルセロナでルームメートになってから仲良くなったのね。わたしが親しかったのは奥さんのほう。父親同士が友だちだったし。まあ、父親たちが友人づきあいをしていたのはわたしたちの小さいころの話で、そのうちに疎遠になったんだけど。父は、アデル老人は孤児だったと言っていた。内戦で父親を亡くして、自力で人生を切りひらいてきたんだ、って」オルガはワインをひと口すすり、話をつづけた。「子どものころは山で鉄くずを拾い集めて糊口をしのいでいたそうよ。この辺の人たちはみんなそうしていた。いたるところに榴散弾が散乱していたから。アデルさんはそれから鉄くず屋の仕事をはじめ、倒産した美術印刷会社を六十年代か七十年代に二束三文で買い取った。財を築きはじめたのはそれからだった。もちろん、一夜にしてそうなったわけではなくて、昼も夜も、土曜も日曜も休日も、狂ったように働きづめに働いてね。野心があったから。財を成してひとかどの人物になろうとしているんだって、父は言っていた。抜け目がない、とも言っていたわ。そんなふうにして、アデル美術印刷をこの郡で最大の企業に育て上げたのよ。だれの力も借りずに」

「おやじさんとはどうして会わなくなったんだろう」

オルガは肩をすくめた。「さあ、わからない。お父さんは話してくれなかったから。わたしが知っているのは、凡人じゃなかったということだけ。敬虔なカトリック教徒だったことは聞いてるでしょ？」

マカロニをフォークに突きさしながら、メルチョールはうなずく。

「まあ、それはほんとうなんだけど、父がいつも言っていたのは、親しかったころのアデルさんはよくこう言っていたんですって。《ミケル、僕はだれかをイラつかせずに終わった日は、幸せが感じられないんだ》って」

アデルの言葉か父親の思い出に誘われたのか、オルガは笑みを浮かべた。ほほ笑んだ口の端にごく細いシワができた。メルチョールは食事をほおばりながら、テラ・アルタに来て妻と出あったころを思い浮かべ、背筋に欲望に似た戦慄をおぼえた。

「しかしここの人たちには好かれていたんだろう？　アデル家のご当主は」

「だれがそう言ってたの？」

「サロームさ」

オルガは首を傾げて、そうかしらというように少し目を細めた。

「たくさんの人に仕事を与えているのは事実なんだし」メルチョールは食いさがる。

「たしかに。でも、どんな仕事なのかしらね」オルガは組んでいた脚をほどき、邪魔なものを片づけるようにグラスを脇へ押しやると、メルチョールを見つめて言った。「会社はこの地域のほかの経営者たちと協定を結んでいるから、支払われている給料はとんでもなく少ないし、労働条件を話しあう代表委員会も設けられていない。テラ・アルタに残りたい人は、その惨めな賃金でやりくりするしかないのよ。あなたのほうが詳しいはずだけど、テラ・アルタには地元の労働者ひとりに対して、外国人労働者がどれくらいいると思う？」

「三倍か四倍だな。そのほとんどがルーマニア人で、不法就労している連中も多い」

「つまり、貧しい人たちは、ここの人たちの三分の一しか支払われなくても、仕事に就いているということね」

「それにもかかわらず、ここの人たちはこの土地を出ていかないんだな」

「出ていかないわよ。まえにも話したけど、ここで生まれ育った人たちは、ここで暮らしたいと思っている保守的な人ばっかりだから。外へ出てももどってくるし。サロームやわたしみたいにね。アデルさんたちだって、そうしようと思えばどこへでも行けるのに、この土地にとどまっている。アデル家はお金持ちだけど、ほかの人たちだってその点では同じ。貧しいところでしょう？　だからこそ、なんとかやっていけるということね」

　オルガは立ち上がるとグラスにちょっぴりワインを注ぎ、冷蔵庫にもたれながら一気に飲みほした。

「つまりね、メルチョール。アデル家は大きな木陰を作ってくれている大木なんだけど、周囲にはなにも生えてこない。すべてを自分たちで支配していて、テラ・アルタじゅうに不動産をもっている。ガンデーザの半分はあの人たちのものなのよ。自分たちの関連会社で働く仕事を与えて、住む家からそこに入れる家具まで、なにからなにまでを自分たちの事業で扱っている。テラ・アルタ家具の所有者がだれだか知ってた？　要するに、アデル家はここの親分だったの。悪く言うつもりはないけど、事実としての話」

「そうすると、いなくなったことを喜ぶ人が何人もいるということか」

「ううん、そうなっていたと言っているだけ。アデルが専制君主だったというのは、ほんとうのことだから。サロームもそのことはよく知っているし、アデル美術印刷の従業員に訊いてみればわかると思う。悪辣な人だったとか、ひどい目に遭わされたとか、そういうことは言わないでしょうけど。そんなことはしていないでしょうしね、むしろいい人だったと言われている。でも結局、つけ込まれて搾取されていたことは、だれも否定しないでしょうね。請けあってもいいわ」メルチョールがきれいに食べ終えた皿を空のワイングラスで指しながら、オルガは訊いた。「パスタのお代わりをどう？」

　もうけっこう、とメルチョールは首をふり、コーヒーを淹れましょうかという提案も遠慮した。

「少し寝ておきたいんだ」リンゴのかたちをした壁時計を見てオルガに言った。時計の針は二時半を指していた。「会議があるから、五時には署にいかなくてはいけない」

ならない」

食卓の皿やフォーク、ワイングラスをふたりで流し台に運んだ。オルガがコーラの缶を、空のテトラパックやペットボトルが入っている袋に入れようと腰をかがめ、身体を起こしたところで、メルチョールは腰に手をまわし、首筋にキスをして唇を探した。

「ちょっかいを出したりせずに、さっさと寝たら？」

顔を離してそう言ったオルガに、メルチョールはほほ笑み、手をとって股間に導いた。

「そのほうが熟睡できるんだ」

「なにを言ってるの、お巡りさん。いつだってその気満々なんだから」オルガは笑った。

第2章

メルチョールという名前になったのは、生まれたばかりの血まみれの赤ん坊を見た母親が、喜びの嗚咽をもらしながら、この子は東方の三博士のメルキオールにそっくりだと思ったからだった。母は名をロサリオと言い、娼婦だった。若いころはバルセロナ近辺の売春宿で客をとっていた。カステルデフェルスにあるリビエラ、シナロア、サラトガや、カブレラ・デ・マルのカリプソといった店が母の勤め先だった。それは美しい人だったらしい。野性的な美貌と気どったところのない激しい気性のもち主だったが、商売の性格と寄る年波による衰えには勝てず、メルチョールが十代のころは、野天で、格安の商売をするようになっていた。

母は身体を売る仕事を恥じていたが、メルチョールにそれを隠そうとはしていなかった。メルチョールは隠してほしかった。ときどき、客を家に連れて来ることもあった。母が気を配っていたので、そのだれとも顔をあわせたことはなかったが、小さかったころはよく、だれが自分の父親なのかをあてるひとり遊びをした。寝たふりをしながら、聞こえてくるもの音に耳をすませる遊びだった。カツカツと自信に満ちて廊下を歩く大物ふうの人がお父さんなのだろうか。気配を消して抜き足差し足で歩くあの人だろうか。未来のない病人なのか頑固な喫煙者なのか、深夜にゴホゴホ咳き込んで痰を吐く人？　母親の寝室との仕切り壁ごしに、めそめそ泣いているのが聞こえてきた人、それとも、ダイニングルームのドアに隠れて立ち聞きした、幽霊話を語っていた人？　ちらりとだが、早朝に帰っていく後ろ姿を何度か見かけたことのある、革のハーフコートを着た男の人？　メルチョールはよくそうやって答えの出ない謎解きをして、眠れない夜を過ごした。そして何年ものあいだ、道でだれかとすれ違うたびに、母の相手をして自分をこの世に送り出すのに加担したのはこの男ではないのかと、考えずにはいられなかった。

母と息子はバダローナのサン・ロック地区にある小さなアパートで暮らしていた。労働者が住むバルセロナ近郊の街だったが、家が歓楽街にあったため、幼年期から思春期にかけてのメルチョールの最も鮮明な思い出といえば、街の喧騒だった。車、バイクやバスの排気音、クラクション。酔っぱらいのわめき声、ののしり声、喧嘩の怒声。バーやナイトクラブから流れてくる大音響。いたるところで絶え間なく音が響いていたせいで、日常の騒音がかき消されてしまい、存在場所を奪われていた。メルチョールの母親はサン・ロックが息子の養育に有害であることを承知していたのだが、愛着のあるその場所から離れようとしなかった

（それ以外の場所に住むことを想像することができなかったのかもしれない）。そのため、メルチョールは、サン・ロックから離れたマリスト学校という、授業料を払う私立校に通わされた。息子に勉強させることに固執していた母は、メルチョールが小さいときから、口癖のように《あたしみたいに惨めな人間になりたかったら、勉強なんかしなくたっていいんだよ》と言っていた。

メルチョールはもってまわったこの戒めを、文字どおりに解釈するという勘違いをしてしまったようだった。最初はさすがに、内気で従順な生徒だった。成績もよかった。ところが、母親が曲がりなりにもささやかな庇護を与えてくれていた売春宿をやめてしまい、自分で客をとりはじめたのと同じころ、十二、三歳になると、反抗的な難しい少年になった。喧嘩に巻きこまれたり、自分から喧嘩をふっかけたりし、授業をサボるようになった。学校にはなじめなかったが、サン・ロックでの暮らしは変わらずにつづいた。

十三歳で酒とタバコをおぼえ、ドラッグをやった。十四歳のときに教師を、それも授業中に殴りつけ、放校処分になった。十五歳ではじめて少年裁判所に呼びだされた。母親と国選弁護人は、まだほんの子どもなのに処罰するのはあんまりです、非行に手を染めたのははじめてなのです、コカインには二度と手を出させません、今後は陶芸家になるための専門的な勉強に専念させますと約束し、何十年も非行少年を扱ってきた六十代の熟練の判事に泣きついた。

判事は新米の非行少年にチャンスを与えるために、約束を信じたふりをしてメルチョールを放免した。それにもかかわらず、メルチョールはどちらの約束も守らなかった。つづく二年のあいだに、再び同じ裁判所に二度出頭することになった。一度目はサン・ボイにあるディスコのドアマンとの喧嘩が原因で（これは軽い処罰ですんだ）、二度目は、バルセロナのランブラス通りで女性のバッグを引ったくったからだった。最初の軽犯罪はロスピタレにある少年鑑別所に三週間収監されただけだったが、二度目は五か月も拘束された。母親はそのあいだ、毎日面会に通い、釈放された日も正門で息子を待っていた。メルチョールはその晩、ふたりきりの夕食を食べ終わると、これからどうするつもりなのかと母に訊かれた。肩をすくめ、なぜそんなことを訊くのか問いかえすと、母はためらうことなくこう言った。

「だって、あんたがこれまでと同じ生活をつづけるつもりだったら、この家から出ていってもらうから」

母はそのとき、五十四歳になっていた。メルチョールも名前はよく耳にしていたハエン県にあるエスカニュエラという村で生まれたのだが、メルチョールがそこを訪れたことはいちどしかなかった。整然とならんだオリーブの果樹園に周囲をかこまれ、白壁の家並みがこぢんまりと寄り集まっているその村で、いちどだけ、干しブドウのようにシワくちゃのふたりの老人と生まれてはじめて顔をあわせたことがあった。その人たちがメルチョールの祖父母だった。刑務所から帰ってきたメルチョールは、しばらく家で過ごしていたときに、十年まえに何日か滞在したときの祖父母の面影が浮かび、着古したフリースのガウンにくるまっている母親に視線を移した。肉がたるみ、肌はしおれてかさかさになり、目がどんよりしている老いた母親に哀れみをおぼえ、祖父母に対して抱いたのと同じ種類のしらじらしい感覚につつまれて、一瞬、激しい怒りがこみあげてきた。メルチョールはそれからなにも言わずにテーブルから立ちあがり、自分の部屋へいき、母親がなか身をあけたばかりのカバンに荷物をまとめはじめた。したくを終えると、母が廊下に立っていた。

「出ていくのかい」と訊かれた。

「違う。追い出されたんだ」メルチョールは答えた。

母は何度も弱々しくうなずき、そのうちに涙をこぼしはじめた。メルチョールはほんの数センチの距離で、泣いている母親をしばらく見ていた。母親の涙を見たのはじめてだった。沈黙が永遠の長さに思えた。

「行かないでよ、メルチョール。あたしにはあんたしか残されていないんだから」母はようやく、声をつまらせながら言った。

結局、メルチョールは家にとどまった。しかし生活は変えなかった。それどころか少年鑑別所で知りあったパナマ人のつてで、バルセロナ港経由でコカインの密売をしているコロンビアの麻薬カルテルの仕事に就いた。最初は、バダローナ、サンタ・コロマ、サン・アンドレウ界隈のバルセロナ近郊で、使い走りや売人の管理といった下働きをしていた。それからじょじょに幹部たちの信頼を獲得し、組織にとってなくてはならない存在になり、大事な仕事を任されるようになった。当時は使いきれないほどの金を稼ぎ、毎晩夜更かしをし、女性にも不自由せず、浴びるようにウィスキーを飲んでコカインをやっていた。射撃も学んだ。指導にあたったのは、コロンビア人カルテルに雇われたハンスと名乗るドイツ人の傭兵だった。メルチョールはムンジュイックの射撃場で何週間にもわたり、この男から射撃訓練を受けた。ふたりはほとんど話をしなかったが、互いのあいだにある種の友情がはぐくまれた。

「きみは射撃の筋がいいね」訓練の最後の日、近くのバルで別れの酒を飲みながら、ハンスは癖の強い流暢なスペイン語でメルチョールをほめた。「しかしきみは、的ではなく人間を撃って金をもらうんだからな。人間を撃つのは、射撃場で的を撃つのとは違う」

的を撃つより難しいのかと質問すると、ハンスは答えた。

「それとこれとはまったく別種なんだ。見かたによっては、もっと易しいと言ってもいい。人間を撃つときは、厳密に狙いを定める必要はない。落ち着いて、できるかぎり相手との間合いをつめろ。それだけでじゅうぶんだ」

射撃訓練を終了したメルチョールは、それから間もなく、カルテルのボスふたりのボディガードとしてマルセイユ、ジェノバ、アルヘシラスを訪れた。傭兵の教官から教えられた教訓を実践する場面には出あわなかったが、カルテルのビジネスはラテンアメリカの国ぐにだけでなく、ヨーロッパのいくつかの都市にもその範囲が及んでいるのを知ることができた。コロンビア人たちから寄せられていた全幅の信頼が一気に失墜するできごとに見舞われたのは、この旅からもどったあとのことだった。

事件は二月のある朝、バルセロナ郊外の高速道路で起きた。メルチョールはカリからパリ経由で早朝にバルセロナに到着したネルソンというボスのひとりを、エル・プラット空港からセルダニョラの自宅まで送り届けるとちゅうだった。ネルソンはコロンビアにいる家族を訪ねてきたばかりで、出発まえに妻と怒鳴りあいの口論をしていた。そのために大西洋を横断するフライトでは一睡もできず、酔ってイライラしたひどい状態で到着し、メルチョールがハンドルを握るアウディの後部座席に身を沈めるや否や、すぐに熟睡してしまった。メルチョールは眠りを妨げないように音楽を消し、その時間からもう列をなしてバルセロナを出入りする車の流れに乗り、できるだけ滑らかな運転をすることに集中していた。外は凍えるような寒さで、街には脳天のかたちをした雲が山脈のようにおおいかぶさっていた。

ルビーかサン・クガのあたりを走っていたときだった。突然、朝霧の切れ間から、信号機の足もとに立っている女たちがちらりと目に入った。娼婦が四人、ドラム缶のまわりで暖をとっていた。ドラム缶からは焚火の赤や青がちろちろと舌先を揺らめかせていた。メルチョールは遠目に、横顔のひとりに見おぼえがあると思った。金髪のかつら（のように見えた）、ヒールの高い白いブーツ、タイトなショートパンツに黒いトップス。ほかの女たちと同じように、年齢は不詳だった。メルチョールはその瞬間、喉が締めつけられるように息苦しくなり、恐怖で足の力が抜けるのを感じた。このままでは信号が赤になる、あの人たちの目のまえでブレーキを踏んで身の毛がよだつ思いをすることになる。とっさに計算すると同時に、アクセルを踏みこんで急加速し、後部座席のネルソンを背もたれにたたきつけ、全速力で車列のすき間をすり抜け、黄色になった信号を走り抜けて、女たちから遠ざかった。コロンビア人は肝をつぶし、衝撃の痛みでクラクラしながら、わけを説明しろと怒鳴り、わめき、罵倒を浴びせてきた。あわてて言いつくろったが、言いわけは信じてもらえなかった。

起きたことはそれだけで、小さなエピソードでしかなかった。だが病的に疑り深いコロンビア人たちにとって、その一件が憂慮すべき意味をもたないはずがなかった。メルチョールは見おぼえがあると思った信号の下の娼婦が自分の母親だったかどうかを知るよしもなく、母親に訊ねることもしなかった。しかし、信用できないというコロンビア人たちの疑いは、情報提供者、潜入者、部下の無謀さや不手際、軽率さの毒から組織を守るための偏執的な猜疑心とあいまって、メルチョールに対する幹部たちのそれまでの信頼を一瞬にして崩壊させてしまった。悪くすれば、命を奪われる危険な事態だった。

ところが、三月初旬、カルテルは警察によって解体される憂き目に遭った。メルチョールは、複数の場所で同時進行的に代数計算のような緻密さですすめられた一斉摘発作戦が始動すると、まっ先に捕まった。早朝に、組織が麻薬倉庫として使っていたゾナ・フランカの一角をものものしく武装した国家警察隊が包囲し、一味との銃撃戦がはじまった。メルチョールはネズミ捕りの罠にかかったコロンビア人ふたりを逃がそうとしたものの、そのひとり――民族解放軍《ELN》の元ゲリラだったオスカル・プエンテという最年長の男――は片目を撃たれて即死した。死んだ仲間の返り血を浴びたもうひとりも、恐怖にすくんで動けなくなり、ヒステリックに叫びながらいっしょに投降することをメルチョールに強制した。逃亡する望みは、それでくじかれてしまった。

　検挙のニュースは翌日の新聞、ラジオ、テレビで、こう報じられた。国家警察がバルセロナ港とアルヘシラス港で一トンを超えるコカインの積み荷を押収。コンテナ三台分のコカインは、合法貨物にまぎれこませてパナマ、コロンビア、ボリビアからスペインへ運ばれたものだった。そのほか四つの都市でも麻薬団の二十六人が逮捕された。逮捕者にはバルセロナ港の貨物ターミナル責任者のほか、アルヘシラス港のターミナル副責任者、地中海の複数の港に拠点をもつ海上港湾輸送・物流企業グループのオーナーらも含まれていた。同企業グループは国内への麻薬の持ちこみの合法的な隠れ蓑になっていたと考えられる。

　メルチョールは不運な仲間たちと同様に、ただちにマドリードに移送された。レガニトス通りにある警察署に何日も拘束されてから、全国管区裁判所の判事による尋問を受け、未決拘留者としてソト・デル・レアル刑務所へ移されると、裁判を待ちながらそこで数か月を過ごした。刑務所に入った最初の日は、コロンビア人の息がかかった連中に半殺しの目に遭わされた。なぜ襲われたりしたのか、理由はわからずじまいになったが、自分に対する疑惑をめぐるある種の警告だったのだろうと考えられた（疑惑が疑惑以上のものであったら、半殺しでなく、串刺しにされていたに違いないことを、メルチョールはじゅうぶんに承知していた）。母がはじめて面会にきたときは、ちょうど医務室から出てきたばかりで、アザだらけの顔をし、片目に眼帯をつけ、松葉杖をついて足を引きずっていた。面会室に入ってきた息子を見た母のロサリオは、この子はまだほんの子どもなのだと思い、それにつづけて、壊れてしまったと思った。正直な答えは返ってこないのを知っていた母は、なにがあったのかは訊かず、調子はどう？　と訊ねた。メルチョールはいずれにしても正直に答えるはずもなく、「悪くないよ」と答えた。長年の努力で言いまわしのコツを磨いてきた母は、「それは良かった」と、皮肉めかせて言った。ふたりの関係では、そうするかたちでしか、息子に通じる方法がないことを悟ったからだった。「それを聞いて安心したよ。ものごとは明るい面を見なきゃね」

「刑務所に明るい面があったのか。知らなかった」メルチョールがありったけの冷ややかさをつめ込んで言うと、母は答えた。

「あるよ、もちろん。少なくとも頭を撃たれる心配はいらないし。飲んだくれることもヤクに手を出すこともできないっていう恩恵だってあるけど、それを別にしてもね」

「どうだか。ここじゃ手に入らないものはなさそうだぜ」メルチョールは言いかえした。

「それは良かった」母はまた同じ言葉を口にした。そう言ったとたんに、最初に抱いた印象は間違っていたと思った。息子はもう子どもではないし、尋問や刑務所暮らしや暴力で壊れてもいないのだ。「だけど、いつまでもそんな生活をつづけてたら、何年もしないうちにあの世ゆきになっちまうよ。それまでもたないかもしれないね」

雑談をかわしながら、母親は話を切りだした。告訴の弁護人となってくれる弁護士を雇ったという。メルチョールは、コロンビア人たちが押しつけようとしていた弁護士を拒否したばかりだった。表向きには助けるためと言いながら、その実、組織の手の内におさめ、可能なかぎりすべての罪をなすりつける魂胆なのが、明らかだったからだった。

「だれが報酬を払うんだ。俺は一文無しだぜ。口座が完全に凍結されちまったからな」

「あたしが払うの」母は請けあった。

弁護士はドミンゴ・ビバレスといい、メルチョールは二日後にその男に会った。最初に母から名前を聞かされたのと同じ場所で、壁がドブネズミ色で消毒液の臭いがする面会室の鉄格子と二重ガラスを通して本人を見たときは、母親は頭がいかれてしまったか、からかわれているのだと思った。ビバレスはあばた顔のトラック運転手のような巨漢で、髪は乱れ、無精ひげを生やし、灰色のトレンチコート、染みだらけのシャツ、シワが寄った背広を着こみ、ネクタイも緩んでいた。見るからに三流の悪徳弁護士だったが、メルチョールはとにかく話を聞いてみることにした。

「私は自分の時間も、クライアントの時間も無駄にしたくない。だからさっそく、本題に入ろう」開口一番に、ビバレスはそう言った。

彼はまず、訴訟の行方は不透明だとことわった。それから、審議される罪状と検察に起訴されている罪を挙げ、裁定が下れば、懲役十年から十五年になるのは間違いないだろうと話した。そこまでは予想どおりの内容だった。驚いたのは、それにつづけてこう言ったことだった。ビバレスはこの件について徹底的に調べてみたと言い、私が正式にきみの弁護人となり、忠実に指示にしたがってくれれば、検察が要求する量刑を半分、いやそれ以下に減刑することを約束する、と断言したのだ。さらに、服役中の労働と生活態度が優良と認められれば、それに加えて刑の減免制度を利用することができる、その場合は二、三年で自由の身になれるだろうと言った。

「話は以上だ」ビバレスは締めくくった。「すべて抜かりなく策定ずみだ。だがもちろん、私を信頼してもらわなくてはならない。それができなければ、ほかの弁護士を探すんだな」

「ほかの弁護士を探してくれ」次に母親に会ったとき、メルチョールは頼んだ。「大ぶろしきを広げるほら吹きだった。あいつに弁護料を巻きあげられているだけだぜ」

「それはあんたの思い違いだよ」母はきっぱりと言った。「あの人は立派な弁護士だし、人柄もいい人だよ。母さんが保証する。それにね、お金は一銭も受け取っていないんだから」

メルチョールは探るように母親を見つめ、その目からたしかなことをふたつ、すぐに読みとった。まず、ビバレスがほんとうに弁護費用を受け取っていないことがはっきりわかった。あの弁護士はなぜそんなことをしてくれるのだろう。お袋とはどんな関係なのか。客のひとりだったのか。脳裏に記憶が噴きあがってきた。カツカツと自信に満ちて廊下を歩いていた大物ふうの男、気配を消して抜き足差し足で歩いた男、病人か頑固な喫煙者みたいにゴホゴホ咳き込んで痰を吐いていた男、仕切り壁ごしにめそめそ泣いていた男、幽霊話を語っていた男、革のハーフコートを着て早朝に帰っていった男。しかし子ども時代に眠れない夜をもたらしていた男たちのなかには、あの弁護士もどきの男に当てはまりそうな人はいない気がした。母親の目を見てふたつ目にわかったのは、あの弁護士もどきを受け入れるしかないということだった。母にはまともな弁護士を雇えるような金がないのだ。メルチョールは胸の内で抱いた疑問を、母親には訊かなかった。ただ別れぎわに、すべてをビバレスに委ねるからそう伝えてほしいと母に頼んだ。

裁判は（ものごとを大げさに書く一部の新聞は《大規模裁判》と書きたてたが、裁判にかけられたのほんの三十六人だった）予想よりずっと早く開廷された。検事はメルチョールを共謀、麻薬取引、武器の不法所持で起訴し、ビバレスは公聴会までの数週間を毎日のように刑務所に通い、細部にいたるまで徹底して依頼人の弁護を準備した。メルチョールにはそのあいだに少しずつビバレスへの信頼感がそだち、最終的に、最初の面会で約束された以上の結果を手にすることができた。検察官はメルチョールに懲役二十二年を求刑したのだが、判決はほかの被告のだれよりも軽い懲役四年になった。ビバレスはそれにくわえて、メルチョールをバルセロナに近いクアトレ・カミンス刑務所で服役させることにも成功した。

閉廷後、メルチョールは弁護士の仕事に対して心からの感謝を伝えた。

ビバレスは勝っても負けても変わらないと思える顔つきで、そっけなく言った。「すべて抜かりなく策定ずみだと、最初に言っただろう。礼を言うなら私でなく、お袋さんに言ってやれ」そして勝利の勢いに乗じるようにして、仏頂面はそのままでこう言った。「ひとつ忠告させてもらえるか？」

メルチョールの答えは、半分笑顔のひとことだった。

「やだね」

クアトレ・カミンスの刑務所はソト・デル・レアルよりも古く、規模も小さかった。一刻も早く自由になるために、できることはなんでもしてやるとメルチョールは決意していた。母は毎週、面会にきた。一週間に二回以上訪ねてくることもあった。ビバレスも、クアトレ・カミンスにいるクライアント二、三人（それ以上ではなかった）に会いながら、定期的に顔を見せた。メルチョールが接触する外の世界といえば、このふたりだけだった。それは近所の幼なじみたちに何年も連絡をとっていなかったからでもあった。塀のなかの世界については、コロンビア人たちの長い触手がこの刑務所にまでは届いていないことがわかった。それとも、かつての雇い主から向けられていた疑いが晴れたのかもしれなかった。とはいえ、入所したての初期のころには、受刑者同士のいざこざもあった。

刑務所に入って間もないある晩、食堂で向かいあって食事をしていたふたり組が、メルチョールにうるさく質問をしてきた。ひとりは痩せぎすの、ほお骨から顎に醜い傷跡をつけた男で、もうひとりはずんぐりした短軀の、つり目の男だった。はじめのうちは律儀に答えていたメルチョールは、こいつらは自分を挑発しているのだと気がつき、相手にしないことにした。ふたり組は黙っていることに怒ったふうに、なに様だと思っていやがると悪態をつき、目のまえにいるのもかまわずに、遠回しに馬鹿にしはじめた。すると突然、気だるい声がふたりのかけ合いに割って入った。「おい、ジュリアン、マノリト。いますぐその口を閉じないと、タマをちょん切ってやるぞ」フランス語なまりの、投げやりな調子だった。

声の主は、メルチョールの左隣で食事をしていた男だった。五十代半ばくらいに見える、頭がほとんど禿げあがったアルビノのその男は、ジャージのパンツをはき、仏陀のような丸い腹と女性的な胸がきわだつランニングシャツ姿で、柔らかそうな、丸太のように巨大な腕をむき出しにしていた。驚くほど肌が白く、マッコウクジラを思わせる雰囲気だった。ふたり組はぴたりと黙りこむと、皿から目もあげずにいるその男の方に首をまわし、わざとらしく笑いあい、言いわけめいたことを言ってから、そそくさと食べ終え、席を立った。

「かばってくれなくてもいいよ」二人組が去ってから、メルチョールは男に言った。「自分の身は自分で守れる」

「かばったんじゃないぞ、坊主」男は真剣な面持ちでデザートのミカンを剝きながら答えた。「夕食を平和に食いたいだけだ。穏やかな食事は、安眠をもたらしてくれる。僕は寝ても寝ても、寝足りないたちだからね」

フランス男はフルーツを食べ終えると、名乗りもせず、挨拶も、握手もせずに行ってしまった。ジルという名前だったが、その名前を使っていたのは看守たちだけで、みんなにはフランス人と呼ばれていた。クアトレ・カミンス刑務所に入って五年になる彼は、塀のなかには友人がいなかったが、だれからも尊敬されている男だった。スポーツをせず、作業場に顔を出さず、服役囚に提供されていた活動のたぐいにもほとんど参加していなかったものの、行刑裁判官、運営幹部、刑務官や看守たちと良好な関係を築いていることは、周知の事実になっていた。彼はちょっとした特権も享受していた。独居房を与えられ、パソコンも持っていて、唯一の仕事が図書館の管理だった。彼は読書家だった。

ある朝、中庭のベンチで日向ぼっこをしながら本を読んでいた彼に、大声でだれかがこう呼びかけた。

「おいフランス人！　読書もいいかげんにしろよ、脳みそが干からびちまうぞ！」

周囲から口々にそうだそうだと声があがった。フランス男は声の主に視線を向けると、質問した。

「ケサーダ、なぜこれほど熱心に本を読んでいるか、そのわけがわかるか？」

「なぜだ？」返事がかえってきたことに喜んで、相手が訊き返した。

「こうしていれば、おまえの顔とこの糞だめを見なくてすむからだよ」

その数日後、メルチョールはそのときの洒落たやり取りを思いださせるできごとに遭遇した。刑務所ではその日、作家の講演会が予定されていた。刺激らしい刺激のない単調な日課を送っていたメルチョールは、本には興味がなかったが、仲間たちにならってそのイベントに参加してみた。会場は図書館だった。講演者の作家は、刑務所長のほか、刑務官、数人の看守、女性ひとりとともに登場し、聴衆に向きあうかたちで一列にならべた折りたたみ椅子にずらりと腰をおろした。服役囚たちは折りたたみ椅子をならべた会場に座り、メルチョールはその二列目に席をとった。小説家はアルトゥーロ・ベントーザという五十歳を超えた人だったが、横縞のTシャツに穴あきジーンズというでたちで、それをずり下げて腰パンにし、スニーカーをはき、野球帽を後ろかぶりにした二十代のような装いだった。連れの女性は小説家よりはるかに若く、ひょろりとした長身の赤毛で、タイトなブルーのワンピースにピンヒールをはいていた。最初にスピーチをしたのは刑務所長だった。このようなゲストをお招きできたことを光栄に思う、こちらはスペインの偉大な現代小説家であると話し、《象牙の塔にこもっている人々とは違い》と強調して、時代の問題に取り組んでおられる知識人であると言って小説家を紹介した。それからゲストの女性を、教授で文芸評論家であると紹介し、女性にマイクを譲った。所長が話しているあいだ、小説家と小声でしゃべっていた女性評論家は、刑務所長に礼を言うと、ファイルを広げ、読みはじめた。

彼女の言葉が理解できた人はひとりもいなかったが、魅力のある女性だったので全員がおとなしく耳をかたむけた。つづけて、小説家が話す番になった。小説家は刑務所長に招待を感謝し、文芸評論家にも礼を述べてから、所長と評論家しか笑わなかったジョークを飛ばし、話しはじめた。恵まれない人や迫害されている人々と連携することは、作家たる者の努めであります。わたくしはそのために、ここにいるのです。小説家と言っても、一般の人と同じ人間です。なにかが優れているわけでも、劣っているわけでもありません。ですからわたくしたち小説家は、文学の限界をよく認識し、文学がなにかの役に立つと考えるような時代錯誤の思いあがったうぬぼれを追放しなくてはなりません。つきつめてみれば、文学は知的遊戯にすぎないのであります。なにかを教えたり、なにかを変えたりすることは、小説にはできないのであります。みなさんがわたくしから学ぶ以上に、わたくしこそ皆さんから学ばなくてはならないのです、というようなことを言っていた。

「ですから、わたくしがこうしてこの場にいるのは、そのためでもあるのです。教えるためではなく学ぶためにです。話すのではなくて、耳をかたむけるためにです」

メルチョールは最後のその部分で、好奇心を引き起こされた。それまでに何度も耳にしてきた、口八丁でだまそうとするコカインの売人と同じ欺瞞がぷんぷん臭うのを感じ取ったからだった。評論家も、その共謀者のような笑みを浮かべていた。服役仲間たちのようすを横目で見回すと、当惑や冷笑や不信感のたぐいを示す者はだれもおらず、謙遜の偽善をまとっている小説家を退屈そうな顔で眺めているだけだった。小説家は最後に、

「皆さんの声を聞かせてください」と呼びかけて講演を結んだ。

メルチョールは、フランス人もいたことに気がついた。不機嫌そうな顔で、司書の机にこぼれんばかりの太鼓腹をあずけ、右手に頬をのせていた。そのうしろでは、モラーレスという囚人が、手と口でフェラチオの真似をし、小説家の注意を引こうとしていた。刑務所長は、小説家の発言が招いてしまった状況になんとかしてかたちをつけるために、看守たちにも協力を要請し、急きょ、小説家と聴衆の意見交換の場を設けることにした。だがこの企画は失敗に終わってしまった。ちょうどいい機会とばかりに、みんなが勝手に声をあげて日ごろの不満を訴え、刑務所の運営方針、個人的な状況など、陰で何百回も口にして練り上げられていた苦情や抗議、それをとりなす声が入り乱れるばかりになった。

もはや収拾がつかないと思われたころ、フランス人が礼儀正しく手をあげ、発言を求めた。刑務所長は急いで騒動をしずめた。

ワイシャツに大きな汗のシミをつけた所長は、ほっとしたように息を切らしながら「やれやれ、やっと文学の話ができる」と言い、フランス人を示しながら小説家に紹介した。「ジルは、われわれの図書館係をやっています。たいへんな読書家でして、作家でもあります。ちょうど、フランスの重要な出版社から回想録が出版されたばかりでしてね。そうだったな、ジル?」

「発言してよろしいですか?」ジルに言われ、

「もちろんだとも」所長はいそいそとうながした。

ジルは一同を眺めわたし、騒ぎがおさまるのを待ってから口を開いた。

「まず、作家先生、本日はお越しくださりありがとうございます」小説家は芝居がかった仰々しい身ぶりでそれに応えた。「次に、先生のお説に同感であることをお伝えしたいと思います」

「どんなふうにかな?」所長が訊ねた。

フランス人は質問を無視してつづけた。

「今週、出版社のご厚意でお送りくださった先生の二冊の小説を読みました」視線は小説家に向けられていた。「私の感想をお伝えします。最初の本は……『神々の休息』でしたね」

「そのとおり」所長がうなずく。

「箸にも棒にもかかりませんね」ジルは言い放った。

ジルの宣告にどっと哄笑が湧きあがった。

小説家の左側に座っていた評論家は、凍りついたが、笑みは浮かべたままだった。所長があわてて仲裁に入った。

「ジル、頼むよ」

「いいんです、いいんです」小説家は寛大に所長の腕をとり、本心からそう思っているようには見えなかったものの、フランス人の発言を禁じてはならないという態度でとりなした。「なにがあろうとも、表現の自由を大切にしなくてはいけませんから」

フランス人は先を急がず、場内が静まるのを待ってからまた言った。

「ひどすぎて、箸にも棒にもかかりません」明瞭に一語ずつ区切った口調だった。「最初の小説は。そして二作目の本は——なんという題名でしたかな」小説家は警戒して答えず、評論家と所長も、黙ったままだった。「題名はわかってもわからなくても、どうでもいいことです。二作目はもっとひどかったので。ですから、先ほどおっしゃったことは間違っていなかった。あなたの本には人に教えるものがどこにもないのです。これっぽかりもない。あなたがほかの人と同じだからではありません。本と同じていどに、ご自身がどうしようもないからです。小説家の先生、あなたは欺瞞に満ちていらっしゃる」

所長は荒い鼻息をたてて椅子のうえで飛び上がったが、主催者としての外交努力を発揮する気力を使いはたしてしまったらしく、なにも言わなかった。刑務官は他人ごとのように平然としていた。看守たちはどういう表情をすればいいのかがわからず、顔を見あわせるばかり。文芸評論家は上唇の震えがとまらず、ときどき左目をパチパチさせるチック症らしき症状を発症してしまった。モラーレスはフランス人のうしろでまだ挑発的なジェスチャーをつづけていた。残りの聴衆は、ばか騒ぎが落ち着き、いまは興味しんしんで囚人仲間の言葉のつづきを待っていた。

「なぜあなたを嘘つき呼ばわりするのか、そのわけがおわかりですか」ジルは引き下がらなかった。「虚言ばかり言っておられるからです。ここに来られたのは、われわれの声を聞くだの、連帯するだののアホくさいことのためではないでしょう。動物園のケモノでも見物するつもりでやって来られたのでしょう。パテナみたいに高潔な左翼の自己像をみごとに演じ終えた満足感にほくほくして、幸せに家に帰るために。ミサの聖体皿はパテナでいいんでしたっけ?」言語学的な問いかけにだれも答えを返せずにいるあいだに、もうひとつ指摘した。「評論家のお嬢さんとよろしくやるためにも」

フランス人のうしろにいたモラーレスが顔を出し、満面の笑みでそうだそうだとうなずいた。所長は憔悴しきって、床に落とした視線をあげなかった。小説家は評論家の手をとり、なぐさめているのか、落ち着かせているのか、耳もとになにかささやいていた。

「お嬢さん、お気持ちをお察しします」フランス人が言った。

所長はもう我慢できずに言った。「ジル、もういい」

発言を禁じた所長に、非難のヤジが飛んだ。モラーレスは下品なニヤニヤ笑いを浮かべながら、フランス人のうしろで首を横にふっていた。モラーレスは所長、フランス人、小説家、それとも、チックのような発作で左目をパチパチさせている評論家、だれを否定しているのか、いまとなってはわからなくなった。看守たちがヤジを黙らせた。

「所長さん、もうひとつだけ」フランス人はひるまなかった。「お許しがいただければ」所長はもう勝手にしろとあきらめたように、身ぶりでかまわんと伝えた。「作家先生にべつの角度から説明をさせていただきます。いいですか、僕は六年前、ここに来るまえは、社員百五十人をかかえる会社を経営していたんです。ええ、百五十人です。どう思います？　意外でしたか？　そうでしょうな。しかし事実です。どうして意外に思うんでしょう。それは、あなたが私をケダモノか怪物のような、なんの関係もない人間だと思っているから、六年まえの僕があなたとどこも変わらなかったことが信じられないからなんです。いいや、あなたと変わらなかったんじゃありません。まともな小説を書けないあなたより、二十倍はましでしたね。社員百五十人とその家族の生活が、私の肩にかかっていたんですからね。あなたはそれを想像することができないんですよ。六年まえには妻がいて、家族がいて、ほかの人たちと同じような、多くの人たちよりもいい暮らしをしていたなんて、信じられますか？　でもそうだったんです」フランス人は言葉を切り、二、三秒のあいだ、図書館に石のように重い静寂が流れた。「ところがある日、分別が吹きとんでしまい、なにもかもを地獄の底に突きおとした。なにからなにまで、いっさい合切をね。それでこうしてここにいるんです、朽ち果てるのを待ちながら。そして、最悪なのは、世間はご自分を賢くて独創的だと思っているあなたのような人ばかりだということです。あなたがふつうなんですよ、つまり、あなたが考えていることは塀の外のだれもが考えていることで、塀のなかにいるのは自分たちとは別種の、もっと劣っている人間なのだと思っている。違うのです。われわれもあなた方と同じです。立場が入れ替わってもちっとも不思議はありません。ですから、教えることよりわれわれから学ぶことの方が大きいとおっしゃったさっきの言葉は、まさにそのとおり。じつにみごとな洞察でしたね」

最後の発言で会場に大歓声が巻きおこり、講演会は自然解散に追いこまれた。小説家は批評家といっしょにコソコソその場を抜けだし、囚人たちは刑務所長、刑務官と看守を取りまいて苦情を訴えはじめた。メルチョールはそんな騒動のさなか、自分が引き起こした騒ぎに無頓着に、落ち着きはらって本を整頓しているフランス人を見ていた。

その日のできごとは、メルチョールに漠然とした勝利の余韻と、フランス人への親近感を植えつけた。

それから二日後、また図書館に行ってみると、フランス人は天井の蛍光灯の明かりで本を読んでいた。本から顔をあげ、メルチョールを見たが、すぐに読書にもどった。図書館にはふたりのほかにだれもいなかった。大部分が半分ほどしか埋まっていない書架を見まわしてから、メルチョールはフランス人の机に近づいた。

「あなたの本が読みたいんだ」出し抜けに告げた。

会話をするのは二度目だったが、まるで旧知の仲のような言い方になった。巨体のフランス人は、怪訝そうにメルチョールを見かえした。

「なんの本だって?」

「あなたが書いた本。回想録を。おととい刑務所長が──」

「なぜそれを読みたいんだ」

メルチョールは肩をすくめた。フランス人の怪訝そうな目に好奇の色が浮かんだ。彼はやぶから棒に引き出しを開けると、一冊の本を取りだし、机においた。メルチョールはタイトルを見てからぱらぱらページをめくり、

「フランス語で書かれている」と言うと、

「なに語で書いてあると思っていたんだ」と言われた。

「俺はフランス語が読めないから」

「かまわないさ。注意して読めばわかる。フランス語とスペイン語は基本的に同じ言語だからね。言ってみれば、どっちもできの悪いラテン語みたいなものだ」

ユーモアだったのかどうか、いずれにしても意味は理解できなかったが、メルチョールはとにかくその日から、その本を読みはじめた。読んでみるとすぐに、フランス人の説があたっていなかったことがわかった。けれども、まったくの的はずれというわけでもなかった。わからない単語ばかりだったが、いくつかは見当がつき、文脈から意味が推測できる単語もあった。それはなかなか楽しい作業になった。書いてあることの全部は理解できなくても、だいたいのあらましはつかめた。すべてがひっくり返ったと小説家に言っていたのは、知りあいの男と妻が浮気していた現場に出くわし、まとめてふたりとも斧でたたき殺したからだった。うわごとのようにそのときのことが繰りかえし語られ

ているのを見れば、フランス人は一瞬たりともそれを忘れたことがないのが、読者に痛いほど伝わってきた。

メルチョールは読み終えるとすぐに、本を返しにいった。

「本はきみにやる。返してもらわなくてもいい」と、フランス人に言われた。

贈りものをありがたく受け取り、訊いてみた。

「あれは全部ほんとうのことなのか？」

「あれ、とは？」

「本に書いてあることが」

「すべて事実だ。僕には想像力がないのでね」

メルチョールはうなずいた。本を楽しんだと、せめて、読みとれたところは楽しんだと言いたかったが、フランス人は自分の感想になど興味がなさそうだった。なにか言うのは場違いになると思い、

「ほかの本も読んでみたい」と頼んだ。

「想像ありの本と、想像なしの本がある。どっちだ？」

からかわれているのかと思ったが、嫌な気はしなかった。フランス人は少ししてから、図書館の全体を示すように曖昧に手を動かし、

「そこから選べばいい」と言った。

短い本を適当に二冊ほど借りてきた。だがまったくつまらなかったのでとちゅうで投げだし、次の日に返しにいった。フランス人は、やけに分厚い上下巻の本をまえにして索引カードを作っていた。その本の『レ・ミゼラブル』というタイトルを目にしたとたんに、メルチョールは母から口癖のように言われていた忠告を思いだした。《あたしみたいに惨めな人間《ミゼラブル》になりたかったら、勉強なんかしなくたっていいんだよ》

「この本を読んだのか」フランス人に訊くと、

「もちろん。有名な小説だからな」と答えた。

「面白いのか？」

「人によるね」

「どういう意味だ?」
「きみ次第ということだよ。小説の半分は著者が書いているが、残りの半分は読み手が埋めるんだ」
メルチョールはその朝からすぐに、この小説を読みはじめた。読もうなどと考える意気ごみはかけらもなかったが、フランス人に言われたことが頭に残っていたので、本を読んでいるのでなく、自分が本に読まれているつもりで読んだ。百ページほどすすみ、ボロをまとい、腹をすかせ、疲れきった、刑務所から出てきたばかりのジャン・バルジャンが、だれにも泊めてもらえず、寒さに震えながらD市をさまよい歩くところでは、知らず知らずのうちに涙が頬を伝っていた。どうしてしまったんだろうととまどいながら、涙を拭き、つづきを読んだ。《人類社会が彼になしてくれたものは悪のみであった。彼はかつて社会については、社会がおのれの正義と称して打撃を与えようとする者が示す、あの恐れるべき顔をしか見なかったのである。すべての人々はただ彼をさいなむためにだけ彼に接触した。人々との接触は彼にとっては皆打撃であった。いまだかつて、小児だった時から、母の膝下にあった時から、姉に育てられた時から、彼は親しい言葉や親切な目に出会ったことがなかった。苦しみから苦しみへと過ぎるうちに、彼はしだいに一つの信念にたどりついて、人生は戦いであり、その戦いにおいて自分は敗北者であると思うに至った。彼はその憎悪をのぞいては他に武器を有しなかった》
そこに書かれていたことに、メルチョールは気力をくじかれ、憤慨し、震える感動をおぼえた。ジャン・バルジャンという笑うことがなく、陰気で、考えこむ性質の、《何かある恐ろしいものに絶えずながめ入ってるようだった》不幸な男がよくわかり、完全に共感した。ジャン・バルジャンの怒りが自分の怒りに、ジャン・バルジャンの苦しみが自分の苦しみに、ジャン・バルジャンの憎しみが自分の憎しみになった。だが共感は長くはつづかなかった。もう少し先へすすむと、ジャン・バルジャンは名前を変え、勤勉で、高潔で、賢明な、聖人のような人格者のマドレーヌ氏になったからだった。メルチョールにはそれが異質な鼻持ちならない人物になってしまったように感じられた。すると幸いなことに（メルチョールにとってという意味で）、猛禽類の目と木のごとき心をもち、狼の子に顔を与えたような気難しい顔をしたジャベールという警察官が登場してきたのである。未来も希望もない、服役囚と占い師のあいだに生まれたジャベールは、法の大義に妥協せずに固執することによって、自分の原点、希望と未来を見いだし、ジャン・バルジャンの迫害者、不倶戴天の仇敵になった。

メルチョールはジャベールに魅せられた。社会から孤立し、孤立させられているジャベールに対しては、ジャン・バルジャンに対して感じた気持ちより、ずっと複雑で繊細な心持ちになった。ジャベールはこの小説の悪役だった。無骨な反感、過激な法律尊重主義、ときどき見せる悪魔のような頑迷さ、明らかに読者の軽蔑を誘うために創作された人物だったが、作者の狙いには反するとしても、メルチョールにはジャベールのべつの顔が見えた。頑なに法を守り、悪と戦い、正義をつらぬく不屈の闘志のなかには、ダイヤモンドのような純粋で寛大な心があることがわかった。法律に庇護を求めるしかない人たちを守り、公益を守るためには、自分の評判や幸福を犠牲にしてでも、妥協せずにだれかが引きうけるべきであるという騎士のような、理想家のような、英雄の道義心をもっていることがわかった。マドレーヌ氏の甘ったるい鼻につく公徳とは対照的に、ジャベールは悪徳を装った美徳を、おおい隠された真の美徳を体現していると思った。

小説を読み終えたときは感動に包まれ、自分はもはやこれを読みはじめたときとは別人になった、二度ともとの自分にはもどれないと確信した。図書館に本を返しにいくと、フランス人に感想を訊かれた。メルチョールはまだ興奮からさめやらないままに、腹の底から浮かんできた言葉をそのまま口にした。

「マジですごかった」

フランス人はそれを聞くと、吠えるような声で爆笑した。彼が笑うのを見たのははじめてだったので、ほら穴のような口と肉食獣を思わせる黄ばんだ歯に目が吸いよせられた。小説についてそれ以上なにかつけ加えることはできそうになかったため、

「これと同じような本が読みたい」と頼むと、

「これと同じような本はないね」とそっけなく言われた。

しかしフランス人はそれにつづけて、小説について話してくれた。彼が言うのには、小説はなんといっても十九世紀に書かれたものに限る、それ以降のものはどれもこれも、もうひとつなのだ。そう言いながら、二冊の本を出してくれた。一冊はバルザックの『幻滅』、もう一冊はディケンズの『二都物語』だった。メルチョールはそれを二週間ほどで読み終えた。

「なかなか良かった。けど、『レ・ミゼラブル』ほどじゃなかったな」本を返したときにそう言うと、

「言っただろう、『レ・ミゼラブル』以上の本はないんだ。だがな、同じ小説というものは現実には存在しない。ふたりの人間が同じ小説を読んでも、違う小説になるんだよ。『レ・ミゼラブル』さえ、同じ『レ・ミゼラブル』にはならないんだ。もういちど読んでみればそれがわかる」

フランス人の言うことが正しいかどうかを確かめようと思い、メルチョールは再び『レ・ミゼラブル』にのめり込んだ。そうして下巻に入り、監房で読みふけっていると看守がきて、刑務所長がおまえに話があるそうだと告げられた。理由を訊ねると、看守は知らないと正直に答えた。看守のうしろについて廊下を歩きながら、嫌な予感がした。刑務所長室に入り、所長の

隣に顔をこわばらせたビバレスがいたことで、たしかに悪いことが起こったのだと悟った。

報せは、ビバレスの口から告げられた。お母さんが亡くなった。メルチョールは最初、無反応だった。質問もせず、口も開かなかった。あとでビバレスと刑務所長から、あのときは頭のヒューズが飛んでしまい、精神が崩壊したように見えたと言われた。ビバレスはそれでも、わかっていることをメルチョールに伝えた。お母さんの遺体は、今朝がた夜明けにサン・アンドレウのラ・サグレーラにある空き地で発見された。いまのところ、すべての証拠が昨晩のうちに死亡したことを示しているが、現段階ではそれ以上のことは判明していない。警察は捜査本部を立ちあげていくつかの筋を追っているが、手がかりは非常に少ないようだ。ビバレスがそう説明しているとちゅうで、メルチョールは虫に刺されたか、つま先から頭頂へ駆け抜けた戦慄に打たれたように、いきなり身体を震わせると、悲鳴ともうめき声ともすすり泣きともつかない声をあげ、やみくもに暴れはじめた。部屋にあるものを手当たりしだい、刑務所長もビバレスをも、殴ったり蹴ったりして感情を爆発させ、駆けつけた看守三人を加えた五人がかりで押さえこまれて、ハロペリドールを注射され、医務室の簡易ベッドに寝かされた。

そのあとの四十八時間に起こったことは、薬の強力な作用で、すべてが曖昧模糊としている。思いだそうとしても、混沌とした記憶しかなかった。医務室で片手にギプスがはめられたこと。ビバレスと警官ふたりにつき添われ、昼も夜も監視されながら刑務所を出たこと。遺体に対面したビバレスに見ないほうがいいと忠告されたが、納棺士たちが遺体を洗い、きれいにして化粧も施したにもかかわらず、頭蓋骨も鼻も折れ、全身が皮下出血で変色した見るも無残な姿になっていたこと。葬儀に参列したのは、ビバレスとふたりの警官以外は、ほんの一握りの母の仕事仲間とサン・ロックの近所の人たちだけで、そのほとんどが知らない顔か、顔見知りていどの人びとだったこと。埋葬が終わり、刑務所にもどった夜は、廊下を歩いていくと囚人仲間からお悔やみの声をかけられたこと。フランス人がはじめてメルチョールの監房にやってきて、お母さんのことは残念だと言い、しばらく無言でそばに座っていてくれたこと。

「きみもこれで一人前の男だ。大人の仲間入りだな、クラブにようこそ」と帰りぎわに言っていた。

母親が殺されてから、メルチョールは頻繁に通っていた作業場に顔を出さなくなった。刑務所のコートでスポーツをするのもやめた。自分のなかに閉じこもり、体重が増えた。考えを制御することができず、母に起こったことを考え、そのときを想像するという頑固で病的な意識にとらわれて、思考にふりまわされた。表面上だけでもそんな執着をやわらげてくれたものは、反面ではそれを強化するものでもあったが、ビバレスと話をすることと、『レ・ミゼラブル』を読むことだった。母の喪に服していたそのころ、『レ・ミゼラブル』はメルチョールにとって小説以上のべつのもの、さまざまな名前で呼ぶことのできるものになっていた。大切な手引書、哲学の指南書、託宣の書、知恵の本、無限の知性を示す万華鏡、鏡であり、斧でもあった。メルチョールはよく、ジャン・バルジャンをマドレーヌ氏に変えたミリエル司教のことを考えた。聖人のような司教は、世界は病んでいるが神の愛だけがその病を癒すと信じていた。メルチョールはたしかに世界は病気を患っていると思ったが、自分の世界には神がおらず、癒される望みのない世界だと思った。ジャン・バルジャンについても考えた。人生とは戦いだが、戦うための武器をもたない自分はその敗者で、恨みと憎しみが原動力なのだと思っているジャン・バルジャンを、メルチョールは自身の分身のように感じていた。

しかしだれよりもジャベールのことをよく考えていた。

なにかに憑かれたように道義を求め、悪を忌み嫌い、正義感にあふれたジャベールであれば、母親の殺人を罰さずにおくことは考えられないと思った。

『レ・ミゼラブル』についてはそんなことを考えていたのだが、ビバレスについてはどうだったかと言えば、母の死後、以前よりも足しげく訪ねてくるようになった。時間とともに個人的な話題が中心になっていたビバレスとの会話が、母親の殺人にかかわる話に絞られるようになった。もう少し正確に言うなら、母親の殺人事件にかかわる警察の捜査の進捗状況が話題になった。ビバレスは、メルチョールにはいちどきにすべてを吸収することなどできないと思っているかのように、あるいは、時間をかけてわからせようとしているかのように、それとも、警察や裁判所の情報筋からは少しずつしか情報が引きだせないとでもいうように、メルチョールに伝える情報をオブラートに包んでいるようだった。あるときは、監察医の報告書を読ませてもらった、お袋さんは石を投げられて殺されたそうだが、レイプされてはいなかったと言っていた。べつのときには、お袋さんは亡くなるまえはもっぱらバルサのサッカースタジアム近辺で商売をしていたようだが、殺された日の夜もそこで客引きをしていたようだと言った。またべつのときには、こう言っていた。あの晩を目撃した女性ふたりと男性ひとりの目撃者三人を特定できたそうだ。お袋さんはバルサのスタジアムで客を誘っていたが、ひとりも捕まえられなかった。そのあとで午前一時半ごろ、もっと早い時間に交渉したが行ってしまった男性四人が乗った車に乗りこんだらしい。それ以降は遺体となって発見されるまで、お袋さんの姿を見た人はいない。ビバレスはさらにべつのときに、残念なことに、お袋さんが車に乗るのを見た目撃者たちは、三人とも車のナンバープレートをおぼえておらず、車種と車の色についても証言が食い違っている。女性のひとりは茶色のBMWだった、もうひとりは黒っぽいフォルクスワーゲンだった、男性は黒いシュコダと記憶しているんだと話した。またあるときは、こうも言っていた。お袋さんが怪しい四人組との交渉を終えて車に乗りこむときまで、もうひとり仲間の女性がいっしょにいたことを警察が突きとめた。ところがその女性も同じ晩に姿を消してしまい、行方不明になっている。情報は数週間にわたり、そんなふうに雨だれのようにぽつぽつ断片的に伝えられていた。ある日、ビバレスは情報をもたずにやってきた。というより、新たな情報とは呼べない情報を伝えにきた。こんな話だった。事件の日からずいぶん時間が経ったが、犯人にかかわるたしかな手がかりがひとつもつかめずにきている。捜査は暗礁に乗りあげてしまった。警察の捜査は打ち切られることになった。

メルチョールは頭から冷たい水を浴びせられたような気持ちになり、そのあとは何週間もビバレスとの面会を避けた。ビバレスに責任を負わせるつもりはなかった。非難する気持ちもなかった。ただ顔を見たくなかった。だれにも会いたくなかった。そのころのメルチョールは、そうせざるを得ないとき以外は監房から出ず、来る日も来る日も苦行僧《ファキール》のように裸で床に座りこみ、壁にもたれて『レ・ミゼラブル』を読んでいた。

それから一か月半後、メルチョールは弁護士との面会を求めた。ビバレスはその翌日にあらわれた。メルチョールが面会室に入っていくと、もうそこで待っていた。消化不良の顔で、だらしのない着こなしをして、祭りの的屋みたいな雰囲気をまとい、笑えるほど忍耐づよいビバレスの顔を見たメルチョールは、口を開くや否や、不退転の決意を告げた。

「勉強したい。俺は警察官になる」と。

第3章

ゴマ警部補は、眼鏡のレンズに息をかけ、ハンカチで拭きながら切りだした。「諸君はもうおおむね、互いに知りあっていると思う。だから自己紹介は抜きにしてはじめよう。最初に言っておくが、携帯電話をマナーモードにし、必要な場合以外は応答しないでもらいたい」

メルチョールは上座についているゴマの左隣に座り、磨き終えた眼鏡をかけてハンカチをしまうのを見とどけた。テラ・アルタ署の会議室で長方形のテーブルをかこんでいるそのほかの九名、バレーラ警部補とブライ巡査部長をのぞいた女性三人と男性六人の全員が、ゴマ警部補がアデル事件の捜査に編成した捜査チームの顔ぶれである。急きょ組織された捜査チームのなかで、トルトーザ署地方捜査局の刑事ではないのは、ブライ巡査部長が率いるテラ・アルタ署刑事課のサローム巡査長とメルチョールだけだった。当直明けのその日、短い昼寝《シエスタ》をしてきたメルチョールは、ここにいる面々は会議で顔を見たことはあっても、いっしょに仕事をしたことはほとんどなかった。出席者は全員が携帯電話をサイレントモードに設定した。日曜日の午後五時十五分、ゴマ警部補とピレス巡査部長は到着したばかりで、開始予定時間を少しすぎている。

ゴマはよく響く声で、大学教授が講義をするような調子で言った。「われわれが直面している事件の重要性は、いくら強調しても強調しすぎることはないのを、肝に銘じてもらいたい」上着を脱がず、ネクタイも結びたてのようで、髪をきれいに右分けにし、まえに青い紙ファイルと書きこみをしたモレスキンのノートを広げている。ピレス巡査部長はゴマの隣に座り、積みあげた書類の上に携帯電話をのせ、脇にアイパッドを置いていた。「事件がいかに波紋をひろげて世間を動揺させているかを、諸君はもうよく承知のことと思う。上層部も心配している。私にも先ほど警視総監から、全力を尽くして解決にあたり、こまめに進捗状況を報告するようにとの電話があった。諸君はマスコミの動きもよく知っている。こういうことは、火がまわるのも早いが消えるのも早い。これから数日のうちに報道される内容次第で、来週になればアデル事件は忘れ去られるだろう。しかしいまは、すべての新聞、すべてのテレビ局、すべてのラジオ局に取り上げられることになる。ありとあらゆるメディアにな」一呼吸おき、警部補は話をつづけた。「知ってのとおり、報道はすでにアデル夫婦が拷問を受けたこともかぎつけている。噂が出まわっているが、私が見るところ、それほど的はずれでもない。そうなることは避けられなかっただろう。だれが口をすべらせたのかはわからないが、それを追及するつもりはない。大切なのは、報道の雑音にはいっさい、耳を貸さないことだ。彼らが報じることについて、確認をとったり間違いを訂正したりすることは不要だ。テレビがなにを言ったか言わなかったとか、情報がリークしてそれがわれわれに影響するのか、どんな影響をこうむるのかとか、新聞記者が集めてくる証言、証人、ああだのこうだの取りざたされることには、注意を払わないでほしい。なにもかもすべてを遮断してわれわれの捜査に集中し、だれにも情報を与えてはならない。だれにも、というのは誇張なしに何人《なんぴと》に対してもという意味だ。たとえ家族であっても、話してはならない。言いたいことは理解してもらえたか」

ゴマ警部補は自分の言葉の効果を確かめるように、一座を厳しい視線でゆっくりと見まわした。テラ・アルタ署の署長バレーラ警部補をのぞいて、この場に五十歳を超えている人はひとりもいない。メルチョールを含め、三十歳にならない者も何人かいた。制服を着用しているのもバレーラ警部補だけで、そのほかはジーンズにTシャツ、夏物のシャツやブラウス、足もとはスニーカーというラフな私服姿だった。ゴマの背後の大きな窓から、鉛色の午後の光が差しこみ、がらんとした児童公園が見えた。公園の向こうには雑草がしげる建設用地が広がり、市街地のはずれに真新しいテラスハウスがならんでいる。

夏は目前に近づいているが、鉛色に包まれてはじまった一日は、いまも鉛色のままだ。雨はまだ一滴も落ちておらず、テラ・アルタに数時間まえから吹きあれている突風が所轄署の玄関に掲げられたふたつの旗――スペインとカタルーニャ州の――をはためかせ、児童公園で砂塵を巻きあげていた。

「判事が報道協定を結んだことは、諸君も聞いていることと思う。これで情報のリークを避けることができるだろう。また、捜査にかかわる情報は、私とピレス巡査部長に集約して一元管理することとする。私は判事と緊密に連絡をとり、ピレス巡査部長には捜査チームの責任者として、あがってきた証拠を取りまとめ、捜査報告書を作成してもらう。入手した証拠はすべてピレス巡査部長に提出してくれ。鑑識班が今朝から採取している証拠についても、そうしてもらう。トルトーザに残って対応にあたっているロペス巡査部長には、マスコミ対応の責任者を担ってもらう。サローム巡査長は、アデルの遺族との窓口として情報提供をしてもらいたい。アデル美術印刷の専務取締役と交友があるからな。この専務は殺された夫婦のひとり娘、ロサ・アデルの夫にあたる人だ」ゴマ警部補はサロームに顔を向け、「巡査長、それで正しかったか？」と確かめた。サロームがうなずき、ゴマはつづけて訊ねた。

「そういえば、遺族はこの知らせをどう受け止めていたかね」

「ひどく動揺していました。ロサはとくに。家族全員がショックを受けています」

「ロサ・アデルについても、DNAサンプルは採取してきたのか」ゴマ警部補が確かめた。

「その必要があるとは知りませんでした」

「必要ないかもしれない。しかし死体を特定するのに役に立つかもしれないのでね」

「午後にメルチョールと家族を訪問しますから、そのときに採ってきます」

ゴマはうなずき、ロサ・アデルと夫にできるだけ早く屋敷のなかを見てもらってくれ、とつけ加えた。メルチョールはそれを聞きながら、左隣にいるヴィニャスの携帯が振動しているのに気がついた。まぎれもなく妊婦とわかる体形をした三十代のヴィニャスは、携帯をちらりと横目で見ると、着信を無視した。

「初動捜査が重要であることは、いくら強調しても強調しすぎることはない」ゴマは一同に向けて言った。

「全力を尽くさなくてはならない。いまが勝負だ、捜査は時間とともに難しくなってくる。二十四時間態勢で任務についてくれ。鑑識班にもそう言ってある。全員がいまもアデルの屋敷で仕事をしていて、明日もあさってもそれがつづく。屋敷は上から指示が出るまで、封鎖を命じてあるのでね。諸君にも、彼らと同じように力を尽くしてもらいたい。そこでまず、テラ・アルタ署からチームに参加しているサローム巡査長とマリン刑事――」ゴマはふたりを指し、一同に言った。

「彼らにはテラ・アルタでわれわれの目となり、耳となる重要な役割を担ってもらう。そして力を尽くすという意味では――」と、テーブルの向かいに座っているバレーラ警部補とブライ巡査部長に言葉を向けた。

「おふたりにも、そうしていただきたい」

「なんなりと命じてください。指揮官はあなたですから」バレーラ警部補がすぐに応じた。

「トマス、かたじけない。お願いしたいのだが、おふたりにはこの席を外してもらえるだろうか」

バレーラとブライは呆気にとられてゴマを見つめた。バレーラ警部補は口が半開きになり、ブライ巡査部長は露骨に不快な表情をした。ピレス巡査部長をのぞいたほかの面々も、当惑したように顔を見あわせた。

「すまない」ゴマはつづけて言った。「いま話したように、おふたりにも力を尽くしてもらいたいのだ。捜査のためにね。あなた方を信用していないのではない。自分で決めたルールをきっちり守りたいという意味で。事件にかかわる情報は、捜査に加わっている者しか耳に入れてはならない。あなた方は、これ以上のことは知らない方がいいのだ」

テラ・アルタ署のふたりはとまどいながら目を見かわした。ブライの直属の部下として四年間を過ごしてきたメルチョールは、ブライがこの決定を侮辱としか受けとめるはずがないのを知っている。バレーラが訊ねた。

「ミケル、本気で言っているのか」

「もちろんだ」ゴマは答え、「悪いが、いまは理由を説明している時間がない。お望みなら、あとで話そう」

「警部補、お言葉ですが」燃えるような目の白い炎がゴマを貫かないようにつとめながら、ブライが言った。「私は承服しかねます」

ブライがそれ以上なにか言うのを、バレーラが鋭くさえぎった。

「巡査部長、黙ってろ」

バレーラの命令に硬直したブライは、こぶしを握りしめて腕を震わせ、顎がはずれそうなほど歯を食いしばり、黙ってそのとおりにした。バレーラは立ち上がり、巡査部長に「出よう」と命じた。それからゴマに「署長室にいますから必要があれば呼んでください」と声をかけた。

ゴマが礼を言い、バレーラについてブライもうなだれて会議室を出ていくあいだに、ピレス巡査部長がホッチキスでとめた五枚つづりの資料を配りはじめ、沈黙が流れる気まずい空気が少しやわらいだ。トルトーザ署地域捜査局の部長であるゴマは、ブリーフケースから書類を取りだし、モレスキンのノートに書いたメモを確認した。

「さて、本題に入ろう。これまでにわかっていることを整理すると――」ゴマはノートに目を落としながら言う。「今朝六時十五分ごろ、アデル家の料理人が広間でアデル夫妻の死体を発見した。料理人はエクアドル出身で、名前はマリア・フェルナンデス・ザンブラノ。彼女は昨夜、夕食の支度をしてから八時半ごろ、屋敷を出た。不審なもの音を聞いたり奇妙なものを見たりはしておらず、すべていつもどおりだったと言っている。屋敷に残っていたのは、夫妻と家政婦だけだった。家政婦は額に銃弾を撃ちこまれ、死体で見つかった。家政婦の名前はジェニカ・アルバ。ザンブラノは八年前からアデル家で働き、夫と息子といっしょにガンデーザに住んでいる。アルバはルーマニア人で、アデル家に雇われて一年半になり、エル・ピネル・デ・ブライでひとり暮らしをしていた。彼女は娘を故郷《くに》の両親にあずけていたので、定期的に仕送りをしていたようだ。このふたりは、犯行に関係があるのか？　どちらかが犯人と共謀していなかったか？」ゴマは言葉を切り、ノートのメモを見た。「屋敷の警報機と防犯カメラは、金曜日の二十二時四十八分からすべて切断されていた。これは家のなかに大勢の人がいた時刻だ。というのも、フランシスコ・アデルは毎週金曜日の夜、妻や娘、アデル美術印刷の主要幹部でテーブルをかこむ夕食会を催していたからだ。夕食会のために、コックやウェイターがつくケータリングサービスを利用した。ケータリングサービスとディナーの参加者全員から話を聞く必要がある。ふたりの使用人たちもそこにいた。彼女たちは屋敷のことをよく知っている。自由に動きまわり、警報装置を解除することができただろう。人が多いときを狙えば、その場にいた全員に疑いが分散されて自分ひとりに容疑をかけられずにすむからな」ゴマは鮮やかなプリントのシャツを着て会議テーブルの左端に座っている、長髪でヤギひげを生やしたあばた顔の刑事に視線を向けた。「ラモス、きみはどう思う?」

「エクアドル人は、容疑者から外しますね」指名されたラモスは答えた。「先ほどヴィニャスといっしょに彼女とその夫を尋問してきましたが、死ぬほど怖がっていて、ハエ一匹殺せるとは思えません」

「ええ、とても殺せません」せり出したお腹をなでながら、ラモスに顔を向けてヴィニャスも言った。

「私は、ルーマニア人を除外できるとは思えませんな」軍人風に頭を刈りあげた、三日はひげを剃っていないように見えるクラベールが、ピレスから配られた資料に無造作に落書きをしながら、首を横にふって口をはさんだ。「両親はルーマニアのティミショアラ近辺に住んでいるようだが、まだ居場所はつかめていない。エル・ピネル・デ・ブライの近所の人たちに話を聞くと、彼女には変わったところはないし、家に男を連れこむようなこともなかったという。しかし――」

「しかし、なんだね?」ゴマが急き立てた。

クラベールはペンを動かす手をとめ、答えた。「ここでの生活にうんざりしていたんです。ルーマニアに帰りたがっていたが、金がなかった。金が必要な人は、いい話があれば、どんなに危険であろうと誘いに乗るでしょう。もういちど言いますが、私ならルーマニア人を除外しませんね」

「料理人は外せるが、家政婦は残す、ということだな」ゴマも同意した。「屋敷の扉にも農場の門にも、無理に押し入った形跡がなかった。家政婦が犯人を手引きした可能性もある。だが、ルーマニア人の家政婦が犯人を招き入れたのだとすれば、なぜ殺されたんだ? 口を割られると都合の悪い目撃者だったから始末されたのか？　それに、なぜ夫婦が殺された広間でなく、自分の部屋で殺されたのか。もし、犯人のために扉を開けたのが彼女でなく、夫婦のひとりだったとすれば？　犯人は夫婦の知りあいだったのか？　それなら、ドアをこじあけなかったことの説明がつくが、そうなると警報機や防犯カメラを切ったことの説明がつかないと思わないか？」

メルチョールはゴマの言うとおりだと思ったが、黙っていた。ほかのみんなも、なにも言わなかった。ゴマは自分の見解が暗黙の賛同を得たことを喜ぶでもなく、疑問の答えを探っているのか、だれかの発言を待っているのか、話の接ぎ穂が見つからないのか、考えこむ顔つきでノートをめくっている。全員がゴマを注視しているなかで、メルチョールの向かいに座っているサロームが遠慮がちに自分の携帯電話に目を落とし、「友人から電話が入りました」と、沈黙を破って声を響かせた。「アデルの娘婿、アルベルト・フェレから」

現実に引きもどされたゴマは電話に出るように身ぶりで伝え、サロームは会議室を出ていった。

「さて、つづけよう。アデル家についてはなにがわかっている？」ゴマはまたノートに視線を走らせた。すぐに見つかったようだ。「被害者のフランシスコとロサは、テラ・アルタで最大の企業、アデル美術印刷のオーナーであり唯一の株主だった。アデル美術印刷はテラ・アルタにある国内工場ふたつのほかに、ポーランド、ルーマニア、メキシコとアルゼンチンの海外にも四つの工場をもっている。スペインの工場では六百人近くを、海外では四百人以上を雇用している。年間売上高が七千万ユーロにのぼる大会社だが、これはアデルの持ち株のほんの一部だ。実際上はテラ・アルタ郡の半分を所有していると言ってもいい。ほかにも小さな会社や無数の不動産、店舗、農場、住宅、マンションをもっていて、帝国と呼べる大勢力を築いている」先ほどブリーフケースから取りだした資料を振ってみせ、言葉をつづけた。「ここに暫定的な参考資料がまとめてある。これを徹底的に読みこんでくれ。それから、だれかふたりに、アデルたちとその関連会社の経理をミリ単位で調べてもらいたい」

ピレス巡査部長が、リウスとゴメスにやってもらいましょうと提案した。リウスは運動選手のように引き締まった身体つきの、坊主頭をした口唇裂のある三十代の男性で、ゴメスは飛びだしそうな目をして黒いセルフレームの眼鏡をかけた、驚くほど胸の大きい小柄な女性だった。金融や経済にかかわる捜査にかけて経験豊富なふたりだったので、ゴマは異論を唱えなかった。ここ数週間のあいだにアデルの口座に多額の支出や入金、奇妙な動きや疑わしい取引が記録されていないか調べるように命じ、

「司法の許可は取りつけてある。銀行が開き次第、明日いちばんにとりかかってくれ。どんなに些細なことでも重要だぞ、細心の注意を払うのを忘れるな。これは全員にも言っておく」

ほぼ向かい合わせに座っているリウスとゴメスは、ゴマを見つめてうなずき、互いに目を見あわせてうなずきあった。ゴマは心配げに会議室のドアに目をやった。ガラス張りのドアから見える廊下では、忙しく人が行き交っているが、サロームの姿は見えない。

「巡査長がもどってくるかどうか、少し待ってみよう」ゴマが言った。

数分間が経過するあいだに、メルチョールは配られた書類を丁寧に読んだ。何人かが同じことをしていた。手洗いに立つ者、脚を伸ばす者、小声で会話を交わす者もいた。ゴマはノートをめくってメモを読み、ピレスはアイパッドになにか入力していた。しばらくすると、サロームがもどってきた。

「ロサ・アデルがすっかり参っているそうです」なにを話してきたのかと目で問いかけたゴマに、サローム

はピレスの隣に座りなおし、報告した。「フェレから面会の予定は明日の午後に延期してほしい、それまでに屋敷を見ておくからと頼まれたので、承知したと伝えました。遺族に負担をかけない方がいいと思いましてね」

ゴマは不本意そうだったが、しかたがない、というように目を細めた。ピレス巡査部長が席を外していたあいだの話をサロームに伝え、それが終わると、間違っていたら訂正してくれとサロームに頼んでから、ゴマはアデルの話にもどった。

「アデルには、娘がひとりいる。ロサといい、結婚して四人の娘の母親だ。コルベラ・デブレに住んでいて、家は両親の屋敷から車で十五分の距離にある。両親の会社の株は保有していないが、あらゆる点からみて、すべての財産を相続する受遺者はこのロサになる。ロサの夫はアデル美術印刷の専務取締役をやっているが、単なる名誉役職的なポストに就いているだけだ。サローム、そうだね？」

「役職は役職なんですが、実質的に重要な決定をくだしていたのはアデル老人でしたね。当主のアデルが実権を握っていたという意味で。日常業務は、常務取締役のジョゼップ・グラウが統括しています」サロームは答えた。

「ジョゼップ・グラウだな」ゴマが確認する。

「ええ。個人的な面識はありませんが、いろいろ噂は聞いていますよ。グラウは会社に生涯を捧げてきた。フェレのほうは、ロサと結婚したことでこの会社で働きはじめたんです。フェレは経済学を学んでいるので。明日はグラウにも会う予定になっています」

「ほかの幹部連中からも話を聞いてきてくれ。必要があれば従業員たちからも」ゴマが言った。「当主のアデルはずいぶん禁欲的な信心深い人物で、あまり社交的ではなかったようだな。しかしボットの出身らしいから、同郷の友人くらいいただろう」

「私の知るかぎり、ほとんどいませんね」サロームが答えた。「村のなかにも外にも。わずかな友人たちももう他界していますから、友人と呼べそうな人は常務のグラウくらいでしょう。ほかに残っている友人がいれば、探し出して話を聞いてきます」

「そうしてくれ。アデル夫人については何がわかっている？」

ゴマの質問に、サロームは答えた。「夫人のことはよく知らないんですが、テラ・アルタではなくレウスの出身です。とはいえ、ずっとこの土地で暮らしていました。もう少し調べてみます」

ゴマはうなずき、サロームに言った。

「当面はマリンといっしょに、家族と会社の経営陣に焦点をあてて捜査をすすめてもらえるか。そして、そっちの三人には——」と、ラモス、ヴィニャスとクラベールに顔を向けた。「別の任務にあたってもらいたい。ピレス巡査部長、話してもらえるか？」

ピレスは巻き毛をなでつけ、咳ばらいをしてから、アイパッドに視線を走らせた。ポロ襟の陰に隠れている鎖骨のタトゥーが、ちらりとメルチョールの目に入った。

アイパッドから目を上げ、ピレスは話しはじめた。

「ご存じのように、いまのところ手がかりはひとつもつかめていません。手がかりと呼べるのであれば、入り口に残されていたタイヤの痕が唯一の足がかりです。あれはコンチネンタル社のタイヤであることが確認されました。しかし、そこらじゅうで何千台もの車がはいているタイヤです。アデル家に最も近い隣人は、数キロ先に住んでいる医師夫婦で、子どもふたりがいる一家です」ピレスは顔を右に向け、サロームに訊いた。「その家族と話してきたって言ってたわよね、なにかわかったことはあった？」

首を横にふりながら、「なにも出てこなかったよ」

とリウスは答えた。「家族は昨晩、家で寝たそうだが、変わったことはひとつもなかったと言っている。すっかり震え上がっていたけどね」

それを聞いて意外そうに眉をあげたピレスは、一瞬やわらかい表情をみせたが、すぐにプロフェッショナルらしいいつもの冷静さを取りもどし、言葉をつづけた。

「屋敷のなかにはどこもかしこも、指紋がついていますが、当然ながらほとんどが老夫婦、家政婦と料理人のものでした」

「ロサ・アデルとその家族の指紋は採ってあるのか?」

ゴマの質問に、「私が採ってきました」とサロームが答えた。

「料理人のものも採取してあります」ヴィニャスがつけ加える。

「全員が捜査の対象に入っています」ピレスが報告した。

「ほとんどが夫婦と使用人たちの指紋だったそうだな、それ以外のものは?」ゴメスが指摘する。

「これから確認する必要がありますが——」ピレスが答えた。「現時点では、ごくわずかです。金曜日の夕食会に参加していた幹部たちか家族たち、あるいはケータリングサービスの関係者のものである可能性もあります……大部分は明瞭ですが、不明瞭なものは検証できないかもしれませんね」ピレスはゴマを見て言った。「鑑識班は仕事に忙殺されているんです」

「こっちの会議が終われば、私が手を貸しにいきますよ」サロームが申し出た。「鑑識の連中とは長年いっしょに仕事をしてきましたから」

ゴマが同意した。「よろしく頼む。手助けしてやってくれ。証拠収集の責任者はだれだ?」

「シルヴェンです」ピレスが答える。

「では、シルヴェンに伝えてもらえるか」ゴマはサロームに言った。「明日になれば、トルトーザ署から増員を派遣すると。それでも足りない場合は、バルセロナの本署にも援軍を要請しよう」

一呼吸おいてから、ゴマはつづけろとピレスに手ぶりで合図を送り、ピレスは再び画面に視線をもどすと、アイパッドに指をあててスクロールした。

「警部補が説明したように――」目をあげ、一同を見ながら言う。「屋敷の防犯カメラと警報装置は、金曜の晩に解除されていた。何者かがスイッチを切ったのです。犯行時刻にはカメラが作動していなかった。そしてもうひとつ。屋敷にいちばん近い防犯カメラはガンデーザにあるので、カメラはまったく役に立ちません。つまり、あの晩、屋敷の近辺にいた者を調べ出す手段は、ひとつしか残されていない」

「携帯電話ね」ヴィニャスが声をあげた。

「そのとおり」左手をお腹にのせているヴィニャスの顔を見て、ピレスはうなずいた。「屋敷に近い基地局は二か所ありますが、犯行当夜の携帯電話利用者を網羅したリストを、今晩中に提出してもらえることになっています。使われなかったものも含めて。このリストが手に入れば、番号保有者の住所氏名を電話会社に照会することができる」

「判事からも許可をもらう必要があるんじゃないか」

発言したラモスに、ピレスは説明した。「その必要はないの。裁判所の認可が必要なのは、音声通話やデータ通信の内容公開を求める場合だけだから。うまくいけば、明日には携帯の持ち主の名前と住所がわかるかもしれない」

「それが判明次第、明日からただちに聞きこみにかかってくれ。ひとりひとり、しらみつぶしにな」ゴマ警部補がラモス、ヴィニャスとクラベールに言う。

「何百人という人数になるかもしれませんよ」ヴィニャスがお腹にあてていた手をはずし、目を見ひらいた。

「何千人であろうと、片っ端から全員だ」ゴマは言ってのけた。「そのなかから容疑者を絞りこんだ段階で、判事に通話内容の開示許可を申請しよう。ひとつたしかなことは、その携帯電話の持ち主のなかに犯人が潜んでいるということだ。複数犯の可能性もある。もちろん、やつらが警戒して携帯電話をもたずにアデルの屋敷に入ったのでなければ、だがね。携帯をもたずに入ったとすれば、犯人はプロであるという仮説が補強されることになる」

「そうであっても驚かないですね」リウスが言った。

「私も同意見だ」ゴマも賛同した。「プロだったとすれば、事態はもっと面倒なことになる」

一同はプロのしわざだと考える者と、それを疑問視する者にわかれた。メルチョールはゴマの視線を感じた。なにか意見を共有するつもりはないのかと考えているのかもしれなかったが、メルチョールは聞き役に徹していた。そのうちにクラベールが、携帯電話の線について意見を述べた。

「犯人が携帯電話の危険性を認識していたことははっきりしている。アデルたちと家政婦の携帯を破壊していったのは、そのためだ。それを知っているのは、プロに限られるんじゃないですか」

「たしかにそうだな」ゴマも賛成した。「しかし、アマチュアにもそういうことに詳しい者はいるだろう。それに、プロなら決してミスをしないと言えるのか？とにかく、一歩ずつすすむしかない。いまは最悪の事態を想定している場合じゃないからね」

ゴマは言葉を切り、なにか迷っているようだったが、ピレス巡査部長が身体を乗りだし、アイパッドの画面を見せながらなにかを指さした。その拍子に、黒い矢が刺さっている赤いハートのタトゥーがメルチョールにもちらりと見えたが、文字までは読みとれなかった。

ゴマ警部補は再び口を開いた。「もう一点ある。監察医は遅くともあさっての水曜日までには、最終的な鑑定書を作成すると約束してくれている。だがいまの時点でも、いくつかの重要な事実が明らかになっている。第一に、アデル夫婦が死亡したのは午後十時から午前五時のあいだだった。これはもちろん、想像してみてもわかることだ。料理人のザンブラノは夜八時半ごろに屋敷を出て、午前六時半ごろもどってきた。犯行はそのあいだにおこなわれたことになる。監察医によれば、解剖が終われればもう少し絞りこめるかもしれないが、詳しいことはわからないだろうということだ。第二の点は、われわれの捜査にも関係が深いことだが、アデル夫妻は即死したのでないことは明らかだ。犯人たちは殺してから死体を傷つけたのではない。最初に拷問してから殺したのだ。監察医の見解では、かなり長時間にわたる拷問を加えている。可能なかぎり生かしておいて、苦痛を長びかせた可能性が高いそうだ。すると、諸君も私と同じ疑問を抱いているはずだ。だれが、そしてなぜ、高齢者ふたりをそこまで苦しめたいと考えたのか。単なるサディズムの発露だったのか？　ただの泥棒が理性を失い、悪意からか、激怒からか、それとも楽しみ半分に老人を拷問することにしたのか？　部屋のなかもめちゃくちゃに荒らされていた。しかしなにを持ちだしたのか、そもそもなにかを持ちだしたのかどうかもわからない。そのことについては、娘夫妻の証言から明らかになるのを期待しよう。犯人はなにか具体的なものを盗みだそうとしていたのか？　それがどこにあるかを白状させるために、老夫妻を痛めつけたのか？　そうだとすれば、なにを探していたのか。老人たちからなにかを聞きだすことはできたのか？　探していたものは見つかって首尾よく運び出したのか、それとも見つからずに、なにももたずにずらかったのか？　探していたものは屋敷のなかにあったのか、それとも外に？　さらに、老夫婦は同時に拷問を受けたのか、順番にそうされたのか。相手が見ているまえでひとりを拷問し、先に殺してからもうひとりを拷問したのか。あれはとんでもない拷問だ。

じつに不可解な」

「不可解とは、どうしてですか」ラモスが問いかけた。「犯人たちがなにかを探していたとして、アデルたちが口を割らなかったのであれば、それを聞きだすための手段だったんじゃないですか。少なくとも犯人は、それでしゃべると考えたんでしょう」

「その可能性を否定するつもりはないが――」ゴマは言い、つづけて説明した。「しかし、考えてみてくれ。どんな拷問だったかを。言葉にならないほどの苦しみを、死ぬまで味わわせたんだ。尋問するのにそこまで野蛮なふるまいに及ぶだろうか」

ゴマを見ながら、ラモスは少し目を細めると、肩をすくめてみせた。ふたつの身ぶりは、そうであっても不思議はないでしょう、と伝えていた。

「それについては、もうひとつの要素を度外視していることも指摘できる」ゴマは粘り強くつづけた。「われわれが知っているかぎりでは、アデル夫婦はテラ・アルタの住人に好かれていたようだ。敵は少なかったと考えられる。犯人はこの土地の人間ではない可能性もあるかもしれないが……」

「それほど好かれてはいなかったかもしれませんね」メルチョールが口をはさんだ。「とくに当主のアデルは」

それはメルチョールがはじめて口にした意見だった。発言したというより、ゴマに向けてつぶやいたというような声だったが、全員の視線がメルチョールに注がれることになった。話してみろ、とゴマがうながし、メルチョールは声を強めていまの発言を繰りかえした。

「アデルはある種の親分のようだったと考えている人もいます。すべてを独り占めにしていたという意味で。労働者を搾取し、彼の影があまりにも大きくてその周囲にはなにも成長させなかったと思っていた人もいるようです」

「独占していたというのは間違いない」リウスがアデ

ルの財産にかかわる資料を掲げて言い、資料をぱさりとテーブルに落としてみせた。

「アデルが親分だったと考えているのはだれだね、従業員たちか？」ゴマが訊ねる。

妻から聞いたことは伏せて、メルチョールは答えた。

「テラ・アルタの人がそう言うのを耳にしたんです。この土地で生まれ育った人ですが、単独の意見ではないように思えます」

アデルの屋敷で数時間前にサロームが言っていた《ここではむしろ好かれていたと思います》という言葉を思いだしたのだろう、ゴマは問いかけるようにサロームを見た。ひげをさすりながら話を聞いていたサロームは、椅子に座りなおし、人さし指を鼻筋にあてて眼鏡の位置を整えてから、ゴマの目を見て口を開いた。

「メルチョールの言うことはほんとうです。テラ・アルタでアデルのことをそう思っている人は、ひとりやふたりではないでしょう。当然のことだと思いませんか？　金持ちには敵がつきものだ。警部補ご自身が今朝そう言っておられましたね。アデルは大金持ちでした。それに成功者は羨望も受けます。アデルのように、無一文からのし上がってくればとくにね。孤児で、間違っていなければ父親も日雇い労働者だったんですから……アデルは成り上がりと呼ばれる人の典型だったんです。ほかの国では称賛されるが、この国ではその逆になる。ありていに言うと、そうなっているんです。ひとりも敵を作らずにアデルのような富を築くことは、不可能でしょうな。メンツをつぶされた商売仇や解雇されて恨んでいる従業員はいるでしょう。しかしテラ・アルタでは、彼に対する感謝と称賛のほうが支配的です。この土地に繁栄をもたらし、多くの人に仕事を提供したんですから。私にはそれしか言えませんね。どうなんだろう、間違っているのかもしれませんがね」

「そこなんだ、われわれが突き止めなければならないのは」ゴマ警部補は全員に向かってすぐに言った。「アデルたちに敵はいたのか、いたとすればどんな敵だったのかを。そいつらが犯人だとすれば、恐ろしい敵であることはたしかだ。ああいうことをやってのけるような敵がいたのか？　公然の敵だったのか？　それとも友人を装って長年ひそかに恨みをつのらせていただれかが、チャンスを見つけたのか？　アデルたちが家の扉を開けてなかに入れたのは、友人と思っていたからなのか？　そいつらは自分で手をくだしたのか、それともだれかに殺害を依頼したのか？　自分で殺《や》ったのであれ、だれかを雇ったのであれ、その目的は？　盗みか？　なにかを奪うため、それとも復讐のためか？　現時点で思い浮かぶのはそんなところだ……まあ、もうひとつあるが」

　ゴマ警部補はやや芝居がかった調子で、もったいぶって言葉を切った。隣に座っているメルチョールは、なにを考えているのか察しがついたが、口には出さなかった。一同はなにを言いだすのか、かたずをのんで待ちかまえている。大窓の向こうでは、太陽が遠慮がちに雲の切れ間から顔をのぞかせていた。吹き荒れていた突風がおさまり、風にあおられていたスペインとカタルーニャの旗がわずかに揺れながら、だらりとポールに巻きついている。見ていると、どっと吹きつけてきた疾風が旗を激しくたなびかせ、児童公園で小さな竜巻が砂塵を巻きあげた。

　ゴマはやっと明かした。「儀式殺人だ。じつをいうと、屋敷に足を踏みいれて暴虐のかぎりを尽くされた死体を目にしたとたん、まっさきにそれを考えた。そう考えたのは私ひとりじゃないだろう。儀式殺人など、映画のなかの作りごとのように聞こえるかもしれないが、映画のようなことが現実にも起こり得るのは、諸君も知っているだろう。映画を模写しようと考えるやからもいる。アデル夫妻は信心深かったという。そしてふたりともオプス・デイのメンバーだった。だから と言ってそれがなにかを意味することにはならないが……」ゴマは遠くを見る目になり、微笑めいたものを浮かべて表情をゆるめた。「だれかがこんなことを言っていた。神と悪魔はコインのように表裏一体であり、神と親密な関係をもつ者は、結局悪魔とも親密な関係をもつことになる、とね。とにかく――」自分の言葉に決まり悪くなったのか、ゴマは微笑めいたものを引っこめ、まじめな顔になると、話をまとめて言った。「これは単なる仮説にすぎない。いずれにしても、棄却するのかしないのかを確認しなくてはならないだろう」

一同は沈黙をもってゴマ警部補の推察を受けとめた。視線を交わしあっているのをどう解釈すればよいのか、メルチョールには判断がつきかねた。ゴマは少しすると、またノートに目を落としてページを繰り、ピレス巡査部長に声をかけた。

「ほかになにかあるか」

ピレスは眉をあげ、手のひらをみせて腕を広げてみせた。同時に三通りのしぐさをすることで、《私からはなにもありません》と伝えたのだ。

「意見や質問があれば言ってくれ」ゴマは一座に呼びかけ、見まわして発言を待った。「よかろう。では重要なことがらを確認しておく。常時、すぐに動ける心がまえでいてくれ。チームで緊密に連絡を取りあおう。情報交換をして共有することはきわめて重要だ。ひとりよりふたり、ふたりより三人で考えた方がいい知恵が出るのを忘れないでほしい。初動捜査のいまが、いちばん大事なときだ。これからの数日を無駄にするな。当面は金銭面の動きを調べ、犯行時に屋敷の近辺にいた携帯電話の持ち主、遺族とアデルの協力者たちへの聞き取り捜査に焦点をあてることとする。全力で捜査に取り組むのは明日からだ。それまでに、今晩じゅうに各自でアデル事件にかかわることをしっかり勉強しておいてくれ。巡査部長が配った資料のほかにも、情報はインターネットで入手できる。それから、くれぐれも捜査の情報を口外しないでもらいたい。全国民がわれわれを見守っていることを忘れるな。われわれは警察の威信を背負っているのだからな。話は以上だ。それでは仕事にもどってくれ」

会議の終了後、メルチョールとサロームは廊下で手短に仕事の分担を打ちあわせた。日曜日の午後というのに、署内はこれまで経験したことのないあわただしさに包まれていた。人が三人も殺されたアデル事件は、テラ・アルタ署とトルトーザ署の刑事たちを戦闘態勢に追いこんだだけでなく、テラ・アルタ署を揺るがせる驚天動地の衝撃を与えて、所轄署全体がメルチョールが見たこともない騒然とした空気になっていた。

「さて、それではひとっぱしり、アデルの屋敷にいってくるよ」サロームが告げた。

「俺もいっしょにいこうか？」メルチョールが申し出ると、

「その必要はない。きみには鑑識の経験がないし、明日はアデル美術印刷の幹部たちに聞きこみをすることになっている。アデルの商売について、それまでに知識を頭にたたき込んでおいた方がいい」と言われた。

ふたりは階段で別れ、サロームは地下の車庫へ降りていった。メルチョールは、サローム巡査長ほかのテラ・アルタ署刑事課の九人が共同利用している刑事部屋へと足を向けた。資料棚がならび、事務机が五台置かれていて、コンピューター五台が備わっている部屋である（刑事課の長であるブライ巡査部長は、ひとりだけ個室を占領している）。入っていくと、コーヒーを飲みながら雑談していた鑑識係のコロミーナスとフエリウが、なにか新しいニュースはないかと訊いてきた。屋敷で証拠を収集しているはずのふたりがここにいるのを怪訝に思いながら、ないねと答え、同じ質問をかえした。丸い頭にボクサーのような鼻をつけている巨漢のコロミーナスは、自分の肥満を笑いのタネにしている男だった。こっちもなにも出てこない、オレたちは採取した証拠を保管するためにいったん署にもどってきたところだと彼は説明した。

「一息入れているところ」フェリウがコーヒーカップを持ちあげてみせた。田舎育ちを思わせる雰囲気のフェリウは、タイトな服を着て、ちょっとパンクヘアを連想させる具合に金髪を逆だてていた。「これからものすごい長丁場になるから」

コロミーナスはまったくだ、とフェリウの意見を支持してから、アデル事件は儀式殺人だったと思うか？ とメルチョールに訊ねた。

「どうだろう」メルチョールは自分の机に座りながら答えた。「なぜそんな質問をするんだ？」

「そういう噂が流れてるからな。被害者たちは敬虔な信徒だったたって。老人たちは、という意味だが」コロミーナスは言った。

「そうらしいな」

「いいことを教えてやろう」コロミーナスはフェリウに顔を向けた。「それがほんとうのことだったら、儀式殺人だったとしてもオレはこれっぽっちも驚かないね。なぜだかわかるか？」

「なぜよ」フェリウが訊く。

「宗教ってやつは、最後には人を狂わせちまうからだよ。オレが言うんだから間違いない」

コロミーナスはそう言うと、アンポスタで庭師をしている友人が昨年の夏に聖地を訪れたんだがね、と話しはじめた。メルチョールは下に降りてカフェテリアでコーヒーを淹れてこようと思ったものの、機械でつくる無味乾燥なコーヒーを思い浮かべてやめておいた。パソコンが立ち上がるのを待ちながら、コロミーナスの話に耳をかたむける。

コロミーナスは背もたれを倒し、脚を組みあわせて机に投げだしたかっこうで話していた。「信心深い男じゃないんだが、どういうわけか神学校に入ったんだ。本人はむしろ、教会なんて信じていなかったんだけどね。とにかく、興味半分、観光気分で聖地へ出かけた」

エルサレムに着くと、中心部の安ホテルに宿をとり、三日滞在したある夜、市警ふたりに捕まっちまった。ホテルのシーツにくるまって申命記の第二講話を唱えながら、旧市街をふらふら歩いていたんだ。幸い、すぐに釈放されたんだが。自分は研修旅行中の神学生で、ただの悪ふざけだったという言いわけを信じてもらえてね。ところがその翌日、自転車を借りたまま姿を消しちまった。一週間後に、ネゲブ砂漠の岩の上にいたのを発見されたんだが、自分は預言者エリヤで、火の馬に引かれた炎の馬車でつむじ風が天へ運んでくれるのを確信していたそうだ。結局エルサレムのクファル・シャウル精神病院に送りこまれて、残りの休暇をそこで過ごすはめになった。隣のベッドにいたのは、自分をサムソンだと思いこんで嘆きの壁を打ち壊そうとしたアメリカ人と、自分はメシアを懐妊していると信じていたポーランド人女性だったという。庭師の友人は、そのあとで家に帰してもらえた。

「いまでも楽しそうに暮らしているよ。アンポスタに来たら紹介してやるから、本人の口からこの話を聞けばいい。しかし、彼はなにが起こったのかおぼえていないから、あとから聞かされた話になるけどな。オレはそれを言ってるんだよ。宗教は人をおかしくしちまうってことを」

フェリウがまだアンポスタの庭師の話に腹をかかえて笑っていると《オレは妙なことに、まえまえからあいつには預言者の素質があると思ってたんだよ、だって頬はこけてるし、ヤギひげを生やしてるし――》、ブライ巡査部長があらわれた。フェリウは笑いを引っこめ、コロミーナスは机にのせていた脚をおろした。

ブライはなにをしていると声もかけずに、難しい顔でそわそわと、ゴマとの会議は終わったのかとメルチョールに訊いた。メルチョールがはいと答えると、サロームは？　と訊ねた。

「ついさっき、アデルの屋敷へ向かいました。人手が足りないので手助けをしに」

「猫の手も借りたいところよ」フェリウが言い、空の紙コップをゴミ箱に捨てた。「さあ、コロ、戦線に復帰しよう」

「行こう」コロミーナスも関節をきしませながら立ち上がった。「今晩は徹夜になりそうだ」

ふたりの発言は聞き流し、ブライはちょっと部屋に来てもらえるかとメルチョールに言った。ブライの部屋と刑事部屋はガラス一枚で仕切られているだけだ。メルチョールが入っていくと、ブライは書類が山積みになったデスクにもたれ、苦虫を噛みつぶしたような仏頂面で待っていた。

「あの野郎め」メルチョールがドアを閉めると、ブライは吐き捨てた。

「だれのことですか」訊きかえしたが、答えはわかっていた。

「ゴマだ、ほかにだれがいる？　きみも見ていただろう、バレーラと私を追い出したんだ、全員の前で。内密に話す配慮などかけらも持ちあわせていない。とんでもない野郎だ」

ブライは鼻息あらく、檻に放りこまれた野生動物のような雰囲気でデスクをまわると、自分の椅子に腰をおろし、メルチョールにも座りたまえと手をふった。

「バレーラは意気地なしだからな。定年までもう少しだから、面倒なことに巻きこまれたくないんだ」ブライはメルチョールが立ったままでいることに気がついていなかった。「私だったら、あの場に残って引きさがったりしていなかった。あいつがトルトーザ署に着任したときに、《ゴマには気をつけろ》と忠告されたんだ。《あいつは野心の塊だ。名家の出で、なにがなんでも署長の椅子に座るつもりでいる》とな。クソ野郎め。テラ・アルタに降りかかってきた事件だというのに、名誉を独り占めしたいばかりに私を追い出しやがった。こんちくしょう。それに、しれっとして食わせ者のピレスを見たか？　ゴマの腰巾着だ。あいつらはできてるに違いない」

ピレスのタトゥーを思い浮かべながら、ブライはうっぷんを晴らしたいのだろうと思い、メルチョールは忍耐の鎧《よろい》をつけて覚悟をかため、ブライがゴマ警部補やピレス巡査部長や自分の不幸を唾をとばして罵倒したり嘆いたりするのを聞いていた。ガラスの向こうに見える左手の刑事部屋は、がらんとしてコンピューターが起動状態になっていた。メルチョールの正面、ブライ巡査部長の背後には、所轄署の側面に面した大きな窓があり、六月の日曜日の村はずれの景観が広がっている。人影はない。先ほどから見ていたものと同じ景色だ。会議室から見えたテラスハウス。建築中の住宅。北風が砂塵を巻きあげている空き地——その向こうには、山なみの緑の樹海が波うつような線を描いて、空との境界をくっきりわける輪郭を浮かびあがらせている。この距離から見ると、山肌に点在する風車が、全速力で羽根を回転させている巨大な金属製の昆虫のようだ。メルチョールの右側には、壁にコルクボードがあり、メモ、写真、記念カードやお知らせのたぐいの雑多なものの隅に、星がついたひときわ目立つステッカーが貼られていた。ステッカーには《カタルーニャはスペインにあらず》と書かれている。屈辱を噛みしめ、うっぷんを晴らしているブライの言葉をどうやってやり過ごすかを考えていたメルチョールに、ブライはいきなり目をあわせると、出し抜けに言った。

「ひとつ頼みを聞いてもらいたい」

ちょうどそのとき、メルチョールの携帯電話が静寂をやぶり、メールの受信を告げる音を響かせた。

「サロームからです」

メッセージは、固定電話と携帯電話のふたつの電話番号と、大文字もアクセント記号も使わずに書かれた文章だった。

アデル美術印刷の常務、ジョゼップ・グラウの電話番号を送る。手があけられないから、そっちから明日午前の面会を申し入れてもらいたい。先方が指定する場所で、朝いちばんに。それ以降は都合がつかない。よろしく。

《了解》とメルチョールは返信した。

「なんだって？」ブライが訊ねた。

「たいしたことじゃありません」と答えると、

「な、そうなるだろう？　まさにそのことをきみに頼みたいんだ」

「なにをですか？」

「アデル事件にかかわる捜査状況を逐一聞かせてもらいたい」

「それはできません。ゴマ警部補の命令をお聞きになったでしょう？　情報漏えい厳禁、口外無用、との仰せですから」

ブライは椅子に座りなおすと、頭をふりながら、せっぱつまったような身ぶり手ぶりで食いさがった。

「ふざけるな、このスペイン主義者め。きみまでそんなことを言うのか？　判明したことを私が知って、なんの不都合があるというんだ。どれほど口が堅いか、よく知っているだろう？」

「すみません、俺にはどうすることもできない。ゴマ警部補におっしゃってください」

「ゴマの野郎など、くそくらえだ！」ブライは声を荒げ、デスクの書類を手のひらでバシンとたたきつけた。「私はきみに話しているのだ。私は、テラ・アルタを隅ずみまで知り尽くしている。きみはそれをよく知っているはずだ。そしてあいつが問答無用で私を追い出すような汚い手を使ったことも、その目で見たはずだ。頼む。ここへ来てからどれほど力になってやったか、忘れたのか？　え？　どれだけ助けてやったことか」

メルチョールはブライ巡査部長から受けた厚意を、いろいろ思いだした。しかしいま求められていることは、それとは規模も性質も比べものにならないほど大きい。とはいえ、ブライの言い分にも一理あると思った。ブライは決して無能ではない。テラ・アルタを熟知していることにかけては定評があるし、長年の経験がある。ゴマが恣意的にブライを外したのは、捜査チームにとって大きな損失だった。遅かれ早かれ、ブライは助けになる男なのだ。そのときになって、頼りにしなかったのを後悔することになるのだろう。そして少なくともこの事件に関しては、ブライほど分別のある男はいない。

「わかりました。少し考えてみます」

ブライ巡査部長はぱっと表情を輝かせた。

「恩に着るよ、スペイン主義者」嬉しさをにじませた声で立ち上がると、腕を広げてメルチョールに歩み寄った。「きみは信頼できる男だと信じていた」

「考えると言っただけですよ」舞い上がらないようにブレーキをかけた。

「わかった、わかった」ブライは謝りながらも、勝利を確信しているように左手をメルチョールの肩に置き、右手でがっちり握手をして、メルチョールの目を見て言った。「心配するな、絶対に後悔はさせないことを約束する」そして嬉しそうにつけ加えた。「困ったときはお互いさまだ」

メルチョールは机にもどり、サロームから送られてきた電話番号の数字を押した。つながらないので固定電話にかけ直し、呼び出し音を聞いていたが、だれも応答しなかった。コンピューターの電子メールをチェックし、新しいメッセージは届いていないのを確かめていると、ブライ巡査部長が仕切りのガラス扉を指の節でコンコンとたたき、先に帰ると合図した。人さし指をまわして《明日話そう》と伝えてから、親指を立ててオーケーのサインを送り、出ていった。巡査部長に頼まれてああ言ってしまったが、良かったのだろうかと思いながら、ピレス巡査部長から渡されたアデル美術印刷に関する報告書に集中し、インターネットで補足情報を検索したり、まだ応対する人のいないサロームから教えられた電話番号に電話をかけたりしながら、メルチョールは夜九時半ごろまでそこにいた。空腹で腹が鳴りはじめ、四十八時間ほとんど寝ていなかったため、睡魔に襲われ、まぶたが重くなってきたころだった。あれから何度かけても応答がなかった電話に、だれかが出た。

アデル美術印刷のグラウ常務はご在宅ですかと言うと、年配の男性が疲れたしゃがれ声で、私ですと答えた。自己紹介をし、明日いちばんにお話をうかがいたいのですが、と用件を伝える。

「アデルさんの事件についてです」

「想像はついたよ。かまいませんよ、私の事務室においで願えるかな」

「はい、同僚とふたりでうかがいます」

「だれといっしょでもかまわん。私の事務室は、工場の隣、事務棟のなかにある。会社はラ・プラナ・パルク工業団地の端だ。迷う心配はないだろう。私は八時から出社している」

「工場は明日も稼働するんですか？」

「あたりまえだ。稼働を停止してなにか得をすることがあると思うか？」

返事を期待しているわけではないだろうと思い、切りあげて電話を置こうとすると、グラウはまた話しかけてきた。

「それで、犯人についてなにか手がかりは得られたのかね？」

「いいえ、まったく。わかっていてもお話しすることはできないんですが」

「少なくとも、ラジオやテレビが言っていることはほんとうなのか、教えてもらえるか？」

「どういう意味ですか？」

「アデル夫妻は死ぬまえに拷問を受けたのか？」

相手がグラウであれだれであれ、その点に関しては嘘をついたり知らないふりをしたりすることは、意味がないだろう。

「そんなところです」メルチョールは答えた。

電話の向こうに突然、重い沈黙が流れた。グラウは電話を切ったのではないかと思ったとき、すすり泣きのような声が聞こえ、椅子を引きずったときのきしむような声が聞こえた。

「わかりました」老人は感情のない硬い声で言った。

「それでは明日。できるだけ力になれるように協力しよう」

電話を切り、つづけてサロームにかけると、サロームはすぐに出た。アデル美術印刷の常務との面会の約束を取りつけたと報告すると、サロームは言った。

「完璧だ。それじゃ、明日の朝九時、事務棟の入り口であおう」

「了解。そっちはどうですか？」

「なんとかやっている。しかし今晩はまだとうぶんかかりそうだな」

俺もいきますよと言ったが、また断られた。

「帰って寝ろ。睡眠不足で倒れそうなんじゃないのか？」

「シエスタはとった」

「同じことだ。言うとおりにして、寝ておいたほうがいい。明日の朝、アデル美術印刷で会おう。奥さんとお嬢ちゃんにも、よろしく伝えてくれ」

メルチョールは疲れた目をこすりながら、ほとんど人がいなくなった署内の深い静けさのなかで、しばらくパソコンのまえに座っていた。それからコンピューターの電源を落とし、部屋の明かりを消した。入り口で番をしている巡査のおやすみなさいという声に見送られて外へ出た。村に向かって郊外のうす暗い通りを歩くあいだも、テラ・アルタにはまだ烈風が吹きすさんでいた。

第4章

メルチョールは母親が殺されてから何か月かがすぎたころに、クアトロ・カミンズ刑務所の面会室で、俺は警察官になりたいとドミンゴ・ビバレスに告げた。ビバレスはからかっているのかという顔でメルチョールを見つめた。どうやら、からかっている顔ではなかった。

「調べてみたんだ。俺にもそれが目ざせることがわかった」ビバレスの当惑した顔を見て、メルチョールは説明した。「まず、中等義務教育を終了する。ここにいても可能なんだ。指導員の女性教師に相談したら、勉強を見てくれると言ってくれた。そしてここを出たら、犯罪歴が抹消されるのを二、三年待てばいいんだ。

そうすれば採用試験が受けられる。そんなに難しくないから、通ってみせるさ」

ビバレスは目を丸くして聞いていた。

「どう思う?」意見を訊くと、

「いい考えだ。すばらしいじゃないか」ビバレスは目をぱちぱちさせながら答えた。

「そう言ってくれてよかった、そのあいだの学費を払ってもらわなくちゃならないからな」

魂が抜けたようになって過ごしてきたこの数か月間を、鋼鉄の意志をもって埋めあわせようとしているような意気ごみだった。「あと、パソコンも必要なんだ。俺はあとどれくらいここに入っているんだ?」

「これまでどおりの調子なら、一年半だな。もう少し短くなる可能性もある」ビバレスが計算した。

「出たら仕事を見つけて働くよ。借りた金は耳をそろえて必ずかえす」と約束した。

決められた面会時間を使いはたしたにもかかわらず、どういうわけでそんな突拍子もないことを言いだしたのか、ビバレスはメルチョールに訊かずにおいた。どっちにしても、言いだしたからには後には引かないことを、ビバレスはよく知っていた。メルチョールの方も、『レ・ミゼラブル』のことはひとことも話さなかった。メルチョールの監房には、その週のうちにラップトップパソコンが届けられた。メルチョールは中等義務教育の第二年コースに入学し、カタルーニャ《I》公開《O》学校《C》の通信教育を受けはじめた。意外なことに、宿題が好きで勉強も楽しく、ひとりで勉強するという学習形態が性にあっていることがわかった。メルチョールは勉強という新しい作業に専念するために、職業訓練のワークショップにも出なくなった。三か月後、刑務所の教育指導員と、カタルーニャ公開学校の教師による許可がでたので、中等義務教育の第三年コースへすすんだ。一年で中学校の過程を終え、終了証書を手にして刑務所を出てやると決めていたメルチョールは、みごとにそれをやってのけた。教育指導員と担任の教員は当然と考えた成果だったが、ビバレスは目を丸くした。単位の評価を受けとったのは、二十一歳の誕生日の前日だった。誕生日に面会にあらわれたビバレスは、

「お袋さんは、きみのことをさぞ誇りに思っているだろう」と言った。

メルチョールは薄く笑みを浮かべ、

「お袋は死んだんだ。俺はきっと、殺したやつらを見つけ出してやる」と答えた。

刑務所での最後の数か月は、十九世紀の小説を読んだり、格闘技の稽古に励んだりした。ビバレスは頻繁に面会にきた。母親がいなくなったいまは、メルチョールを訪ねてくるのはビバレスだけだった。しょっちゅう顔をあわせていたにもかかわらず、ビバレスは自分のことはあまり話さず、メルチョールも質問しなかったため、ビバレスについてはほとんどなにも知らなかった。わかっていたのは、刑事事件が専門の〝舌先三寸〟で知られる弁護士であることだけだった（ビバレスではなくベラレスが本名だと知ったのも、だいぶたってからだった。だれからもそう呼ばれていたし、本人もその名前で署名していたのだ。法的な小細工を弄するのにそうする方が好都合だったらしい）。そのほかに、住んでいるのがアシャンプラ地区のマヨルカ通りとカルタジェナ通りの角であること、葉巻とアイリッシュウィスキーに目がないこと、三回離婚していて、本人が知るかぎりでは子どももはいないことも知っていた。実際に証明してみせた有能な仕事ぶり、自分に提供できることしか約束しないビバレスに、メルチョールは感謝していたが、私的な問題にも首を突っ込みたがるのが難点だった。彼と母親を結びつけている関係の正確な本質を知らないことも、胸に引っかかっていた。母の客筋のひとりだったのかどうかわからなかったし、母の愛人のひとりだったとも思いたくなか

ったし、母が弁護料を支払ったかどうか（支払わなかったのかどうか）も定かでなかった。なぜ母が死んでからも自分の弁護を引き受けてくれているのか、なぜたびたび面会に来てくれているのかもわからなかった。閉所恐怖症になりそうな面会室での会話のなかで、ある日、メルチョールはやぶから棒にずばり訊いてみた。

「ほんとうのことが聞きたいか？　それとも嘘がいいか？　言っておくが、真実は気分のいい話じゃないぞ」ビバレスにそう問いかえされた。

メルチョールはすぐに自分の軽率さを後悔したが、撤回する勇気はなかった。なんと言って撤回すればいいのかもわからなかった。腹のなかで冷たいものが粟だつのを感じながら、ほんとうのことが知りたいと嘘をついた。ビバレスは深い憐れみをたたえてメルチョールを見つめながら、こう言った。

「きみが惨めな底辺にいるからだよ、メルチョール。私が助けてやらなかったら、助けてくれる人がいるのか？」

麻酔なしでまぎれもない事実を突きつけられたメルチョールは――それは傷つく言葉というより、誠実さの証として受けとめたのだが――それから間もなく、ビバレスのはからいで、バルセロナの中心部にあるモデロ刑務所に移送されることになった。それからは、夜だけ刑務所にもどって就寝すればよいという、刑期第三段階を享受できることになった。ビバレスはグラシア地区のリエラ・デ・サンミケル通りにあるコピーショップの仕事も確保してくれたので、メルチョールは朝刑務所を出て、日中はコピー取りをして働き、夜になると刑務所にもどるのが日課になった。そんな半分自由な体制は、短命に終わった。モデロ刑務所に移ってから三か月半後、メルチョールは非の打ちどころのない服役態度を評価され、刑務所監督判事によって最終的な釈放が決定されたのだ。

エンテンサ通りの刑務所から出た日は、ビバレスが向かいの建物にもたれ、パルタガスのセリーD4《葉巻》をふかしながら、門のまえで待っていた。コートを腕にかけ、床屋に行きたての髪をして、シワひとつない清潔なスーツにぱりっとしたシャツを着こみ、ネクタイの結び目も決まっていた。

「家まで送ろうか?」勝ち誇ったような笑顔で声をかけてきた。メルチョールは荷物を下に置き、握手の手を差しだした。「きみに歓迎の贈りものを用意してあるんだ」とビバレスはつけ加えた。

ビバレスの車でほとんど押し黙ったまま、バルセロナの端から端へと横断しながら、メルチョールは自由の味をかみしめた。バダローナのサン・ロック地区は不在のあともほとんど変わっていなかった。通りのたたずまい、住み慣れたアパートの建物も、そのままだった。だがアパートのなかは、様相が一変していた。母親の死と、父親がいなかった時代と、怒りを爆発させていた思春期の三種類の亡霊が取りついているような室内を、喉をつまらせて歩きながら、メルチョールはビバレスが家具を新調し、壁を塗りなおして、冷蔵庫にどっさり食べものを用意していたのを知った。

家のなかを見て歩いたメルチョールは、すぐに暮らせるように快適に整えられた室内を示しながら、

「贈りものと言っていたのは、このこと?」と訊ねた。

ビバレスの答えは、上着のポケットから取りだしてメルチョールに手わたした、折りたたまれた紙片だった。書類を広げて読みはじめたメルチョールに、ビバレスは言った。

「きみの前科の抹消証明書だ。これで晴れて潔白だぞ」

メルチョールは呆気にとられて書類から目をあげた。ビバレスはパルタガスを吸い、ふうっと煙を吐きだす。再び書類に目を走らせると、警察官の募集に応募するためには出所後三年間を置かなくてはならないとされる義務が、これで免除されることがわかった。ビバレ

スに視線をもどし、メルチョールは確かめた。

「正式な書類？」

「あたりまえだ。私はまあ、聖人ヨセフ・カラサンスの役を務めたわけだ。かまわないだろう？　心配するな、万事手はずは整っている。偽造文書であることはだれにもわからない。きみの犯罪歴も警察のデータベースから削除してある。警察にとっては、きみは刑務所に入ったことはないんだ」

メルチョールはまだ茫然自失の状態で、書類をふった。

「いったいどうやって……」

ビバレスはメルチョールをさえぎると、話をつづけた。「ほかにも言っておくことがある。カタルーニャ自治政府が、州警察《モスズ・ダスクアドラ》に警察官三十人の新規募集を発表したんだ。採用試験は三か月後だ。私がきみの立場だったら、ただちに猛勉強に着手するだろうね」

メルチョールはなにも言えずに、ビバレスを見つめることしかできなかった。ビバレスはまたパルタガスを吸い、煙を吐きだしてから言った。

「さて、坊主、話すことはこれで終わりだ。ようこそ、自由の世界へ」

ビバレスが帰ってから、メルチョールははじめて、ひょっとして俺の父親はビバレスなんだろうかと思いをめぐらせたのだった。


それからの三か月間、メルチョールは警察学校《インスティトゥ・デ・セグレタ・プブリカ》の入学試験に向けて勉強に打ちこんだ。基本法、道路交通法、民法、刑法を、カタルーニャ自治州法とスペイン憲法の両方について頭にたたき込んだ。試験には時事問題も出ると聞き、毎日新聞を読んで、それまでしたことのない勉強にも取りくんだ。おかげでなんとか試験に合格して警察学校に入学を認められ、それから九か月、バルセロナ近郊のモリェット・ダル・バリェスに通学した。クラスメートの多くは遠方から来ていたので、学校の寮か近所でルームシェアをしていたが、メルチョールは車で三十分ほどの自宅から通った。昼間の授業に出席するためにコピーショップの仕事は辞めざるを得なくなり、その代わりにバダローナにあるスコルピオというナイトクラブで夜の仕事に就き、週に四日、ドアマンをして働いた。ほとんど寝る時間がなかったものの、授業は楽しかった。勉強はすきま時間にやっていた。クラスメートのほとんどが年下だったこと、彼らほど自由時間がなかったこと、それに加えてもともと内向的な性格だったこともあって、警察学校では友人がいなかった。特別に目立つ生徒でもなかったが、文章力と射撃の腕前は光っていた。射撃訓練がはじまると、すぐに教官が話しかけてきた。

「きみはどこで射撃を習った？」

「その辺で」

「猟師なのか？」

「ええ、まあ」

「配属はどこを希望している？」

「刑事課です」

「きみさえよければ、特殊介入部隊《GEI》に推薦してやってもいいぞ。危険な任務だが、退屈しないことはたしかだ。それに給料も悪くない」

メルチョールはにべもなく断った。

「ありがとうございます。でも、刑事になりたいんです」

九か月後、訓練期間の終わりを告げる卒業式でも、射撃の教官は以前と同じ提案をした。メルチョールは以前と同じようにそれを辞退した。

「きみの望む道をすすめばいい」教官は残念そうだった。「しかしマリン、いずれにしても射撃の腕は大事にしてくれ。千金の値打ちがあるからね」

それから間もなく、メルチョールはバルセロナ大都市圏の労働者の町、クルナリャー・ダ・リュブラガートで巡査の任務についた。所轄署はエスプルゲス街道に近いトラベセラ通りにあり、警察官として第一歩を踏みだすための指導官兼アドバイザーとしてメルチョールに割りあてられたのは、州警察官になるまで治安警察隊に所属していた古株の警官だった。メルチョールより三十歳年長のビセンテ・ビガーラという男で、自分の仕事を信じておらず、ルールを馬鹿にしていた。大酒飲みで、女好きで、タバコも煙突のように吸っていた。

ビガーラはなにかにつけて《人生、ひとそれぞれだ》を金科玉条にかかげ、上司にも同僚にも、チンピラ連中にはとりわけ忠実にそれを適用していた。メルチョールは勤務初日に、こんな忠言を受けた。《人さまの嫌がることをするな。そうすれば嫌な目に遭わされることもない。そして、嫌な目に遭わされたら、少しばかり痛い目を見せてから、留置所にぶちこむ。わかったな》

メルチョールはなにを言われてもはいと答えて逆らわなかった。署内で《洟たれ小僧》のニックネームがついたメルチョールの生真面目な法律尊重主義を、ビガーラはげたげた笑いとばした。なにもかもが違っていたにもかかわらず（むしろそれが幸いしたのかもしれない）、ふたりは妙にウマがあい、仕事のうえではいいコンビを組んで、衝突することはいちどもなかった。そのため、研修期間が終わり、クルナリャーに残ることを許されずにバルセロナ北部の移民地区、ノウ・バリスに配属されたときは、メルチョールは腹の虫がおさまらなかった。悔しさを晴らすために、怒りの矛先を犯罪捜査官の採用試験に向け、問題なく合格したので、三か月間、警察学校にもどった。今回は授業を最大限に活かして、できるだけ多くのことを学ぶ意気ごみで訓練を受け、コースを終えるとすぐにビガーラに会いにいき、頼みごとがあるんだと切りだした。

「話してみろ」元治安警察の古参警官はうながした。

「サン・アンドレウ署にだれか友人はいないか?」

「どこにもかしこにも友だちはいるさ」

「ある殺人事件のファイルのコピーがほしいんだ。四年前、サン・アンドレウで起きた事件なんだが」

「上司にそう言えばいいじゃないか」

「そういうわけにはいかないんだ。だれにも知られたくない。上司にはとくに。自分で事件を調査するつもりだからね」

ビガーラはタバコの煙ごしにまじまじとメルチョールを見つめた。ふたりはバカラというストリップバーのカウンター席にいた。トゥロ公園の近くにある、ビガーラの行きつけの店だった。ビガーラはウィスキーを、メルチョールはコカ・コーラを飲みながら、互いの近況を報告しあい、刑事に昇進したメルチョールにビガーラがおめでとうと言って祝ったとたんに、この話に移ったのだった。ビガーラはびっくりして訊きかえした。

「おまえは成功を喜びすぎて、頭のネジが飛んじまったんじゃないのか?」

メルチョールはそう言われて、それまでだれにも話したことのない考えをビガーラに打ちあけた。母親が殺害されたこと、いつ、どこで、どんなふうに殺されたのかを話し、自分が必要としているのはその事件のファイルなのだと言った。メルチョールが話し終えると、古参警官はスツールをステージの方へくるりと回転させ、照明に照らされたランウェイで踊っている全裸や半裸の女性たちをしばらく無言で眺めていた。少しするとまた椅子を回してカウンターに向きなおり、ぐいとウィスキーを飲みほしてから、もう一杯注文した。そして、「任せておけ」とメルチョールに請けあった。

一週間後、ふたりは同じ店で会い、ビガーラはサン・アンドレウ署の捺印が押された文書五枚が入ったフォルダーをメルチョールに渡した。

「それほど手こずらずにすんだらしい」ビガーラはウィスキーを片手に、むさぼるように書類をめくりはじめたメルチョールに、

「これからどうするつもりなんだ?」と訊いた。

「お袋を殺した野郎たちを見つけ出してやる」ビガーラには顔を向けずにメルチョールは答えた。

「そのあとは?」

「そのときに考えるさ」

古参警官はそうかというように、ウィスキーグラスを腹の膨らみの上にのせながら、下唇を上唇にかぶせた表情でうなずいた。白っぽい顔と大司教然とした二重あごをし、肥満というよりむくんでいる体型をして、赤と青が入り乱れたストロボライトを浴びたビガーラは、寡黙な両生類の雰囲気を漂わせていた。

「用心しろよ、洟たれ小僧」と彼は忠告した。

そのときを境に、メルチョールは母親殺しの犯人を追いはじめた。上司や同僚から隠れて自由時間をそれにあてたが、命じられてもいない事件を、それももっと悪いことに被害者が身内である事件を捜査する越権行動をとっていることは、よく承知していた(《気をつけろよ、小僧。バレたらただでは済まないからな》とビガーラにもたびたび忠告されていた)。ビガーラから受けとった警察の資料には、監察医による解剖結果報告書もあった。それを読んで最初に思ったのは、クアトレ・カミンス刑務所でビバレスから聞かされた話は、事実を和らげ、歪曲されていたということだった。ビバレスが言っていたように、報告書には死因は頭部外傷による脳損傷であると書かれていたが、ビバレスが隠していたこともあった。被害者は何度も強姦されてから死亡したこと、強姦は膣と肛門におこなわれたこと、いずれの開口部もさまざまな裂傷を負っていたことも記されていた。監察医の報告にはそれしか記されておらず、残りはほとんどが三人の目撃者による供述だった。何年もまえに面会室で何度となく会話

をし、根拠のない希望を抱かされていたのが、この四点を不器用につなぎあわせた情報でしかなかったことに、メルチョールは愕然とした。

　報告書を読んだメルチョールは、監察医とそこに書かれていた目撃者三人に会いにいった。監察医はこの事件のことを忘れていたが、書類を読みなおすと、記憶を呼び起こした。だが、あれは被害者に対して目に余る残虐な事件だった、としかつけ加えられなかった。目撃者の三人は、売春婦ふたりとポン引きひとりだった。そのだれもが、報告書に書かれた昔の供述とまったく同じことしか言わなかった。すでに記憶が化石化してしまい、話しているのはおぼえていることではなく、何度も語ったことが刷りこまれた記憶なのだろうとメルチョールは思った。それでも、女性ふたりは決定的な情報をつけ加えてくれた。メルチョールはそれが報告書に記載されていなかったことに驚がくしたのだったが、母親が最後の顧客と交渉していたときに、カルメン・ルーカスという娼婦がいっしょにいたと教えられたのだ。

　この発見はすべてを変えた。メルチョールはそれ以来、百パーセントの力を注ぎ、カルメン・ルーカスを見つけることに自由時間のすべてをふりむけた。この女性は母の死についてなにか重要なことを知っているに違いない。だからこそ、母が殺されてから姿を消したのだ。メルチョールはそう確信していた。

　警察の記録にもインターネットにも、彼女の痕跡は見つからなかった。出だしからつまずくわけにはいかないと思い、母が商売をしていたころにバルサのスタジアム周辺にたむろしていた娼婦たち、ポン引き、ホステス店のオーナー、当時売春やその周辺で生計を立てていた人たちから、ひとりひとり話を聞いた。つまり母と接触し、カルメン・ルーカスの居場所を知っているかもしれない人びと、自分の同僚も含めて、バルセロナの夜の街に住むすべての人びとが対象だった。

この不可能な事業を遂行しようとしていたあいだには、ビバレスともときどき会って食事をしていた。メルチョールの非公式な捜査を知っていたビバレスには、必要に応じて情報や手助けを提供してもらった。ビバレスはそれでも、それまでの弁護費用を支払いたいと言っても、ひとり立ちするまで出してもらった借金を返済したいと言っても、いらないと言ってきっぱりと撥ねつけた。ノウ・バリス署でメルチョールに《インテリ用心棒》という反語的な評判が立ちはじめたのも、そのころからだった。メルチョールは署内で、みっつのことで知られていた。最初のふたつは公に知られていたことだった。それはだれからも称賛されていた、明瞭簡潔で的確な調書を書く才能と、自白を拒む手合いの口を割らせる取調官としての巧みな手腕だった（それについては、《手管を弄するんじゃなくて、相手の立場に立つんだ》とメルチョールは反論していた）。みっつ目は、同僚の不興を買っていたのではなかったが、直属の上司をはじめ、だれもが見て見ぬふりをしていた公然の秘密だった。だれもが女性から虐待の被害届が提出されるたびに、加害者が痛めつけられていたことを知っていたし、暴力をふるわれた加害者の方にも、メルチョールを訴える人はいなかったものの、制裁をくだしているのはメルチョールであることは周知の事実になっていた。ある金曜日の深夜、ガバのナイトクラブを歩きまわり、カルメン・ルーカスについて聞きまわったすえに、収穫が得られないままで帰途についていたとき、メルチョールの携帯に電話が入った。街の反対側にあるナイトクラブのモンカーダで、ビセンテ・ビガーラが死んでいるのが発見されたと告げられた。駆けつけると、入り口にパトカー二台が停まっており、店内は音楽を落とし、照明がすべて点灯されていた。バーテンダーがいないバーカウンターに店の女たちが集まり、小声で話していた。ビガーラの死体は客室のひとつにあった。乱れたベッドに目も口も開いたまま、不自然なかっこうですっ裸で仰向けになっていた。廊下にも部屋のなかにも人がいた。べそをかいている若い女をマダム風の女性が抱きかかえていて、巡査が三人と、遺体を調べている検視官がひとりいた。

調べ終えると、検視官は言った。「心臓が破裂したんですな。年齢が高すぎ、コカインをやりすぎて、ウィスキーを飲みすぎたんです」

古参警官の遺体をひとりきりで放っておくのが忍びなかったため、メルチョールは判事が遺体を運び出すように命じるまで、その部屋にとどまった。ビガーラの死体が発見されるとすぐにだれかが自分に報せてきたわけは、翌日になって判明した。長年別居していたビガーラの妻も、会わずにいたために連絡先がわからなかった子どもたちも、遺体安置所にあらわれなかった。メルチョールのほかには、死亡後の手つづきをすすめる人がいなかったからだった。葬儀らしい葬儀もなく、火葬に立ちあったのは、メルチョールのほかは三人の私服警官だけだった。そのひとりはソリア県のメディナセリからバスでやってきた人で、かたちばかりの儀式がはじまる間ぎわに到着し、友人の死因を訊ねるために出てきたのだと言った。メルチョールが検視官の言葉を伝え、心破裂を招いたみっつの行きすぎを挙げると、ソリアから来た警官はこう述べた。「そうだろうな。それに加えて、孤独がこたえたんだろう」その言葉だけは、記憶が曖昧なそのころのメルチョールの胸に刻みつけられた。

ビセンテ・ビガーラが亡くなって間もなく、勤務中に内務調査部の巡査部長がメルチョールを訪ねてきた。背が高く、色白で細長い顔をした、見た目相応の年齢に見えるその人は、イザイーアス・カブレーラと名乗り、内密に話せる場所はありませんかとメルチョールに訊いた。捜査課にいた周りの刑事たちは、ある者は来訪者がだれであるかをすぐに看破し、ある者は推察し、またある者は憶測したものの、用件までは推しはかりようがなかった。取り調べ室に案内し、テーブルをはさんで向かいあうと、カブレーラはあたりさわりのない話題で話を切りだした。しばらく話を聞いていたメルチョールが、切りのいいところでご用件はなんでしょうと訊ねると、カブレーラは気まずそうにほほ笑んだ。なんと答えるかを考えているのか、答えを探すように、のっぺりした壁、テーブルがひとつと椅子三脚があるだけの、床からかすかなアンモニア臭がしている寒々しい部屋のなかを見まわした。

「きみにかかわる情報を受けとったんだ。きみについて言われていることを」メルチョールには見えない場所にある膝の上に手を置き、カブレーラは言った。

「そうですか。なんと言われているんですか」

「たとえば、職務とは無関係の質問をしてまわっていることとか――」言葉を切り、つけ加えた。「しかし事実ではないんだろう？　そうじゃないのか？」

メルチョールはカブレーラを見つめた。淡い色をした細い、探るような目だった。

「ええ、違います」嘘をついた。

「もちろんだ」カブレーラはほっとした表情を浮かべた。「私もそう信じていたよ。事実なら大変なことになるからね。きみも承知していることと思うが」

メルチョールはうなずいた。

「その場合は懲戒調査を開始せざるを得なくなる。そうなると、なにが出てくるかわかったものではない。私の経験から言っているんだがね。過去はびっくり箱のようなものだからね。私が言わんとしていることはわかっていると思うが」

メルチョールは惰性的にうなずくだけだった。カブレーラは再びほほ笑み、膝に置いていた手をあげて言った。

「それは良かった。理解しあえて何よりだった。正直に言って、いつもこんな具合に話が運べばいいんだがな」

　巡査部長は満足げに立ち上がり、握手していとまを告げたが、部屋を出る寸前に立ち止まると、開けかけたドアを閉め、メルチョールに向きなおった。

「過去といえば——」困惑したような、ほとんど苦しそうな表情になっていた。「きみは何年か刑務所で過ごしたんだろう？」

　メルチョールは椅子に釘づけになった。足もとの床が崩れ去り、奈落の底に落ちこんでいく気がした。カブレーラはまたほほ笑んだ。それははじめての率直な笑みに見えた。

「そんな顔をするな」可笑しそうに言う。「警察学校を受験したときの犯罪歴証明書は、偽造文書だった。よくできていたが、立派な偽造だ。きみの前歴は、われわれ警察のファイルからは消えていたが、裁判所のものは残っていたんだよ。いまもそこにある。知らなかったのか？」

　カブレーラはメルチョールの反応を探ったが、答えは得られなかった。目には非難よりも好奇心があった。この状況を楽しんでいるのは明らかだった。

「過去はびっくり箱のようなものだという意味が、わかっただろう？」そう言うと、声の調子を変えてつづけた。「しかし心配はいらない。このことは秘密にしておこうじゃないか。われわれふたりのあいだで」

　メルチョールは申し出の意味を考えた。椅子にかけたままで、不信感を隠さずにカブレーラを見あげていた。

「交換条件はなんですか？」

　カブレーラは声をあげて笑うと、

「人を疑うもんじゃないよ」と言いながらドアを開け、会話を打ち切った。「交換条件などない」と言い残して。

　カブレーラが去ってからも、メルチョールは五分ほど取り調べ室に残っていた。落ち着かず、頭も混乱していた。母親を殺した犯人を自分の責任で追っていたことが知られてしまったのは、不思議ではなかった。あまりにも多くの人に聞き取り調査をしてまわったのだから、この時点では、知られてはならないところに噂が届くのは時間の問題だっただろう。メルチョールが驚いたのは、有罪判決を受けたことが知られたことと、警察学校の入試に犯罪歴証明書を偽造したことがわかってしまったことだった。どうしてそれがわかったのだろう？　だれにも話していないのだ。ビバレスと文書偽造を手伝った人物しか知らないとしたら、だれからそれを聞いたのか？　まったくの偶然で知ったのか。落ち着かない気持ちは、処分審査がおこなわれる可能性やそれからどうなるのかという問題よりも、警察学校の入試で不正行為をしたことを内務調査部が黙っているかどうかに、自分の将来がかかっていることだった。それが明るみに出れば、ただちに免職になるだろう。前科二犯の経歴が知られることになるかどうかが、内務調査部の——厳密に言うと、奥歯にものがはさまったような言い方で警告していった、あのいまいましい男の——手に握られてしまう。メルチョールは不安定で厄介な立場に追いこまれた。母親の事件の犯人探しをつづけるうえでも、不都合なことになった。

週一回の昼食の席で、メルチョールはカブレーラの訪問を受けたことをビバレスに打ちあけた。ビバレスは、あれは警察の試験を受けられるように何年もまえに仕組んだ不正だったが、だれによって、なにが目的でリークしたのかまったくわからないと言い、とにかく一ミリたりとも職務を逸脱するな、しばらく様子を見ろ、とメルチョールを戒めた。メルチョールはビバレスの忠告にしたがい、おとなしくしていた。しかし一か月半たってもカブレーラからも内務調査部からもなんの連絡もなかったため、おとなしくしていたのはビバレスの忠告よりずっと短い期間で終わり、手探りですすめる自主捜査を再開した。

ビバレスは最初から、母親を殺した犯人を探すなど時間の無駄だ、そのうちに執着に変わって自分で自分を苦しめるだけになると諭し、思いとどまらせようとしていたのだったが、メルチョールは希望を捨てていなかった。バー、ディスコ、マッサージパーラー、売春宿、デートクラブ、ダンスホール。あらゆる種類の売春婦が立ちならぶ通りや幹線道路、路地裏を歩きまわった。母親をおぼえていた人には何人か出あえた。だがカルメン・ルーカスを知る人はいなかった。《干し草のなかから針を探す》ということわざのとおり、小さな奇跡が起こらないかぎり、はっきりしない女性の手がかりはとうてい見つからないとメルチョールは考えていた。

それが、ついに起きた。あるいは起きたとメルチョールは思った。

一週間の休暇を数日後にひかえていた、二〇一七年八月半ばのことだった。その日、メルチョールは毎日三十人から四十人の娼婦が群がっているムンジュイック墓地の方へ足を向けることにした。墓地は街の東側に、海に面して山の斜面に広がっている。ノウ・バリスからは離れていたが、コロンビア人のカルテルの仕事をしていたころ、麻薬を卸していた売人たちが懐かしそうに話していたのをメルチョールはおぼえていた。今世紀の初頭には、このすぐ近くで営業していたものだ。ゾナ・フランカにあった最後の安宿は、どれもこれもがスペイン最大、いやヨーロッパ最大のヤクのスーパーマーケットだったんだぜ、と。そのため、いまもまだ墓地の界隈に残っている娼婦たちは、そのほとんどが麻薬中毒者で、麻薬密売の中心地だった場所の最後の痕跡になっていた。その辺りは最も劣悪な一帯でもあり、ほんの四、五ユーロ、タバコ数本かごくわずかなコカインと交換で、四六時中いつでもフェラチオがおこなわれている。

墓地へ向かう坂道のとちゅうで、メルチョールは最初に見かけた女性のまえで車を停め、質問を口にした。女性はぐいと乗りだして窓から上半身を入れ、あらゆる種類の申し出をして誘いをかけてきたが、相手にするつもりがないと見てとると、上半身をひっこめた。そこで車から降りたメルチョールは、いったいどこから湧いてきたのか、たちまち声を張りあげる厚化粧の半裸の女性たちに取りかこまれた。疲れ、ボロボロに見える彼女たちは、魅力の失せた肢体を、敗戦の戦利品のようなペンダントやビーズで飾りたてていた。女たちが口ぐちに質問を浴びせ、自分たちでしゃべりあうけたたましい騒ぎのなかで、べつの女が客を連れて坂道を降りてくるのが目に入った。ゾナ・フランカから埠頭をむすんでいる貨物線の支線がある方角からやってくると、連れの男はうつむきがちに急ぎ足で自分の車に向かい、女は道路の一団の方へ歩いてくる。すぐ近くまできた女は、「カルメン・ルーカスがどうしたってのさ」と声をかけた。

黒髪に黒い目の、どこから見ても太った女で、巨大なセル眼鏡をかけ、大きな錨型のイヤリングを下げ、首のロケットは胸の谷間に埋もれていた。女たちはいっせいに声の主のほうをふり向いた。メルチョールは干し草のなかの針が見つかった気がし、歓喜に震えた。

「あなた、その人を知ってるの?」明らかにトランスジェンダーらしい女性のひとりが彼女に訊いた。

「この美少年が探してるんだってさ」おそろしくヒールの高い靴とひざ丈のスパッツをはいたいちばん若い女性が、強いアンダルシアなまりで言った。

一座に加わったばかりの女は、まじまじとメルチョールを見ながら、

「あんたはだれなんだい、坊や。ポリ公かい」と訊いてきた。

メルチョールはそうだと答え、しかしカルメン・ルーカスには警官として用があるんじゃない、個人的な

理由からだ、お袋の友人だったんだと説明した。

メルチョールが警察官だったと知っても、女たちの態度は変わらなかった。最初からお見通しだったか、だいたい見当がついていたのだろう。

「その人は知ってたよ」女は言った。「もう長いこと会ってないけど。お嬢ちゃん、って呼ばれていたね」

「どこにいるか知ってるか？　住所か電話番号を」

彼女は疑わしげにメルチョールを見つめていた。無理に想像しなくても、いまは見る影もない肉体の下に、若いころの美貌が透けて見えるみたいだとメルチョールは思った。

「知らないね。だけど坊や、震えるようなフェラをしてあげるよ」

女たちはまたどっと嬌声をあげ、また誘いだの、叫び声だの、悪態だの、笑い声だのがあがり、押しあいへし合いがはじまった。まるで無節操で変わり者の、男女の区別がない家族の（といっても、自分にもなじみのある雰囲気の）口喧嘩に、間違って紛れこんでしまったような気がした。質問を繰りかえそうとしたとき、今日はこれで上がりにするから家まで送ってもらえないかと女が言った。

女はサラと名のり、パルラメント通りまでお願いと言ってから、車のなかで頼んでもいないのに自分のことを語りだした。墓地への登り口で商売をして五年くらいになる。そのまえの稼ぎ場所はバルサのスタジアム周辺や、ラバル地区の裏通りだった。いまはバス二本を乗り継いで通ってるのさ、朝いちばんに向こうに着いて、夜は最終バスで帰ってくるのが日課でね。以前はコカイン漬けになっていたけど、やめてからずいぶん経つ。毎週、薬物中毒者を支援する団体に通ってコンドームを分けてもらい、健康チェックを受けて、スタッフとおしゃべりをしてくるのだと話した。

「ここに停めて」パラレロ通りでちょうど車が一台出ていった駐車スペースを指さし、「うちはこの隣だから」と彼女は言った。

メルチョールは車を停め、なにも訊ねずについていった。古い建物の異臭がする暗い階段をのぼり、四階のアパートに入ると、なかは驚くほどこざっぱりと清潔に整頓されていた。サラが借りている部屋は、風呂はなかったがキッチンがあり、通りに面したバルコニーも眺めがよかった。なぜ彼女が自分をここまで連れてきたのかわからなかったが、きれいに整えられたベッドの脇でサラが書類の山をあさりはじめたのを見て、メルチョールの頭に予感がよぎった。開け放たれたバルコニーから夕方の光が差しこみ、通りの騒音が流れこんでいた。

「見つかったよ」しばらくすると、封筒をふりかざしながらサラが声をあげた。「ここにあると思ってたんだ」

彼女は封筒から手紙を取りだし、それを読みながら何度もうなずいた。

「そうだった、これはね、あたしが貸した金を返してくれたときの手紙だったんだよ」と言いながら、誇らしげにメルチョールに渡した。「カルメンはそういうきちんとした子だったからね」

メルチョールは手紙を受けとり、もうさほど驚かずに差出人の名前を見た。カルメン・ルーカス。住所はエル・リャノ・デ・モリーナ、ベレーダ通り九十五番地とあった。

「どう、役にたったかい?」

メルチョールはうなずいた。手のなかの手紙が宝物のように熱かった。住所を記憶してからサラに返し、札入れを取りだして二十ユーロを差しだすと、サラは素直に受けとった。

「坊や、ほんとうにフェラはいいのかい? 満足しなかったら、お金を返してあげるよ」母親のような笑みを浮かべ、サラはそう言った。

モリーナ・デ・セグーラにある村落エル・リャノ・デ・モリーナは、ムルシアから十五キロ、バルセロナから車で六時間のところにあった。メルチョールは行程の大部分を地中海高速道路に乗り、タラゴナ、カステリョン、バレンシアをあとにして南にくだり、だんだん乾燥した景観が広がりはじめたころに、モリーナ・デ・セグーラの近くで高速をおりた。村に近づくにつれ、セグーラ川の水をひいた緑の果樹園が増えてくるなかを走り、まだ火の球のように八月の太陽が輝く午後六時半に、村に入った。シエスタのまどろみのなかにいる村の通りには、人がいなかった。狭い路地を行ったり来たりし、少し迷ってから、村はずれに《この先大農家》と書かれた看板があり、探していた住所が見つかった。メルチョールは車から降り、白い漆喰が塗られたばかりのつつましい平屋のドアをノックした。女性がドアを開けた。こちらにカルメン・ルーカスさんはおいでですかと訊ねると、

「わたしです」と答えた。

ブルネットの髪に日焼けした肌と穏やかな目をもち、縞模様のゆったりした青いローブを着て、ゴム草履をはいていた。見た目からはまったく年齢が不詳だった。信じられない気持ちでもういちど名前を確認すると、少し不安そうにそうです、とまた答えた。メルチョールは自己紹介をし、母親の名前を言った。それを聞いたとたん、彼女は警戒する表情になり、穏やかな目が疑わしそうな目に変わった。

「怪しい者じゃありません」メルチョールは急いで言った。「バルセロナからきました。ちょっとだけお話がしたいんです」

彼女はなにも言わずにメルチョールを見つめた。メルチョールはその瞬間、ずっと彼女を探しつづけてきた自分と同じように、この人もこうして訪ねてくるのをずっと待っていたのに違いないと思った。心の底では忘れようとしていた過去がまだ生きていて、遅かれ

早かれ、再びそれに対峙するときがくるのを知っていたのではないか。はたして、彼女は最初はうさん臭そうにしていたものの、なかへと通された。メルチョールは彼女のあとについてほとんど手探りで暗い玄関ホールとダイニングルームを抜け、日陰棚がある植物が生い茂る中庭に出た。水をまいたばかりのタイルの床が濡れており、湿った空気が立ちのぼっていた。彼女は座編みの椅子を指してかけるようにすすめると、飲みものはいかがですかと訊ねた。メルチョールは申し出は受け入れたが、立ったままでいた。いったん家のなかに姿を消し、なみなみと水を入れたコップをもってもどってきた。メルチョールは一気に冷たい水を飲みほした。

「どうやって私を見つけたの?」カルメン・ルーカスが訊いた。

長旅でまだ身体の火照りがさめやらぬメルチョールは、これまでのことを話して聞かせた。話し終えると、カルメン・ルーカスはメルチョールの手からコップを受けとり、もう一杯いかがと訊ねた。けっこうですと答えてから、沈黙が流れた。

「お母さんのことは、どんなに悲しかったか——親しい友だちだったの」カルメンが言った。

わかります、というようにメルチョールは彼女を見た。

「ご迷惑をおかけするつもりはありません。ずっとあなたを探していたのは、生きている母を見た最後の人で、犯人についてなにか手がかりがほしいからなんです。犯人の心あたりでも疑いでも、なんでもいいんです、どんなことでも」

カルメンはメルチョールにすすめた椅子に腰をおろし、メルチョールも向かいあった椅子に腰かけた。視線の先には、午後の強い陽ざしを浴びている裏庭が広がっていた。そのひと隅に金網をめぐらせた鶏小屋があり、雄鶏一羽と雌鶏が七、八羽、地面をつついているのが見えた。

「あの晩のことは、何度も何度も考えた――」濡れて光っている床に空になったグラスを置き、カルメン・ルーカスは言った。「嫌な予感がしてたんだから、避けられたはずだったのにと思ってみたり、でも、そんなことはない、嫌な予感っていうのは、私の罪悪感があとから作りだしたものでしかない、と思いなおしたり。わからない――」

そして、メルチョールに母親が死んだ晩についておぼえていることをこう語った。あの日はいつもと変わらない晩だった。ただ、ふだんはすぐにお客がついていたお母さんは、その日に限ってだれもつかまえられず、腹を立てていたという。

「イライラしていたから――」カルメン・ルーカスは言った。「そうじゃなければ、あの車に乗りこんだりしなかったのに」

「ナンバープレートはおぼえていますか?」

「ううん」

「車種は? 乗っている人の顔は見ましたか?」

ううん、とカルメン・ルーカスは答え、黒っぽい高級車だったこと、窓にはスモークがかかっていたこと、男が何人か乗っていたことしかおぼえていないという。私たちには知りあいの車か、危険がないことが確実な車しか、決して乗りこんだりしないという暗黙のルールがあるから、とカルメン・ルーカスは話した。母は車に乗るかどうかを長いあいだためらっていたらしい。その晩、もっと早い時間に同じ車から誘われたときは、はっきりと断っていたのだ。ところが午前三時半か四時ごろ、店じまいの時間が迫ってきたこともあって、そのまえより条件がよかったのか、気持ちが焦っていたからか、殺人者たちの誘いに乗ってしまった。最初に断ったあとのはじめてのお客だと母は言っていたという。

「二度目にやってきた車の男たちと交渉していたお母

さんに、だれなのか訊いてみたら、《だれでもないよ。父親の車に乗って遊びにきたおぼっちゃんたちだね、信用できない》って言っていた。ひとつひとつ、そのとおりの言葉でね。いまでも昨日のことのように思いだしている。だから、車に乗りこんだのを見てものすごく驚いたの。嫌な予感がしたと思うのは、そのせいなんでしょうね」

事件の晩について彼女がおぼえていたのは、それだけだった。メルチョールは母親のこと、彼女自身のこと、バルサのスタジアム周辺にいた当時の仲間たちや客たちについて質問を浴びせ、何度もその話を繰りかえしてもらった。ふたりで話していると、玄関のドアが開く音がした。

「ペペが帰ってきた。夫だよ」カルメンが言った。

カルメン・ルーカスの夫は彼女より背が低く、彼女より若い男だった。屈強な身体つきでほとんど禿げていたが、こめかみのあたりはふさふさした髪でおおわれていた。ポリエステルのズボンをはき、わきの下に汗じみのついたシャツを着て、カルメン・ルーカスがバルセロナの旧友の息子さん、と紹介するとメルチョールに手を差しだし、がっしりと握手をした。時計をみると、夜の九時になっていた。

「帰るなんて言わないでくれよ、な？」ペペが言った。

いっしょに食事をして泊っていくようにすすめられ、カルメン・ルーカスとはまだ話すことがたくさんあると思っていたメルチョールは、ためらうことなくそうすることにした。ペペは妻がバルセロナでどうやって生計を立てていたかを知らないだろうと想像し、彼女とふたりきりになるまではその話に触れないようにした。夕食をともにしながら、カルメンとペペの話を聞き、ふたりは四年近くいっしょに暮らしていること、子どもはいないことや、ペペがモリーナ・デ・セグーラのラ・セレータ工業団地にある運送会社で、保守サービスの仕事をしていること、カルメンは家事を担い、家の近くにふたりで耕した菜園があることを知った。カルメンは「明日見せてあげる」と約束した。

とはいえ、その晩の話題の主役はメルチョールだった。それというのも、ペペがメルチョールは警察官でバルセロナの刑事だと知ると、テレビの刑事ドラマで仕入れた知識で、メルチョールがカルメンに浴びせたのと同じくらい熱心に質問攻めにしてきたからだった。歓談は十二時ごろまでつづき、それからベッドに入ってからも、メルチョールはいつまでも眠れなかった。そのわけは、ひとつには、仕切り壁一枚で夫婦の寝室と接していたのだが、カルメンとペペがメルチョールの存在を忘れたかのような調子で愛しあったり、話しあったり、笑いあったりしていたからだった。もうひとつは、隣が静かになると、今度は田舎の静寂のせいで目が冴えてしまったのだった。

夜が白みはじめてペペが仕事に出かけていくのと同じころに、ようやく眠りにつき、目覚めたのは正午だった。カルメンは用事をすませに出かけていたが、キッチンに朝食が用意してあった。メルチョールはコーヒーを飲んでから、家のなか、中庭や裏庭をぶらぶらしながらカルメンがもどるのを待った。

カルメンは買い物袋をいくつもかかえて二時ごろ帰宅すると、食事のしたくを手伝って、とメルチョールに頼んだ。昼食はふたりで食べ——ペペはムルシアに用事があり、家には夜までもどれなかった——メルチョールはそのあとで事件の晩に起きたことを再びカルメンに訊ねた。カルメンはまた同じ話を繰りかえした。ロサリオとはバルセロナのチャイナタウンにあった売春宿で出あったこと、それ以来ずっと友情をむすんできたこと。十代のころにモリーナ・デ・セグーラのナイトクラブで男性と知りあい、その人を追いかけてバルセロナにたどり着き、長年そこで暮らしてきたことを語った。母が殺されてからなぜ姿を消してしまったのかと訊ねると、

「昨日話したように、怖かったからよ。だれかに脅されたわけじゃなかったけど、お母さんに起きたことがいつかは自分にも起きるかもしれないと思うと……」カルメンは少し黙ってからつづけた。「それに、もううんざりしていたから。人生の半分以上、好きでもない、恥ずかしくてたまらないことをつづけてきたけど、やめ方がわからなかった。やめるきっかけになったのが、お母さんの死だった」

猛烈な陽ざしがブラインドでさえぎられているダイニングルームで、ふたりは見つめあった。カルメンは指を組んで丸い小テーブル《メサ・カミージャ》に置いていたメルチョールの手に触れ、目を見て言った。

「お母さんは私の命を救ってくれたんだよ、メルチョール。お母さんがいなかったら、私はいまもあのままだった」

嘘だということはわかったが、それは嘘でも気持ちのいい嘘だった。メルチョールはムンジュイックの墓地にいたサラや仲間の女たちを思い浮かべた。それとともに、あふれるような感謝の気持ちが湧きおこってきた。行き場のない惨めな彼女たちこそが、この地上に残された母のたったひとつの形見なのだと思った。

まだ話しつづけていたカルメン・ルーカスは、少しすると立ちあがり、

「さあ、そろそろ菜園を見せてあげようね」と言った。

午後五時半の炎天が照りつける外へ出て、右へ曲がり、用水路が引かれた果樹園やオレンジ畑を見ながら、カセリーオ通りを歩いて村を離れた。ほどなくすると、ポプラ並木を越えたところにカルメンの菜園が見えてきた。四角く区切られたつつましい菜園の一角には、農具を収納する木製の小屋があった。この土地で幾世代にもわたって受け継がれてきた農業の知恵を活かし、丹精をこめて手入れされているのが、専門家でなくても一目でわかった。

カルメンはメルチョールが気づかないうちにもう畑

仕事にかかっていて、たわわに実ったトマトやキュウリ、ナス、ピーマンやズッキーニを見せた。メルチョールはバルセロナから六百キロも離れた場所までやってきた目的も忘れ、自分も肉体労働の喜びを味わいながら、カルメンが働く姿を見守った。カルメンは、エル・リャノで生まれたことや、蚕を飼って生計を立てていた両親のこと、都会を離れて子連れで移住してくる若夫婦たちにかこまれ、ペペと田舎暮らしをしていることを話した。

日が暮れはじめたころ、野菜をいっぱいに入れた籐かごをかかえて村にもどった。カルメンはみちみちバルセロナ時代や母親について語り、メルチョールはペペが彼女の過去を知らないと考えていたのは間違っていたのかもしれないと思った。ペペはたしかに、それを知っていた。

訊いてみると、カルメンは笑って言ったのだ。「知ってるに決まってるでしょ。私について知らないことは、ひとつもないんだから」

カルメンの話では、ペペも同じエル・リャノの出身で、親同士が親しかったため、ものごころがついたときからほとんどいっしょに育ってきた仲だった。ペペは自分に気があったものの、六歳も年上だったのでずっと避けていた。ところが、二十年以上娼婦として働いたすえにバルセロナを離れ、老いて、傷つき、怯えてくたびれた姿で村にもどってくると、ペペはそれでもまだ待ってくれていたという。

「不思議なものよね、そう思わない？」悲しそうな笑みを浮かべ、カルメンは言った。「恋した男を追いかけてスペインの反対側までいっていながら、大切な人がすぐそばにいたことに気がついていなかったんだから」

家に帰ると、携帯電話にノウ・バリス署から五回も不在着信が入っていた。かけ直すと、こう言われた。「なにかあったんですか、とはなんて言いぐさだ。この国で事件を知らずにいる人間は、おまえだけだぞ」

今日の午後、バルセロナでイスラム系組織によるテロ襲撃があった、複数の死者が出ている、警察は何時間もまえからテロリストを制圧する作戦を展開している、と教えられた。

「どこにいるんだ」訊かれて場所を告げると、

「いますぐ車に乗ってもどってこい」と言われた。

カルメンにいとまを告げ、ペペにくれぐれもよろしく伝えてくださいと頼んで去ろうとしたとき、カルメンは紙片に電話番号を書き、

「電話をちょうだい。また来て、ペペも喜ぶから」と言ってメルチョールに渡した。

帰り道はラジオを聞きながら車を走らせた。テロ襲撃に関するニュースはまだ内容が貧弱で、矛盾が多かった。事件は午後五時まえ、ランブラス通りで起きた。猛スピードで歩行者天国に突っこんだワゴン車が歩行者をなぎ倒して走り、死者十人以上、負傷者多数が出ている。死傷者はいまも刻々と増えている。テログループはまだ捕まっていないが、現在、グループの一部が複数の人質をとって旧市街のレストランに立てこもっている。警察が市への出入り口に検問所を設けて厳戒態勢を敷いているため、各地で長蛇の交通渋滞が発生している。これがニュースの概要だった。陽が落ちはじめ、夜のニュースがはじまっても、同じような内容の繰りかえしだったのでラジオを切った。

それからはカルメン・ルーカスや母親のことを考えながら車を走らせた。そうするうちにだんだん気持ちが暗く沈んできた。すべてが終わってしまった。カルメン・ルーカスの居場所は突きとめたが、母親殺しの犯人については手がかりが得られなかった。カルメン・ルーカスは最後の望みの綱だったというのに、その望みの綱が絶たれてしまった。じわじわとその事実が浸透しはじめた。捜査が暗礁に乗りあげるのは、最初から決まっていたことだったのだ。心の底ではそれが

わかっていたにもかかわらず、先へすすんできた。だが、母親殺しの犯人は捕まらない。母の正義はなされないのだ。それがようやく、はっきりとわかった。ジャベールを思い、憎しみがこみ上げてきた。それはジャン・バルジャンがこの世界に抱いていた憎しみと同じような、みさかいのない冷たい憎しみだった。それと同時に、なにかをたたき壊さずにはいられないような、怒りに似た激情が湧きあがってきた。怒り、憎しみ、破壊の衝動で、窒息しそうだった。苦しさで喉がつまり、息ができないような状態で、メルチョールは運転をつづけた。

午前一時すぎ、また所轄署から電話が入った。どこにいるかと訊かれ、タラゴーナまであと二十キロほどだと答えると、

「ちょうどいい。まっすぐカンブリスへ向かってくれ。そこでもテロ攻撃が計画されているらしい」

「カンブリスの所轄署に行けばいいのか?」

「その時間がない。ディプタシオ通りに直行しろ。海岸沿いの道だからすぐにわかるだろう。道路封鎖のバリケードをはる作業を手伝ってやってくれるか。署員の半分が休暇中だそうだ」

それから先は、急転直下の展開になった。メルチョールは窒息しそうな息苦しさに耐えながら、カンブリスのインターチェンジで高速道路を降り、ディプタシオ通りを目ざした。それから検問所の設置を指揮していた制服姿の女性巡査部長に身分を名乗り、通行止めのランブルストリップ、スパイクバリアやコーンの設置を手伝った。そのときだった。作業をすすめていると、どこからともなくアウディが飛び出してきた。車は道路を封鎖していたパトカー二台のうちの一台に突っこみ、女性巡査部長をはねとばしてから、フルスピードで海岸沿いの遊歩道へ走り去った。メルチョールは駆け寄って巡査部長の無事を確認し、アドレナリンが爆発して心臓が口のなかで生きた小鳥のように脈打

つのを感じながら、拳銃を抜き、通行人に大声で伏せろ、隠れろと怒鳴りつつ、アウディを追いかけて遊歩道を走りはじめた。

アウディはメルチョールの数メートル先で歩行者ふたりをはね、ヨットクラブの隣のロータリーでもんどり打って横転した。メルチョールはそこへ向かって走りながら、乗っていた男たちが這いだしてくるのを見た。そのなかのふたりは、事故を目撃し、悲鳴をあげて逃げまどう人びとに向かっていった。もうひとりは、まっすぐメルチョールに向かってきた。それはほとんど子どもと呼べる少年で、手に肉切り包丁をもち、腰に爆発物のベルトらしきものを巻きつけているのが見えた。その瞬間、教わった言葉が閃光のように脳裏をよぎった〈《人間を撃つときは、厳密に狙いを定める必要はない。落ち着いて、できるかぎり相手との間合いをつめろ。それだけでじゅうぶんだ》〉。メルチョールは引きさがらずに男との距離をつめ、二、三メートルを隔てるところまで近づくと、アスファルトに立ってかまえの姿勢をとり、頭部に狙いを定めて引き金を引いた。銃声とともに周囲の悲鳴がいっそう大きくなり、注意を引かれたテロリストふたりが雄叫びをあげながら走ってきた。彼らも刃物をふりまわし、爆発物のベルトを巻きつけていた。メルチョールはその方へ数メートルすすんでから立ちどまり、アスファルトに足をかまえ、ひとり目の頭に銃口を向けると引き金を引き、ふたり目も――すぐ近くまで接近していたため、ほんの少年でしかないのが瞬時に見えた――頭を狙って銃弾を見舞った。軽く腰を落とした体勢をもどす間もなく、アウディから這いだすのに時間がかかっていた四人目の男が、絶叫しながら飛びかかってくるのが目に入った。とっさに銃をかまえ、男が襲いかかろうとする刹那、相手を撃ち抜いた。

こうしてすべてが決着した。

アスファルトに倒れているテロリストたちの死体を

まえに、メルチョールは荒い息をつきながら、遊歩道に立ち尽くしていた。あたりは騒然として、叫び声、パトカーのサイレンが響き、頭上ではヘリコプターの轟音が渦巻いていたが、メルチョールはロータリーも遊歩道も、耳をつんざくばかりの静寂に包まれているのをはじめて知った。心臓がいまにも破裂しそうだった。しかしようやく、息ができるようになった。

テロ事件につづけて、大混乱の大渦巻が口を開き、メルチョールはその中心に立って日々を送ることになった。テロ攻撃は甚大な被害をもたらした。バルセロナでは死者十六人、負傷者百人。カンブリスでは死者一人、負傷者六人が出た。六人のテロリストのうち、四人が殺害された。その四人を射殺したのが、メルチョールだった（テロを組織し、指揮した組織の残りのテロリスト十二人も、殺害されるか逮捕された）。メルチョールが被った被害は、それとはべつのかたちになった。イスラム過激派の報復を回避するため、メルチョールは自分の身元を伏せておくつもりでいたのだが、警察組織のなかで一夜にして時の英雄にまつりあげられてしまった。同僚、上官、政治家、だれからも雨あられのように称賛がふりそそぎ、新聞各紙もすばらしい功績を利用せずにはおかず、《カンブリスのヒーロー》と呼び名をつけて自分たち流に絶賛した。それがだれなのか、かしましく噂が流れ、あれは女性だったのだとか、あれほどの射撃の腕前と機敏な行動をみれば、傭兵部隊にいたのだろうとか、当然カンブリス警察署に所属しているのだろう、と取りざたされた。

メルチョールは自分のしたことをことさら誇りに思っておらず、大きくなるばかりの騒ぎのなかで身動きがとれない状態だった。落ち着かない気分を味わいながら、『レ・ミゼラブル』の《射撃をもって好意を施す男だ》という一節が頭に響きつづけるのを、とめることができなかった。結局、事態の収拾をはかるのにビバレスに頼らざるを得なくなった。ビバレスは警察組合に抗議し、同僚や上官の讃辞を受けているメルチョールの横顔がわかるうしろ姿の写真を新聞社に提供したのは遺憾である、カタルーニャ州政府が一部の個人情報を漏洩し、その場にはカタルーニャ自治州政府のカルレス・プチデモン首相までが臨席していたのは遺憾千万である、として、これはテロリストから身柄を保護するという建前に反している、よって警察組合から内務省に厳重に抗議されたいと要請した。抗議を受けた警察組合は、メルチョールの完全な匿名性と安全性を確保するため、適切な措置を講じられたいと、さらに要請をつけ加えて内務省に抗議文を提出した。

　抗議文は絶大な効果を発揮した。書状が提出されてから数日のうちに、メルチョールはサバデル近郊のエガラにあるカタルーニャ自治州警察《モスズ・ダスクアドラ》の総本部での会合に呼びだされた。会合に出席したのは、情報局のエンリック・フステル警視と、その部下の警部と警部補の二名だった。親身な態度の四十年配のフステルは、赤毛でたくましい身体つきをし、エラがはった顔に顎ひげを生やしていた。メルチョールに、きみは警察にとって非常に大切な存在であるから、今後も順調にキャリアを築いてもらえるよう、われわれは安全の確保に全力を尽くしたいと話した。そこで、現時点では、バルセロナから遠く離れた、静かで隔離されたきみを知る人のいない場所に異動してもらうのが最善策だと考えている。これはあくまでも暫定的な対策にすぎない。騒ぎが落ち着くまでのことだ。そのときはバルセロナに帰ってきて、もとの部署に復帰してもいいし、きみが望む配属先を決めてもらってもいい。

「そうするのがきみにとって最善だろうと思うのだ」フステルは話をまとめると、「もちろん、きみがそうしたければの話だ。必要なだけ時間をかけて、どうするか考えてみてくれ」とつけ加えて締めくくった。

　メルチョールは不信感を抱いてこの会合にのぞんだ

のだったが、フステルの提案は（正確に言えば、フステルを通して警察の上層部から提示された提案は）、驚くような内容だった。最初はばかばかしいと思いながら聞いていた。しかし、注目のまとになり、称賛の対象（というより被害者）になってきりきり舞いさせられていることを考えれば、無名の存在でいられるほうが望ましいに違いない。すぐにそれが納得できた。都会でしか暮らしたことがなかったメルチョールは、カルメンとペペの牧歌的な暮らしを見てきたばかりだったが、自分には田舎暮らしは向いていないと思っていた。田舎に住めるようにはできていないし、田舎も自分のような人間向けにはできていないと思い、そんなところへ行ったりすれば場違いに感じるに決まっていると思っていた。それでも、フステルが言うように、これは暫定的な対応策なのだ。いずれにしても、いまの状態よりはましだろう。それに母親殺しの犯人を追う捜査は、決定的に座礁してしまったのだ。この数年の支えになっていた目的も方向性も、すべて失ってしまった。長期休暇をとるつもりで一時的に環境を変えてみるのもいいかもしれない。メルチョールはそう判断し、

「考える必要はありません。いつ発てばいいですか？」と訊いた。

同じ会合の席で、いくつかの候補地が提示された。メルチョールは訪れたこともなければ、地名すら聞いたことのなかったテラ・アルタをあてずっぽうに選んだ。

翌日は所轄署に出勤し、上司や同僚に異動が決まったことを報告して、担当していた事件の引き継ぎをおこなった。それからデスクの私物を片づけているときだった。イザイーアス・カブレーラがあらわれた。夜の九時に近かったため、刑事部屋に残っている人はまばらだった。メルチョールは無愛想に内務調査部の巡査部長、カブレーラの顔を見た。

「心配しないでもいい、お別れの挨拶をしに寄らせてもらっただけだ」カブレーラは安心させるように言うと、「異動になったんだな、出発は明日か？」と訊いた。

メルチョールはうなずいたが、相手がなにも言わないので片づけをすすめた。カブレーラは断りもせずに椅子をとって腰をおろし、脚をくむと、無言でメルチョールを見守っていた。

「異動先はテラ・アルタだそうだな」カブレーラが口を開いた。メルチョールは黙ったまま、デスクを拭き、持ち帰る私物を箱につめていく。「なかなかいいところだ。あのあたりでは昔から、極上のワインが作られている。夏にはエブロ川の戦いを再現するショーがあって、川渡りの場面も演じてみせる見ごたえのあるショーだから、楽しめるだろう。しかし、考えてみればきみはコカ・コーラしか飲まないし、歴史にも興味がないんだったな。正直、小説のどこがいいのか私にはさっぱりわからないね」

そう言うとカブレーラはまた黙り、つまらなそうな顔つきでメルチョールのすることを眺めていた。メルチョールが荷物をつめ終わり、段ボールをかかえて帰ろうとすると、カブレーラは組んでいた脚をおろし、立ち上がった。上着の内ポケットから折りたたんだ紙を取り出し、差しだしてみせた。メルチョールは放射性物質でも見るような目でそれを見つめ、

「なんですか、それは」と訊くと、カブレーラは紙をふって答えた。

「きみの犯罪歴証明だよ。裁判所に保管されていた方のね。きみは晴れて無犯罪者だ」

メルチョールは面くらったまま、かかえていた箱をデスクにおき、紙を受けとって文面に目を走らせた。カブレーラ巡査部長の言葉は嘘ではなかった。問いかけるような視線を向けると、

「きみは新聞になんと書かれている？」老かいな笑顔

を浮かべ、目を細めて言った。「カンブリスのヒーロー、そうだろう?」と、肩をすくめてみせた。「そういうことだ」

メルチョールは何度もうなずきながら聞き、ようやく思いだして礼を言うと、カブレーラは答えた。

「私に感謝することはない。私だったら起訴してやるんだが、命令は命令だからな。しかし、三つ子の魂は百までつづくと言うからね。いずれまた会うことになるんじゃないか。そう思わないか?」

メルチョールは犯罪歴証明をたたんで箱に入れ、カブレーラと握手をせずに箱をかかえあげた。別れの言葉はひとことで告げた。

「くそくらえだ」

第5章

アデル美術印刷の駐車スペースにはまだ空きがあったが、メルチョールは路上に車を停めた。グラウが電話で言っていたように、会社はラ・プラナ・パルク工業団地の端にあった。その先は野原で、遠くにつらなる山やまの支脈には、風車がかんむりのように一列にならび、じっと静かに朝日を浴びて羽根を輝かせている。

工場の事務所は鉄の門をくぐってすぐの、中庭の入り口にあった。灰色をした八角形の石造りの建物で、白壁の窓のない工場が何棟か、その奥に見えた。事務所へつづく階段の左手には、同じく白く塗られた一枚岩のようなものがあり、そこには翼を広げた黒い鷲のロゴと、赤と黒で《アデル美術印刷株式会社》の文字が書かれている。

メルチョールが車を降りると、すぐうしろにカタルーニャ・テレビのワゴン車が停まり、どやどやとレポーターや撮影スタッフが出てきた。受付には、受付嬢がふたりいた。メルチョールはそのひとりに自分の名前を告げ、常務と面会の予定があることを伝えた。豊満で化粧の濃い、赤茶のブロンドに髪を染めた魅力的な受付嬢は、メルチョールに好奇のまなざしを向けながら、二階の部屋でお待ちですと言い、入館ゲートを開けるためのラミネート加工されたビジターカードを差しだした。メルチョールは礼を言い、連れが来るまでここで待たせてもらいますと告げて、ロビーの窓から外を眺めて時間をつぶすことにした。テレビカメラをかつぎ、マイクを手にしたカタルーニャ・テレビのクルーが従業員の一団が集まっている中庭に向かっているのが見えた。このことをのぞけば、会社のオーナーが二十四時間ほど前に殺害されたことを示すようなものは、どこにもなかった。通常の営業日と変わらず、工場の門を人、車、バイクが出入りし、トラックが数台、トレーラー一台も通った。メルチョールは職業柄の習慣で、セキュリティ対策がかなりお粗末なことにも気がついた。どこにもカメラがなく、警報機もなかった。敷地をかこっているフェンスも、高さが人の背丈ほどしかない。その気になれば簡単に乗り越えられるだろう。

サロームは九時半になってようやく姿をあらわした。

「遅れてすまなかった」二階に向かって階段をのぼりながら、サロームは軽く息を切らせて言った。「昨日の晩は署を出るのがすっかり遅くなってしまってね。悪いが、長くはいられない。十一時半に、娘夫婦のロサとアルベルトに面会の約束があるんだ。ロサのDNAサンプルを採取してから、いっしょに屋敷へ行かなくちゃならない。ゴマ警部補がそこで待っている」

「俺もいこうか?」

「いや、ここに残って聞き取りができる相手をあたってくれ。そのあとで、テラ・アルタで落ちあって昼飯にしよう」

ブロンドの受付嬢の指示にしたがい、二階に着くと左に足をすすめた。増築された廊下の突きあたりが待合室になっており、ふたつのドアが開いていた。最初のドアのすき間から、泣いている女性と男性ふたりがちらりと見えた。男性のひとりが上半身をかがめて女性をなぐさめているらしかった。ふたつ目のドアの向こうには、グレーの服に身をつつんだ修道女のような雰囲気の女性がいた。かなりの年配だったが、その人がグラウの秘書だった。来訪の要件を聞くと、そちらで少々お待ちくださいと言ってドアの外を示された。

少々という言葉は、社交辞令ではなかった。外へ出るとすぐに、どうぞお入りくださいと言ってなかに通された。

「遅いお越しでしたな」握手をして席をすすめ、グラウは言った。「遅刻というのは、自分を印象づけたい手合いが、どうでもいいような相手に対して使ったりする手段のひとつで、敬意の欠如ですな——いやいや、謝ることはない。その必要はありませんよ。この国では遅刻があたりまえで、そういう習慣なんだからね。コーヒーでもいかがかな?」

グラウは秘書にコーヒーを用意するように命じ、ふたりの警官は壁ぎわの黒い革張りのソファに腰をおろした。長方形のゆったりしたオフィスは、増築に増築を重ねた建築物を思わせる統一感を無視したインテリアになっていた。シャンデリアがあれば、超現代的な照明器具があり、アンティーク調の家具とならんでモダンな家具があり、年季が入った革のものとメタル素材のものが入りまじった部屋が、中庭に面した大きな窓から差しこんでいる朝の明るい陽光に照らされていた。

「パコとロサが、こんな恐ろしいことになるとはな」グラウはそれほど恐ろしがっているようには聞こえない重々しい声で言った。メタルフレームの眼鏡の奥の射るような鋭い目にも、恐ろしさは宿っていないようにメルチョールには見えた。「いまだにほんとうのこととは思えない。先は長くない年齢だったかもしれないが、あんなふうに死ぬなんて。ぞっとする。私がパコ・アデルの下で働いてきた年月がどれほどの長さになるか、知っているか？　五十年以上だ。五十年の歳月だぞ。光陰矢のごとしと言うがね。全人生だ」グラウはひじ掛け椅子の背もたれに背中をあずけ、枯れ木のような脚を組んでため息をつき、「なにかわかったことがあれば、聞かせてもらえるか」と言った。

サロームは、待たせたお詫びに余計なことまで口にするような愚行は犯さずに、新聞、ラジオやテレビがこの二十四時間報道してきたことだけを伝えた。メルチョールはサロームの話に耳をかたむけているグラウに注意を向けた。小柄な老人だった。背中が曲がり、か細い骨にしなびた青白い肌がへばりついている。本格的な喪服を着ているが、ズボンもベストもネクタイも、白いシャツから磨かれた靴にいたるまで、身につけているもののすべてがだぶついているように見えた。顔にかけている眼鏡のほかに、首につり紐をかけてもう一組、左右半々の赤いセルフレームの眼鏡を下げている。グラウを観察していると、秘書が洋銀のコーヒーセットをのせたトレーをもってあらわれた。トレーをガラスのコーヒーテーブルに置き、花模様のコーヒーカップにコーヒーを注いでから、部屋を出ていった。

サロームが即興でまとめた説明を聞いたグラウは、スプーンでコーヒーをかき混ぜながら言った。「だいたい知っていたことと同じ内容だ。いずれにしても、私でお役に立つことがあれば遠慮なく言ってくれ」

そのとき、マナーモードになっているメルチョールの携帯電話が振動した。ドミンゴ・ビバレスからの電話だったが、応えずにおいた。

「映画などでは、殺人があったときにどこにいたかを訊くものらしいから、それを聞きたければ教えよう。私はその夜は自宅でオペラを聴いていた。オペラはなにを聴いていたかといえば、ワグナーの『神々の黄昏』だ。なるほどまったく、いま思えば虫のしらせみたいな選曲だったね。そうじゃないか？　不幸にも、私のアリバイはだれにも証明することができない。容疑者のひとりにされることは避けられないな。とにかく、訊きたいことがあれば訊いてくれ。いちおうことわっておくが、これほど野蛮なことをやってのけるような人間は、私にはまったく心あたりがないがね」

「アデルさんには、敵がいなかったんですか？」グラウのあっけらかんとした態度に少しばかり当惑しながら、メルチョールは質問した。「彼を憎んでいた人が。ライバル、足をすくわれて恨んでいる商売仇や、アデルさんに一杯食わされて被害をこうむった人とか――」

「ひとりも敵がいないなどということが、あると思うか？」グラウは質問をさえぎり、スプーンを受け皿に置くとカップを口に運び、ひと口すすって言葉をつづけた。「男の値打ちは敵の多さで決まるものだ。パコはたいへんな値打ちのある男だった。それはたしかだ。われわれカタルーニャ人は、政治はからきしダメだが、ビジネスにかけてはずば抜けている。パコはそのいい例だ。さて、テラ・アルタに敵がいたかどうかについては――」

グラウは生えぎわから襟足まできれいに後ろに流した髪に手をあて、頭蓋骨に沿って額から首筋までなでつけると、考えこむ顔つきになった。メルチョールはその顔を見ながら、昨日まえもって読んできたグラウの経歴を思い起こしていた。そこから得られた情報はわずかだった。グラウがアデル以上に自分のプライバシーに秘密主義をとっているためなのか、いつでもアデルの陰に隠れた存在だったために、だれにも関心をもたれなかったのか。グラウについてわかっていることは、アデルとの関係にかかわることばかりだった。アデルの右腕として、会社のまとめ役を担っていたこと。忠犬のように忠誠を尽くしてきたこと。彼はその知性、狡猾さ、豪放な性格でも知られている。

グラウは一息にコーヒーを飲みほし、カップをテーブルにもどすと、急に笑顔を浮かべて訊いた。

「ナルバエス将軍を知っているかね」

メルチョールとサロームが答えられずにいると、若い者はものを知らなくて困るとでも言いたげに小さく首をふり、こう説明した。

「評判は悪いが、立派な軍人で、政治家としても優秀な人物だった。私の記憶が正しければ、一八六八年、四月二十三日に肺炎で亡くなったんだが、死ぬまぎわに司祭から汝の敵を許しなさいと言われたときに、《それはできません、敵はひとり残らず殺しましたから》と言ったんだよ」グラウは喫煙者の末期の咳のようなしゃがれ声で笑った。メルチョールとサロームは横目で一瞬、視線をかわしあった。「つまりだね、もしパコがナルバエス将軍の立場にあったとしたら、同じように答えただろうということだ。この会社が設立された当時は、テラ・アルタには同じような会社がそれなりの数でほかにも存在していたんだが。いま残っているのは私たちを敵視することすらかなわないような、とるに足らないものばかりだ。まるで、アリがゾウを敵対視するようなものだね」

「テラ・アルタ以外ではどうでしょう」サロームが訊く。

「ああ、そうなると話が違ってきますな」グラウは答えた。「しかし、われわれの商売は互いに互いを嫌いあっているからね。その理由はそれぞれだが。ほかの商売でもそれは変わらないだろう。資本主義はそれで支えられているのだからな。参加している全員が競いあい、強い者だけが生き残る全面戦争というわけだ。だからアデル美術印刷の敵を探すのなら、スペインのこの分野の大手企業からはじめて、私たちの子会社がある国々の企業に対象を広げればいいでしょう。私たちはそういう会社を打ちのめしてきたし、向こうもこっちを打ちすえてきた。まずはそのあたりから探りを入れていけばいいと思いますよ」

「そのなかに、殺してやりたいほどアデルさんを恨んでいた会社はありましたか？」メルチョールが訊いた。

「わかりません」グラウは肩をすくめ、少し考えてからまた言った。「わかりません。率直に言うと、歳をとればとるほど、人間がよくわからなくなってきた気がするね」組んでいた脚をほどき、テーブルに身を乗りだして、「お代わりはいかがですか」と訊いた。

グラウは三つのカップにコーヒーを注いだ。

サロームが言った。「いまのお話はつまり、テラ・アルタ以外の場所ではアデルさんには敵が多すぎて、相手をひとりに絞るのはとうてい無理だと理解すればいいですか？」

「まさにそういうことですな。これほど敵が多くては、いないも同然になるわけだ」スプーンでコーヒーをかき混ぜるグラウの指は、やせ細って関節が節くれだち、よく手入れされた爪をしていた。

「しかし、内輪のなかに敵がいた可能性もあるんじゃないですか」メルチョールが指摘した。「このテラ・アルタに、という意味ですが。アデル美術印刷のような大木の周りには、なにも育たないという噂もあるようですし」少しためらい、言い添えた。「アデルさんが従業員を搾取していたという噂も」

メルチョールの厳しい言い方をサロームがとりなした。「どんな企業も、搾取されていると言われることは避けられないでしょう。どんな事業主も」

「そのとおり。さっき言ったことは、そのことを指していたんだ。資本主義とは、そういうものだということとをね」グラウはスプーンを受け皿にもどし、カップを手にすると、もの珍しげにメルチョールを見た。眼鏡の奥でシワがよった青白いまぶたを細め、やがてそれが線のように細くなり、

「きみはこの土地の出身じゃないでしょう?」と言った。

「ええ、違います」メルチョールが答えると、

「違いますな」かすかに棘のある笑みを浮かべてグラウはうなずき、仲間を見るようにサロームに顔を向けた。「この土地のアクセントじゃないようだ」

サロームが返事をかえさないので、テラ・アルタの生まれではないが、自分はここに住んで四年になるとメルチョールは言いかけて、やめておいた。グラウはコーヒーをひと口飲んでゆっくり味わい、カップを受け皿におき、受け皿をテーブルにおろした。朝の太陽が勢いを増しはじめ、気温があがってきた。

「いいですか」グラウはメルチョールを見ながら、諭すようにこう話した。「ここは貧しく、人を寄せつけない土地だ。昔からそうだった。ほかに行くあてのない者だけが残る、旅のとちゅうで通りすぎるだけの場所だ。敗者が住むところだ。テラ・アルタ郡はこの国のだれにも愛されていない。それが真実だ。その証拠に、テラ・アルタという名前を思い浮かべる人がいるとすれば、攻撃を加えるときだけだ。この土地の名前が知られているのは、この国で史上最悪の激しい戦闘の舞台になったからだ。戦争は、聖書の天罰さながらの猛火が嵐のように吹きあれて、若者の半分が殺されたアポカリプスだった。現代のわれわれにはなんの関係もない話だが、戦争はこの土地を荒れ果てた黒い大地に変えてしまったのだ。山には八十年後のいまでも、いたるところに散弾の破片が散らばっている。ざくざく落ちていたんだが、われわれ土地の人間が、飢え死にしないために拾いあつめて売ってきたのでね。テラ・アルタはそういうところなんだ。そんな土地に、私

たちのような企業が存在している。これは僥倖と言ってもいい。奇跡と言ってもいいくらいだ」グラウは言葉を切り、まっすぐにメルチョールを見て言った。「パコを嫌っていた人、悪口を言っていた人は、もちろんいただろう。あたりまえだ、人は命令する人間に対しては文句を言うものだから、無理もないことだろう。リーダーはそのためにいるのだ。リーダーでない人びとが文句を言うために。しかしね、ひとつ実験をしてみてくれないか。今日、これからガンデーザの路上ですれ違う人に、こう言ってみたらいい。アデル美術印刷がテラ・アルタから出ていくことになったとね。どんな反応がかえってくるか、確かめてみるんだ。私たちがこのテラ・アルタだけで、直接的、間接的にどれだけの雇用を生んでいるか知っていなさるかな。私たちのおかげで、どれだけの家族が暮らしているかを」グラウはまた言葉を切った。シワだらけの口もとに浮かべた笑みが、誇らしげな笑みになった。「パコ・アデルがいなければ、テラ・アルタは死んでいたも同然だったはずだ。それがまぎれもない事実で、そのほかはただのこぼれ話ですな」

メルチョールはグラウの話を聞きながら、この痩せた老人のどこからこれほどのエネルギーが湧いてくるのだろうと思わずにはいられなかった。アデルとはどんなあいだがらだったのか。アデルの死は、グラウがみせている誇らしげな態度より、深い影響をあたえているのではないか。会社を擁護するグラウの話が終わると、サロームがアデルとの出あいのきっかけと、アデル美術印刷で働くことにした動機を質問した。

「ああ、それについては面白い経緯があるんだ。聞いてくれ」グラウは脚を組み、また笑顔になった。グラウはこう話した。

六十年代の半ば、バルセロナで経済学の学位を取得して間もなくのころ、私はテラ・アルタ最大の美術印刷会社だったグラフィカス・シンテスで働いていた。

当時、アデルはグラフィカス・プイジという印刷会社を二束三文で買収し、それをアデル美術印刷と命名して会社を設立したばかりだった。印刷業についてはなにも知らなかったが、短期間で会社の基礎を築き、この地域の同業者と対等にわたりあえるまでに成長させた。しかしグラフィカス・シンテスにはかなわなかった。ある日、アデルは私が上司と衝突したことを聞きつけて会社に訪ねてきた。ふたりともテラ・アルタの生まれだったものの——アデルはボット、私はアルネス出身だった——それまで会ったことはなかった。十一歳年上だったアデルは、旧知の仲のような口ぶりで《きみのような人がこの会社にいるのは、宝のもちぐされだ》と口を開くや、私に言った。《このままでは窒息してしまうぞ。この会社で埋もれて終わるか、私のところへ移ってくるか。さあ、どっちがいいか、よく考えてみろ》アデルの噂はいろいろ耳にしていたが、アデルの揺るぎない落ち着きと堂々とした威厳に、感銘を受けた。それにもかかわらず、提案はありがたいがやめておくと答えた。するとアデルは、《ここで支払われている給料の二倍だそう》と条件をつりあげた。アデル美術印刷の懐事情を知っていた私が《無理ですよ》と言うと、アデルは素直にそれはそうだ、と認め、《では、私の報酬の倍額を払う。たったいまからただちに。そして、私のもとで働くあいだは最後までずっと》と言う。私は声をあげて笑い、提案に礼を言って申し出は辞退した。アデルはあきらめずに、その後何週間も何か月も、電話をかけてきたり、訪ねてきたり、偶然出くわしたふりをしたりして粘った。私はそのうちにまた上司と衝突してしまい、結局アデルのところで働くことになった。

「グラフィカス・シンテスの社長との衝突も、ひょっとするとパコにはめられたのかもしれないね」グラウは笑って言った。「しかし彼は、きっちりと約束を守ってくれた。いままでずっと、自分の報酬の倍額を私に支払っていたんだよ。愉快なのは、それだけじゃない」グラウはつづけた。「あとで本人から聞いた話だがね、私を引き抜きに訪ねてきたとき、彼はグラフィカス・シンテスが経営難におちいっていることを知らずにいたんだ。ところが、会社は問題をかかえていた。その証拠に、四年後に倒産してしまった。彼は商売にとって欠かせないべつの要素、つまり幸運を、あり余るほどもっていたんだ」

グラウはアデルがどれほど強運だったかを、もうひとつ、アルゼンチンのコルドバにある子会社の例をあげて説明し、みっつ目の逸話を話しかけたところで、口をつぐんだ。

「誤解しないんでほしいんだが、パコが事業を成功させたのは運がついていたからだと言うつもりはない。幸運に助けてもらえなければ、ここまでたどり着けなかっただろうという意味なんだ。運と、度胸と、圧倒的な自信なくしてはな」

グラウは口をつぐんだ。視線を流し、陽光を浴びて黄金の湖に浮かんでみえる左手の執務机やパソコンを、虚脱したように無表情で見ていた。メルチョールとサロームはまたちらりと顔を見あわせ、黙っていた。

白昼夢から覚めると、グラウは口を開いた。「昨日はロシータ・アデルの家でニュースを追っていた。テレビを観たり、ラジオを聞いたり、新聞を読んだりしながら過ごしたんだが——驚いてしまったよ。世間の人たちが、パコ・アデルのような無学で貧しい男が白紙からこれほど大きな会社を築いたことを、意外に思っていることに」メルチョールとサロームを交互に見ながら、組んでいた脚をほどいて太ももに腕をのせ、身体を乗りだした。「なぜ驚いたかと言えば、パコは貧しく、無学だったからこそ、これを成し遂げたからなんだ。貧乏人は金持ちよりたくましい。パコのように小さいときに孤児になり、戦争を経験するような不幸を知っていれば、なおさらだ。金持ちは自分の生活に慣れきっているうえに失うものが大きいから、根性がないし、精神がもろい。貧乏人は違う。パコは貧しさがどういうものか、腹を空かせて寒さに耐えるのがどういうものかを、身をもって知っていた。だからそれを怖れていなかった。あれほど恐いものしらずの男には、会ったことがない。恐いものがなければなんでもできる。それだけじゃない。パコは祝日も休まずに週七日間、毎日十五時間を、働きづめに働いていた。あなた方は、そんな人を見たことがあるか？　学業については、おふたりのことはわからないが、私は学費免除になるほどの優等生という経歴をもっていながら、箸にも棒にもかからない連中をたくさん見てきた。パコはその正反対だった。それだけはたしかだね」

メルチョールとサロームが異論をはさまずに耳をかたむけていたことに気をよくしたのか、アデル美術印刷の財政について質問を向けると、グラウは快く積極的に答えた。会社の投資先、損益、海外の子会社や系列会社との関係を、頭のなかにコンピューターが入っているかのように熱っぽく厳密に説明した。だがしばらくすると、疲れたのか嫌になったのか、会社の数字はすべて公表されているから、知りたければ商業登記簿をご覧になればわかります、と言って話題を変えるように提案した。

「それに――」グラウは遠慮なく腕時計に目を落とした。メルチョールには一瞬、ベゼルが金色の革バンドのグラウの腕時計が、子どものような手首にまとわりついている奇妙な寄生生物じみて見えた。「私はもうすぐ、失礼しなくてはならない。新聞記者に会う約束が入っているのでね。そらみろ、遅刻するとこういうことになってしまう。さあさあ、なんでも質問をしなさい」

メルチョールが訊ねた。「これから午後に、アデルさんの娘さんに会う予定があるのですが、娘さんはご両親とどんなつき合いをされていましたか」

「ふつうの、なごやかなつき合いだ」

「あなたは？」

「パコの一家と、かね」

そうです、とうなずく。

「なごやかなつき合いだったよ。ロサはまあ、かわいそうに、のほほんとしてちょっと抜けているところがあったが、だれに迷惑をかけるでもなかったし。根柢の部分が、いつまでもレウス出身のお嬢さまだったからね。父親が公証人をしていたのだが、パコが彼女に惚れたのは、といっても惚れたのだとすればの話だがね、それも、事業に没頭していたときに五十歳にもなって結婚する気になったのは、子孫を残したいと思いはじめたからだった。それで自分より十五歳も若い良家の女性を見つけたのだ。娘のロシータは小さいときからかわいくて、母親とは違って頭のいい子だ。じつをいうと、私は彼女が会社を継ぐものと思っていたんだが、あのぼんくらのフェレと結婚して子どもを産んでから、流れが変わってしまった。結婚というのは間違いだ、人間はそうするようにできていない。そう思わないかね？　私を見なさい。独身だが、人生になんの不満もない」

「アルベルト・フェレはぼんくらだとお考えなのですか」メルチョールが訊くと、グラウは答えた。

「疑いの余地なしに、ぼんくらの役たたずだ。世のなかのぼんくらの役たたずの例にたがわず、自分を過大評価しているんだが、事実は事実だからな」

「しかしアデル美術印刷の専務取締役ですよね」サロームが友人の弁護にまわった。

「総司令官気どりでね」グラウは譲らなかった。「ごたいそうな肩書をつけたぼんくらがどれほどいるか、ご存じないのかな。パコが彼をその役職につけたのは、ロシータに喜んでもらって黙らせるためだったが、会社ではなんの役にもたっていない。ゴルフをしているか、伊達男気どりで悦に入っているか、自分の子どもと言ってもいいような娘たちと遊び歩いているか。しているることはそれだけだ」

「アデルさんはそれを知っていたんですか」メルチョールが訊ねた。

「女の子と遊びまわっていることを？　もちろん」

「それをどう思っていたんですか」

「喜んでいたと思うか？」グラウは肩をすくめてみせた。「説教していたことがあったね。脅しつけたことも。しかしフェレは知らん顔だった。パコになにができただろう。腕でもへし折ってやるとか？　その気になればわけはなかっただろう。だが相手はかわいい孫たちの父親で、娘の夫なのだ。パコは娘を溺愛していたしな。いずれにせよ、あの阿呆が会社を率いるようなことになれば、アデル美術印刷と別れるいい潮時だ」

「そうなるとお考えですか」サロームが訊く。

「そうなるというのは、なにがだね」

「アルベルト・フェレが会社を指揮することになると」

グラウは懐疑と無関心が半分半分の顔になった。

「わからない。正直、どうなろうと知ったことではない。私はとっくに定年の齢をすぎているのでね。ロシータに引退してほしいと言われれば、心おきなく去ることができる。実際のところ、頼まれなくても、少しでもお荷物になっている兆候があらわれれば、すぐにそうしようと思っている。しかしそのつもりでいるのかどうか、わからない。阿呆と結婚していても、ロシータは阿呆ではないからね。歴史、顧客ポートフォリオ、インフラを備えたアデル美術印刷のような会社は放っておいてもやっていけると思われがちだが、そんなことはない。会社をここまで大きくするのはたいへんだが、破綻するときはあっけないものだ。潰れたとしても、なにが変わるということもないがね。会社は帝国と同じように、隆盛と滅亡の道をたどるのだからね、人間のように。人生はそういうものだ。否が応でもそうなっているのだからな」グラウはまた時計を見た。「さあ、話はこれでじゅうぶんでしょう。悪いが私はこれで——」

「ほかの取締役とも話をさせていただけませんか」メルチョールがさえぎって頼んだ。「組織図を拝見すると、ほかに部下にあたる役員がもうおふたりおられるので。すっきりした組織なんですね」

「それが効率性を高める秘訣なんだよ」立ちあがりながら、グラウは言った。「単純なほど効率性があがり、複雑なほど効率性がさがる。役員との面会はいつがいいですか？」

「できればすぐにでも」メルチョールも立ちあがって答えた。

グラウがデスクに座って手配の電話をしているあいだに、メルチョールとサロームは額装された写真が壁いっぱいに貼られた一角へと歩みよった。オーク材の年代物のサイドボードがバーキャビネットとして使われていて、本がところ狭しとならんでいた。壁の写真のほとんどにグラウが写っていた。ずいぶん若いときのものもあったが、雰囲気は変わっていない（まるで昔から老けていたか、昔から老けて見られたがっていたかのようだ）。フランシスコ・アデルといっしょの写真や、アデルの家族といっしょの写真、カタルーニャ自治州政府首相のジョルディ・プジョルに挨拶しているアデル、ほかの人と写っているもの、アデルがスペインの前国王ファン・カルロス一世に拝謁しているもの、ローマ教皇ベネディクト十六世とポーズをとるアデル夫妻。

グラウが呼びかけた。「手配が整いました。待っているので、これから行ってください。秘書が場所をお教えしますから」そう言いながら近づいてくると、痩せた指で教皇の写真を指し、「これは聖エスクリバ・デ・バラゲルの列聖十周年記念日の写真だよ」と教えた。

グラウは写真に顔を近づけると眼鏡をはずし、首に下げている左右半々のセルフレームの眼鏡を磁石でくっつけ、それをかけて写真に見入った。小さな笑みを浮かべ、首をまわしてその周りの写真も眺めてから、老眼鏡をはずしてもとの眼鏡をかけ、壁から離れた。

「最後にあれほどの盲信家になるとは、だれに想像できただろう」

「アデルさんのことですか？」答えはわかっていたが、メルチョールは訊いてみた。

「知り合ったころはそんな男じゃなかった。むしろその正反対だった。ロサは昔からそうだったがね。彼は違った。ところが、じつはこの何年か健康の問題をかかえていたのでね。どの医師にかかってもはっきりしたことがわからなかったために、彼はバルセロナの病院に入院して、あらゆる検査を受けた。結局、なんでもないことがわかったんだが、そのあいだにある神父に出あって、その神父にすっかり丸めこまれたんだ」

「オプス・デイに入ったのはそのときですか」サロームが訊ねた。

「そのようですな。私が知ったのはあとになってからだった。ふだんどおりでなにも変わったところがなかったからね。パコはそれについては慎重だった。ときどき、仕事を浄化するなどと奇妙なことを言ったり、一週間ばかりどこかに姿を消して、あとで精神修養の合宿に参加していたのがわかったりしたことはあったが。パコ・アデルが精神修養の合宿にいくとは。どういう風の吹きまわしだ？　最初は彼を笑っていたんだが、そのうちに笑わない方がいいことに気がついた。ふだんの態度は変わらず、いつもと同じだったのでね」グラウは突然、目に冷笑的な輝きを宿すと、「パコが宗教にのめりこんだりしたわけを、私がどう考えているかわかるかね」と訊いた。

メルチョールとサロームが答えられずにいると、ドアが開き、秘書が顔をのぞかせて、新聞記者たちがお見えですと告げた。グラウはすぐに行くと言い、秘書はドアを閉めた。

グラウはそれから、質問の答えを明かした。「怖かったんだよ。恐怖が彼をそうさせたんだよ」

「アデルさんは恐いもの知らずだったとおっしゃいましたが」サロームが言うと、

「そのとおり」と、グラウは辛辣な目の光が口もとにも届いたような笑みを浮かべた。「しかしそれは若いときの話で、世間の人と同じように、歳をとってみるとわかったのだろう。おそらくな。それが彼を変えたんだ。あなた方は、パスカルを読みましたか？」

ふたりが黙っているので、思ったとおりというように上顎で小さく舌を鳴らし、わずかになじるように、グラウは残念そうに言った。「そうでしょうね。読んでみるのをおすすめしますよ。パスカルは、神を信じることは安全な賭けであると言っている。負けても失うものはないし、勝てばすべてが手に入るとね。それなんだ。パスカルを読んだことはなくても、それが彼の考え方だった。パスカル主義者だったということだ。一貫してそういう考え方だったからね。この説明で理解してもらえたかどうか」

グラウはふたりの返事を待たず、ドアの方へとふたりを案内すると、いっしょに部屋を出た。待合室には新聞記者の一団が待っていた。グラウは彼らに挨拶し、少しお待ちくださいと声をかけてから、ふたりの刑事と握手をかわした。

「またいつでもおいでください。とにかく、一日も早くパコを殺した犯人を捕まえてくれ」

「そうします」サロームは請けあい、「最後にひとつうかがいたいのですが」と頼んだ。

「最後ですよ」グラウは認めた。

「あなたはアデルさんを、友人と思っていましたか？」

メルチョールはぶしつけな質問に驚いた。不要な質問のようにも思えた。グラウも面くらったようで、ため息をつき、新聞記者たちのほうをちらりと見てから、サロームとメルチョールの腕をとると近くに引きよせ、耳もとに小声で言った。

「巡査長どの、パコ・アデルには友人と呼べるような人はいなかったんだ。彼のような男は、友だちを作らないのだ」グラウはまだ腕をかけたままで少し身を引き、「私の言うことはおわかりですね」目を見つめて念をおした。

バルの「テラ・アルタ」に着いたメルチョールは、店のカウンターを横ぎり、ドミノをしている一団に会釈してから、奥の窓ぎわに空いているテーブルを見つけてそこに座った。すぐに店の主人が近づいてきた。X脚のもっさりした主人は、ボタンがちぎれそうな太鼓腹をしている。

「えらいことになったねえ」

主人がなんの話をしているのか、訊くまでもなかった。テラ・アルタはこの一日半というもの、アデル夫妻殺害事件の噂でもちきりになっているのだ。

「まったくだ」

「なにかわかったのかい」

「いやなにも。わかっていても、話さないぜ」

店主はおかしそうに豪快に笑った。

「今日はひとりで？」

「いいや、すぐにサロームも来る」

「飲み物はいつもので？」

ああ、と首をたてにふる。

「テラ・アルタ」はガンデーザから五キロ近く離れたコルベラ・デブレにあるバルだが、所轄署の面々はこの店を待ちあわせ場所がわりに利用している。店内は昼食どきで混みあっているが、客のなかに同僚の顔はなかった。会話と食器の音でざわざわ賑わっているダイニングエリアの向こうには、いまはスツールに三人しか座っていないバーカウンターがあり、カウンターの奥では店主とウェイターたちが両手に皿をもって厨房のスイングドアを出入りしながら、樽の生ビールをグラスに注ぎ、冷蔵庫からできあいのアイスクリームを取りだし、コーヒーマシンでコーヒーを淹れ、目まぐるしく立ち働いていた。ドミノに興じる一団の頭上にあるテレビでは、ゴールを決めた選手たちがスタジアムの芝生で祝いあい、スタンドに大歓声が沸きおこっている。壁の時計は二時二十五分を指していた。赫灼とした真昼の日光が窓を照らし、窓ガラスの向こうにはいくつかの家に面した空き地が見える。その先で整然と列をなしてならんでいるブドウ畑の奥は、茫洋とした空と山々だった。

店主がコカ・コーラをもってきた。ふたり分の紙のランチョンマットと布ナプキンをテーブルにおき、ふたり分のグラスとカトラリーをセットして、ラミネート加工した手製のメニューを何枚かメルチョールに渡した。メニューを眺めていると、サロームがやってきた。

「どうだい、調子は」

メルチョールが声をかけても目もあわせずに、サロームは浮かない顔でメニューに視線を走らせた。

「ロサ・アデルの具合がよくない。屋敷を出るときに目眩がして倒れてしまったんだ。いまは大量に精神安定剤をあたえられているが、このままでは入院することになりそうだ」

店主がサロームに挨拶し、注文を訊いた。サロームはビールとイカ詰めフィデウアのアリオリ仕立てを頼み、メルチョールはグリーンサラダをつけて、ステーキのポテト添えを注文した。

「ビールは大至急たのむ」サロームが言うと、

「ソッコーで来ますよ」店主はメニューを引き取り、バーカウンターへ向かった。

サロームは眼鏡をはずし、親指と人さし指で鼻のつけ根をもんでから、かけ直す。

「午後の面会は、中止にした方がいいかもしれんな」

考えごとが声に出たという口ぶりだった。

「ロサ・アデルと、友人の夫との面会のことか？」メルチョールが訊ねると、

「ああ」と答えた。「もう話は聞いてきたから、そっとしておいた方がいいだろう。ふたりとも、まいりきっているからな。事件にはなんのかかわりもないし」

「事件にかかわりがあると思っている人がいるのか？役にたつ情報を提供してもらえるだろう？」メルチョールの問いかけに、

「それについては、もう私がゴマ警部補と聞きとりをしてきた」とサロームは言った。

店主がやってくると、サロームのまえにビールグラスを置き、《テラ・アルタでいちばん早く出てくる生ビールですぜ》と自慢していった。メルチョールは相棒がビールに口をつけるのを待ち、質問を控えた。サロームはゴクゴクと旨そうに喉をうるおし、口ひげと顎ひげに泡をつけた。現実と和解するところまではいかなくとも、多少は気分がよくなったようだった。

「ふたりはなんて言っていたんだ？」

サロームはビールグラスをランチョンマットに置く。

「アデルの屋敷から金が盗まれているとね」慣れた手つきで指先でひげの泡をぬぐい、「せいぜい一千ユーロか一千五百ユーロで大金ではないが、宝石もなくなっているそうだ」と伝えた。

「それで、友だちの人は泥棒のしわざと考えているのか？」

「可能性のひとつとしてね」ビールグラスを口に運びながら、サロームは言った。ランチョンマットにグラスの丸い跡がついていた。「しかしほかの可能性も考えられる」

ビールを飲んでいるサロームの言葉のつづきを、も

どかしく待った。

「ほかの可能性というと、どんな可能性が？」と訊く。

サロームはメルチョールに視線をあわせ、あたりをはばかる必要などないような騒々しさのなかで声をひそめると、

「グラウだ」と答えた。

店主が前菜をもってきたので、ふたりは口をつぐんだ。サロームが店主と冗談を言いあっているあいだに、窓の外に目をやると、山の上に綿雲があらわれていた。汚れた白とも、白っぽい灰色ともいえる雲は、雨が近いことを告げていた。店主がテーブルを離れ、話のつづきにもどった。

「友人のフェレは、グラウの犯行だと考えているのか？」

「はっきりそういう言い方をしているわけじゃないんだが――」サロームはアリオリをフォークでかき混ぜながら話した。「ロサの前ではなおさらだ。幼いときからしょっちゅう家にきていたグラウは、ロサにとっては親戚の叔父さんのようなものだからな。口には出さないが、そう思っているだろう。きみは今朝、グラウからどんな印象を受けた？」

メルチョールはコカ・コーラのグラスを手にして考えこんだ。サロームはフォークに山盛りのパスタをのせて口に入れていた。

「頭が切れそうだった」メルチョールはやっと考えをまとめて言った。「アデルのことをまるでナポレオンみたいに話していたな。それもあって、あなたが友人と思っているかと訊ねた最後の質問の意味がよく理解できなかったんだ」

「あれはな、まさにああいう答えを聞くために訊ねたんだよ」サロームは説明した。「つまり、アデルをナポレオンのような存在としてまつりあげて、殺害されたのは暗殺だったと考えているのを知るために。そのほかにも、われわれが考えていることを確認する意味

もあった。グラウは五十年もアデルに仕えてきたというのに、アデルを友人とみなしていなかったことをな」

「五十年間いっしょに働いて、毎日顔をあわせていたし、家族同然のつきあいだったにもかかわらず」

「そうなんだ。メルチョール、きみはどう思っているか知らないが、私はあの男を信用していない。あいつを怪しいと思った理由がなんだかわかるか？」

メルチョールは問いかけるように眉をあげ、料理をほおばりながら考えた。

サロームは答えを明かした。「アデル美術印刷の将来などどうでもいいというあの態度だ。なんの野心ももたず、自分が必要とされていなければすぐに身を引くと言っていた。並はずれた野心家がよく口にするセリフじゃないか。とくに歳をとるとよく使う言葉だ。無関心は野心を隠すための目隠しにすぎない。油断のならない連中が使う典型的なトリックだ。自分で築いたのも同然の会社が、それも五十年間も常務取締役をしてきた会社だというのに、どうなってもかまわないと思えるか？　あいつは、ロサがアデル美術印刷を自分に任せるのを確信しているに違いない。賭けてもいいよ。こうなったいまは、会社を統率できる人間は自分しかいないと考えているんだろう」

「ロサはどう考えているんだろう」

「知らないが、グラウがそう思っていることはたしかだろうな。当然、口には出せないが。わからないか？　アデルが死んでくれたおかげで、彼は願ってもいない有利な条件を手にしたんだぞ」

「たしかに、動揺もせずに平然としていたな。それとも動揺を悟られたくなかったんだろうか」

「動揺しているようには見えなかったさ、そもそも動揺していないんだからな。アデルの死は、彼にとって有利な展開なんだぞ、メルチョール。グラウはそう考えているだろう。徹底的な監督の下におかれながら、全生涯をアデルに支配されてきたんだ。アルベルト・フェレによれば、見くびるような態度でね」

「アデルはグラウに対してもそうだったのか。グラウの部下の役員ふたりは、アデルにいじめられていたのはアルベルト・フェレだったと言っていたがな」

「アルベルトが？」

「そうらしい。アデルは彼にはなにも任せず、会議でも馬鹿にしたり、笑いものにしたりしていたそうだ。めったに会社に顔を出さなかったのは、ことによるとそのせいだったんじゃないか？」

「アデルはだれに対してもそういう態度をとっていたんだろうね」

「そうかもしれない。オルガから聞いた話では、《だれかをイラつかせずに終わった日は、幸せが感じられない》というのが、アデルの決まり文句だったそうだぜ」

「奥さんのオルガもアデルの知り合いだったのか？」

「おやじさんが友人づきあいをしていたそうだ。しかし、従業員たちはアデルのことをそれほど悪く言っていない。何人かに会って話を聞いてきたんだ。誘導尋問すれば会社に搾取されていると言ってけなすんだが、アデルさんは気さくで親切ないい人だったとみんな口をそろえてほめていた。会社主催の昼食会や夕食会にもよく招かれて、気を配ってもらっていたらしい。俺はだから、アデルは直属の部下には厳しかったが、それ以外の人間に対しては人あたりのいい好人物だったと見ている」

店主が食べ終わった皿を下げにきた。サロームはそのあとでひげを指でもてあそびながら、

「まだ話していないことがある」と言った。

「なんだ？」

「グラウの車がどのメーカーのタイヤをはいているか知ってるか」

メルチョールが見つめると、サロームはひげをしご

きながら、うなずいてみせた。

「どうしてわかったんだ?」メルチョールが訊くと、

「会社の駐車場に停めてあったのを見た」と答えた。

「それが捜している車かどうか、調べる方法はあるのか?」

「それは無理だ。しかし……」

店主はメイン料理をもってもどってくると、飲みものはいかがでしょうと訊ねた。ふたりは声をそろえていらないと言い、皿から顔をあげずに、それぞれ考えに沈み、黙もくと料理を口に運んだ。メルチョールはテラ・アルタに着任して以来、毎日サロームとコンビを組んでいっしょにやってきた。こういう沈黙の時間が流れても気にしない仲である。巡査長のサロームはメルチョールの上役になるが、最初は指導係でもあった。しかししばらくすると、あらゆることを話し、相談しあい、議論し、割りあてられた事件をめぐる仮説や推論を交換しあう相棒の関係になった。年齢で言えば、サロームは父親といってもおかしくない歳だが、メルチョールは彼に全幅の信頼をおいている。サロームとはウマが合うのだ。ビセンテ・ビガーラにもドミンゴ・ビバレスにさえも感じたことがないような、しっくりくるものがあった。ビバレスを思い浮かべたことで、メルチョールは今朝がた彼から電話があったことを思いだした。あとでかけ直さなくてはと思いながら、ビーフステーキを食べ終え、ナプキンで口をぬぐい、サロームに訊いた。

「あの老人がやったと考えてるのか?」

「どうだろう」サロームも食べ終えた皿にナイフとフォークをそろえておき、「その可能性はある」と答えた。

メルチョールはうなずき、「シルバかポテットがやった可能性も考えられるな」と言うと、サロームはなんの話だという顔になってメルチョールを見た。

「ふたりの取締役の名前だ」メルチョールは説明した。

「執行役員と言った方がいいのかもしれないが。グラウの下にいるこのふたりにとっても、アデルはナポレオンのような存在だったから、アデルには逆らえなかった。彼らは若いし、野心家だ。疑ってかかれば、フェレの可能性だってあるんじゃないか？」

サロームは当惑して顔をほころばせた。「アルベルトか？　きみは彼を知らないからそう思うだろうが、彼は人畜無害のお調子者だ。上っ調子の軽薄者だな。若いころは頭がよくて、経営学の勉強もしたから大きなことができただろうが、同郷の裕福なお嬢さまといっしょになったら、もう余計なことは心配しなくても良くなった。それで人生を面白おかしく生きることにしたわけだ。グラウもそのことを話していたな。楽になりすぎて、彼は終わってしまった。グラウがああ言ったのも、無理はない」サロームはちょっと黙り、つづけて言った。「きみがアルベルト・フェレと話したいと思うのも、もっともだな。予定どおり面会にいこう。ロサとは話せなくても、フェレに会うだけでいい。グラウやシルバ、ボテットのことを話してくれるだろう。よく知っている相手だからな」

「あなたは？　どうしてフェレを知っているんだ？」

「テラ・アルタの住人が知りあうようにしてね。つまり生まれたときからの知り合いってやつだ。家族同士で仲がよかった。私の方が少し年上だったから、親しくなったのはバルセロナで勉強していたときだった。彼は大学、私は警察学校に通ってそのあとでノウ・バリス署で研修期間をすごすあいだ、二年間共同生活をしたんだよ。アルベルトとロサが交際をはじめたのは、そのころのことだ。オルガも知っているから、訊いてみたらいい」

デザートとコーヒーをまえに、サロームは自分のアルベルト・フェレとロサ・アデルとの関係をメルチョールに話して聞かせ、メルチョールはそのあとでアデル美術印刷の執行役員、シルバとボテットとの面談の内容をサロームに報告した。

大きな鉄門のまえで車を停めたときは、どしゃぶりの雨になっていた。ふたりの到着を待ち受けているアルベルト・フェレにサロームが電話を入れた。時刻は午後五時をすぎたところだ。「テラ・アルタ」で昼食をすませてからふたりでいったん署にもどり、メルチョールは車をそこにおいてきた。署ではピレス巡査部長に提出して捜査資料に加えるために、アデル美術印刷での聞き取り調査について手ばやく報告書をまとめてきた。サロームはそのあいだ、アデルの屋敷へ助っ人として赴いたときの鑑識班の同僚たちと話をしたり、アルベルト・フェレに電話をかけたり、ゴマ警部補やピレス巡査部長とも何度か電話で話したりしていた。フェレとの約束に向かうとちゅうで、サロームは携帯電話事業者が、土曜日の夜、アデルの屋敷の周辺にいた者の名前と電話番号を提供しはじめていると話した。ラモス、ヴィニャスとクラベールだけでは数日以内に対応できそうにないということで、われわれも一刻も無駄にせずにリストの対象者の聞きこみにかかるよう、ゴマとピレスから指示されたという。

鉄の門が開いた。砂利をきしませながら車をなかに乗りいれ、雨に打たれている緑が生い茂る庭を通り、三階建ての農家造りの屋敷を通りすぎてから、狩猟用の館ふうの建物にたどりついた。そこでは扉を開けて待っていたフェレが、ポルシェ・パナメーラの隣に駐車するように合図した。車を降り、悪態をつきながら玄関までの数メートルをダッシュで走ったが、ふたりともびしょ濡れになった。

「まったくひどい雨ですな！　タオルをもってきましょうか」フェレの申しでを辞退して息を整えていると、フェレがメルチョールに握手の手を差しのべた。

「やっと会えましたね」満面の笑みで言う。「会えるのをどれだけ楽しみにしていたことか。エルネストからあなたについていろいろ聞かせてもらいましたがね、彼はあなたを独り占めしたいらしい。昔から自分勝手なんですよ、この人は」

メルチョールはフェレと握手を交わした。サロームより一歳若いだけだが、さっそうとした物腰で、脂肪のかけらもない引き締まった身体をしている。グリーンのポロシャツ、白いズボン、ナイキのスニーカーという若々しい服装も、彼をその年齢よりずっと若くみせていた。短くした黒髪を左分けにし、目には天性の色男を思わせる輝きが宿っている。

「こんなにドラマチックな状況でお目にかかることになったのが、とても残念です。とにかく、どうぞおかけください。くつろいでくださいよ、《友だちの友だちは友だちだ》っていうのを、僕はまじめに受けとめているんですからね」

一瞥した印象では狩猟用の館のように見えた家は、アトリエのような造りになっていた。庭に面した大きな窓があり、壁面は板ばりで、棚にはCDやレコードがぎっしりとならべられている。部屋の中央にノートパソコンがおかれた頑丈な木製のテーブルがあり、そのうしろには、タワー型スピーカー二台とアンプ二台を搭載したオーディオセットがあった。ほの明かりに包まれた室内には、海底のような青い光がたゆたっているように感じられた。フェレにすすめられ、メルチョールとサロームは使いこまれた革製のソファに腰をおろした。家の主人はその脇にある金色のシェードをつけたフロアスタンドを点灯し、ほの暗さを追い払ってから、飲みものはコーヒー、リキュール、水、なににしましょうかと訊いた。メルチョールとサロームがコーヒーを希望すると、コーヒーメーカー、サイドボードやバーキャビネットがある場所へ歩いていった。

「ここは僕の秘密の隠れ家でしてね」コーヒーメーカーにネスプレッソのカプセルを差しこみ、蓋をしながら、フェレはメルチョールに説明した。「ほんとうは秘密でもなんでもないんだが。そうだろう、エルネスト？」

サロームはそうだな、とあいずちを打ち、夫人の具合を訊ねた。フェレは、ロサは眠っているんだ、休ませてやれるように声をかけていないんだが、目が覚めたらおふたりの来訪を知らせるように家の者に言い残してきたと話した。メルチョールはふたりの会話を聞きながら、オルガが言っていた《昼と夜みたいに対照的なふたり》という言葉を思いだした。一見、まるで釣りあわないふたりでありながら、どうしてこれほど親しい友人になったのだろうと、不思議に思うばかりだった。

「わざわざ知らせたりしなくてもよかったんだ。ロサを寝かせてやってくれ、われわれのせいで迷惑をかけたくない」サロームがフェレをとがめると、

「迷惑じゃないさ。ロサは警察に協力したがっているんだからな。ただ……」フェレはメルチョールに顔を向けて言った。「すっかり打ちのめされてしまってね。両親をとても愛していたので。とくに父親を。このことでまいりきってしまうかもしれない」

「そうだろう、言ったとおりだ」サロームが言う。

フェレがつづけた。「娘たちもたいへんな打撃を受けている。上のふたりが昨日、バルセロナからもどってきたんだ。すぐに向こうに帰ってもらいたいんだがね、できれば明日にでも、葬儀が終わってから。人生は歩きつづけなくてはならないからな。みんなそうだが、とくに彼女たちはそうしなくちゃならない。そう思いませんか？」

自分に向けられた質問にメルチョールが答えられずにいると、サロームが立ちあがり、コーヒーの入ったカップをふたつもってきた。ひとつをメルチョールのまえにおき、もうひとつをそのまま手にもっている。

「僕は失礼して、ウィスキーにさせてもらうよ。そうでもしなきゃ、こんな状況は耐えられない」フェレは

そう言うと、厚手の四角いグラスに氷をふたつ入れた。グラスにラガヴーリンをたっぷり注ぎ、ひじ掛け椅子にどさりと沈みこんで、家族の代弁者を務めてもらう弁護士を雇おうかと、妻と相談していたんだと打ち明けた。

「いい考えじゃないか」サロームがメルチョールの隣に座りなおし、「そうすればだれにも邪魔されずにすむからな」と言った。

「しかしね、そのあとで思ったんだ。代弁者はエルネスト、きみに務めてもらえればいちばんいいに決まっているとね」フェレはウィスキーを一口飲むと、グラスをテーブルにおいた。「ロサも、それはすばらしい考えだと言っている」

フェレは、なぜサロームがこの任務を遂行する理想の人物と考えられるのか、その理由を説明しはじめた。サロームはフェレをさえぎって言った。

「きみたちがそうして欲しいと言うのなら、喜んで引き受ける。特殊なかたちになるが、問題ないだろう。いずれにしても、まずゴマ警部補に相談させてもらわなくてはならない」

「ぜひとも相談してみてくれ、頼むよ、認めてくれるといいんだが。僕たちにはそれほどありがたいことはない。ロサも安心するだろう」フェレは喜んだ。

「サロームから聞きましたが、ご両親の屋敷からなくなったものがあるそうですね」メルチョールが問いかけた。「ロサさんの話では、という意味ですが。宝石や現金が」

「そうなんです」フェレはウィスキーグラスを手にとり、口をつけずにいた。うしろにある窓の外では、庭の木々や草花が雨に打たれて濡れそぼち、ぼんやり霞んで見えた。「ふだんから家には大金をおいていなかったんですがね。金曜の午後、ロサが母親の部屋にぎっしり札束をつめた封筒があったのを見たんです。なにかの支払いにでもあてるつもりで置いてあったのかもしれません」

「それは、ご両親の屋敷に最後に行った日だったんですか？」メルチョールが訊く。

「そうなんです」フェレは答えた。メルチョールはフェレの爪が歯でかみちぎった深爪になっているのに気がついた。「義父は毎週金曜日に、会社の幹部を自宅に招いて夕食会を催していましてね。一週間の総括をするのがその目的だったんですよ」

「シルバさんとボテットさんも、そう話していました。夕食会にはアルホーナさん、グラウさんも参加していたそうですね」メルチョールは言った。

「アルホーナというのは工場長か？」

サロームが質問すると、「そうだよ」とフェレが答えた。「彼も夕食会のメンバーだ。少なくともここ最近はね。義母と妻のロサもそうだ。仕事の話をするための集まりだったんだがね。クリスマスと聖ロサの日、つまり義母と妻の守護聖人の日だけはその例外で、幹部全員とその家族もまじえてパーティをすることになっていた」

フェレは屋敷で毎週開かれていた夕食会について話をつづけた。メルチョールは彼がときどき、ほとんどわからないほど小さく首をふっていることに気がついた。神経症的な痙攣のようにも、耳に入った水を取りのぞこうとしているかのようにも見えた。盗まれた宝石類について質問を向けると、フェレはこう答えた。

「ロサによると、高価なものは銀行の貸金庫に入れてあるそうなんだ。しかし屋敷にあったものも、決して安物ではなかったという。それがみんな消えてしまったんですよ」

「義理のご両親は、屋敷になにか価値のあるものを置いていましたか？　だれかが非常に興味をもちそうな品物、それともパスワードといったたぐいの、殺されるまえに拷問を受けたわけが説明されるようなものを」

「わかりません」フェレは右の足首を左足の膝にのせて脚を組んだ。まっ白な、質のいいソックスをはいていた。「もちろん、そんなものがあったとしても、僕は知りようがなかった。ロサには話しても、僕にはわからないんで。でもいずれにせよ、ロサにもまったく見当がつかないんですよ」

「義理のご両親とは、どういう仲でしたか？」

フェレはメルチョールの質問に面くらったように片方の頬の内側を噛み、サロームの顔を見た。サロームは空のコーヒーカップをもって立ちあがり、バーキャビネットへ向かいながら、

「アルベルト、話してやれ。隠すようなことはないじゃないか」とうながした。

フェレは組んでいた脚をおろし、氷をカラカラと鳴らせてウィスキーグラスを揺らした。メルチョールを見つめ、顎を引きしめて口を開いた。

「姑とはいい関係だった。とてもいい関係と言ってもいい。姑はいい人で、僕を息子のように思ってくれていた。ところが舅とはそうじゃなかった――」少しのあいだ、メルチョールに視線を向けていたが、メルチョールは自分にべつの人を見ているか、それとも自分自身を重ねあわせているように感じられた。だが彼はウィスキーをもうひと口ぐいと飲み、笑顔にもどった。

「まあ、結局、難しく考える必要はないんだ。要するに、僕が自分の娘と寝たりするのが気に入らなかったんだ。単純な話だな。つきつめてみれば、そういう俗っぽいところに帰結するというわけだ。僕もいずれは、それと同じ気持ちを味わわされることになるのかもしれない。とはいえ僕の場合は、その四倍はむしゃくしゃするだろうけどな」

そう言うとわざとらしくハハハと笑ったが、だれもいっしょに笑わないので、ガラス窓をたたきつける雨音にかき消されるように、笑い声は虚しくすぐに終わった。外はいっとき、荒れ狂う嵐になっていたが、そ

れもやがて収まった。サロームは水を入れたコップを手に、棚にもたれて友人を見ている。メルチョールはカップのコーヒーがすっかり冷めてしまい、飲む気がしなくなった。

「パコ・アデルは手厳しい男だった」フェレが言葉をつづけた。「僕は見くだされていたと思うんだ。いや、思う、というのは削るべきだな」

「パコ・アデルに見くだされていなかった人はいないさ」サロームがなぐさめた。

「そうかもしれないな」フェレはウィスキーを飲みほして立ちあがった。「そうは言っても、彼は妻の父親で、娘たちの祖父だったんだ。こんなことになったのは、じつに嫌なものだね。みんなが僕と同じ気持ちを持っているかどうかは疑問だがな」

「グラウさんを思い浮かべていらっしゃるんですか」メルチョールが訊いた。

フェレはまた頬の内側を噛み、視線を走らせてサロームを見た。サロームはうなずき、「その話はもうしてある」と伝えた。

フェレはグラスにもうひとかけら氷を落とし、「ほかにだれを思い浮かべればいいというんだ？」と言いながら、ラガヴーリンを注いだ。「アデルとグラウの関係は――」ウィスキーを一口飲み、メルチョールと向かいあってひじ掛け椅子に座りなおす。「だれかが本を書くべきだね。ある種の完璧な組みあわせでね、ひとりはサディスト、もうひとりはマゾヒスト。だからこれほど長つづきしたんだろうな。それにふたりとも、仕事しか生きがいがない変わり者だった。まるで修道士か十字軍の兵士みたいに、あんなに自分を捧げきって仕事に埋没する人は見たことがない。完全奉仕だ。いったいなにが楽しくて、そこまでするんだ？舅にはまだしも家庭があったが、グラウにはそれすらないというのに。使う暇すらないような金を、なぜそれほどまでにして欲しがるのか、僕にはさっぱりわかれないね」

「メルチョールは、グラウはまるでナポレオンを語るようにしてアデルについて語っていたと言っているよ」サロームが言い添える。

「それとも、イエス・キリストを見ているようにな！」フェレが言った。「どんなにアデルに尽くしていたか、想像もつかないだろう。うんざりするような滅私奉公ぶりだった。イエス・キリストを裏切ったのはだれだったのか、推して知るべしだね」

「グラウさんが殺人にかかわっているかもしれないということですか？」

「僕が言いたいのはね、熱誠が憎悪に変わるのは、ほんの一歩だということですよ。五十年間、毎日踏みつけにされてきたグラウなら、その一歩を踏みだしてもおかしくないでしょう？　そうだったとしても、僕はちっとも驚かない。屋敷にはグラウの車のタイヤ痕が残っていたんでしょう？」

「彼の車だったと特定されたわけじゃない」サロームが言った。「タイヤのメーカーはコンチネンタルだが、グラウの車だと証明することは不可能なんだ」サロームは急になにか思いだしたように、棚から離れ、半分ほど飲んだ水のコップをバーキャビネットに置きにいくと、「さて、われわれはそろそろ引きあげることとしよう」と言った。

メルチョールは雨があがりかけていることに気づいた。水滴がしたたる濡れた庭の上で、太陽を覆っていた雲が切れ間をみせ、サテンのように光り輝くまっ青な空がのぞいている。

「奥さんをお待ちしなくてもいいんですか？」サロームに訊くと、

「奥さんは来ないよ。われわれはぐずぐずせずに、携帯電話の所有者たちの聞き取り調査を開始しなくてはならない」

「ロサは質問に答えられるような状態じゃないかもし

れませんね」フェレが言い、「せめてもう一杯だけ、なにか飲んでいってくださいよ。勤務中の警官は酒を飲まないというのは、映画のなかの話だろう?」とすすめた。

ふたりはそれを辞退し、メルチョールはこの機会をとらえて、会社の仕事はいかがですかと訊いてみた。

いや時代とともに変わってきましてね、とくに、アデルとグラウが高齢で飛びまわれなくなってから、僕が会社を代表する取締役に任命されて、主に海外の子会社との業務調整を担当していますよ、とフェレは話した。しょっちゅう家をあけて東欧や中南米に出張しているという話だった。フェレの話を聞きながら、メルチョールはグラウが《目立ちたがり屋》と言っていたのはこのことかと思った。

「ここ数年、僕は会社の顔を務めてきたようなものなんですよ。旅行は好きだし、社交的な人間だから、悪い仕事じゃない。いろいろな批判はあるでしょうが、愛想が悪いという批判だけは受けようがないはずだからね。そうだろう、エルネスト? しかし本音を言えば、もっと会社の中枢で経営方面などにもかかわれたらいいんだが」

「なぜそうしなかったんですか」

メルチョールの質問にフェレは心から可笑しそうに笑った。そして神経症的な痙攣めいた動きでまた首をふり、「あなたはちっともあの老人をご存じないとみえますな」ウィスキーをひと口飲み、にがにがしそうに口をゆがめて言った。「彼はチームで働くことができず、人に任せることを知らず、すべてを自分でコントロールし、すべてを自分のやり方でやらなければならなかった。いわゆる暴君だ。彼の下にいるのは悪夢でしたよ」

「会社はうまくいっていますよね」メルチョールが反論すると、

「うまくいっているのではなくて、うまくいっていたんだ」小さな氷がふたつしか残っていないウィスキーグラスをふりながら、フェレは言った。「もう時代遅れになっている。二十世紀のやり方できているんだからな。いや、それどころか十九世紀のやり方にとどまっている。アデル老人は会社経営の新しい考え方を知らなかったし、興味もなかった。その上彼は、だれも信用していなかったんだからね。グラウさえをも」

フェレがアデルについて、いかにだれひとりとして人を信用しなかったか、グラウと歪んだ関係をもっていたかを話していると、ひとりの女性が水たまりのできた小径を踏みながらアトリエに近づいてくるのが、背後の窓から見えた。雨はやんでいたが、女性は傘をさしている。

「ロサが来たようだ」サロームが言い、戸口へ向かった。

フェレとメルチョールも立ちあがる。サロームは、傘をたたんで玄関の傘たてに入れたロサ・アデルの頬にキスをして出迎えた。フェレが彼女にメルチョールを紹介し、握手をかわす。

「ちょうどおいとまするところだったんだ」サロームが言うと、

「どうかおかけになってくださいな」とロサは引きとめた。

自分も腰をおろしたロサは、やつれた顔をし、グレーのロングスカート、黒いシャツ、グレーのカーディガンというぞんざいなかっこうだったが、写真ではわからなかった年齢を超えた透きとおるような美しさに、メルチョールは感嘆した。卵型の顔に、ほりの深い大きな目をわずかに腫らして、鼻筋がとおり、ふっくらした唇、絹のように滑らかな褐色の肌をしていた。これまで泣いていたのは明らかだったが、それを隠そうとしているのがわかった。フェレは隣に座り、腕をまわして肩を抱きながら、もう片方の手でサロームを指した。

「エルネストが代弁者を務めることを承諾してくれたよ」

「引き受けてくださるの?」ロサ・アデルはサロームに訊ねた。

「もちろんです。ゴマ警部補の許可が得られればですが、私はかまいませんよ。むしろ喜んでそうしますよ」

「ありがたいわ、エルネスト。なんといって感謝したらいいか。弁護士を雇うことも考えたのよ、でも知らない人に頼むよりあなたのほうがどんなにいいでしょう」ロサはそれからしばらく黙っていた。男たちも発言を控えていると、また口を開いた。「なにが起きたのか、理解できない。両親は……」いまにも泣き出しそうにみえたが、唇をかみしめてこらえた。「なんて言えばいいのかわからないのよ、エルネスト」

「なにも言わなくてもいいんですよ」

ロサはうなずき、少し身をすくめてカーディガンをかきあわせると、寒けがするのか、腕を組んだ。それから気持ちを奮いたたせた。

「ええ、もちろんなにか言わなくちゃ」メルチョールを見て言う。「いろいろ訊きたいことがおありでしょう? 訊いてください」

「ロサ、あなたを煩わせるつもりはありません」サロームが声をかけた。「それに、われわれは急いでいるので」

「今朝起きたことを心配してくださってるのなら、私は大丈夫。ずっと気分が良くなったし。あなた方も仕事をしなければね。問題は、どうしたら協力できるのかわからないことなの。こんな恐ろしいことをするような人は、だれも考えられない。ただひとつわかっているのは、使用人のマリア・フェルナンダもジェニカも、この事件にはなんの関係もないということだけ。かわいそうなジェニカ」

「そう言ってくれるなら――」サロームが言った。

「今朝、訊きたかったことがあるんです」

「どんなこと?」

「お母さんと最後に話をしたのはいつでしたか」

「土曜日の午後だったと思うわ。いつも電話をかけてきて母とはしょっちゅう話していたから、はっきりおぼえていないけど。その晩は遅い夕食をとって、イレーネとアナが自分たちの部屋に引きあげてから、夫婦でテレビを観ました」

「『マッドメン』をね」フェレが口を添えた。

「私はとちゅうで寝てしまったのでベッドに入り、アルベルトはこのアトリエに入って音楽を聴いていました。いつもと同じ土曜日でしたわ。日曜日はふたりと食事をする予定になっていました。両親と、という意味です」

「夕食のあとでご両親と話していないのはたしかですか」サローームが訊ねる。

「ええ。話していないはずよ。でも自信がないから、あとで確認しておきましょうか。もし電話が入っていれば、携帯の受信履歴に残っているから」

「そうしてもらえると助かります。もうひとつ訊きますが、最近のご両親に変わったところはありませんでしたか? 心配ごとでもありそうなそぶりとか」

「いいえべつに」ロサは夫をみた。「あなたは?」

フェレも首をふった。

「ふたりとも、とても静かな生活でした」とロサ・アデルは話した。「父は毎日仕事に出かけていました。母はほとんど家から出ずに、昔は好きだった庭仕事もしなくなっていた。ふたりとも高齢になりましたから。父はとくに。どちらもべつに深刻な健康上の問題をかかえていたわけじゃないけれど」

「友だちづきあいもほとんどなかったそうですね。社会生活を避けていらしたとか」メルチョールが言うと、

「昔からああだったんです」ロサはメルチョールに顔を向けて答えた。「歳をとってからは、なおさらね。

父は幼くして、ボット出身の両親を亡くしました。父親は戦争で死んだんですが、母親のことは私も知りません。会ったこともないし、父も話してくれなかったので。私は母方の家族とはもっと交流があって、そっちは両親がふたりともレウス出身でしたが、小さいときはその祖父母や伯母に会うのによく通ったものですわ。三人とも亡くなってしまってからは、行かなくなりました。両親の社交生活は、私たちでなりたっていたんです。アルベルトと、私と、娘たちで」

「それにジョゼップ・グラウさんですね」メルチョールがつけ加えた。

「そうでした」ロサ・アデルはうなずいた。「グラウさんも家族の一員でした。もう話はされました？　昨日は一日中うちにいらしたんですよ。涙は一滴もこぼさなくても、心のなかでは悲嘆に暮れているのがわかりますわ」

ロサは黙りこみ、視線をさまよわせた。水を打ったような静寂がアトリエを満たし、男たちは無言で彼女を見つめていた。沈黙を破ったのはメルチョールだった。

「会社をこれからどうするか、なにかお考えですか」

ロサ・アデルはわれに返ったように、眉をひそめてメルチョールを見つめた。

「これからアデル美術印刷をどうするつもりなのかという質問だよ」フェレが助けぶねをだす。

ロサは表情をやわらげ、ちょっと肩をすくめてから、「父の後任をだれにするのかというご質問ですよね」とメルチョールの目を見つめたままで答えた。「わからないわ。まだ考えていないから。率直にいうと、いまはどうでもいいという気持ち」

「それはおいおい考えればいいさ」肩にまわした腕で彼女を引きよせ、フェレがなぐさめた。

「いまはそんなことは気にするな。しかし早いうちに決断をくださなくてはならないだろうな。お父さんのためにも」

ロサ・アデルはそんなの無理というように、それとも煩悶するように(あるいはその両方を表して)曖昧な身ぶりで答え、夫に飲みものをすすめられたが、ことわった。そのとき、メルチョールの携帯電話が振動した。ビバレスからの三度目の電話だった。今回も応対せずにおいた。サロームが立ちあがるように合図し、失礼しようと目くばせしてきた。ロサ・アデルはがっかりしたような表情でサロームを見たが、内心でほっとしたのが顔にあらわれたのかもしれない。

「質問はもういいの?」と訊いたロサに、サロームは言った。

「さっき言ったように、急ぎの用があるんだよ、ロサ。話はまた改めて聞かせてくれ」

「ひとつおうかがいしてもいいですか」メルチョールが口をはさんだ。「おふたりも、オプス・デイのメンバーですか?」

ロサの困惑した顔を見て、質問の意味が通じなかったのかと心配になった。フェレは隣で首を横にふっていた。

「いいえ」ロサは答えた。「両親しかかかわっていません。私たちは、誘われもしませんでした」

「ご両親がオプス・デイに入ったときは、もう結婚していましたか」

「もちろんですわ。両親がオプス・デイに加入したのは、ほんの十年か十二年まえですから」

「グラウさんは、お父さんはオプス・デイに入ってからもそれまでとなにも変わらない態度だったと話していました」メルチョールが言うと、ロサも同意した。

「そのとおりです。母もそうでした。母は昔から信心深くて、日曜日や祝日にはミサに連れていかれましたけど。宗教にかかわることはそれだけで、家ではお祈りもしませんでしたし。両親はオプス・デイに入ってから、毎晩寝るまえに自分たちだけで祈っていました

が、私たちもそうするように言われたことはいちども
ありません。両親はときどき、年配の夫婦たちで集ま
って精神修養の合宿に参加したりしていました。やっ
ていたことと言えば、それくらいです」
「ご両親といっしょに活動に参加していた夫婦を、だ
れかご存じですか」
「だれも知りません。合宿の顔ぶれはそのつど入れ替
わっていましたから。それに、親しくなった人はいな
いと思うわ。そんな人がいたら母が話してくれたでし
ょうから。母はなんでも私に話していたんですけど、
オプス・デイの話はいっさいしていなかったんです。
私も訊いたりしませんでしたし」
「オプス・デイのメンバーであることで、ばつが悪い
と思っていらしたようでしたか？」
「自分たちだけの個人的なことだと考えていたんでし
ょう。そして、だれもそれに巻きこむつもりもなかっ
たんでしょうね、私さえも。それに……」ロサは深呼
吸をし、表情をこわばらせると、こう言った。「オプ
ス・デイでやっていたことは、死に出の旅に向かうた
めの両親なりの準備だったんじゃないかと思うの。想
像することもできなかった死に向かうための……」
ロサはこらえきれなくなり、唇をぶるぶる震わせて、
両目に涙をあふれさせた。フェレがまた肩に腕をまわ
して抱きよせると、彼女はカーディガンのポケットか
ら紙のハンカチを出して涙をぬぐいながら、ごめんな
さいと小さくつぶやいた。サロームは謝ることなどあ
りませんよと言ってロサをいたわり、彼女が泣きやむ
と立ちあがった。
「私たちはこれで失礼します。ずいぶんお邪魔しまし
た」
メルチョールも立ちあがり、ふたりはロサ・アデル
にいとまを告げた。
「そこまでお送りしますよ」フェレが言い、三人で庭
に出てから、ポルシェ・パナメーラの横に停めてある

警察の車に向かって歩いた。メルチョールは湿った地面の香りが充満している空気を深ぶかと吸いこんだ。木々や花がぼんやりした光を浴びてサビ色に染まり、雨滴をしたたらせている。フェレは別れぎわに握手の手を差しのべ、もう片方の手でメルチョールの腕をとりながら詫びた。

「すまなかった、ロサの具合がよくなくて。これが落ちつけば、食事でもごいっしょしながら一杯やりましょう。約束ですよ。僕のおごりですからね」

フェレとサロームが挨拶をかわすのを聞きながらアトリエに視線を向けると、ロサ・アデルがこちらに背を向け、まだうなだれてソファに座っているのが窓ごしに見えた。メルチョールはそれからポルシェ・パナメーラに視線を移した。タイヤはピレリ製で、コンチネンタルではなかった。

「コゼットがずっとあなたを待ってたんだけど、待ちくたびれて寝ちゃった」オルガが言った。

「仕事から抜けられなかったんだ。ここしばらくのあいだは、僕はいないものと思ってもらわなくちゃならないな」メルチョールは謝った。

「サロームも誘って、いっしょになにか食べていってもらえばよかったのに。もうひとり分の夕食くらい、わたしはへっちゃらなんだし」

「それが誘ったんだけどね、疲れたから家に帰りたいんだとさ」

メルチョールはオムレツをほおばり、サラダを口に運んだ。トマトとレタスを細かく刻み、チキン、チーズ、木の実やアボカドを混ぜあわせ、オリーブオイルとモデナ産ビネガーであえたサラダだった。オルガは赤ワインを半ばあたりまで注いだワイングラスの脚をさすりながら、メルチョールが食べている姿を眺めていた。ふたりはギンガムチェックのテーブルクロスを照らす照明のしたで、キッチンのテーブルについている。室内はやわらかい明かりに包まれていた。

事件の捜査は順調？　と訊いたオルガに、メルチョールは手にしたコカ・コーラの缶を口に運んで嚙み終えた食べものをのみ込み、「話題を変えないか」と言った。「判事に捜査情報の秘密保持を命じられているんだ。できるだけその話は避けるに越したことはないからね。今日は一日、どうだった？」

「いい日だったわよ。ビバレスから電話があった」

「しまった、そうだった。何度も電話をもらったんだ。なんの用だったんだ？」

「用なんてあるわけじゃない」オルガは笑顔で言う。「いつもどおりよ。すべてがうまくいってるかどうか、知りたいの。それと、ビバレスのことが好きでたまらないコゼットの声が聞きたいの。わたしも少し話したけど。もちろん、アデル事件のことをね。あなたとは二週間くらい話していないんだって」

メルチョールはうなずいて言った。「あとで俺から電話しておく」

オルガが一日のできごとを話しているのを聞きながら、集中しようとしても意識がすぐにアデルのこと、フェレのこと、シルバとボテットのことに流れてしまうのを抑えることができなかった。そうしているうちに、聞きおぼえのある名前が聞こえた気がした。

「だれだって？」

「アルトゥーロ・ベントーザよ」オルガが繰りかえした。「小説家の。文化評議員が彼のファンで、ずいぶんまえから図書館で本を紹介してくださいとしつこく頼んでいたのよね。ついにその願いがかなったというわけ。あなたはもう読んだの？」

「読んでない」

「それじゃ、どうしてニヤニヤしてるの」

ベントーザがクアトレ・カミンス刑務所を訪れたことをオルガに話すかどうか、メルチョールは一瞬ためらった。まるで前世紀のことのように感じられた。

「いやべつに。俺は準備を手伝えないと思うが、大丈夫か？　よほどのことがないかぎり、今週はまったくなにもできそうにないんだ」

「ご心配なく」オルガは安心させた。「それに、講演会がいつになるかもまだ決められずにいるんだから。秋までにはぜったい無理」

オルガがベントーザや講演会について、ひょっとするとベントーザを崇拝しているという文化評議員についても話しているのをうわの空で聞きながら、メルチョールはサラダを食べ終わり、心ここにあらずの体で立ちあがると、冷蔵庫を開け、唐突に訊いた。

「フェレは知っているか？」

話を聞いていないことなど先刻承知というように、オルガは驚きもせずにメルチョールを見た。

「アルベルト・フェレのこと？　ロサ・アデルの結婚相手の？」

そうだ、とメルチョールはうなずいた。

「少しだけ。サロームはよく知っているわよ、昨日も言ったとおり、いい友だち同士だったから。サロームからも聞いていると思うけど。わたしはどちらかと言うとロサ・アデルの方が親しかったんだけど、もう何世紀も会ってないわね。言ってなかった？　小中学校がいっしょだったのよ。ロサの親友は、サロームの奥さんのエレナだった。サロームがフェレと親しくなったのは、それもあったからでしょうね」

冷蔵庫の開け放し検知ブザーが鳴りだした。メルチョールはヨーグルトをひとつ取りだし、扉を閉めると、ブザーは鳴りやんだ。引き出しからスプーンを出し、テーブルに座りなおす。

「彼についてなにを知っている？」

「フェレのこと？」メルチョールはうなずくと、ヨーグルトを食べはじめた。「みんなが知っているようなことよ」

オルガはワイングラスを唇にあてたが、どう答えるかを考えるように口をつけずにいた。

「サロームによると、お調子者だそうだな」メルチョールは助けぶねをだした。

「サロームがそう言うんだったら……」オルガはようやくワインを飲んだ。「わたしはそれほどよく知らないから。悪口を言う人はたしかに多いわね。でも世間はそういうものだし、小さい村ではなおさらそうなるし。嫉妬してるんじゃないかな。それでいろいろ言われているんじゃない？」

「なんて言われているんだ？」

「ブラブラしてるだけの極楽とんぼだとか、ギャンブルに大金をつぎこんでいるとか、奥さんに隠れて次々に女の尻を追いかけているとか……そんなことを」オルガはワインを飲みほし、ほろ酔い気分の顔でほほ笑んだ。「彼はわたしたちの三年先輩だったんだけど、ひとつだけたしかなのは、学校では女の子たちがみんな彼に夢中だったってこと。ハンサムで、陽気で、すてきで……そんな彼が村のお嬢さまと結婚したんだから、みんなが羨ましがるのも当然でしょ？」

「アデル美術印刷の常務によると、女癖が悪いのはほんとうらしいな」

「グラウさんと話したの？　あの人にも噂があるわね。それもよくない噂が」

「彼にもか？」

「そうよ。ここはテラ・アルタなんだから。噂がたたない人なんかいないわよ」

「ロサ・アデルも？」

「当然でしょ。彼女はいい方の噂だけどね。学校でも文句なしにいい子だったし、今でもそうらしいわね。お父さんに彼女のことを話すと、いつもこう言っていたな。《あの子は母親の轍を踏まずにすんでよかったな》って。理由は知らないけど、あなたはフェレにいい印象をもっていないみたいね」

「グラウにもな」

「ロサは？」

「今日の午後、フェレとロサに会ってきた」メルチョールは丁寧にヨーグルトをかきとりながら言った。

「すっかりまいっていて、精神安定剤を大量にあたえられている」

「若いころは、それはそれは美人だったわよ」

「いまもそうだよ」

ヨーグルトの最後のひと口を口に運ぶメルチョールを見つめ、

「わたしを嫉妬させるくらいに？」とオルガは訊いた。

答えをかえさないメルチョールを見つめていると、メルチョールはようやく沈黙した空気に気がつき、

「悪かった、なんて言ったんだ？」と、目を覚ましたように訊ねた。

「わたしはロサ・アデルに嫉妬しなくちゃいけないのかしらね、って」

オルガの真意をその目のなかに探っていたメルチョールは、やっと理解したようにいたずらっぽい笑顔をスローモーションで浮かべた。

「今晩のきみ次第だな」

オルガはまじめな顔になると首を横にふり、音をたてて空のワイングラスをテーブルに置いた。

「まったくもう、まともな家じゃないわね」そして笑いながら言った。「乗馬学校じゃないんですからね」

第2部

第1章

メルチョールとサロームはゴマ警部補の部屋に入った。ゴマはぞんざいに立ちあがり、力強い握手をすると、ふたつの椅子を示して座るようにうながした。パソコン、うず高く積みあげられた厚紙のファイル、鉛筆やボールペンであふれかえりそうなバルサのチームカラーの缶が置かれたデスクをはさみ、ふたりはゴマに向かいあって腰をおろした。

「ここに来てもらったのは、伝えたいことがあるからだ」キーボードを脇に片づけ、ゴマは切りだした。「電話かメールで伝えてもよかったのだが、直接会って話す方がいいと思ったのでね」

　それからデスクに肘をつき、口もとで指を絡ませた。朝のひげ剃りで顎にできた赤い切り傷を隠すためだったのかもしれない。室内は冷房が効いていたが、ゴマはシャツの袖をまくり、いちばん上のボタンをはずし、ネクタイも緩めていた。眼鏡のレンズの奥で目を光らせ、冷ややかにふたりを観察している。背後にある長方形の窓から、ほこりっぽいプラタナスの並木が焼けつくような七月の真昼の陽ざしに耐えながら、遊歩道を縁どっているのが見えた。

「判事と私は、アデル事件の捜査を打ち切ることに合意した」ゴマは言い渡した。「言うまでもないが、暫定的な終結だ。いつか手がかりがあらわれたら、捜査はそのときに再開する。はやくそうなればいいのだがね。それまでのあいだはいったん棚上げにし、緊急に対応を求められているほかの問題に努力をかたむけるのが最善の策なのだ。この事件は、六週間を通して二十四時間態勢で捜査をつづけてきた。ところが、ひとつも具体的な成果が得られずにきているのだからね」一呼吸置き、ゴマはつづけて言った。「家族にもできるだけ早く知らせておかなくてはな」

「私から伝えます」サロームが言った。

「それがいい」ゴマはうなずいた。「これまできみが家族との連絡を取りもってくれたのだからね」

「任せてください。今日の午後、さっそく訪ねて報せてきます。報道関係にも伝えますか？」

「その必要はない。訊かれてもいないのに知らせてやる義理はない。それに連中はここ最近、事件のことなど忘れ去っているからな。マスコミのやり方はよく知っていると思うが、いま脚光を浴びているのは、リウマルの子ども事件だ。捜査が望んでいた結果に到達できなかったのが残念だ。しかし、われわれは全力を尽くしたのだから、少なくともその点についてはだれにも後ろ指をさされない」ゴマは組みあわせていた指をほどき、しかたがない、というように両手を広げた。「私から話すことは以上だ。そして、おふたりの協力に感謝している。いっしょに仕事ができて良かった」

ゴマが握手をして別れを告げようとしたときに、メルチョールが言った。

「失礼ですが、われわれは間違いを犯していると思います」

ゴマは目をしばたたかせた。

「なんだね？」

「捜査を打ち切るのは得策ではないと思うんです。継続すべきではないでしょうか」

ゴマは眉を上げると、少し迷惑そうに曖昧にほほ笑んだ。

「なぜそんなことを言うのかわからないが、きみの意見には驚いた」サロームに顔を向けて訊く。「巡査長、きみもそう思うか」

サロームは答えずにひげをなでた。相棒を傷つけずに済むか、せめて突き放さずに済む答え方を探し、この場を丸く収めようとしていることがメルチョールにはわかった。

「巡査長とはこの四年間、毎日のようにいっしょに仕事をしてきましたが、意見が食い違うことは何度もありました」サロームを窮地から救いだすために、メルチョールは口をはさんだ。「このことも、そのひとつにすぎません」

サロームは黙っていることでメルチョールの言葉を支持した。ゴマはうなずき、腕時計に目を落としてから、再びメルチョールを見た。

「つまりきみは、捜査をつづけるべきだと言うわけだな」

メルチョールはうなずいた。

「なにを捜査するというんだ？」ゴマが訊いた。「なにを、だれを、どうやって、どこを調べるというんだね？」ゴマの視線に耐えながらメルチョールが口を開きかけたとき、ゴマはサロームを見て、またメルチョールに視線をもどした。「マリン、いいか。われわれがあらゆる手を尽くしたことは、きみもよく知っているはずだ。思いだせるように手伝ってやろうか？」と、右手の親指と人さし指で左手の小指をつかんで言う。「アデルの屋敷を一ミリ単位で調べ尽くし、山のように証拠を集めた。しかし役に立つものはひとつもなかった。あの有名なコンチネンタルのタイヤ痕ですら。どの車もあれをはいているんだからな」小指を離し、薬指をつかんでみせる。「グダニスク、ティミショアラ、コルドバ、プエブラに人を派遣し、アデル美術印刷がもっている子会社の責任者にも聞き取り調査をおこなった。さらに、一族の関連会社の口座もすべて、あらゆる角度から調査した。だが不審な動きも不審な人物も出てこなかった。一ユーロたりとも、怪しいところはなかった」今度は薬指を離し、強調するように中指をつまんで言う。「事件のまえに屋敷を訪れた人全員、そして事件当日に屋敷の近辺にいた、携帯電話の記録から洗いだした二百人近い全員にも尋問をおこなった。そこからもなにも浮かんでこなかった。ひとりだけ、街道からアデル屋敷に入る車を見たと証言した少年がいたが、車のメーカーも色も、見たと思った時刻すらおぼえていなかった」中指を離し、次は仰々しく人さし指をつまんだ。「アデルたちとかかわりのあったリウスにあるオプス・デイ本部の責任者からも話を聞いたが、はっきりしたことはなにも出てこなかった。わかったのは、ふたりともオプス・デイの正会員だったこと、下にも置かない扱いを受けていたことだけだった」人さし指を離し、親指をつまむと、芝居がかって見えるほど大げさに揺すってみせ、声を強めて目を見ひらきながら、一語一語を区切るようにしてこう言った。「アデル美術印刷の幹部たち全員の電話を、四週間近く盗聴した。娘婿のアルベルト・フェレの電話もだ。その結果、なにかわかったことがあったか？」ゴマは親指を離すと両手を広げ、手のひらを見せて言った。「皆無だ、これっぽっちもなかった。捜査をつづけるべきと思うか？」

メルチョールは黙っていた。しばらく沈黙が流れ、ゴマ警部補は大きな息をすると、バルサのチームカラーの金属缶を見つめてから、先のとがった鉛筆を一本取りだし、両端をもってくるくる回しはじめた。

「たしかに、きみの第一印象は間違っていなかった」ゴマは口調をやわらげて口を開いた。「アデル殺しは玄人の仕事だったことを、すべてが示唆している。あの晩起こったことについてのわれわれの推測も、そんなにまとを外しているとは思えない。アデル夫人が娘に最後に電話したのは夜十時すぎで、監察医は犯行時刻を真夜中から午前四時のあいだに特定している。犯人たちはみんなが寝静まったか、少なくともベッドに入ったころに屋敷にきたに違いない。だれかがドアを開けてやった。ルーマニア人の家政婦だった可能性は低い。自室で殺されていたのだからな。彼女がそうした可能性も捨てられないが。ドアを開けたのが彼女だったことを知られないように殺したのかもしれない。アデル自身が犯人を招じ入れた可能性もある。あるいは、アデル夫妻の知りあいだったのかもしれない。あるいは、犯人が家の鍵をもっていたのかもしれない。アデル夫妻と料理人のほかに鍵をもっているのは、娘だけだったことはわかっているが。いずれにせよ、犯人たちは現金、宝石類を狙った可能性が高い。アデルの屋敷になにかがあるとどこかで聞きつけたのか、あるに違いないと思ったのか、屋敷には置かれていなかったものを探していたのか。なにを狙っていたのかはわからない。そしてそれを、老人たちから聞きだして見つけだしたのかもしれないし、老人たちが抵抗したか、もともとそんなものはなかったために、見つけられずに終わったかもしれない。それで復讐か、うさ晴らしか、面白半分に拷問を加えたのかもしれない。ともかく、おそらくそういうことが起きたのだろう。それに似たことがね」

「それは俺には信じられないように思えます」メルチョールが異論を唱えると、ゴマ警部補は鉛筆をまわすのをやめ、メガネの奥の目が最初の冷ややかさを取りもどした。そのとき、だれかがドアをノックした。ピレス巡査部長であることがわかると、ゴマはまた表情を変えた。温かくなごやかな、ほとんど優しいと言える顔つきになると、

「一行が到着したのか」と訊ねた。

「とちゅうで足どめを食ったようですが――」ピレスはドアを手で支えながら報告した。「たいしたことじゃないので、もう五分ほどで到着されます」

ゴマはまた不機嫌な厳しい態度にもどろうとしたが、思うようにいかなかった。一瞬ためらったようだったが、「ピレス、そこに立っていないで入ってくれ」とためらいを吹っ切るように声をかけ、ピレスは言われ

たとおりにした。「ちょうどいいところに来てくれた。じつは、こちらのカンブリスのヒーローどのが、アデル事件の捜査を続行すべきだというのだ。それで、捜査の終結が間違っていることを納得させてもらえるかどうか、これから彼に五分間あたえようと決めたところだった。きみはいいタイミングで宝くじにあたったというわけだ。どう思うかね」

「すばらしい考えだと思います、警部補」ピレス巡査部長は答えた。

イスラム主義者による二度の襲撃事件があった四年まえ、マスコミが書きたてた呼び名をゴマ警部補が皮肉めかして口にしたことに、メルチョールはいら立ちより、むしろ好奇心をおぼえた。このところ、同僚たちのあいだでカンブリスのテロリスト四人を倒したのは彼だという噂が密かに流れているようだったが、テラ・アルタに来て以来、それは四年ぶりに耳にした呼び名だった。

「さあ、ではマリン、はじめてみろ」ゴマ警部補がうながした。「時間は五分間だ」

メルチョールはゴマの隣に腰をおろしたピレスを指し、

「ほかのみんなもここにいてもらった方が――つまり……」と言いかけると、ゴマがさえぎった。

「だれのことか、言わなくてもわかっている。悪ふざけでもしているつもりか、マリン。ここは警察だ。決定は会議でくだされるのではない。私が決めるのだ」

「もちろんです。捜査を終結することに反対の人がほかにもいるんじゃないかと思っただけで――」

「捜査を打ち切ることは全員が承知している。反対を唱えた者はひとりもいない。言っておくが、時間がなくなるぞ」

ゴマ警部補は鉛筆を缶にもどし、椅子にもたれかかった。ピレスはその隣で、胸のまえで腕を組んだ。ピレスの鎖骨の黒い矢と赤いハートのタトゥーにちらりと視線を走らせたメルチョールは、目をあげた拍子に目があい、ピレスが見ていたのを知っていたことに気づいた。ピレスはからかうような微笑を口もとに浮かべた。メルチョールの隣に座っているサロームは、ここで起きていることより窓の外の方が気になるといいたげな態度で、居ごこちの悪さをごまかしていた。プラタナスが立ちならんでいるだけの遊歩道では、なにも起こっていないのだが。

「俺も、犯人はプロだと思います」メルチョールは切りだした。「単なる泥棒だったという説は腑に落ちません」

「なぜだね」ゴマ警部補が訊いた。

「ただの泥棒があんなふうに年寄りを拷問して楽しむとは、とうてい思えないからです」

「私もそう思います」ピレスが口をはさんだ。「でも現実には、あり得そうもないことがいくらでも起こっている。その点は小説とは違いますよね」

本の虫であることは知れわたっている事実だったので、メルチョールは上司や同僚にそれをからかわれるのには慣れている。皮肉られても気にならなかったが、そんなときは受けて立つことにしていた。

「いい小説はそうです。しかしよくない小説にはよくあることですよ」

「それじゃマリン、きみはよくない小説をもっと読んだ方がいい」ゴマ警部補が言う。「勉強になるだろう。たとえば現実というところには、変質者、サイコパス、あらゆる種類のルール無用のやからが存在していることなどを。小説以上にルールを守らない連中がいることをね」

「小説にはルールがないんです」メルチョールはやんわりと言った。「それが小説のいいところなんですが、それはそれとして、どんなにひどい小説でも、アデル夫妻を拷問する泥棒が登場することは考えられません。筋がとおらない。なにかを聞きだしたかったのなら、拷問する必要などなかったはずです。あんなに年寄りなんですから、すぐに教えたでしょう。おかしくありませんか？　それに、いったいどんな秘密があったんだろう。それほど何者かの興味をそそるものが、アデル夫妻にあったんですか？　われわれが知るかぎり、そんなものはありません。秘密を聞きだすための拷問でなかったとすれば、ますます拷問の意味がわかりません。明らかに言えるのは、夫妻が非常に苦しんだことですが、ああして苦しみをあたえるのは憎しみがあるときです。もうひとつ明らかなのは、フランシスコ・アデルを憎むべき理由をもっているのは、彼の競争相手ではなく、彼の協力者、つまり最も近い人びとであるということです」

「だからこそ全員の携帯電話を調べたんです」ピレス巡査部長が言った。「あの晩の居場所を確かめるために。そしてそのために、判事に頼んで電話の盗聴許可も取りつけた。その結果、そこからなにか得られましたか？」

「たいしてなにも」メルチョールは認めた。

「たいしてどころか、なにも出てこなかったんです」ピレスはメルチョールの言葉を一蹴した。

「そうですね。しかしとにかく、それしか解決の糸口がないんですから、盗聴をつづけるべきでした。徹底的に」

「糸口って、どの糸口？」ピレスが訊ねる。「四週間もの盗聴で彼らは事件とはまったく無関係だとわかっても、納得できないという意味ですか」

「そうじゃありません」メルチョールは答えながら、ブライ巡査部長の言葉が脳裏をよぎった。《あの食わせ者のピレスを見たか？　ゴマの腰巾着だ。あいつらはできているに違いない》ここ数週間、メルチョールはゴマともピレスとも、主に電話で頻繁に話してきた。いっしょにいるところを見たのは三、四回しかないが、ブライが言っていたことについては、これまでまったく考えていなかった。ふたりの全面的な信頼関係が恋愛の共犯関係か、少なくともセクシャルな関係を反映しているのだとすれば、ブライの観察はまとを射ていたのかもしれない。ピレス巡査部長がゴマの暗黙の了解を得て、代わりに応対役を買ってでているのも、そのことを表しているように思えた。「盗聴を疑っていた可能性も考えられます」メルチョールは言葉をつづけた。「あのなかでだれかが殺人に関与しているとすれば、万全を期しているはずです。それに、ボテットとアルホーナはあの晩の居場所が証明できて、電話がそれを裏づけているが、グラウとシルバの電話は電源がオフになっていた。彼らにはアリバイがありません。それにフェレも、不動のアリバイとは言えません」

「私にはそう思えますが」ピレスが言う。

「そうは思えないんです」メルチョールはきり返した。「あの土曜の夜、彼はたしかに妻と娘ふたりといっしょに家にいた。しかし娘たちは夕食のあとで自室に引きあげた。妻もテレビドラマを観てから寝室にいき、彼は庭にあるアトリエにいった。十一時か十一時半ごろでしょう。フェレが何時にベッドに入ったのか、時刻はわからないが、彼の家からアデルの屋敷までは車で十五分もかからない。四十五分か一時間もあれば、家を抜け出して屋敷へいき、妻や娘たちに気づかれずにもどってくることができたでしょう。十二時半か一時ごろには、なにごともなかった顔でベッドに入ることができる」

「フェレの車は、コンチネンタルのタイヤじゃなかったはずよ」ピレスが指摘した。

「ええ、でもあの日、彼はべつの車を使うこともできたはずだ」ピレスが口をはさむまえに、メルチョールはつづけて言った。「誤解しないでください。フェレが犯人だと言っているのでも、殺人に関与したと言っているのでもありません。そうすることもできたという意味です。つまり、われわれは全員をまったくのシロだと断言するだけの情報をもっていないと言いたいんです。グラウとシルバについても同じことが言える。アリバイをうまくごまかすことができた。グラウとシルバの方が、フェレより楽にそれができたという意味でね。実際、ボテットとアルホーナも除外できない。いずれにしてもあの五人は金曜の夜、アデルの屋敷にいた。だれでも警備システムを解除することができた」

「たしかに。彼らを完全に除外することはできない」ピレスは折れた。「けれども、そのだれかを指し示すような確実な手がかりがひとつもないんです。私たちの資源は無限ではないんですから」

「なにも、別世界の特別なことを求めているわけじゃありません。もう二、三週間捜査を継続して、幹部五人のオフィスとコンピューターを調べる司法の許可を取りつけてもらうだけでいいんです。必要があれば家宅捜査の許可も。お願いしたいのはそれだけです」

ピレスは反論しなかった。メルチョールの抗議に対して最終的な判断をくだすべき段階に入ったのは明らかだった。ゴマ警部補の判決を待つしかないのだ。ゴマは部下のやり取りを注意深く聞いていたが、急に興味をなくしたか、疲れ切ったか、いら立っているように見えた。論争を解決すべき役まわりを億劫に感じているのか、いまの論争は幻覚だったと思っているのか、さもなければ論争ははじまる前からとっくに解決しているとでも思っているようだったが、すぐにしゃっくりすると、咳ばらいをし、ピレスと一瞬目を見かわし、デスクに肘をついて口の高さで指を絡ませた。朝のひげ剃りでできた傷を改めて隠そうとしたのかもしれない。

「きみのその考えを、頭から追い払うことだ」メルチョールに向かって言い渡した。「判事はきみの望むことを許可しないし、私も許可を求めるつもりはない。電話の盗聴を認めてもらうだけでも、さんざん苦労したんだ。それを繰りかえすことなど考えられない。そのうえ、アデル家の人びとを再び困らせるつもりもない。もうじゅうぶんに傷つけられてきたのだからな、これ以上苦しめたくないのだ。それというのも、問題の核心はそこにあるからだ――」ゴマ警部補はサロームに視線を向けると、またメルチョールを見た。メルチョールは内心で、ロサ・アデルを苦しめるのは捜査を継続することではない、捜査の打ちきりじゃないのか、両親を殺した犯人が罪を償わずに終わることじゃないのかと考えていた。ゴマはつづけた。「アデルの部下たちを疑う手がかりがひとつも浮かんでこないのが問題なのではない。つきつめて考えてみれば、部下が怪しいという仮説自体が意味をなさないのだ。正直に言うと、最初は私もそう考えていた。しかし、いいか、だれだって上司を憎んでいるだろうが、だからといって殺してしまったりはしない。そうじゃないか、ピレス？」ピレスはそうですとも、というようにほほ笑んだ。ゴマも笑顔をかえし、言葉をつづけた。「アデルは自分の協力者たちに暴君のようにふるまっていた。近しい者に対してはとくにそうだったという。グラウのように、アデルによる屈辱や軽蔑に一生耐えてきた者もいたという。そうなのだろう。だが、それがなんだというんだ？　シルバにしろ、ボテットにしろ、アルホーナにしろ、彼らはアデルが死んでなにが得られるんだ。多くの人がうらやむような恵まれた仕事を失う危険を冒すのか？　実際、彼らはそういう状況に置かれている。それにきみは、単に恨みを晴らすためだけに、あの連中にあれほど大それたことをやってのけられると思うか？　私にはそうは思えない。グラウにそんなことができるとも思えない。あの老人はアデルがいなければなにもできないんだ！　生涯をアデルのそばで過ごしてきて、憎しみより崇める気持ちの方がはるかに強かったんだぞ。仮に憎んでいたとすればだが。フェレについては、電話を盗聴したことさえ後悔している。彼にはだれにも増してアデルの死を望む理由がないからだ。アデルが上司であると同時に義父であり、執拗に彼をいじめていたのは事実だ。しかしどんなに仲が悪くても、アデルは九十歳を超えていて先が長くないことを知っていたし、死んだら妻がすべての財産を相続することも知っていたんだ。それなのになぜ、殺人に手を染めてすべてを失う危険を冒さなければならないのか。もう少し我慢すれば、なにもしなくてもすべてが手に入るんだぞ。フェレは軽薄で無責任で無節操な男かもしれないが、そこまで愚かではないし、頭がおかしいわけでもない。巡査長、どう思うかね？」

サローームは目を細め、口を引き結んで異論はないと伝えたが、そんなことを訊かれても困ると言いたげに見えた。

「きみの言うことは筋がとおらないのだ」ゴマ警部補はまたメルチョールを見つめた。「時間と資源に余裕があっても捜査を継続する意味はないとまでは、言わないがね。ピレス巡査部長が言ったように、少なくともわれわれトルトーザ署は、これ以上の時間と資源を割くことができないのだ。テラ・アルタ署は事情が異なるかもしれないが。そっちはふんだんに時間があって、小説を読むことさえできるようだが、ここはそんな状況だからしかたがない。本件はこれで打ち止めにせざるを得ない。私も残念に思っている」メルチョールが口を開くのを待たず、ゴマ警部補は席を立ち、ピレスの顔を見た。「さて、五分をすぎてしまった。もう到着しているに違いない」

ふたりはひと言も口をきかずにトルトーザ署を出ると、ひと言も口をきかずに車に乗り、ガンデーザに向かう最初の数キロを走った。シェルタの近くまで来たところで、サローームが沈黙を破った。

「いつまでも考えていてもしかたがない。きっぱりあ直前、ゴマの言うとおりだ」

助手席のメルチョールは、照りつける陽ざしで蜃気楼のような逃げ水ができているアスファルトに魅了されたように、まっすぐにまえを見つめている。道路の両側には、乾いた大地にオレンジの木が整然と立ちならぶ光景が開けていた。サロームは右手をハンドルにかけ、左手で窓の上枠をつかみながら運転していた。車はまだテラ・アルタには入っていない。

「どうしてそんなにこだわるんだ」サロームが言う。

「こうなることは最初から見えていたじゃないか。最初の段階でめぼしい手がかりがつかめない事件は、解決をあきらめざるを得ない方向に向かうものなんだ。この事件は最初の一週間で壁にぶちあたった。その先は手探りですすむしかなかった。ゴマは彼なりによくやったほうだ。ふつうなら、もっと早い段階で捜査を終結していてもおかしくなかった。よく考えてみろ。ほかのだれでも、そうしていただろう」

「これはふつうの事件じゃないんだ」メルチョールがつぶやく。

「なぜ？　テレビが騒ぎたてたからか？　くだらない。どんな事件も基本的には変わらないんだよ。われわれにとってはな。唯一の違いは、解決できたかできなかったか、だ。この事件は未解決で終わるということだ。そう深刻に受けとめるな。事件のたびにきみのその厳格な正義感をふりかざしていたら、身がもたないぞ。オルガはそれをなんて呼んでいる？」サロームは言葉を探すように口をつぐんだ。

「ジャベールとね」メルチョールは答えた。「『レ・ミゼラブル』に出てくる警察官だ」

「そいつなんだ。そいつに引きずられていれば、人生が苦しくなるだけだ。きみと、家族の人生がな」

ふたりはまた黙った。午後二時の直射日光を浴び、居眠りしているように見える家並みを右手に見ながら、シェルタをすぎた。ベニファァリエットにさしかかる前に、メルチョールの携帯が着信音を響かせた。相手はゴマとの会談でなにがあったのかを知りたくて、待ちきれずにかけてきたブライ巡査部長だった。メルチョールは最善を尽くして平静を装いながら、ブライにことのあらましを報告した。

「終わったのか」話を聞き終えたブライが訊いた。

「打ち切られたということか？」

「決定的な終結というわけじゃありませんが、現段階ではそうです」

「あのクソ野郎！」ブライが声を荒げた。「だから言ったことじゃない。リウマルで子どもの死体が発見されたときに、私がなんと言ったかおぼえているか？覚悟しとけよ、これでそっちの事件から手を引くことになるぞ、とな。そのとおりになったんだ。新聞がすぐに飛びついて、アデル事件は忘れ去られちまった。テレビも取り上げなくなったから、ゴマは興味をなくしたんだ。それでわれらが警部補どのは、騎兵隊を引き連れて颯爽とリウマル事件にくら替えしたというわけだ。写真に出たくて血相を変えていやがる。騒ぎになった事件の失敗を隠蔽するために、それ以上に騒がれている事件に乗り換えたんだ。あん畜生め」

「事件をふたつもかかえる資源がないようです」メルチョールは敵に塩を送ってやった。「そういわれているようで。リウマル事件についてはひと言も出ませんでしたが」

「ふざけるな！」ブライは煮えくりかえった。「トルトーザ署の地域捜査局が資源不足だと？　なにを言う、やりたい放題できるご身分だぞ。足りなければバルセロナに泣きつけばいい。ゴマはアデル事件の捜査をどうすすめればいいのか、これっぽっちも方針を持ちあわせていなかったから、なんでもいいから利用して、自分の大失態を隠すしかなかったんだ。それが子どもの死体であっても」

「捜査を打ち切るもうひとつの理由がそれです」メル

チョールは言った。「どこにも糸口がないということで」

「われわれを踏みつけにしやがって！」ブライ巡査部長はますますいきり立って嘆いた。「最初に私たちをつまはじきにしたりしなければ、こんなことにはならなかったんだ。ところが当然、あいつは脚光をひとり占めにしなければ気が済まなかった。自分にあたるスポットライトをさえぎる恐れがある者は、捜査チームに加えるわけにはいかなかった。それにテラ・アルタ署は二軍でしかないからな。バレーラ警部補に私から言ってあったんだ、ゴマにはもっとこの地域に詳しい者をつける必要があると。テラ・アルタを知っている人間を増やして、サロームときみを支えなくてはならない、ゴマにそう伝えるように頼んであった。アルゼンチンにふたり、ルーマニアだかどこだかにふたりを送りこんだのも、テレビニュースにはうってつけの話題だったが、貴重な時間と予算を食いつぶしただけじゃないか。しかし知ってのとおり、バレーラ警部補はああだからな。ゴマとどっこいどっこいだ。だれとも面倒を起こしたくないんだ。トルトーザ署とはなおさらね。ましてや定年が間近ときている。マリン、もうひとつ私から言っておくがな、ゴマはこれで私にも事件を開放して、私のパスワードで捜査資料にアクセスするのを認めることになるぞ。誓ってもいい。あいつはこう考えている。《おい、このクソ事件をおいていくぜ、私にたてついているおまえに解決できるかどうかみてやろう。手がかりを見つけられるものなら見つけてみろ。だが資源も人も運も期待できないぞ、どこもかしこも調べたから取りつくところはどこにもない》とな。できることなら自分の失態まで私に押しつけたいに決まっている。間違いないから好きなものを賭けてみろ」

ブライ巡査部長がまくしたてるので、メルチョールは携帯を耳から少し遠ざけた。それと同時に、少しまえのできごとを思いだした。ゴマとの面談を終え、別れぎわにピレスと挨拶を交わしたときに、すぐ近くにいるピレスの胸のタトゥーを見ることができたのだ。《永遠の愛》と彫ってあった。それを一瞥し、二度、三度と視線を向けてから目をあげると、ピレスがウィンクしたような気がしたのだった。

「メルチョール、聞いているか？」ブライの声が響いた。

「はい」いま思いだした場面は現実だったのかどうか、確信がもてないままにメルチョールは答えた。

「切れてしまったのかと思ったよ。とにかく、怒りは抑えて我慢しろ。サロームもそこにいるのか？」メルチョールがはいと答えると、「コロミーナスとフェリウもいっしょに食事に出るところだが、テラ・アルタで落ちあわないか」と誘われた。

「俺は家に帰って食事をします。さしつかえなければ」

「かまわないさ。明日、署で会おう。オルガによろしく伝えてくれ」と言い、ブライは電話を切った。

駐車場に一台分の空きスペースを見つけ、車を停めてから、メルチョールは足ばやに裁判所へ向かった。裁判所はガンデーザ郊外のジョアン・ペルーチョ通りに建つ、クリーム色をした二階建ての建物である。両側が花壇になっている階段を一段飛ばしでのぼり、スペインとカタルーニャの旗が掲揚された正面玄関をくぐってなかに入った。午前十時近い法廷の入り口では、ロビーにおおぜいの人が集まっている。ほとんどがロマだった。メルチョールは制服姿の同僚数人に遠くから会釈し、階段をのぼって二階へあがると、判事の執務室をノックした。赤っぽい髪と四角い顔をした、長身で高圧的な四十代の秘書がコントラアルトの低い声で、まだみえていませんよと言った。メルチョールとは顔なじみの秘書だった。

判事に会えますかと訊ねると、「今日はいきなり会おうと思っても、そうはいきませんよ」彼女は答えた。「十時から裁判だから、そのまえにつかまえないと。そこでしくじったら、今日じゅうに会うのはあきらめるしかないからね」

メルチョールは礼を言い、ロビーにもどった。人だかりが目に見えて増えている。制服姿の仲間はどこかに姿を消していた。捜しても徒労に終わり、表通りに出て判事を待つことにした。玄関の二本の旗の下で、ポーチを支える古典様式の柱に寄りかかる。自分がなにをしようとしているのか、心は決まっていた。昨夜、オルガの隣でベッドに横たわっていたときは、寝がえりを打ちながらまだ迷っていた。今朝、コゼットを保育園に送りとどけ、プジョル菓子店でコーヒーを飲みながら、《最後の挑戦だ》と思った。《失うものはなにもない》と思った。《ノー、はもうくらっている》とも思った。そして覚悟をかためたのだ。裁判所に入っていく人はいても、出てくる人はいなかった。何か月かまえに逮捕したまだ少年のヤクの売人の母親が、小生意気な視線を投げてメルチョールに挨拶していった。ほっそりした美人の若い母親は、プリントのワンピース姿だった。ときおり、まえの通りを車が横ぎった。正面玄関から歩道に向かってゆるやかに傾斜している花壇には、左右に糸杉が立ち、ラベンダーの茂みがその足もとで緑の茎に薄紫の花を咲かせていた。左手にはマツの囲いをめぐらせたスポーツ施設があり、右手にはガンデーザのバスターミナルがあった。空は青く、白雲が刷毛ではいたような筋を描いている。

十五分ほどすると、判事の黒いシトロエンが法廷職員専用の駐車場にすべりこんできた。メルチョールは駆けよって車のドアを開けた。

判事はメルチョールの手を借りてもたもたと車からおりた。「ありがとう。遅刻してしまったかな?」

メルチョールは判事の質問には答えずにおはようご

ざいますと言ってから、ほんの一分だけお時間をいただけますかと頼み、自分がだれであるかを告げた。それから肩をならべて正面階段をのぼりながら、アデル事件については、判断が間違っているように思います、捜査を継続すべきです、アデル美術印刷の重役たちのオフィスとコンピューターを捜査する許可をいただけないでしょうか、と一気に話した。

判事はポーチで立ちどまった。苦しそうに息を切らせ、ローションの香りがするひげを剃ったばかりの頰に、こめかみから玉のような汗が流れおちた。

「あなたはどなたでしたかな」

メルチョールはもういちど、名前と所属先を告げた。息をととのえ、ハンカチで汗をふきながら、判事はようやく納得すると、当惑の表情が険しい形相になった。

「私にそういう話をしてはならないことはご存じですかな？　それも裁判所の入り口などで」

「おっしゃるとおりです、判事。申しわけありません。しかし――」

「しかしは通用せん」ぴしゃりと厳しく言われた。「きみのしていることは完全な越権行為だ。わかっているだろうが、上司に知られたらたいへんな問題になる」判事はつづけてハンカチをふりながら、「心配するな、知られることはない」と言って安心させてから、「アデル事件は捜査を終結する。これは私が決めたことで、ゴマ警部補ではない。彼も合意している。とにかく、私の判断が間違っていて捜査を打ち切るべきでないと考えているのなら、手つづきにしたがって上司に言いなさい。私にはその上司から話してもらおう。私の言っていることはわかるね」

メルチョールはなにか言いたげに口を開きかけたが、言葉をのみ込み、判事の磨きあげられた黒い革靴を見つめながら、何度も首をたてにふった。そのとき、正面扉が開き、書類の束をかかえた秘書が顔をのぞかせて呼びかけた。

「急いでください、みんなが待っています」

判事はハンカチをズボンのポケットに入れ、すぐ行くと手ぶりで秘書に合図した。けれども秘書のあとにはつづかなかった。身長はメルチョールより四十センチほど低いにもかかわらず、体重は二倍ほどありそうな判事は、仕立てのいい濃紺のスーツに白いワイシャツを着て、黒いサスペンダーをつけていた。

「聞いてくれ」ぽっちゃりした手でサスペンダーをつかみながら、判事はメルチョールを諭した。「われわれの仕事では、うっぷんと共存することを学ばなければならない。きみも、私も。どんな職業もそうだ。私の恩師がよく言っていたことだが、文明人の生活は、うっぷんと理性的に折り合いをつけて共存することでなりたっているのだからね。アデル事件は実際のところ、捜査が行きづまっていたのだ。終結は妥当な判断だった。幸運に恵まれれば、そのうちに思いもよらないかたちで道が開けるかもしれん。その前例はたくさんある。しかし現時点では、打ち切りにするのがいちばん賢明な対応なのだよ。間違いなしにな。だからきみも私の忠告にしたがって、そんなことは忘れて青春を謳歌したまえ。われわれのような年寄りが思っているほど短くはないが、若い時代はすぐに終わるぞ」

正面扉からまた秘書が顔をのぞかせた。秘書は信じられない、という顔になると判事をにらみつけ、メルチョールには聞きとれなかったが、小声でなにか言った。今度は判事も「いきますよ、いきますよ」ともらしつつ、素直に秘書のうしろについていった。「朝っぱらからお小言は勘弁してもらいたいね」と言いながら。

メルチョールは判事の助言にしたがい、アデル事件のことは一刻も早く頭から追い払い、テラ・アルタでのいつもの生活にもどろうとした。しかしうまくいかなかった。一週間まえ、ノルウェー人の観光客のカップルが、テラ・アルタに近いエブロ川デルタ地帯のリウマル海岸で、五歳の男児のバラバラ死体を発見した。それからというもの、アデル事件は新聞、テレビ、ラジオ、ソーシャルメディアから姿を消してしまった。

所轄署には一日も欠かさず出勤し、割りあてられた事件に取りくみ、報告書を書き、課内会議に参加し、サロームとのパトロールにも出ていたが、アデル夫妻とルーマニア人家政婦の殺害事件がどうしても頭を離れなかった。幸いなことに、だれも彼の執着には気づいていなかった。オルガだけは、メルチョールのぼんやりしたまなざしや放心した表情に気がつくたびに、「大丈夫？　ジャベールさん」と内輪のジョークを飛ばして夫を現実に連れもどすのだった。

しばらくそんな状態がつづいたすえに、メルチョールは自分の執着に抵抗するのをあきらめ、事件は正式に棚上げが決定されていたにもかかわらず、再び捜査資料を掘りかえしはじめた。六週間の集中捜査でゴマ警部補が招集し、ほとんど間断なく捜査に携わったり協力したりした人員は、ピレスの報告によると四十人前後にのぼっていた。そのためそれは、報告書や資料の大海に飛びこむようなものだった。

メルチョールは空き時間を使い、同僚たちに隠れて捜査をすすめた。いったん閉じられた事件を密かにつつきまわしていることは、コンピューターの履歴を見ればすぐにわかることだった。命令されてもいない捜査を独断専行で続行していることが上司のだれかに気づかれれば、面倒なことになるという自覚はあった。だが、そんなリスクを背負う覚悟があるのか、予想される事態にどう対処するのかを考えるのはあとまわしにし、ただ先へすすんだ。それでも用心は怠らずに、電話をかけたりフェレを訪ねたりすることは控えた。フェレに会えば、サロームにつつ抜けになってしまう。アデル美術印刷を訪問してグラウ、シルバ、ボテットやアルホーナに会うのも自重した。しかしある晩、ふたつの質問をするために思いきってグラウに電話をかけた。ひとつは、アデル夫妻が殺害されるまえ、金曜日の夕食でおぼえていることはありますか、という漠然とした質問で、もうひとつは、アデル美術印刷の重役のなかに犯罪に関与したと思われる人はいますか、という具体的な質問だった。グラウは最初の質問に対しては、思いだせることはとくにありません、アデルの屋敷で何年もまえから金曜日に開かれていた夕食会と同じだった、それまで違うところはひとつもなかったと答えた。ふたつ目の質問をすると、老かいなしゃがれ声で爆笑した。

「ボタンひとつでだれにも気づかれずにパコを殺せるっていうんだったら、だれでもそうしただろう。間違いなく。だがそんなことは不可能である以上、あなたの質問に対しては、あんなことをやってのけるほどの者は、ひとりもいないという答えになりますな。まあ、ひとりもというわけじゃないがね。そのうちのひとりには、それができただろう」

「だれですか？」

「私だよ」

メルチョールは電話を切ってから、アデルを殺したのはグラウではないと確信した。真犯人であれば自分で名乗りをあげたりはしないだろう。まして、警察官に対しては。ところが少したつと、その確信も揺らぎはじめた。自分から犯人だと名乗りでれば、それも警察官にそう言えば、嫌疑を晴らすかっこうの防御策になるだろうと気づいたのだ。疑われないための最良の方法であるに違いなかった。

その直観は、数日後、偶然の出会いによって裏づけられた。それはコゼットを保育園に送り、サロームとコーヒーを飲んでからモーラ・デブレ分署での会議に出るために、バルのテラ・アルタに向かっていた午前九時ごろのことだった。バスターミナルを横ぎったときに、アルベルト・フェレのポルシェ・パナメーラが停まっているのが目に入った。メルチョールは迷ったがそのまま車を走らせ、ピケ・ホテルまですすんだところで結局方向転換し、来た道をもどってポルシェの隣に車を停めた。バスターミナルのカフェテリアに入ってみると、すぐにロサ・アデルの姿が見えた。ロサは通りに面した窓ぎわの席に座り、紅茶をまえにして携帯電話に文字を打っていた。テーブルにはクリスタルの花瓶が置かれ、チュールで包んだフクシアの造花が挿してあった。メルチョールが近づくと、ロサは手をとめて目をあげた。最初はだれかわからないようだったが、すぐに弱々しく微笑んで挨拶した。

「こちらに座らせていただいてもいいですか?」

メルチョールが訊くと、「もちろんよ」と向かいの席を指した。「ちょうど出ようと思っていたところだったの」

メルチョールはコーヒーを注文し、ロサはそのあいだにメッセージを打ち終わった。

「お邪魔でなければいいんですが」

「ちっとも」ティーポットに残っている紅茶をカップに注ぎながら、ロサは答えた。「私に敬語を使わないでくださいな。それに、そんなに歳じゃないわよ」

「年上だから敬語を使っているわけじゃないんです」メルチョールはあわてて弁解した。「ただの習慣ですから」

「よくない習慣だわよ。とくに女性に対しては」ロサは紅茶を口に運び、カップの縁ごしにメルチョールを見つめながら、大きな目をいたずらっぽく輝かせた。「夫に聞いたんだけど、オルガ・リベラと結婚されたんですって? オルガとは友人だったのよ、ご存じだった?」メルチョールがええ、と答えると、ロサ・アデルはカップをおろし、茶目っけの消えた目でまっすぐにメルチョールを見た。「私たち、同じ学校に通っていたの。とても仲が良かったのよ。それから……お定まりの展開ね、大人になって、自分の人生を歩むようになると、会えなくなってしまう。オルガとも長いこと会っていないわ。元気かしら？　息子さんがいるんでしょ？」

「娘なんだ、コゼットという名前の」

「コゼットね、フランス語のお名前？」

そうなんです、とメルチョールはうなずき、ちょうどウェイトレスが注文したコーヒーを運んできたので、名前の由来は説明しなかった。ロサがウェイトレスと話しているあいだ、メルチョールはアデルの娘を見ていた。二か月前にフェレのアトリエで会ったときの面影がすっかり変わり、あのときよりも明るく、生き生きとして若がえった雰囲気になっている。両親が殺されてから時間がたったというだけでなく、唇やまつげ、ほお骨に明るい色をさしているからでもあるのだろうとメルチョールは思った。服装もあのときのようなグレーと黒の喪服でなく、白い半袖の絹のブラウスに、喪のしるしなのか、黒い小さなブローチをつけていた。

椅子の背もたれにサマージャケットとバッグの肩ひもをかけ、耳たぶには天然真珠のイヤリングが揺れていた。

「ご主人は？　外に車が停まっているのが見えたんだ」ウェイトレスが下がってから訊ねると、

「これからバルセロナまで迎えにいくために、あの車に乗ってきたの」と答えた。「今晩、メキシコから帰ってくるから。それまでにいくつか用事をすませて、娘たちと食事をしようと思ってね」眠っている爬虫類のようにじっとしている携帯を指しながら、ロサは言った。

「あなたが入ってきたときは、ちょうど下の娘にメールしてたのよ。とにかく、ちょっとでも気を紛らわそうとしているの」

「わかるよ」メルチョールはそう言いながら、ロサへの仲間意識がこみあげてくるのを感じた。口先で言っているんじゃない、いまの気持ちは俺にもよくわかる、それに近い気持ちを知っているんだ、俺も母親が殺されて犯人が罰を受けずにいるんだ、そう伝えたい衝動がわきおこり、炎が消えるようにしてすぐにおさまった。メルチョールが自分でもみ消したのかもしれなかった。

「ひとつ質問をさせてもらえるか」言葉が口をついて出た。

ロサはなに？　と興味をたたえた瞳でメルチョールを見た。

「最後にご両親に会ったときのことなんだが――。ご主人やグラウさんもいっしょだった金曜日の夕食会について、おぼえていることがあれば聞かせてもらえないだろうか。グラウさんは、いつもと変わらない晩だったと言っている。ほかの役員もなにも言っていなかった。訊かなかったせいでもあるんだが。じつは最近になって、もっとその点に注意を払うべきだったんじゃないかと思いはじめてね。あの日にふだんと違うことはなかった？」

ロサ・アデルはしばらくメルチョールを見つめ、興味の色が消えて失望を浮かべた目になると、店内に視線をめぐらせた。店はフクシアが飾られた白いテーブルをまえに、白い椅子に座っている短パンやTシャツを着た観光客のカップルで賑わっていた。奥の壁にはバスの発着案内板があり、バルセロナ、タラゴーナ、トルトーザや、テラ・アルタの集落への発車時刻が表示されていた。案内板の下のサイドボードには、テラ・アルタ産のワインがところ狭しとならべられ、オードリー・ヘップバーンのペン画が飾られていた。メルチョールに視線をもどしたロサの目は、失望から苦悩の色に変わっていた。

「捜査は打ち切られたんじゃなかったの？」

「打ち切られている。しかしそれは間違いだった。俺は――」

「サロームは、捜査は座礁してしまったと言っていたわ。もう先へはすすめなくなってしまったって」ロサはメルチョールをさえぎり、フクシアの造花が飾られた花瓶に視線をおとした。「捜査の筋道をたてられなくなったから、あきらめるしかないと」ロサは目をあげ、またメルチョールを見て言った。「それを聞いてどう思ったかわかる？　それがいちばん良かったのかもしれないと思ったわ。捜査が長びけば、その分だけ苦しみが深まるから。いまはジャーナリストたちにも放っておいてもらえるし、家族も心の平穏を取りもどしつつある。そういうことが手に入ったの」

「俺は正義がくだされることの方を選ぶだろうな」

「私がそれを望んでいないと思うの？」ロサは顔を近づけて訊いた。メルチョールはその拍子に、はじめて気がついた。ロサのまっ白なブラウスにシミのようについている黒いブローチが、羽根を広げた鷲だったことに。アデル美術印刷のロゴマークだったのだ。

「私にどうしてほしいの？　どこを探ればいいのかがわからない捜査をつづけるように頼むの？　それとも、私立探偵を雇えばいいの？　そうすることも考えた。でもサロームに、そんなことをしても意味がないからやめておきなさいって、説得されたわ。警察が行きづまった事件が私立探偵に解決できるはずがないと言って。あなたたちほどテラ・アルタを知り尽くしている人はいないし、警察にはほかのどこよりも技術力と人員が備わっている。それに、正義を貫いたところで、私の両親を取りもどすことはできないし、両親を救うこともできない……」

ロサは最後まで言い終わらずに、唇を引き結び、上半身をテーブルから離すと、チュールに包まれた造花に目を落とした。メルチョールは泣き出すのではないかと思い、ロサの手をとろうかと迷ったが、思いとどまった。

「ごめんなさい」ロサはぎこちない笑顔になって謝った。

「俺の方こそ、許してください」メルチョールも謝った。

お互いが謝罪したあとは、予想外の心地よい沈黙が流れた。メルチョールは、会社の相続人がブラウスにつけているアデル美術印刷のロゴマークに目が吸いよせられた。

「不思議に思っていることがあるんだ」落ち着きを取りもどしたロサに話しかけた。「大丈夫だよ、ご両親とは関係のない話だから」

ロサの口もとは笑みを浮かべている。

「あなたがなぜ、アデル美術印刷で働かなかったのか。生まれたときから知っている会社だし、お父さんも喜んだだろうし。それにご主人のように、経済学を学んだというのに……」

「だからこそ、そうしなかったのよ。家に経済専門家は何人も必要ないと思ったから。同じ会社で働く人も、何人もいない方がいいし。父や夫のアルベルトといっしょに働きたくなかったの。それに私は、家族を大切にしたかったから。そういう気持ちが理解できない人もいるけど、気にしないわ。私はね、小さいころから自分が恵まれているのを知っていて、大人になってからは、娘たちにも同じような暮らしをさせてあげたいと思ったのね。ちっとも後悔していない。これからは、それも変わるかもしれないけれど」

「どういう意味だ？」

「父がいなくなって、娘たちもこれまでのように私を必要としなくなったから、もっと会社の問題に関与しなければならないかもしれない。どうなるかしらね」

ロサ・アデルは黙った。メルチョールは思わずにはいられなかった。ロサのような女性が、どうしてアルベルト・フェレのような男を好きになったのだろう。フェレが彼女に隠れてほかの女たちと浮気していることを思うと、胃のあたりが重苦しくなった。オルガといっしょになってからは、女性に暴力をふるう男に密かに制裁を加えるようなことはしていないが、フェレは妻を殴ったりしていないだろうかと疑念を抱いた。ロサは時計をみてから、ため息をついて言った。

「私はもう行かなくては」

メルチョールも立ちあがり、ロサにコーヒーをご馳走になって、いっしょに外へ出た。風のない乾いた朝に厳しい陽ざしが照りつけ、テラ・アルタのうだるような一日を告げていた。ロサ・アデルはジャケットを小わきにかかえて、ポルシェ・パナメーラの横に立ち、バッグのなかを探っている。バスが後方の停車位置に停まった。メルチョールは、会話はまだ終わっていないような予感をおぼえた。ようやく車のキーを探りあて、ロサは身を隠すかのように、幅広の白いサングラスをかけた。メルチョールに顔を向けると、黒く光るレンズのなかに自分が映って見えた。

「グラウさんが言っていたことは嘘じゃないわ。あの晩の夕食会はいつもと変わらなかった」先ほどの質問にずいぶん遅れてロサは答えた。「父が夕食会を開いていたのは、ご存じでしょう？　父は毎週金曜日に、直近の幹部を招いて、母と私も加えた夕食会を催していた。私が参加しはじめたのは十五歳になってからで、そのまえは許してもらえなかったから、なにを話しているのか知りたくてうずうずしてたわ」ロサはちょっと口をつぐみ、車のキーをもてあそんだ。「そうね、いつもと違う点があったとすれば、アルベルトと私が最初に帰ったことかしらね」

「いつもはそうじゃなかったんだね」

「ええ。いつもは、私たちとグラウさんが全員が帰るまで残っていて、両親とおしゃべりをしたり、夕食会のことを話したり、ウィスキーを飲んだり、うちの娘たちの話をしたり。そういうことをしてたわね。あの晩はどうして早く帰ったのかしら。アルベルトがいら立っていたせいかもしれない。両親がああいうことになるまで、苦しんでいたから」

「どうして苦しんでいたのか知っているのか？」

「いいえ。仕事の問題だと思う」

「夕食会の目的は、一週間の総括だったそうだね」ルチョールは記憶をたどった。「あの日もそうだったのかな」

「ええ、一応」ロサ・アデルはこう説明した。「話し合いをするのは役職についていた責任者たちで、母と私はほとんど口をはさまなかったけれど。でもそうよ、あの日もいつもの金曜日と同じことをやっていた。話しあったり、議論したり」

「なにを議論したんだ？　だれが？」

「皆さんが。とくに父とグラウさん。主導役を務めるのはいつもそのふたりだった。知ってるでしょうけど、長いつき合い同士でしょっちゅう口論しあってたわね。論争が過熱してくると、だれかが仲裁に入ることもあった。アルベルトも、会社で働きはじめた最初のころは、何度かあいだに入ってとりなそうとしていたわ。


私は夫に、父とグラウさんはいつもああいう関係で、それがふたりの仕事のやりかたなんだから、放っておけばいいのよと言っていたんだけど。結局、夫も最終的には不可能だとあきらめたし、ほかの皆さんもあきらめていた。まるで闘鶏を仲裁するようなものだったから」

「そんなに激しい言いあいだったのか？」

「激しい？」ロサは小さな笑みを浮かべた。「激しいどころか、熱烈な議論よ。夕食会に参加が認められたばかりの十代のころは、真剣に言いあっているんじゃなくて、自分たちで楽しんでいるのか、私たちを楽しませるためにそうしているんだと思っていたくらいに。実際、そうだったのかもしれないわね。でも重要な決定はいつもそうしてくだされていた。疲れ果てるまで議論して」

「あの晩はなにを議論していたんだ？」

「いろいろよ。しばらくまえから話しあっていた、メキシコの子会社をどうするかについてが中心だったと思うわ。父は何か月もまえから閉鎖することを考えていた。赤字を出しはじめて、それが解消できずにきていたから。グラウさんは閉鎖に反対していて、整理するのは間違いだ、そうしてはならないとほかの全員を説得して納得させていた」ロサは少し間をおき、訂正した。「そうね、アルベルト以外の全員を」

「それに妙な点でもあるのか？」

ロサはすぐには答えなかった。バスターミナルの放送が、タラゴーナ行きのバスの出発を告げていた。

「いいえ」ロサは言った。「べつにおかしいところはないわ。ただ、アルベルトはずっとグラウさんの味方で、頻繁にメキシコに出張して現地の事情をよく知っていたことで、グラウさんにもその点を買われていたんだけど……あの晩のアルベルトは父の側について、グラウさんに反対した。アルベルトが子会社の解体に賛成したのははじめてのことだったから、驚いたわ。メキシコへの出張からもどったばかりだったし、きっと父の言うことが正しくて、工場を解体するのが最善策だと考えたんでしょう。私にはわからないけれど。夫に直接訊いてみて」

「その議論は、ご主人のいら立ちに関係していたんだろうか。ご両親がああいうことになるまで、仕事で苦しんでいたという時期のいら立ちに。それともあの晩、夕食会からまっ先に引きあげたことに、そのいら立ちが関係していたのか。ご主人は帰りぎわに怒っているように見えたか？　帰り道であなたになにか言っていなかった？」

「べつになにも。正直にいえば、よくおぼえてないわ。それは大事なことなの？」

「可能性はある。それじゃ、べつの質問をさせてくれるか。夕食会の最中に不自然なほど長い時間、席を離れて部屋の外に出ていた人はいたかい？　電話をかけにいくとか、洗面所に立つとか――」

ロサ・アデルはキーをもてあそぶのをやめると、サングラスをはずし、メルチョールが言い終わらないうちにまぶしい笑顔になった。

「その質問にはしっかり答えられるわよ。グラウさんほどしょっちゅうお手洗いに立つ人はいないわね」

「オフィスに話を聞きにいったときは、そんなことはなかったが」

「飲みものに口をつけないからよ。飲んだら最後、お手洗い通いがはじまってしまうから。前立腺の病気を患っているのがその理由なんだけど、それだから結婚できないんだって父はしょっちゅうグラウさんをからかってたわ。夕食に誘った相手の女性が気味悪がってしまう、ってね。からかってはいたけれど、父はグラウさんが大好きだったの。ふたりは生涯の相棒だった——なんの話をしていたんだったかしら。ああ、そうだった」ロサはサングラスをかけ直し、レンズに再びメルチョールの影が映りこんだ。「いずれにしても、私はもう時間だから失礼しなくては。またお会いできてよかったわ。オルガにもよろしく伝えてね」

「サローム、ちょっと頼みがあるんだ」メルチョールは言った。

「なんだ」

「アデル美術印刷の鍵を手に入れてもらえないか。なかに入ろうと思う」

ふたりはガンデーザを出たばかりで、エル・ピネル・デ・ブライ街道に車を走らせて巡回していた。左手には緑と茶に彩られたカヴァイス山脈が横たわり、山麓のあちこちで風車がゆっくりと羽根を回転させている。朝の九時だが、空はほとんど金属質に近い抜けるような瑠璃色に輝いていた。車載のエアコンが故障しているため、サロームは運転席側の窓をおろし、まだ夜気が残る風に髪とひげをなびかせている。サロームはじろりとメルチョールを見て言った。

ため、サロームは右端に車を寄せて二台をやり過ごした。

すれ違いの切りまわしを終えたサロームは、いまいましそうにこぶしでハンドルを殴りながら「くそったれ！」と毒づいた。「どういうつもりでそんな無茶苦茶を言いだしたんだ？　いつになったらまともになるんだ？　きみには妻と子どもがいるじゃないか。もうすぐ三十になるんだぞ。好き勝手にふらふらしているんじゃない、もう子どもじゃないんだ。その計画はオルガに話したんだろうな？」

サロームは風にいら立ったように窓を閉めた。走行中のざわめきが急に静かになった。

「それで、手を貸してくれるつもりはあるのか？　それともないのか？」メルチョールは訊いた。

「事件は終結している。それなのにどういうわけで、いつまでも首を突っ込んでいるんだ。」

「終結などしていないからだ。俺たちにはよくわかっ

「頭のネジがはずれちまったのか？」

「ざっと見てまわりたいだけだ。それだけでいい」

「馬鹿なことを言うんじゃない」サロームは吐きすてると、視線を前方にもどした。「捕まったらどうするんだ。懲戒処分ですめばいいが、警察を放りだされるぞ」

「捕まらないさ」メルチョールは粘った。「オフィスには防犯カメラが設置されていないし、警報機もない。このまえ行ったときに確かめてある。鍵さえあれば、なかに入れるんだ」

「メルチョール、私をあてにするんじゃない」

「いっしょに来てくれとは言わない。鍵さえ手に入れてもらえれば、それ以上は頼まないよ。できればマスターキーがありがたい。フェレがもっているだろう」

サロームが首を横にふっていると、すぐうしろに配送車のバンをしたがえて、家電製品を積んだトラックが対向車線にあらわれた。道幅が狭く、路側帯もない

ているはずじゃないか。事件が終結することの意味を。この事件はそうじゃない。だからまだ追いかけてるんだ。それに、いつまでもこういう気持ちをかかえていたくないからな」

「なにをかかえているっていうんだ？」

「解決に向けて全力を尽くさなかったという気持ちが、ここにひっかかっている」メルチョールはこぶしを胸にあてて答え、サロームに説明した。「何日かまえに、偶然ロサ・アデルに会ったんだ。彼女が最後に両親の顔を見た、役員たちと夕食会をした金曜日の晩のことを話していたら、どうやら父親とグラウが激しい言いあいをしたらしいことがわかった」

「あのふたりはずっと意見をたたかわせてやってきたんだぞ。やっとそれがわかったんだな」

「メキシコの子会社について言い争っていたそうだ」

メルチョールはサロームの言葉を聞き流してつづけた。「子会社を閉鎖するかどうかを。長いこと懸案になっていた議題らしい。グラウは子会社を残すように主張していたが、アデルは反対だった。残りの連中は全員がグラウに賛成していたんだが、フェレはその晩になって反対にまわったというんだ」

「それがどうした」

「わからない」メルチョールは素直に言った。「しかしそれが重要な案件だったことはたしかだ。フェレはそれが原因でかなりイラついていた可能性がある。だれもそのことを話さなかったのは、妙だと思わないか？　俺にはひっかかる。どういうことなのか知りたいんだ、なぜだれも話そうとしないのか、そのわけが知りたい。直感というやつだろう。それに、防犯カメラと警報装置を解除したのは、夕食会に参加していた連中のだれであってもおかしくない。たとえばグラウ。彼は屋敷のなかをよく知っているし、あの晩もトイレにいくためになんども席を立っていた。前立腺の病気だそうだ」

「防犯カメラや警報機のスイッチは、だれにでも切ることができただろう。ルーマニア人の家政婦にも。名前はなんだった?」サロームが訊く。

「アルバだ。ジェニカ・アルバ」

「そう、そのアルバも。グラウについては、疑う余地がないとはいえない。強盗説を否定すれば、私はあいつがいちばん怪しいと考えている。しかし、証拠がつかめない。ひとつもな。直感なんぞをあてにするわけにはいかない」

「だから彼のオフィスを調べたいんだ、尻尾をつかんでやるために。なにも出てこなければ、ほかの連中のオフィスを調べてみようと思う」

「そこにもなにもなかったら?」

「そのときはそれまでだ。すべて終わりにして、この件はきっぱりあきらめるさ。最後の試みだ、収穫がなければ二度と手を出さない。約束する。だから助けてもらえないか?」

「論外だ」

「頼む、サローム。よく考えてくれ」

「考えることなどなにもない」

「どうしても助けてもらいたいんだ。いますぐ返事をくれなくてもかまわない。ただ、考えてもらえないか。いいな? 俺の頼みはそれだけだ」

「受け取れ」サロームはその数日後、頭部が長方形のつるりとした銀色の鍵を、メルチョールに手わたした。「こいつでアデル美術印刷のドアはすべて開く。中庭の門以外はな」

「心配いらないさ。あのフェンスの低さなら、簡単に乗り越えられる」

サロームはアルベルト・フェレの名前と写真入りの《専務取締役》と書かれたラミネートカードも渡し、「これは入り口の入館ゲートとロビーに入るためと、コンピューターに入るためのカードだ」と説明した。

「コンピューターは全員がこれで繋がっていて、起動すればすぐに会社のネットワークに接続される。電子メールのパスワードは不明だが、わかっていてもいなくても変わらない。連中はハッキングに神経をとがらせて、毎週パスワードを変えているんだ。それではとうていおぼえているわけにはいかないから、探せばきっとどこかに書いてあるだろう。付箋紙かなにか、そういうものを探してみろ。ほかになにか質問はあるか？」

「いったいどうやってこれを手に入れることができたんだ？」

「知らずにいるほうがきみのためだ。そういえば、きみの言うとおり防犯カメラも警報機もついていないが、警備員がひとりいる。主に工場のほうを見まわっているようだが、用心しろよ。入るときはとくに。伝えることはそれだけだ。いいや違う、それだけじゃない。もし捕まれば、私はこんな狂気の沙汰とはいっさい無関係だぞ。このことははっきりしているだろうな」

「約束する。でも何ごともなく終わるから、心配いらないさ」

「そうであってもらいたいね」サロームは言った。「これでまた私に借りができた。いったい、何回になったと思うんだ」

メルチョールはアデル美術印刷の数ブロック手前で、二台のトレーラーのあいだに車を停め、足ばやに工場に向かった。真夜中のラ・プラナ・パルク工業団地は人影もなく、暗闇に包まれていた。夜空には銀貨のような巨大な月がかがやいているが、その明るさはまばらな街灯の明かりを補うほどの光ではなかった。空気は濃密で生あたたかく、ビロードのような感触で、ときおり灌木と乾いた土の香りが吐息のように立ちのぼってきた。

両側にマツの並木がある長い舗装道路をすすみ、左手にアデル美術印刷の建物があらわれると、金属製のフェンスの手前で、敷地をかこむ石垣の陰にしゃがんだ。車を降りてから人の姿はなかった。遠くで発電機のような低い連続音が響いているだけの静寂のなかで、しばし周囲を観察し、だれもいないことを確認すると、ひらりと石垣を乗り越え、つぎにフェンスを越えてアスファルトの中庭に降りたち、かがんだ姿勢で工場の壁ぎわまで走った。それから月あかりと屋外灯の薄闇にまぎれ、八角形の事務棟に向かう。ロゴと社名が刻まれた一枚岩の横を通り、右手の駐車場から離れた（闇に浮かんだ駐車場の金属製の建築物が、恐竜の骨格のように見えた）。入り口の階段をのぼり、マスターキーですばやくドアを開けて、暗いロビーをすすみ、アルベルト・フェレのラミネートカードで入館ゲートを通りぬけ、真っ暗闇に包まれた階段のまえで、携帯電話のライトを点灯させた。携帯のライトを照らしながら階段をのぼり、二階に着くと左折して廊下を直進し、待合室になっている一角に着いた。ふたつのドアをまえに、マスターキーでグラウの応接室に入るドアを開け、なかに入ると執務室のドアを開ける。

窓から銀白色の光が差しこんでいるグラウの執務室は、思ったより小さく雑然としているように感じられ、薄明かりに包まれた暗がりが、湿った水槽のなかにいるようだった。隠密行動をとっているためにアドレナリンが噴きだし、メルチョールは何度も深呼吸をしてから仕事にとりかかった。

まず、パソコンが置かれたデスクのまわりにある書類を調べ、つぎに引きだしの書類を調べる。最初に訪れたときはなかったのか、見えなかったのか、記憶にない隅にあったファイルキャビネット二台も調べた。携帯電話のライトは必要なときしか点灯せず、窓から光がもれないように細心の注意を払いながら、あわてずに作業をすすめた。これまでのところ、なにも出てこない。目を通したファイルには、アデル美術印刷の海外子会社にかかわるものはなかった。とくに関心があるメキシコのプエブラにある子会社のファイルもなかった。しかし、豆粒のような手書き文字でパスワードが連ねられた、茶色い表紙のノートがあった。最後のパスワードをのぞき、すべて横線をひいて消されているのを見ると、現行のパスワードはこれに違いないと思われた。

確認するために、新型のアイマックが置かれたデスクに座りなおし、側面のスロットにアルベルト・フェレのカードを挿入してコンピューターを立ちあげた。すぐにスクリーンに赤と黒の社名入りのトップページが表示された。ふたつのケーキの画像がある。ひとつは茶色いケーキシートにのせたケーキ、もうひとつは丸型の敷き紙を使ったケーキ。どちらのケーキにもクルミ、アーモンド、レーズンやドライフルーツがまぶしてあり、でかでかと《現代産業を応援するパッケージング》というキャッチコピーが入ったページになっていた。上にならんでいるタブのなかから《ディレクトリ》をクリックし、つづけて《ユーザーＩＤ》をクリックすると、ログインパスワードの入力画面が表示された。茶表紙のノートに書かれた最後のパスワードを携帯のライトで照らし、ボックスに入力するや否や、グラウの電子メールの受信トレイがあらわれた。受信メールは千件近くあり、最後のメールはほんの数時間まえ、最初のものは四か月まえになっている。今晩じゅうに調べあげるつもりだったが一晩で終わるだろうかと思いながら、末尾にｍｘがついているメキシコから発信されたメールを選りわけた。ほっとしたことに、四十六通しかなかった。最新のメッセージからはじめて五通目に目を通していると、もの音がしたような気がした。読むのをやめて何秒か耳をそばだててみた。なにも聞こえず、あたりは静まりかえっている。空耳だったのだろうと思い、再びメールを読んでいく。メッセージはほとんどがプエブラ工場の経営者か工場長からのもので、一部には人事部長や班長からのものもあったが、大部分がありきたりの内容か、グラウの具体的な質問に対する回答だった。全文に目を通すメール、冒頭部分だけ確認するもの、流し読みして読まずに棄却するメールがあった。

かなり読みすすめたころ、またもの音が聞こえた気がした。今度はさらにはっきりと、蝶つがいがこすれるような、木や骨がきしむときの音に感じられた。メルチョールはまた読むのを中断し、息を殺して耳をすませたが、思い過ごしだったのだろうと考え、作業にもどった。数分後、最後のメッセージを読み終え、パソコンをシャットダウンしてスロットからカードを取りだし、電源をオフにした。それから立ちあがろうとしたときだった。オフィスのドアが突然開き、いっせいに天井の照明が点灯すると、スポットライトをあてたようにメルチョールに光が降りそそいだ。ドアの人影はジョゼップ・グラウではなく、アルベルト・フェレだった。

「ここでなにをしているんだ」声が飛んできた。

第2章

バルセロナとカンブリスでのイスラム主義者による襲撃から二週間後に、メルチョールはテラ・アルタ署に着任した。最初は地中海高速道路を走り、つぎに山と森を抜ける曲がりくねった国道を走り、それからエブロ川へくだる裏街道を走ってモーラ・デブレで川を渡り、岩山や、深い渓谷や、むき出しの断崖、ブドウ、アーモンドやオリーブの畑、マツの木、果樹園を見ながら、テラ・アルタに入った。バルセロナから車でほんの二時間半の距離であるにもかかわらず、この地域に足を踏みいれるのははじめてだった。カタルーニャ州南部のこのあたりはアラゴン州と境界を接し、険しく、不毛の、人を寄せつけないひなびた僻地で、メルチョールには地の果てのように思えた。八十年まえ、内戦の末期に、スペイン史上最も血なまぐさい戦いの舞台となったことくらいしか知らない土地だったが、ここに配属を希望したことは後悔していなかった。昔から田舎が大きらいな都会人間だったとはいえ、テロ事件での役割が周囲に巻きおこした騒動が静まるまでは、都会から離れていたかった。しばらくバルセロナから離れているのは、身の安全のためばかりでなく（だれもがそう思っていたのだが）、自分の正気を保つためには必要なことだと思ったのだ。カンブリスの海岸沿いの遊歩道でテロリスト四人を射殺したあの日以来、『レ・ミゼラブル』の《射撃をもって好意を施す男だ》の一節が頭のなかで呪文のように鳴りひびいていた。

テラ・アルタ署は立方体でデザインを表現した、まだ新しい二階建ての建物だった。灰色の壁に大きな窓があり、ガンデーザ郊外の広々とした野原のなかに建っていた。受付にいた当直の警官は、防弾ガラスの向こうでメルチョールを好奇の目で見つめ、新任かと訊ねた。

そうだとうなずいたメルチョールに、彼は言った。

「みんなが待っている」

受付の警官の指示にしたがい、板張りの壁にそって廊下をすすむと、左側の壁がとちゅうから中庭を見おろす大きな窓になり、そこから屋内全体に明るい陽ざしが注ぎこんでいた。廊下の突きあたりで階段をのぼり、ドアをノックした。右側の開いたドアから、面会室のような小部屋が見えた。左側のドアの向こうは、それよりはるかにゆったりした事務室になっていて、男性二人と女性ひとりが仕事をしていた。あたりはしんとした静けさに包まれていた。ノウ・バリス署の喧騒に慣れていたメルチョールには、尋常でない静寂に感じられた。ドアの横には《刑事部長ブライ巡査部長》と書かれた表札がかかっている。もういちどノックすると、今度はなかから声がした。

「入ってくれ」

ドアを開けると、立ちあがって出迎えるそぶりもみせずに、ブライ巡査部長は当惑顔で、メルチョールの自己紹介を聞きながらむっつりしたまま、眉をあげてみせただけだった。しかし少しすると突然われにかえったように、

「ああ、そうだった！」と、飛びあがるようにして声をあげ、「メルチョール・マリンだって？　もちろんだ、さあさあ、入りなさい」と部屋に招じ入れた。

そしてがっしりとメルチョールの手を握ってから、椅子をすすめ、自分も椅子に座りなおして、半分ほどコーヒーが入っているオレンジ色の紙コップを手にとり、デスクに散乱している書類を手ばやく脇へ押しのけながら言った。

「すまなかった。フステル警視から今朝こっちに到着すると、おととい電話をもらっていたんだが、うっか

り忘れてしまってね」最初の混乱が落ち着くと、ブライ巡査部長はゆったりと椅子に身体をあずけ、健康そうな歯ならびをみせて笑顔を浮かべ、旧知の仲のような調子でメルチョールに訊いた。

「どうだ、英雄になるっていうのはどんな気分だ？」

メルチョールはなんと答えればいいのかわからず、ブライを見つめた。

「いいんだ、いいんだ」ブライは励ました。「そんなに謙遜するな。われわれもみんな、きみを誇りに思っているんだぞ。いちどきに四人も倒すことができたとは。いまだに感心しているんだ。四人もね――きみのおかげで何人の命が救われたことか」

メルチョールの偉業を称える言葉はそれからもつづいたが、メルチョールはタイミングをとらえて、テラ・アルタ署には自分が何者でここに配属された理由を知っている人は何人いるのですかと、すかさず訊いてみた。

「バレーラ警部補と私のふたりだけだ」ブライ巡査部長はそう答えてメルチョールを安心させた。「バレーラ警部補がここの署長だ。フステル警視はバレーラ警部補だけに話すつもりだったんだが、ちょうど休暇中で不在だったんで、私にも打ち明けることにしたと言っていた。ほかの連中には知られる心配はないから、そのことなら安心しろ。みんなには、補助要員として数か月間派遣されてきたと伝えてある。独立運動やらなにやらに対応するために。きみはノウ・バリス署にいたんだったね」

はい、とうなずくと、ブライは言った。

「あらかじめ言っておくが、見た目は似ていてもここはノウ・バリス署とはまるで違う。いろいろな点で、こっちの方が千倍はいいぞ。まず、女性からして向こうとは違うからな。きみは独身だったね。だったらなおさらそうだ。私も独身で配属されて、ここで結婚したのだ。それだけ聞けばじゅうぶんだろう。きみは正体を明かすことができないのが残念だな、それがわかれば女たちが群がってくるだろうに」

村はずれの空き地を見おろす窓から陽光があふれんばかりに降りそそぎ、窓の向こうには染みひとつない朝の空が広がっていた。パンドルス山脈の稜線には金属の羽根をつけた白い風車が見えた。ブライ巡査部長の左手には、壁にメモだの、絵はがきだの、お知らせだのをとめたコルクボードがあり、《カタロニアはスペインにあらず》と書かれた、独立を支持するカタルーニャの旗のステッカーがその隅に貼られていた。ブライは話すのをやめ、ステッカーを見てからメルチョールに視線をもどすと、いたずらっぽい笑顔で訊いた。

「なにを見ていたんだね？　あの旗か？」

メルチョールが答えずにいると、ブライは皮肉っぽく言った。

「きみは独立反対派じゃないだろうね？」

これには答えざるを得ないと思い、

「俺には政治がわからないので」とメルチョールは言った。

「そうか」ブライの言い方にはかすかに皮肉の響きがあった。

「私の持論なんだが、独立派でも独立反対派でもないという奴は、独立反対派なんだ。政治がわからないという奴は、筋金入りの独立反対派、スペイン主義者だ。この考え方は間違っているか？　どう思う？」

肩をすくめたメルチョールをブライは笑顔のままで見つめ、坊主頭に手をすべらせてから、こぶしを作って指の関節でデスクをたたき、ひと息にコーヒーを飲みほすと、

「ついてきなさい」と言って立ちあがった。「仲間を紹介しよう」

ふたりで隣の部屋に入ると、ドアのまえで廊下から見かけた三人がまだそこにいた。今日からわれわれの仲間入りをすることになった、とブライ巡査部長はメ

ルチョールを一同に紹介し、鑑識係だと言って、フェリウとコロミーナスをメルチョールに紹介した。

「しかしここでは、なんでもすることになるがね。ノウ・バリス署とは違うのだからな」とブライは言い添えた。

「ノウ・バリス署から移ってきたのか？」三人目がメルチョールに訊いた。

「きみもあそこにいたんじゃなかったか、そうだったな？」ブライ巡査部長が彼に訊ねる。

「もう何世紀もまえの話でね。あの時代の連中はもうだれも残っていないだろうね」

そう言ってからノウ・バリス署のかつての同僚を何人か挙げたが、メルチョールが聞いたことのない人ばかりだった。ブライ巡査部長は彼の肩に手を置き、

「エルネスト・サロームだ」と三人目を紹介した。

「きみの上役の巡査長だ。仕事は彼に教えてもらえ。もうふたり、マルティネスとシルヴェンがいるんだが。そのほかに、もうひとつべつのチームがあって……おい、サローム、署内を案内しながらその話もしてやってもらえるか」

それは質問を装った命令に違いなかった。ブライは巡査長の返事を待たず、これから約束があるからとことわると、「テラ・アルタへようこそ、お若いの」と声をかけて引きあげた。

「あなた、ブライが寝てるところに入っていったんじゃない？」ブライ巡査部長が出ていくと、フェリウがすぐに訊いてきた。

「心配するな、ブライは午前中はいつもマスターベーションで忙しいんだ」コロミーナスが言う。

「そうよ、それに夜もあっちの方でね」

「毎日、ブリーフィングの課会が終わると、すぐに舟をこぎはじめる。夜のあれで疲れ切ってるからな」とコロミーナス。

「でもね、相手は奥さんだけなのよ」

「うげー」コロミーナスは不快そうに顔を歪めてみせた。「恥ずかしくないのか？　近親相姦に問われてもいいんじゃないのか？　あのふたりは近親相姦の罪でこらしめてやらないと」

「いかれた連中の言うことは気にするな」サロームが割って入った。「ブライはトップクラスのプロだ。いい人だよ」

「見てのとおり、われわれの愛する巡査長はゴマすりだからな」コロミーナスが言う。「しかし彼の言うことは嘘じゃない。オレらとは違って、ブライはいい奴だ」

「おまえがそんな立派なこと言うのを、今年になってはじめて聞いたよ」サロームがほめた。「ところで、ふたりとも、こんなところでぐずぐずしていないで組合にいっている時間じゃないのか？」

サローム、フェリウとコロミーナスは、エル・ピネル・デ・ブライのワイン生産組合から提出された苦情について二、三分ほど話していた。それから部屋を出ていくときに、コロミーナスはメルチョールにこう言葉をかけていった。おい、アパートを探すならガンデーザにしたほうがいいぞ、と。

フェリウもこうつけ加えた。「コロの助言はほんとだよ、あたしだってできたらそうしたいくらいなんだから。毎日トルトーザから往復するなんて、いいかげんうんざりよ」

「あいつらの言うことは正しい」ふたりだけになると、サロームが言った。

「いつまでここにいるのかわからないが、ガンデーザに住めばなにかと便利だ。今晩寝る場所はあるのか？よかったら私の家に泊まればいい。ひとり所帯だからね」

「ありがとうございます。俺はピケ・ホテルに部屋をとったので」

「きみのいいようにすればいい」巡査長は紙になにかを書きつけ、メルチョールに手わたした。「これは不動産業者の連絡先だ。私から聞いたと言えばいい、知りあいなのでね」

サロームは、自分はガンデーザで生まれ育ち、家族も全員がガンデーザ出身だと話した。それから、所轄署が管轄している地域についても詳しく説明した。メルチョールはフステル警視から聞かされてすでに知っていたのだが、テラ・アルタ署はテラ・アルタのほかにリベーラ・デブレ一帯も管轄していることや、モーラ・デブレにはテラ・アルタ署が直轄している分署があることや、自分たちはトルトーザの本署の監督下にあることなどを話し、メルチョールが知らなかったことも教えてくれた。ブライ巡査部長の指揮下にある刑事部は警察官十一人で構成されており、これがふたつのチームに分けられていて、それぞれをふたりの巡査長が率いているという。

「このふたつのチームで一週間交代のシフトを組んでいる。今週はわれわれが日中のシフトを担当しているから、午前七時から午後三時の勤務になる。来週は夜のシフトで午後三時から夜十一時までだ。そのほかにもちろん、当直や夜勤もある」

メルチョールはいくつか簡潔な質問をし、サロームも簡潔に答えをかえした。それから部屋のなかのデスクを示し、これはふたりで一台を共有することになっている、パソコンもそうだと言った。

「ノウ・バリス署がいまはどんな状況になっているのか知らないが、ここはネズミのように貧困を極めているんでね」とサロームは嘆いた。「署内も署外も、貧しさは変わらない。警察署の外は、われわれ以上に貧しいんだ。とにかく、署内を案内しよう」

サロームは二階にある事務室や小部屋を案内しながら、そこにいる上司や仲間、事務職員たちにメルチョールを紹介した。一階には会議室や更衣室、武器庫がありダイニングエリアを見せながら——そこにはいくつかのテーブルと自動販売機が数台、冷蔵庫二台、流し台と電子レンジがあった——サロームは忠告した。

「ここはバルセロナではないことに慣れていくことだな。ノウ・バリスには捜査官が何人いた？　五十人、六十人ほどか？」

「そんなところです」

「ここは、それが全員の人数だ。向こうでは週末に何人くらいしょっぴいていた？　十五人か二十人？」

「だいたいそうです」

「ここではな、それが一年間で逮捕される人数なんだ。ノウ・バリスでは一日に十件から十二件は暴力的な強盗事件が起こっていたかもしれないが、ここでは多い年でも、その一日分以下しかない。テラ・アルタ全域で前科のある者が何人いるか、あててみろ」メルチョールは黙りこんだ。「百人にも満たないんだ。そっちでは？　二千人くらいか？」ダイニングルームから出ながら、サロームは言った。「いずれにせよ、ここは保養地ではない。実際にはかなりそれに近いものはあるがね。資源も、ほかの警察署にくらべれば相当に限られている。しかし……」

サロームが口にした逆説の接続詞が、地下へとつづく階段の吹き抜けに反響をひびかせた。

「正直な話、われわれはこの土地でじゅうぶんに恵まれている。給料でさえ、ほかにくらべれば悪くない。だからと言って貧困から救われるという意味じゃないがね。娘ふたりを大学に通わせている私などは、なおさらそうだ。そういう立場に立ってみると、この国で警察官をやっているのがなにを意味しているかを、思い知らされる。どれほどひどい扱いを受けているか、踏みつけにされているかがわかるんだ。それでいて困った事態になるとわれわれを頼りにして、命をかけてでも守ってもらおうとする。ところがそれまでのあいだは、社会のクズ扱いだ。給料もわずかしか払わず、辱めて、できることなら恥ずかしいから隠しておきたいとすら思っている。吐き気がするね。そういうことを考えると警察官でいるのが嫌になるよ。とにかく、少なくともこのテラ・アルタではバルセロナよりはましな生き方ができるだろう。ひとり暮らしならとくにな」

つづけて、継続中の事件の関係書類や暴動対策用具が保管されている保管庫を見学し、ちょうどパトカーが出払っている車庫に案内された。

「見てみろ」留置場の鉄扉を開けながら、サロームは言った。「留置場にまで自然光が入るような警察署を見たことがあるか？」

留置場は五部屋あった。未成年と女性用にひと部屋、男性用に四部屋で、どの部屋にも自然光が差しこんでいた。書類を記入したり身元確認をしたりする入り口のエリアもそうだった。（サロームはこう言った。《ノウ・バリス署とくらべてこいつは文句なしに高級ホテルなみだろう？　そうじゃないとは言わせないぞ》拘留されている人はひとりもおらず、あたり全体に消毒薬の香りがしていた。

そのあとでまた階段をのぼり、一階にでた。

「二、三日ほど、生活を落ち着けるための準備期間にあてるといい。気が向いたら、私の家に夕食にきてくれ。料理の腕はちょっとしたものなんだ」

サロームはメルチョールを出口まで送りがてら、ノウ・バリス署につづけてパラモス署とラ・セウ・ドゥルジェイ署に勤務したこと、長年鑑識の仕事に携わったことなどを話し、再び話題をテラ・アルタにもどした。

「ブライ巡査長の話では、きみの任期は一時的なものにすぎないそうだな」更衣室で別れるときに、サロームは握手の手を出しながら言っていた。「いずれにしても、同じことだ。そのうちにわかるだろうが、退屈する時間はじゅうぶんにあるぞ。ここではなにも起こらないんだからな」

ピケ・ホテルの部屋に泊まった最初の夜、メルチョールは一睡もしなかった。ボット街道にあるガンデーザ郊外のアパートに移った翌日の夜も、眠れなかった。二日連続で眠れないことにいら立ち、寝がえりをうちながら、エル・リャノ・デ・モリーナのカルメン・ルーカスの家でも眠れなかった、あのときとまったく同じ理由で寝られないのだと思った。睡眠を妨げているのは、もの音ひとつ聞こえない完璧な静けさだった。風が立ち、北風の突風が吹き荒れて異世界じみた静寂が破られるとき（そのときだけは、寝入ることができた）をのぞき、メルチョールはそれから何週間も不眠とたたかいつづけた。強烈な睡眠薬のせいでときどき昏迷状態におちいる感覚や、非現実感に見舞われたりしていた。非現実感にとらわれるのは、ある意味では無理もないことと言えた。テラ・アルタではすべてがメルチョールにとって、なじみのない異質なことばかりだったのだ。しかしそのことは気にならなかった。いや、悩まされたかもしれないが、どのみち一時的な転勤なのだ、だから楽しんで過ごそうと思っていたのだった。

適応するのに苦労したこともあった。バルセロナでは、近所の人は彼が警察官であることを知らず、ほとんど挨拶もしなかった。ところがテラ・アルタに来てみると、そのうちにだれからもおはよう、こんにちは、こんばんはと声をかけられるようになってきて、二、三週間もすると、メルチョールの仕事が付近の全員に知れわたることになった。バルセロナではどこへいくときも、九ミリ口径自動拳銃のワルサーＰ99をショルダーホルスターに入れてもち歩いていた。しかしテラ・アルタでは、拳銃は不要と思われた。そのうえ隠そうとしても、どうしても人目を引き、気づかれないようにするのは非常に難しいことがすぐにわかった。それで同僚たちにならい、拳銃は任務のときに限って携帯することにした。人に見られているのを感じ、だれであるかがわからない都会の匿名性にも、武器にも守られていないのは、不安で心細くもあった。だがそのうちに慣れてくると、バルセロナを離れている便宜的な休暇期間は、思っていたようなありきたりの休暇以上の、自分のための休暇なのだと思えるようになってきた。それは『レ・ミゼラブル』の冒頭でジャン・バルジャンが住む場所を変え、囚人としての忌まわしい過去を捨てて、マドレーヌ氏という新しい男になり、新しい人生を歩みはじめたときのはかない幸福感に似ているようで、ジャン・バルジャンの幸福が理解できたような気がした。以前の自分を知っている人のなかでメルチョールが連絡をとっていたのは、ふたりだけだった。ときどき電話をかけてきては、無事を確かめるドミンゴ・ビバレス、そして母親のことやエル・リャノ・デ・モリーナでのペペとの暮らしをメールで知らせてくれるカルメン・ルーカスが、そのふたりだった。

テラ・アルタで最も大きな変化をみたことと言えば、それまで経験したことがないほど自分のための時間が増えたことだった。勤務に出るのは午前だけか午後だけだったので、自由時間を母親の殺人事件の捜査につかいやす必要がなくなったいまは、それをそっくり好きなように使うことができた。目のまえに開けた空白の時間を埋めるのに、努力はまったく不要だった。遅番の日は明け方に起きだし、丘の斜面を蛇行してゆるやかな上り坂になっている小径をジョギングしながら、まばらな農家、マツ、樫の木の木立ち、ローズマリーやラベンダーの茂みを見ながら、丘の頂上まで走った。そこからは教会の尖塔をかこんで家々がたちならぶガンデーザの街並みが見え、風車がつらなるパンドルス山脈の尾根をのぞむことができた。そこでまわれ右をし、同じ道を走ってもどった。家に帰るとシャワーを浴び、朝食をとってから、キッチンのソファで十二時ごろまで本を読む。それから広場のバルへ出かけ、テラス席でコカ・コーラを飲みながら読書のつづきを愉しむ。読むのは本と決まっていて、新聞には興味がなかった。午後一時か一時半ごろになると、またコカ・コーラを注文し、ほとんど毎回、サラダとビーフステーキの昼食をとる。そして食後にコーヒーをつづけて二杯飲んでから、支払いをして署へと向かう。それで三時ちょうどに、所轄署に到着するのだった。

遅番のときは、それがメルチョールの日課になっていた。シフトが早番のときも、日課は変わらなかったが、多少の調整を要した。日の出とともに走ることができないため、黄昏どきに走った（同じコースを）。広場のテラスには座れない時間になるため、店内で夕食をとった（選ぶメニューは変わらなかった）。午前中を読書にあてることができなかったため、本は夜読んだ（読む本は、バルセロナから持参した同じ本だった）。メルチョールはテラ・アルタ署の習慣にもすんなりと適応した。業務内容の情報交換、グループミーティング、報告書の作成、車での巡回。毎日の業務はほかの警察署と大差なかった。郡内の集落を行ったり来たりしているうちに――アルネスからビラルバ・デルス・アルクスまで、ボットからプラト・デ・コンテまで、コルベラ・デブレからオルタ・ダ・サンジョアンまでの村々を――テラ・アルタの地理、そこに住む情報屋、売人、詐欺師たちにも詳しくなった。

同僚たちについて言えば、ノウ・バリス署よりも堅固な集団が形成されていることを、着任してすぐに感じた。各自がかなりのていど、自分のやり方でのびのびとやっていた。最初の印象が間違っていなかったことがわかったのは、テラ・アルタに異動して間もない十月一日のカタルーニャ独立住民投票の前後に、意見が割れることもなく集団のまとまりが維持されたのを見たときだった。憲法裁判所が投票の差し止めを決定し、カタルーニャ州警察は住民投票を阻止せよと司法から命じられたのだが、警察には他方で、違法な住民投票を呼びかけたカタルーニャ州政府の独立支持派の政治家からも圧力がかかった。そのため州警察の幹部は、司法の命令には必ずしもしたがわないか、まったくしたがわないよう、暗にほのめかすかたちで、住民投票阻止の指令を発した。司法当局の明快な命令と警察首脳部による暗示的な命令とのあいだのこの矛盾は、州内のほとんどすべての警察署に緊張を引きおこした。テラ・アルタ署でもそうなった。

捜査課でだれよりも大きな打撃を受けたのはブライ巡査部長で、住民投票を支持する、少なくとも阻止すべきじゃないと主張する賛成派の治安課チームの同僚たちと何度も口論になった。メルチョールとサロームは、ある朝、署のダイニングルームでコーヒーを飲んでいるときに、その大喧嘩を目撃した。そのあと、ブライと三人だけになったとき、サローム巡査長は議論で興奮していたブライの熱を冷まそうと、独立支持派の立場を冗談にしてなだめようとした。その冗談はブライの神経を逆なでしてしまった。

ブライはサロームのシャツの襟をつかみ、こう言った。「馬鹿野郎！　私は生まれ落ちたそのときからの独立主義者だ。指導者でありながら、寝がえってすぐにわれわれを見捨てるようなやからとは違う。だがな、独立主義者であるまえに、私は警察官だ。警察官は法を執行するために存在しているんだ。自分たちが望んでいることじゃなく、裁判官の言うことを実行するために。くそったれの裁判官どもに学校を封鎖して投票させるなと命じられたら、私はすぐに敬礼して独立主義にはフタをし、おとなしく学校を封鎖する。わかったか？」

サロームはよくわかったというしるしに、両手を広げて手のひらを見せた。

「どうなんだ、しっかりわかったか？」

メルチョールが無愛想なしかめっつらで答えると、

ブライはつかんでいた襟を離し、まだ腹の虫がおさまらない顔で、つぎはメルチョールにも襲いかかってきそうにみえた。だが彼はそうしなかった。メルチョールを見すえながら少しずつ呼吸をととのえ、かぶりをふり、ついにはあきらめたかのようにほほ笑んだ。ブライはこう吐き捨てて去っていった。「くたばっちまえ、スペイン主義者め」

これは九月の末のことだった。テラ・アルタに来てから四週間になるそのころには、サロームとのあいだに、つり合いのとれない親密な関係がはぐくまれた。一日八時間のほとんどをいっしょに過ごしていたのだが、いつも、あるいはたいていいつでも——刑事部屋で仕事をしているとき、管轄地域を巡回しているとき、「テラ・アルタ」で朝食や昼食や夕食をとったり、コーヒーを飲んだりしているとき——話すのはサロームで、それを聞いているか聞いているふりをしているのが、メルチョールだった。この会話様式は、ビセンテ・ビガーラとのあいだの以前の会話スタイルと、本質的には変わらなかった。しかし、ほとんど口を利かないメルチョールの沈黙を快く受け入れていたビガーラとは違い、サロームは、とくに最初のうちは、それを容認しなかった。そのうちに、新しい同僚が無口なのは自分を軽視しているからでなく、気質の一端なのだとわかってからは、いくら家に食事に誘っても聞こえないふりをしたり、言い逃れをしたり、ブライによれば政治的な理由でテラ・アルタに転属になったというだれも信じていない話はほんとうなのかという質問に、答えなかったり言葉を濁したりしていても、サロームは返事をせっつかずに独白で対応することを学んだ。

サロームの独りごとはいろいろだったが、必ず出てくるのが家族とお金（というよりお金がないこと）の話題だった。メルチョールはそうして、サロームが五年前から男やもめをかこっていること、妻もサロームと同じガンデーザ出身で教師だったこと、長い闘病のすえに乳がんで亡くなったことを知った。またクラウディアとミレイアというふたりの娘がいること、ふたりともバルセロナに住んでいて休暇のときだけ帰ってくること、クラウディアは物理学を学んでいる二年生で、ミレイアは宇宙工学専攻の一年生であること、巡査長の給料でバルセロナで暮らす娘ふたりを養うことがいかに難しいかを知った。そのほかのことで言えば、サローームに最初に言われた、テラ・アルタではなにも起こらないから、退屈する時間がじゅうぶんにあるという言葉は、まったく誇張ではなかったことがわかった。

着任してからの最初の一か月を、メルチョールはそんなふうにして過ごしていた。実際のところ、そのあいだにサロームと手がけた事件は、正式な告訴状が出された二件しかなかった。そのひとつはラ・ファタレリャ近くの農家で宝石が盗まれた事件で、もうひとつは、ナイトクラブの外で乱闘騒ぎが起こり、殴りあいで半殺しの目に遭った男が出た事件だった。ラ・ファタレリャの盗難事件は一週間もかからずに解決した。サロームがその被害者と面識があり、すぐに犯人を見破ったおかげだった。四人の子どもの末っ子がコカイン中毒者で、一年の大半をレウスで暮らし、金を無心するときだけ実家に顔を出していたのだ。ナイトクラブの事件は、それよりも時間がかかった。古い農場の敷地をウルトラモダンに改装したナイトクラブは、コルベラとモーラ・デブレのあいだにある草っぱらのまんなかに建ち、近隣の夜行性の人びとが群がる人気の店だった。被害者、喧嘩の主役、目撃者たちから聞き取り調査をした結果、加害者はアンポスタの工業団地にある運送会社で働いているリウ・クラールという、前科のない二十代の男であるとの結論になった。そこで再び、すでに事情聴取していたその男に、今度は警察署でふたりで、というよりサロームが取り調べをおこなったものの、三時間近く質問攻めにしたにもかか

わらず、彼は頑として口を割らなかった。メルチョールを連れて取り調べ室を出ると、

「まったく、信じられない」とサローム は落胆し、怒りをぶちまけた。「あんちくしょう、鋼鉄みたいに頑固だ。このままではとり逃がすことになっちまう」

「とり逃がさないさ」メルチョールは言った。「根はいいやつだし、自白したがってるから」

サロームは立ち止まり、メルチョールを見つめた。メルチョールはいま言ったことを繰りかえした。

「ただ、どうやってそうすればいいかがわからないんだ」ともつけ加えた。

一階の廊下にはふたりのほかにだれもおらず、夜十一時の署内は、一日の終わりの静けさに包まれていた。

「俺にやらせてくれるか?」メルチョールは頼んだ。「外へ出て、食事でもしてその辺をぶらぶらしてからもどってもらえばいい。一時間ほどあればいいよ」

一時間後、サロームがもどってくると、メルチョールは携帯電話を手に、うつむいて刑事部屋に座っていた。

「鋼鉄みたいな男だと言っただろう?」サロームはメルチョールの意気消沈した雰囲気に当惑しながら声をかけ、「それで、われわれのお友だちはどこにいるんだ?」と訊いた。

メルチョールは携帯をしまい、プリンターからはきだされたばかりの紙を取りあげた。

「留置場で寝ているよ。これが自白調書だ」と、紙をサロームに手わたした。

調書を読みはじめたサロームは、あっけにとられた顔になった。

「どうやって吐かせたんだ? 殴ったりしていないだろうな」

メルチョールは曖昧に頭をふって地下室の方を示し、「見てくれればいいさ、気になるんなら」と言った。

「どういうことなんだ」

「もともと白状したがっていたんだ。あいつはただ……まあ、あなたに自白するのが恥ずかしかったんだろうな。それにあんなことをした理由を打ち明けるのも」

「なぜあんなことをしたんだ？」

「読んでみてくれ」

メルチョールは調書を指さした。

サロームは書類を読み終えると目をあげた。

「つまり、一晩じゅう女性をこき下ろすジョークを言い散らしていたから、半殺しにしたっていうのか」

「そうらしい」

サロームは椅子に腰をおろし、ひげをさすった。

「なぜきみに話すのは恥ずかしくなかったんだ？」

メルチョールは肩をすくめて言った。

「さあ。俺がおまえの立場だったら、きっと同じことをしただろうなって、そう言ったからじゃないかな」

サロームはひげをさするのをやめ、曖昧にうなずいた。ふたりは少しのあいだ見つめあったが、サロームの目に不安そうな色が浮かんだことに、メルチョールは気がついた。

「あいつをうまく騙したんだろう、違うか？」

メルチョールは無表情にほほ笑んだ。

「どっちだと思う？」そしてため息をつき、サロームに言った。「じゃ、今度は俺が食事をする番だ。書類手つづきの方を任せてもいいか？」


テラ・アルタに来て一か月半後、十月中旬には、メルチョールはバルセロナからもってきた小説をすべて読み終えてしまった。そこでガンデーザに一軒しかない書店にいってみた。そこは狭い店で、品ぞろえも悪かった。しばらく見てまわったが、読みたい本が見つからず、店員に相談するのも気がすすまなかった。その後間もなく、アラゴン州との州境を越えれば、テラ・アルタの外にバルデロブレスまたはバルデロウレスと呼ばれる村があり、そこにはテラ・アルタ近辺で最も充実している本屋があると教えられた。しかしそれはガンデーザから車で一時間近くかかる場所だったため、なかなか行けずにいた。

そんなわけである朝、公共図書館に行ってみることにした。九時半についてみると、まだ図書館は閉まっていたため、プジョル菓子店でコーヒーを飲み、十時すぎにもどった。図書館はすでに開いていたが、人の姿はなかった。突然、ドアのひとつから女性の司書があらわれ、入り口に立っているメルチョールに気づくと、お入りくださいと手招きした。館内はレンガ造りの壁と高い天井をした開放的な空間になっていた。大きなガラスのファサードから秋の陽ざしが差しこんでいた。メルチョールは本棚の列を歩きまわり、小説のコーナーで足をとめた。しばらくすると、手ぶらで帰ろうとしかけたが、思いなおし、司書のカウンターに足を向けた。

「なにかお探しですか?」司書が訊ねた。

「はい。本を」

「どんな本?」

「わからない」

分類ラベルをはっていた本を置き、老眼鏡から上目づかいにメルチョールを見つめて、

「探している本がわからないのね」と司書は訊いた。

「ああ。小説がいいんだが」

「どんな小説が?」

「十九世紀のものがいい。あまり置いていないんだな、棚にある本は読んでしまったから」

司書は眼鏡を外した。ほっそりして褐色の肌をし、感じのいい顔立ちで、悲しみのせいか疲労のせいか、黒い目の下に涙袋があった。髪をおだんごにまとめ、小さな胸がある白いタンクトップを着ていた。メルチョールは彼女は俺のことを知っているのかもしれないと、ふと思った。

「十九世紀の小説しか読まないの？」

「ええ。それ以降に書かれたものは読むに値しないと友人が言っていたんで」

司書はからかわれたと思ったのか眉をひそめたが、そうではないと気づき、メルチョールに言った。

「ちょっとお待ちください」

小鳥か少女を思わせる小刻みな足はこびで急いで書架にいき、一冊の本を手にしてもどってきた。

「ずいぶん短い本だな」手にとって言うと、

「短いけど、とてもいいわよ」

メルチョールはタイトルを読んだ。『異邦人』とあった。

「こいつは、掛詞《かけことば》になっているのか？」

彼女はほほ笑んだ。輪郭の鮮やかなふっくらした唇は、笑うと口の角に細かいシワが浮かんだ。まったく年齢がわからなかった。

「いいえ。あなたは最近ここに転勤になった方ね。広場のバルで本を読んでいるのを見たことがあるわ。エルネスト・サロームといっしょに働いているんでしょ？」

「知りあいなんですか？」

「ここではみんなが顔見知りなの。奥さんがわたしの友人だったし」

メルチョールは手にした本のページをめくりながらうなずいた。《きょう、ママンが死んだ》。冒頭の一文にはそう書いてあった。好感はもてなかったが、

「この書き出しはいいね」と言った。

その午前中いっぱい、メルチョールは図書館の片すみに座り、砂利敷きの中庭に面した窓のそばでその本を読んだ。正午をまわったころに、本を司書に返した。

「どうでした？」彼女が訊いた。

「人生で読んだ本で二番目によかった」と嘘をついた。

司書はまたほほ笑んだ。

「いちばんは？」

『レ・ミゼラブル』。読みましたか？」

「よくそれについて語られるのは聞いているけど、まだよ」

　メルチョールがなにを聞いたのか訊ねると、司書はこんな逸話を話した。『レ・ミゼラブル』が出版されたとき、ヴィクトル・ユゴーはベルギーに亡命中だったらしい。ユゴーは自分の小説がどう受け入れられたかを知りたくて、編集者に疑問符をひとつ書いただけの手紙を送った。編集者はそれに感嘆符をひとつ書いただけの手紙で返事をしたという。小説は大成功をおさめたとそれで伝えたのよ。メルチョールは笑った。母親が死んで以来、笑ったのはそのときがはじめてだった。

「それが史上で一番みじかい手紙なんだって」司書はつけ加えた。

　メルチョールは彼女のアドバイスにしたがって、ボリス・パステルナークが書いた『ドクトル・ジバゴ』を借りてきた。プラト・デ・コンテとエル・ピネル・デ・ブライを結ぶ街道沿いをパトロールしていたときに、奥さんの友だちだったという人に会った、とサロームに話した。

「どの友だちだ？」サロームは訊ねた。

「名前は訊かなかった。公立図書館の司書をしている女の人だ」

「ああ、その人ならオルガ・リベラだ。たしかに、妻とは仲のいい友だちだったよ」

　メルチョールはそれ以上質問する代わりに、いましがたの短いやりとりに満足したふりをしながら、窓の外に視線を向けた。夕暮れが迫っていた。かたむきかけた太陽が、ブドウが実ったブドウ畑や廃墟になった農家の枠組みを淡い紅色に染めていた。その向こうには鬱蒼とした木立ちがあり、そのもっと先には、風車がまわる険しい山の斜面が見えた。とりとめもなく独りごとを言うのがお決まりの、サロームのことだ、いつものように黙りこくっていると思いこんで、司書の話をつづけるだろうと踏んでいたメルチョールの予想は、あたっていた。

「女房とはとても親しかった」サロームはハンドルに手をかけ、前方に目をやりながらつづけた。「学校にいっしょに通っていたんだが、そのあとは女房はタラゴナに、オルガはバルセロナに進学したために離ればなれになったんだ。バルセロナでは図書館学とかいう司書になるための勉強をしていた。女房はそれから私と夫婦になって、しばらくこの土地を離れて暮らした。オルガも結婚したが、すぐに別れて、そのあと何人かの男と暮らしていた。最初はバロンという男だった。ルシアーノ・バロン。ふたりでトルトーザに住んでいたころに、三、四回家にいったことがある。人間のクズでね、その野郎は。相手の男のことだ。仕事もせず彼女の給料でぶらぶらしていた。彼女はひどい青アザを作っていたよ。女房が通報するようになんどもすすめていたし、私もそうするように言っていたんだが、聞き入れなかった。よくある話だな。バロンは道徳の欠如したゲス野郎だった。うまい具合にほかの女に乗りかえたからよかった、彼女からは別れられなかっただろうからね」

　サロームは口をつぐんだ。メルチョールは窓の外を眺めつづけた。テラ・アルタには雲ひとつない晴天が広がっていた。ふたりはゆっくりと車を走らせていた。ときどき対向車とすれ違ったり、後続車が追い越していったりした。サロームに顔を向けると、メルチョールの視線に気づき、話のつづきにもどった。

「ガンデーザに帰ってきたのは、女房が病気になったころだった。父親と暮らしながら毎日トルトーザまで往復していたんだが、運よくこっちに図書館が新設された。父親はじきに亡くなった。女房もね。ずいぶん長いこと会ってない。どうしているだろう」

　サロームの言葉が質問なのかどうか、わからなかっメルチョールは返事をしなかった。ふたりともしばらく黙ったままだった。エル・ピネル・デ・ブライを出ると、夜が深まり始め、オペラ・コルサのヘッドライトが自動的に点灯した。

「そいつはなんていう名前だって？」メルチョールは訊いた。

「どいつの話だ」

「奥さんの友だちの司書と住んでいた、暴力をふるっていた男だ」

「バロンだ」サロームが答えた。「ルシアーノ・バロン。どうしてそんなことを訊くんだ」

「べつに」

メルチョールは『ドクトル・ジバゴ』を読み終えるまで、図書館へはいかなかった。つぎにいったとき、オルガはカウンターのうしろに座っていた。彼女の名前を口にして本を返し、面白かった、

「二十世紀に書かれた十九世紀の小説みたいだった」と感想を伝えた。

「どうしてわたしの名前がオルガだとわかったの？」

「こうみえても警察官だぜ。それに、共通の友人がいるだろう。パステルナークの小説をもっと読みたいんだが」

「それは難しいわね」オルガは言った。「パステルナークは一作しか書いていないし、あなたがもうそれを読んじゃったし」

「ほんとうか？」

「ほんとう」

メルチョールはがっかりした顔になった。

「十九世紀にはこういう問題は起こらなかったんだがな」

オルガはほほ笑み、口の角にうっすらと小さなシワを浮かべた。先週と同じように、図書館は開館したばかりで、先週と同じようにふたりきりだった。

「パステルナークは詩人だったの。詩は好き?」オルガが訊いた。

「あんまり」ほとんど詩を読んだことがないメルチョールは白状した。「詩人ってのは、怠けものの小説家のように思えるんだ」

オルガは考える顔になった。

「そうかもしれない。でもわたしには、小説家って饒舌な詩人みたいに思えてしまう」

ふたりはそれからしばらく、パステルナークの小説について話した。メルチョールは、クアトレ・カミンス刑務所の図書館にいたフランス人との電子メールの会話をべつにすれば、自分の読書についてだれかと話すのは、これがはじめてだと気がついた。その日のオルガは髪をおろし、ブルーのブラウス姿だった。うす化粧で隠されていたのか、目の下のクマは消えていた。話をしながら、メルチョールの胸にこの女性《ひと》と寝たいという気持ちが湧きあがってきた。会話を長びかせようと思い、どこかで聞いたドクトル・ジバゴの映画の話題を口にすると、

「そこにあるわよ」と、オルガはDVDの棚を指さした。「観るのはおすすめしないけど」

「映画は好きじゃないのかい」自分もほとんど映画をみないメルチョールは訊いた。

「大好き。でも読み終わった小説の映画は観たくないの」人さし指を額にあて、オルガはそのわけを説明した。「もう自分の映画ができ上っているようなものなのに、また見る意味がないじゃない」

「友だちがそんなことを言っていたな。小説の半分は著者が書いているが、残りの半分は読み手が埋めるものだ、とな」

「賢いお友だちね、十九世紀以降にはいい小説が書かれていないっていうお友だちとは、べつの人じゃない?」

「大あたり。べつの人だ」メルチョールはまた嘘をつ

いた。「まるで千里眼の才能があるみたいだな」

「とんでもない」オルガは笑った。「そんな才能があったら、あなたの名前だってわかっているはずよ。この村ではなんでもつつ抜けだってさんざん聞いているでしょうけど、そんなことはないって、これでわかったでしょ」

メルチョールは自分の名前を伝えた。

「それじゃ、メルチョール」オルガはカウンターを出て書架へ向かいながら言った。「あなたの気に入りそうな本をもってくるわ」

そして、青い表紙の本を手にしてもどってきた。

「はい。これも、二十世紀に書かれた十九世紀の本」

メルチョールはタイトルと著者をみた。ジュゼッペ・トマージ・ディ・ランペドゥーサ作『山猫』。

「これも、この作家が書いた唯一の小説なのか?」

「そうよ」

「冗談だろ」

オルガはまた可笑しそうに笑った。メルチョールは、彼女にキスをしたいという痛いほどの思いがこみあげてくるのを感じた。軽く飲みに誘おうと考え、仕事が終わる時間を訊ねようとしたときに、オルガが言った。

「そういえば、昨日から『レ・ミゼラブル』を読みはじめたところよ」

飲みにいく誘いは延期することにし、メルチョールはその日から毎日のように図書館に通った。

「どうだった、『レ・ミゼラブル』は?」と訊くたびに、

「まだとちゅう。すごく長い小説だから」とオルガは答えた。

「俺にはいつも短く感じられるな。どこまで読んだ?」

オルガはそのつど感想を述べた。そしてメルチョールは、そのつどまた同じ質問をし、楽しんでいるかと訊ねた。

「面白いわ。不思議な気がするけど」

「不思議？」メルチョールはオルガの答えに心配そうな面持ちになったり、不安を装ったりした。するとオルガは、こう答えた。

「もう少し待ってて。読み終えたら話しあいましょう」

トルトーザ郊外の三階建ての建物のまえに車を停めたのは、夜の十時半すぎだった。明かりの乏しい夜道に幽霊めいてみえる並木が立ちならび、その向こうには月明かりで銀色に染まったエブロ川がとうとうと流れていた。

車を降り、建物のドアに近づき、インターフォンを押した。だれも出ない。もういちど鳴らしても、応答がなかった。左右を見まわした。どこもかしこもうす暗く、人どおりもない。車にもどり、ラジオをつけて音楽を探し、少し聴いてから、ラジオを消す。運転席に身を沈めて待機した。

川の対岸には街の明かりが輝いていた。あたりには重い静寂がたれこめていた。ほとんど完璧な静けさだった。しばらくすると、男がひとり、ラブラドールの老犬をリードにつないで車の横を通りすぎた。犬は数メートル先で立ち止まり、木に近づくとくんくん臭いを嗅ぎまわってから、しゃがんで糞をした。それが終わると、男と犬は去っていった。通りの向こうから二台の車があらわれ、二対のヘッドライトが一瞬車内を照らしてメルチョールの目をくらませ、猛スピードで走り去った。再びうす暗闇と静けさがもどった。すると突然、夜の底からわいてきたように、どこからともなく、ひとりの男が建物のドアに向かって歩いてきた。

メルチョールは車から飛びおり、男に向かって近づきながら声をかけた。

「おい、ルシアーノ」

相手はふりかえってメルチョールを見た。

「おまえか、ルシアーノ・バロンは？」メルチョールはまた訊いた。

そうだと言い終わるがはやいか、男はメルチョールに睾丸を蹴りあげられ、痛みのあまりふたつ折りになって地面に倒れこむと、ミミズのように身をくねらせ、とうめき声をあげた。

「なんだってんだ、正気をなくしたんじゃねえのか」

メルチョールは地面に膝をつき、平手うちを三回くらわせて男を立たせてから、鼻を突きあわせて言った。

「大声を出すんじゃない。声をあげれば、命はないと思え」

バロンは痛む股間を両手で守りながら、

「だれなんだよ、人違いだ、おれはなんにもしちゃいねえよ」消え入りそうな声で怯えて訴えた。

メルチョールは左手でその襟首をつかみ、右手で腹を殴った。バロンが反射的に両手で腹をかばうと、メルチョールは最初よりももっと強く睾丸を蹴った。バロンは再び地面に倒れ、うめき声をあげてのたうちまわった。メルチョールは片手でそのシャツをつかみ、もう片方の手で髪をつかむと、十五メートルほど歩道を引きずってゆき、空き地に放りだした。そこでまた腹を、股間を、顔を殴った。殴り疲れたころには、バロンは脈打つ肉の袋のように見えた。メルチョールは再び胸ぐらをつかんでバロンを少し引き起こし、建設作業用の仮設道具小屋に背中をつけて地面に座らせてから、彼の前にしゃがみこんだ。荒い息をついてすすり泣くバロンは、片眼が腫れあがり、眉、鼻、下唇から血を流していた。

「よく聞け、この野郎」もうひとつ平手うちをし、顔を自分のほうに向けさせてメルチョールは言った。

「俺をよく見ろ。クズ野郎。聞いているか？」

バロンは弱々しくうなずいた。口から唾液の小さな泡が湧きでて弾けた。

「なぜこういう目に遭うのかわかるか」答えを待たず、

メルチョールはつづけた。「女を殴るのが好きなゲス野郎だからだ。そうじゃないのか？　女を殴るのが楽しいか？」

バロンは黒ずんだ顔をし、血が混じった涙を浮かべていた。彼はなにか言うまえに口のなかで舌を動かし、肉片なのか折れた歯なのか、なにかを吐きだしてから、

「おれはなにもしちゃいねえ」とすすり泣いた。

メルチョールはまた触れそうになるまで顔を近づけ、低くささやいた。

「嘘をつくんじゃない。もういちど嘘をついてみろ、ぶちのめしてやる。おまえは女を殴るのが好きなんだろう？　答えてみろ」

しゃくりあげながら、バロンはうなずいた。

「それでいい。ほんとうのことを最優先で考えろ。二度と言わないからよく聞け。もしまた女に手をあげたりしたら、ここで起こったことが冗談としか思えないような目に遭うことになる。わかったか」

バロンはまたうなずいた。

「よし。質問はあるか」メルチョールは言った。

バロンは首をふった。メルチョールは手のひらでぽんと彼の顔をたたき、立ちあがった。

「それでいい」とズボンのほこりを払い、こうつけ加えた。「ところで、このことはふたりだけの秘密にしておいたほうがいい。人がなにを言おうと。その意味はわかるな？」

バロンは最後にうなずいた。メルチョールは空き地を離れ、車にもどって走り去った。


翌朝、メルチョールが家で『山猫』を読んでいると、ブライ巡査部長から電話が入った。ブライはたったいま、ある老婦人から詐欺に遭ったという通報があった、シルヴェンといっしょに事情聴取に行ってくれと言い、コルベラの住所を教えられた。メルチョールはシルヴェンに電話し、四時にバル「テラ・アルタ」で落ちあ

う約束をした。

メルチョールは時間どおりにバルに着くと、年金受給者たちのドミノ遊びをしているコーヒーを注文し、ドミノ遊びをしている年金受給者たちの隣に席をとった。店はランチタイムのあわただしい喧騒が落ち着き、ダイニングエリアにはコーヒーを飲んでいるカップルが一組いるだけだった。メルチョールがコーヒーを飲み終えたころに、シルヴェンからメッセージが入った。息子のことでちょっと手まどってい る、少し遅れるという連絡だった。了解したと返信し、メルチョールはコーヒーのお代わりを頼んだ。年金受給者たちはゲームを終え、そのなかのひとりが次のプレイのために牌を伏せてかき混ぜているあいだに、みんなでおしゃべりに花を咲かせはじめた。だれかが、エル・ピネル・デル・ブライで百歳をすぎて亡くなった男の話をしていた。それは羊飼いをしていた男のようで、そこにいる年金受給者の何人かとも知り合いだったらしかった。そのなかのふたりが、彼はバンドルス山脈を知り尽くしていたと言いながら、亡くなった男についてこんなやりとりをした。

「あの一帯を隅から隅まで知っていたから、エブロ川の戦いのときはリステル将軍の連絡係だったんだ」牌をかき混ぜていた老人が言った。老人は、なにか思いだしたのか、牌を混ぜる手をとめた。澄んだ青い目と日に焼けた肌をしていて、グループのなかで最年長か、最も権威がある人のように見えた。とにかく、この老人が話すとみんなが口をつぐんだ。

「サンタ・マグダレナ聖堂でいっしょになったときに、彼からこんな話を聞いたことがある」

エブロ川の戦いの真っ最中に、リステル将軍はミラヴェットという村で指揮をとっていた。エブロの人民軍第五連隊を率いていた共和国陣営の将軍は、連絡係をしていた彼を呼び、夜明けから攻防戦を繰りひろげて陣地を守っている仲間の一隊がどうしているか、確かめてこいと命じた。山に入ってサンタ・マグダレナ

・デル・ピネル聖堂までいき、もし陣地を失ったのであれば、どんな手を使ってでも取りもどすように伝えろ、と将軍は言い、疑いの余地がないように、自筆で命令を書いた紙を彼にわたした。連絡係の彼は山をのぼり、その聖堂にたどりついた。そこで彼を待っていた光景は、寒々としたものだった。共和国軍の隊長は、糸杉の幹にもたれ、汚れた顔をして、火薬と血のりにまみれ、ボロボロに裂けた軍服を着てあえいでいた。彼の周囲には、生き残った十五人から二十人ほどの兵士が、激しい戦闘で打ちのめされ、木々の陰に隠れるようにして倒れていた。リステル将軍の連絡係が部隊の残りの者はどこにいるのかと隊長に訊ねると、全員死んだか行方不明だと、隊長は聞きとりにくい言葉で答えた。連絡係はそれにもかかわらず、リステル将軍の命令を伝え、将軍の手書きの紙を手わたした。隊長はそれを読んだ。手紙を読み終えると、しばし頭がまっ白になったかのようなぼんやりした表情になり、黙ったまま、首を左右にふりはじめた。命令を拒否しているか非難しているか、発狂する寸前のところまで追いこまれたように見えた。数秒だったのか、数分だったのか、連絡係にもわからなかったが、やがて隊長は立ち上がり、夢遊病者のように歩きながら、残っていた部下たちのいるところへ行き、彼らを集めて言った。陣地を奪回するようにとの命令がくだった。それを聞くと、全員が石のように黙りこんだ。隊長は兵士たちがその言葉を受けとめられるように、そして自分自身を納得させるために、いったん言葉を切り、こうつけ加えた。私は命令にしたがう。ついてきたい者はついてこい。そうでない者は、その辺に消えろ、と。老人によれば（というより、連絡係の男から聞いた話によれば）、隊長はその言葉を全山を自分の内にかかえこんでいるような淡々とした調子で口にしたという。最後の言葉を言ってから、隊長はホルスターから拳銃を抜き、それを手にもって、ふりかえらず、用心もせず、ついてくる者がいるかどうかを確かめもせずに、フランコ軍に奪われた陣地に向かって山をのぼりはじめた。連絡係の男は、疲れはて、腹をすかせ、ほこりにまみれた兵士たちがひとり、またひとりと立ちあがり、隊長のあとを追うのを見た。彼らは押し黙って黙々と山のいただきに向かった。夕暮れの山中をさまよう亡霊の一団さながらだった。身をさらしている自分たちがかっこうの標的であり、生きては帰れないことを承知のうえだった。奇跡が起きたのはそのときだった。聖堂の糸杉のあいだから、恐怖にちぢみあがって全身をわななかせながら、これから目の当たりにすることになる殺戮から目を離すことができなかった連絡係の男にとって、奇跡としか思えないことが起こったのだ。日がのぼるや否や殺しあいをしてきたフランコ陣営の兵士たちは、ぼろ雑巾のようなこの集団に発砲しなかったのである。陣地を占領した彼らは、意のままに虐殺することもできたにもかかわらず、そこを引きあげていった。集団自殺に降伏するかのように、あるいは敵と同じように戦争に嫌気がさし、もはや殺戮をつづける気力が失せたかのように、なんの抵抗もせずに撤退した。

「それで、十五人か二十人の共和国軍兵士たちは、いちども発砲することなく陣地を取りもどしたのじゃよ」と老人は締めくくった。

そのあとでみんなが感想を言ったり感傷的なコメントを述べたりしはじめたのを潮時に、メルチョールはシルヴェンにメッセージを送った。シルヴェンから、もうすぐ着く、入り口で待っていてくれと返信があった。年金受給者たちはドミノ・ゲームのつづきにもどった。メルチョールはコーヒー二杯の料金を払ってから、バルの入り口にある街道に面した椅子にかけて待った。シルヴェンの車が目のまえで停まった。

「待たせて悪かった。息子がハンドボールで指を骨折したんだ」シルヴェンは謝った。

「気にするな。隣のお年寄りたちの話が面白かったんで、楽しませてもらったよ」シートベルトを締めながら、メルチョールは言った。

「戦争の話だろ？　小銭を賭けたら、その倍の掛け金を賭けるよ」

メルチョールはシルヴェンの顔を見た。

「どうしてわかったんだ」

「決まってるじゃないか」とシルヴェンは言った。「ここでは老人たちはその話しかしないからね。この八十年間、テラ・アルタにはそれ以外のことはなにも起こっていないということだな。よし、どこへ向かえばいいんだ？」

第3章

「自分のしたことがわかってるのか？」バレーラ警部補がどやしつけた。「懲戒手続きをすすめることになってもおかしくないんだぞ。職を失ってキャリアが台無しになるところだ。不法侵入で起訴される可能性もある。いったい何をしようとしていたんだ、わけを聞かせてもらおう」

メルチョールはこの質問にも黙って答えずにいた。最初の質問と同じで、答えを求められているのではなかった。ぶつけられている非難は、宙に浮いて漂うだけだった。

バレーラ警部補の部屋で、警部補に向かいあって立っているメルチョールは、バレーラににらまれながら、ほぼ毛のないその頭頂部の向こうの虚空を見つめている。ブライ巡査部長とサローム巡査長も、難しい顔をしてその場に立っている。四人のうち制服を着ているのはバレーラ警部補だけだが、体重のせいで身体には少々きゅうくつそうに見えた。

「おまえは上司に恵まれている」ブライとサロームのほうは見ずに、バレーラは言葉をつづけた。「ふたりとも全力でおまえを擁護してくれた。被害届を出さないように、アデル家に頼むことまでしたんだ。私だったらそこまで寛大になれたかどうかわからない。フステル警視までが、本部から電話をかけてきたんだぞ。だれかが耳に入れたんだろう。おまえはいままでも、警察にとって何かしらの意義がある存在のようだな。とにかく、とんでもないことをしでかしてくれた。まったくもって怪しからん。しかし今回だけは見のがしてやる。二度と勝手なまねはしないことが条件だ。そしてアデルの事件は忘れろ。追って通知があるまで、この事件の捜査は打ち切られているんだ、確実にな。わかったか」

「ご心配なく、警部補」ブライが急いで保証した。

「マリンも今回は懲りていますから」

「彼の口からききたい」バレーラが言う。

バレーラににらまれながら、少ししてからメルチョールは答えた。

「わかりました」

バレーラ警部補は満足した顔になると、背中にまわしていた両手をもどし、なにも隠していないことを見せる奇術師のようにして手のひらを見せ、

「よろしい。行きなさい。私の話は以上だ」と言った。

バレーラはくるりと背を向け、デスクをまわって自分の椅子に向かい、ブライ、サロームとメルチョールはドアに向かった。ドアを出ようとしたとき、警部補がまたメルチョールに声をかけた。

「マリン」

三人は彼のほうをふりむいた。バレーラはコンピューターをまえにして自分のデスクの椅子に座り、ひげをさすりながら山積みの書類やフォルダーを眺めて語りかけた。

「私が警察官になってどのくらい経ったか知っているか。そのあいだに、ひとつ学んだことがある。それがなんだかわかるか？」そう言うと視線をあげ、メルチョールを見た。老いのにじんだ、少し寂しそうな目だった。「正義は善だ。だからわれわれは警察官をやっている。しかし極端な善は、悪に転じてしまう。それが、私が長年かけて学んだことだ。そしてもうひとつ。正義とは、単なる内容の問題ではない。なによりも、形式の問題なのだ。つまり、正義の形式を尊重しないことは、正義を尊重しないことと同じなんだ。私の言うことはわかるね？」メルチョールが黙っていると、バレーラ警部補は寛大な笑みを浮かべた。「おまえにもそのうちにわかるだろう。しかしマリン、これはおぼえておいた方がいい。絶対的な正義は、絶対的な非正義にもなり得るということをね」

バレーラ警部補の部屋からじゅうぶんに離れると、ブライ巡査部長はぼやいた。「バレーラのやつめ、すっかり哲学者気どりだ」

サロームがメルチョールの顔を見て言った。「バレーラの言うとおりだぞ。今回は運がよかったと思え」

「そのとおりだ」ブライもサロームを支持した。「バレーラが法的手続きに訴えた警察官は、ひとりやふたりじゃないんだからな。これをいい教訓にするんだぞ、スペイン主義者。さて、コーヒーでも飲むか？」

オルガはそれからの数週間、コゼットを身ごもっていたころにもそうしていたように、メルチョールに『レ・ミゼラブル』を読んで聞かせた。意外なことに、メルチョールはアデルの事件を忘れることに努めた。アデル事件がテラ・アルタルタの話題からも全国の報道からも姿を消したことがその理由のひとつだったが、なによりも、新しい事件が彼の興味を完全に引きつけてしまったからでもあった。

アデル美術印刷への侵入事件から間もなく、メルチョールとサロームはラ・ポブラ・デ・マサルーカの民家で起きた強盗事件の捜査に駆りだされた。その二日後、アルネス近郊の農家からも同じような被害届が出た。メルチョールとサロームは、すぐにふたつの事件に関連性を見いだした。被害を受けた家は両方とも、夜間に鍵を壊すという方法で襲われ、別荘か週末に利用するだけの家だった。略奪を受けたのは、住人が不在のときだった。その同じ週にモーラ・デブレ分署でも、少しまえにリベーラ・デブレ北部のフリッシュで同様の強盗事件が起きていたことがわかったため、同一犯人説の仮説が立証されたと思われた。それから間もなく、プラット・デ・コンテとビネブレからも同様の被害届が出たことで、仮説は確信に変わった。テラ・アルタ署では一気に緊張が高まり、ブライ巡査部長は部下五人をあつめて捜査班を編成し、みずから捜査の指揮をとった。事件は日ならずして解決をみた。アスコ近くの売春宿の従業員からタレコミがあったおかげで、モーラ・デブレ郊外のアパートで男三人と女ひとりの若いジョージア人グループが逮捕された。

メルチョールがアデル事件に引きもどされるできごとに遭遇したのは、犯した罪を洗いざらい白状させてから裁判所に引き渡すために、ジョージア人たちが署の留置場に拘留されていたときのことだった。

そのできごとは、日曜日の朝、ガンデーザ中心部のファローラ広場にあるプジョル菓子店で起きた。メルチョールがコゼットを連れてカウンターのまえでデザートを選んでいると、アデル美術印刷の財務取締役ダニエル・シルバが隣にあらわれたのだ。四十三歳のシルバは、会社では最年少の重役だった。既婚で三人の子どもがあり、ボット近郊の田舎に家をかまえ、ずっとアデル美術印刷で働いてきたハンサムな男だった。それまでふたりは、メルチョールがグラウやほかの役員にオフィスで聞き取りをしたときに、いちどしか会ったことがなかったが、互いに相手をおぼえていて挨拶を交わした。シルバはしゃがんでコゼットにも話しかけたが、コゼットははにかんで父親の脚のうしろに隠れ、照れくささと好奇心と茶目っ気が入りまじった顔をして、見知らぬ男をのぞき見していた。メルチョールが生クリームをつめたロスコン《ケーキ》を注文し、店員がそれを包んでいるあいだに、シルバは立ち上がると、アデルの事件になにか進展はありましたかと彼に訊ねた。

「ありません。会社のほうでは、あれからなにかありましたか?」メルチョールも訊くと、

「いいえ、なにも。少なくともいまのところは」とシルバは言った。

メルチョールが眉をあげ、どういう意味ですかと訊ねる面持ちになると、シルバは屈託のない笑顔をみせた。まぶしいほど白い歯と日焼けした肌をし、スーツとネクタイから解放されて、ラフでありながら洗練された休日らしい服装だった。

「まあ、こういうことになるとよくある話ですよ」いたずらっぽく目を細めながら、シルバは説明した。「王が姿を消すと、戦争がはじまるというたぐいの」

「戦争ですか」

「グラウさんとフェレさんのあいだでね」シルバがその意味を明快にした。「社内では、フェレさんはこのまま閑職に甘んじて引っこんでいるはずがないと見られています。しかしグラウさんも、自分が追い払われるようなかたちになることを、おいそれと受け入れるはずがありません。思っていたよりも早くチャンスがめぐってきたふたりは、どちらもそれを無駄にするつもりはないんです。ですが、いずれにせよ、喪が明け

てロサ・アデルが活気を取りもどすまでは、対立が表面化することはないでしょうな。この秋はおもしろい見ものになりますよ」

店員がメルチョールに、店の名前が印刷された紙に包まれて青いリボンをかけたロスコンを手わたした。メルチョールが代金を支払うと、シルバは別れを告げ、注文をしに急いでカウンターのまえにいった。

メルチョールはコゼットを連れて家に向かって歩きはじめたが、まだファローラ広場を出ていないところで足をとめ、娘にちょっと忘れ物を思いだしたと言うと、まわれ右をして菓子店に引きかえした。ちょうど入り口に着いたときに、なかからシルバが出てきた。

「すみません」メルチョールは声をかけ、「少しだけお時間をいただけませんか」と頼んだ。

シルバは驚いた顔をしたがすぐに、喜んで、という表情になり、「いいですよ」と答えた。

通行の邪魔にならないように、菓子店の入り口から少し脇によった。メルチョールは片手にロスコンの包みをもち、もういっぽうの手でコゼットと手をつないでいた。シルバも片方の手に菓子をのせて紙に包んだトレイをもち、もう片方の手にはバゲットが突きだしたビニール袋を提げて、両手がふさがっていた。広場には夏の終わりの太陽が照りつけ、ロータリーを走る車が車体をきらきらきらめかせていた。

「アデルさんと最後に会われたときですが——」メルチョールはどこからはじめればよいのかわからないまま、話しはじめた。「夕食会のときに、メキシコの子会社の案件について話しあったそうですね」

「そのとおりです」長い話になるのを察したのか、シルバはパンの袋を足のあいだにはさみ、もうひとつの手をトレイに添えた。「あのころは、よくその話題が出ていました」

「アデルさんは子会社を閉鎖する方針だったようですね」メルチョールはつづけた。「しかしグラウさんとフェレさんは、それに反対していた。ところがフェレさんは、あの晩に考えを変えた」シルバがうなずいた。

「その変化に驚きましたか？」

「ええ、もちろん」

「パパ、はやくう」コゼットが手を引っぱって急かすのを、

「ちょっと待って、コゼット」とメルチョールはなだめた。

「みんな、びっくりしましたよ」シルバはコゼットからメルチョールに視線をもどして言った。

「フェレさんはそれまで何か月も、グラウさんを支持していましたからね。アデル社長が子会社を整理すると言いだしてからずっと。それが、メキシコに出張して帰ってきたとたんに、ころりと意見が変わったんですから、それはそれは驚きました。フェレさんにとってプエブラの工場は、単なる工場ではなかったんです」

「どういう意味ですか?」

「フェレさんはメキシコにほかのプロジェクトもかかえていましたから。彼は前々から投資の多角化を主張していましてね、成長なくしては衰退するばかりだ、メキシコは理想的な成長力になると言っていたんです。通信事業に参入すべきだと何度か提案していましたし、メキシコのラジオやテレビ局にも人脈をつくっていたようです」

「アデルさんはそういうことを、どう考えていたんですか」

「ご想像のとおりですよ。そんな話は聞きたくもないという態度で、娘婿のたわごととしか受けとめていなかった。それなのにフェレさんはいきなり態度を豹変させて、ボスの側についたわけです。驚かずにはいられません」

「なぜ態度が変わったんでしょう?」

「わかりません。グラウさんを困らせてやろうと思っ

たのかもしれません。あるいは、義父が正しかったと気づいたのかもしれませんし、義父と角を突きあわせる関係に疲れてしまったのかもしれません。社長はラバみたいに頑固でしたからね」

「そのころ、フェレさんはずいぶんいらいらしていたそうですね」

「あの人はふだんからそうですよ。生まれてから死ぬまでそれは変わらないでしょうな。まあ、たしかに、あのころはいつも以上にそうだったかもしれません」

「それは子会社の一件に関係していたと思いますか?」

「そうかもしれないね。メキシコは彼にとって重要だった。メキシコはここよりもずっと自由で、総督の気分を味わっていたんでしょう。これからどうなることか、見物しがいがありそうですな」

コゼットがまた手を引っぱった。

「もう終わるよ」シルバが声をかけて安心させ、くしゃくしゃっと頭をなでてから、パンの袋を手にとった。

「おじさんも帰らないといけないんだ。うちでみんなが待っているからね」それからメルチョールに顔を向け、「ご希望でしたら、また日を改めてお話ししますよ」と言った。

「もうひとつだけ」メルチョールは引きとめて訊ねた。

「会社にうかがったときに、なぜこのことを話してくださらなかったのですか」

日陰にいるにもかかわらず、シルバはまぶしそうにまばたきをした。「訊かれなかったからです」

その翌日、メルチョールは密かにアデル事件の捜査ファイルを読みなおした。具体的には、殺人の前夜の夕食会に出席していた全員の供述と、その夜アデル家にいた全員の供述を読んだ。また、アデル美術印刷の人事担当取締役ボテットに電話をかけ、一週間後にエル・ピネル・デ・ブライにあるカン・リュイスという居酒屋で会う約束を取りつけた。その約束の日の数日まえに、署のダイニングエリアでサロームとコーヒーを飲んでいたときだった。「自分の行動に気をつけろよ」とサロームに言われた。話がわからないふりをするのは無駄だと悟り、メルチョールはどうしてわかったんだとサロームに訊ねた。

「ここはテラ・アルタだってのを忘れたのか、坊主」冗談めかした口調だったが、メルチョールには彼が本気で怒っていることがわかった。「ここではなんでもつつ抜けになっていることが、まだわかっていないようだな。それに捜査ファイルを開けば、そのたびにデジタル指紋が残ることを忘れたのか？　だれにも見つからないように行動しろ。とくにバレーラにはな。ブライと私がどれほど迷惑をこうむることになるかわかってるのか」

「心配ないさ——」

「心配させたくなければ、この事件からきっぱり手を引くんだ」コーヒーをひと息に飲みほし、猛然と紙コップをゴミ箱に投げ入れて、サロームはぴしりと言った。ダイニングエリアを出るときも、まだ口のなかで言っていた。「やりたくもないことを私に強要するんじゃないぞ、この野郎」

サロームの警告は功を奏した。サロームはおそらくシルバから、アデル事件の捜査を勝手に再開したことを聞いたのだろう。メルチョールはそう思い、ボテットに会う約束を電話でキャンセルし、再びアデル事件を忘れることに努めた。だがその意図はとちゅうで挫折することになってしまった。ある日の晩、保育園の友だちのエリーザ・クリメンの家に遊びにいったコゼットを迎えにいこうとしていたときに、署から電話があり、オルガが事故に遭ったと告げられた。

「なにがあったんだ」メルチョールが訊きかえすと、

「わからない。たったいま電話を受けたんだ」受付の警官は答えた。「車にはねられたようだ。モーラ・デブレの病院に救急車で運ばれている。病院に直接向かったほうがいいだろう」

脚がすくみ、喉のあたりで心臓がヒキガエルのように激しく暴れまわるなかで、メルチョールは全速力で車を走らせながら、エリーザ・クリメンの母親に電話をかけて事情を伝え、迎えにいくまで娘をあずかってくださいと頼んだ。コゼットのことは心配しないで、とエリーザの母は言った。十五分後、病院のまえに車を停めた。

入り口で待っていたふたりの巡回警官に、オルガは救急治療室から手術室に移されたと教えられた。警官たちはメルチョールといっしょに長い廊下を歩き、階段の段坂を二回のぼるあいだに、わかっていることをこう伝えた。事故が起きたのは午後八時に、オルガが図書館を閉めた直後だった。家に向かってカタルーニャ通りを歩いていると、一台の車が彼女をはねて走り去った。ひき逃げを目撃した人は四人いる。高校生のカップル、バンを運転していた男と年配の女性だ。その全員が、車が歩道に乗りあげてきたこと、黒い車だったことはおぼえているが、四人とも車種やナンバープレートは特定できない。

手術室に到着すると、ドアを開けて看護師がでてきた。メルチョールが夫であることを告げると、オルガはこれから緊急手術を受けることになっていると言われた。

「なぜ手術をするんですか、どういう状態なんですか、どんな手術をするんですか？」

メルチョールの質問に、「ここでお待ちください、医師からお話しします」と看護師は答えた。

医師は数分後にあらわれた。浅黒い肌のふっくらした若い医師は、グリーンの手術着を着てグリーンのキャップをかぶり、白い手袋をした姿で、コロンビアなまりのスペイン語でメルチョールにオルガの状態を伝えた。意識不明で運びこまれ、まだ意識がもどらないこと、頭蓋骨を骨折していること、重篤な容態にあるためにただちに手術をする必要があることを医師は説明した。

「死ぬかもしれないという意味ですか？」

「いまお話ししたとおりです」

メルチョールは、地球が太陽に衝突する大惨事が迫り、それを回避できるのは全宇宙でこの人しかいないという目で医師を見つめた。

「どうか彼女を助けてください」と懇願した。

「全力を尽くします」

それから何時間も、手術室の待合室で、医者や看護師が出入りする半透明のガラスドアの横に座って待った。メルチョールの背後には、観葉植物が生い茂り、裸電球のスポットライトに照らされた中庭に面した横長のガラス窓がならんでいた。時おり、同僚たちがあらわれた。最初にやってきたのはサロームとブライだった。手術の結果を待ちながら二時間以上がすぎた十一時半ごろ、バレーラ警部補もあらわれた。バレーラはメルチョールの肩をぽんとたたいて挨拶し、なにが起こったのか、容態はどんな状況かを訊ねたが、メルチョールは返事もかえさずに黙りこくっていた（バレーラ警部補の存在にほとんど気づいておらず、挨拶のために立ちあがりもしなければ、ふりむきもしなかった）。黙っているメルチョールの代わりにブライが事情を説明した。

メルチョールはブライの言葉をさえぎって言った。

「これは事故じゃない」

はっきりと聞こえたにもかかわらず、ブライは訊き返した。

「なんだって？」

「事故なんかじゃない」もういちど言い、メルチョールは顔をあげると、バレーラ警部補の目を見ながら立ちあがった。「車は歩道に乗りあげて妻をはねた。目撃者四人がそう証言しています。事故じゃなかった。あなたにも俺にも、それがわかっている」

待合室にはそのとき、メルチョールの仲間の警察官が五人いた。メルチョールの発言は、一同を鋼鉄のような重い沈黙につきおとした。

「マリン、きみは神経がまいっているんだ」バレーラ警部補がつとめて温かい声で言った。「それに疲れている。気持ちはよくわかるが、あんまり心配しすぎない方がいい。奥さんは車に接触しただけで、きっともちなおすだろう。事故であろうとなかろうと、ひき逃げ犯人は必ず捕まえて代償を払わせてやる。約束する。私がそうしてみせるよ」

メルチョールは首を横にふった。

「いいえ。俺がやります」

「われわれに任せたほうがいい」バレーラは優しくなだめた。「被害者は、きみの奥さんなんだからな」いったん口をつぐみ、バレーラはメルチョールに一歩近づいて腕をとった。「外にでていい空気を吸ってきたらどうだ。ここでできることはなにもない。私がいっしょにいこう」

「その手を離してくれ」

「メルチョール、落ち着け」サロームが仲裁に入った。

その瞬間、メルチョールは手術室から出てきた医師が仲間の警官たちのうしろに立っているのに気がついた。医師の隣には看護師もいる。グリーンの手術着は着ていたが、ふたりともキャップも手袋もはずしていた。自分がどれほどの時間をそこで待っていたのか、メルチョールにはもうわからなかったが（いま来たばかりのようにも思え、バレーラ警部補と言葉をかわしたことさえ、はっきりとはおぼえていなかった）、人垣が割れ、歩み寄ってきた医師の目を見たときに、これから言われることの察しがついた。

「まことに残念でした。手の施しようがありませんでした」

医師はそれから説明をはじめたが、集中しようとしても、メルチョールには頭に入らなかった。ひと言ひと言は理解できるのだが、それをつなげることができないのだ。言葉をむすびつける能力を失ってしまったようだった。そのうちに言葉までが耳に入らなくなってきた。ほんの数日まえに『レ・ミゼラブル』を読んでいたオルガの声が鳴りひびいていたからだった。《きたるべきすべてのものは彼女にきた。彼女はすべてを感じ、すべてを受け、すべてを経験し、すべてを悩み、すべてを失い、すべてを泣いた。あたかも死が眠りに似ているように、無関心に似たあきらめを彼女はあきらめた。彼女はもはや何物をも避けない。もはや何物をも恐れない》だがメルチョールには、なにも見えなかった。

オルガの死を告げられてからの時間を、どう過ごしていたのか、メルチョールは記憶が混乱していてよくおぼえていない。思いだそうとしても、なにも思いだせない時間になった。オルガが亡くなったその日は、朝の五時に、モーラ・デブレの郊外にある売春宿で逮捕された。ぐでんぐでんに酔いつぶれ、暴れて店内のものを壊し、数人の客と宿の従業員ふたりと喧嘩をし、メルチョールが警官であることを知らずに逮捕した警察官ふたりとも喧嘩をして、村の分署に拘留され、次の日の朝、サロームに助け出された。サロームはなにも訊かずにメルチョールを家に送ると、シャワーを浴びさせて清潔な服に着替えさせ、ガンデーザの遺体安置所に連れていった。

メルチョールは遺体安置所に着いた瞬間から、完全に自制心を取りもどし、感情を片りんもあらわさない冷静な態度で、その日の午後にとりおこなわれた埋葬と葬儀の段取りに気を配った。参列した近所の人たちや同僚たちはみな一様に、メルチョールはみごとな落ち着きと不屈の精神で不幸なできごとを受けとめたと、感慨にうたれた。オルガの埋葬をすませると、メルチョールはドミンゴ・ビバレスに電話をかけ、事情を話し、しばらくコゼットをあずかってもらえないかと頼んだ。

「もちろんいいとも。いつでも連れてきなさい」とビバレスは引きうけた。

コゼットはバルセロナに向かうとちゅうで引き渡すことにしたいと言うと、ビバレスはそれも承諾し、翌日の正午に、テラ・アルタへの降り口の少し手前にあるエル・メドルという地中海高速道路のサービスエリアで会うことになった。その晩のメルチョールは、家でほとんど一睡もせずに、苦痛を越えた苦痛、罪悪感を越えた罪悪感から自分を麻痺させるために、浴びるように酒を飲み、朝になるとエリーザ・クリメンの家にコゼットを迎えにいった。オルガが亡くなってから娘に会うのはこのときがはじめてだった。メルチョールはコゼットを後部座席のチャイルドシートに座らせ、シートベルトを締めてから、バルセロナ方面に車を走らせながら、会話もそこそこに、母親が亡くなったことを娘に告げた。コゼットはバックミラーでじっと父親の顔を見つめた。メルチョールがいま言ったことの意味を説明していると、コゼットが訊いた。

「じゃあもうママにあえないの？」

「うん。これからはパパとふたりきりだ」

コゼットは驚き、当惑したが、泣かずにそれからの道中、メルチョールをずっと質問攻めにした。メルチョールはひとつひとつそれに答えるか、答えられるように最善を尽くした。

目的地のサービスエリアに到着したとき、ビバレスはまだ来ていなかった。ふたりでカフェテリアに入り、メルチョールはカカオラット《ミルクココア》とオンザロックを注文した。コゼットはメルチョールが支払いを済ませているあいだに、店内にある幼児用の遊び場を見つけだし、さっそくそこで遊びはじめた。ゲームテーブルとプラスチックのすべり台が二台あるその場所で遊ぶコゼットを、メルチョールは近くのテーブルに座り、ウィスキーを飲みながら、全神経を集中させて成長した娘を見守った。コゼットはときどきもどってきては、カカオラットを飲んで口のまわりにココアをつけた顔で、すぐにまたすべり台にもどっていった。少しするとコゼットよりやや年上の男の子が遊び場に仲間入りし、ビバレスが間もなく姿をあらわした。それに気づいたコゼットはすべり台から飛び降りて走っていき、ビバレスの腕のなかに飛びこんだ。それからふたりでおしゃべりをしはじめた。というより、ビバレスがコゼットに質問をし、コゼットがそれに答えていた。そのうち答えるのに疲れたコゼットは、カカオラットをひと口飲んでから、遊び場へ駆けもどっていった。

「知ってるのか？　もう」コゼットが行ってしまうと、ビバレスはメルチョールに訊いた。

「もちろん」

ビバレスはメルチョールに向かいあってテーブルに腰をおろした。憔悴しているようだった。ひげを剃っておらず、髪も梳かしていない。だが清潔なシャツと染みのないスーツを着ていた。いつものように、ネクタイは解けそうなほどゆるかった。距離が近いため、ふと口臭かすえたような汗の臭いが漂ってきた。ビバレスはシャワーを浴びたのだろうか。昨晩は寝ていないんじゃないかとメルチョールは思った。ふたりはしばらく無言でいた。やがてビバレスが口を開いた。

「なにを言えばいいのかわからない」

「なにも言わなくていい。なにか飲まないか？」メルチョールがすすめると、

「いらない」メルチョールのウィスキーを見ながらビバレスは答えた。「あれからなにかわかったことはあったのか？」

メルチョールは首をふってなにもないと伝え、長いことウィスキーグラスをかたむけた。

「酒はあんまり助けにならないぞ。私の経験から言うと」ビバレスがつぶやいた。

「説教するために来たのか？　力を貸してくれるためじゃなくて」

　ビバレスは目を覚ましたようにぎくりとし、難しい顔で頭を横にふると、立ちあがって言った。

「やっぱり私も、強いのを一杯やることにしよう」

　ビバレスは、コーヒーとウィスキーのシングルを手にしてバーカウンターからもどってきた。ふたりでそれからコゼットの話をした。メルチョールがいろいろな指示を伝え、ビバレスもいくつか質問をした。

　コゼットについての情報交換が終わると、ビバレスはメルチョールに訊ねた。

「それで――これからどうするんだ？」

　ふたりはウィスキーの二杯目をまえにしていた。それぞれオンザロックのダブルと、氷なしのシングルだった。メルチョールはひと息に半分ほど流しこんでから、ためらうことなく答えた。

「テラ・アルタにもどって、オルガを殺した奴らを突きとめてやる」

「ほんとうに殺されたのか」

「もちろんだ」

「同僚たちはなんて言っているんだ」

「べつに」

「べつに？」

「他人がなにを言おうと、俺には関係ない」

　今度はビバレスもうなずいた。ウィスキーをなめながら、大きな口をゆがめていた。ふたりは見るともなく窓の外を眺めた。車を停めた駐車場の向こうに、高速道路沿いのガソリンスタンドが見えた。赤い計量器、グレーの柱に支えられた赤い屋根、赤と白で書かれたＣＥＰＳＡの文字。すべてが風のない曇天の灰色がかった光に照らされている。

「本気でそうするつもりなら、助けが必要だ」メルチョールに視線をもどし、ビバレスは言った。「こういう案はどうだろう。三人でバルセロナへいって、コゼットを私の友人宅にあずける。完全に信頼できる人たちだ。きみも気に入るだろう。それからここへもどってきて、オルガを殺した連中をいっしょに探そう。ふたりで探せば見つけられる」

「あなたにはわからないだろうが、危険な連中なんだ」メルチョールが言うと、

「かまわない。私には拳銃がある。撃ち方も知っている」ビバレスは動じなかった。

メルチョールはビバレスの顔を見た。わからなかった。これまで何度も、この皮肉屋で、だらしがなくて、山師じみた大男は、自分の父親なのだろうかと疑ってみた。メルチョールにこのときはじめて、彼を抱きしめたい気持ちがこみあげてきた。

しかし口をついて出たのはべつの言葉だった。

「銃が使える？　どこで習ったんだ？　お祭りの射的小屋か」

その皮肉が、ほんのひととき彼の胸の痛みをやわらげた。ふたりは永遠とも思えるような数秒間、互いを見つめあった。自分で自分が嫌になりながら、メルチョールは謝罪の言葉を呑みこんで言った。

「コゼットといっしょにいてもらった方がいいんだ、あの子はあなたといれば安心する。俺もその方が落ちつけるんだ」

ビバレスはそれ以上なにも言わずにメルチョールの言い分を受け入れた。それからズボンのポケットから鍵を取りだし、メルチョールに渡した。

「うちの鍵だ。念のためにな。金はあるのか？」

「いまのところ大丈夫だ。必要になったら、そのときは頼む」

ウィスキーを飲みほし、メルチョールは告げた。

「さて、俺はもういくぜ」

テラ・アルタにもどったメルチョールは、まず家を引きはらうことにした。必要なものだけを残し、荷物

をまとめて家具倉庫に移した。その翌日、ビラルバ・デルス・アルクスに家具つきの安アパートを借りた。アパートについていたのは、テーブルのほか、折りたたみ椅子が二脚、電子レンジとマットレスだけだった。そのあとは昼夜を分かたずにオルガの死をめぐる調査をすすめた。ショルダーホルスターに入れた拳銃を肌身離さずもち歩くことにした。所轄署には顔を出さず、サロームやブライから何度もかかってきた電話にも出なかった。メルチョールはオルガの死には、アデル事件がかかわっていると確信していた。もっと正確に言えば、自分がアデル事件を執拗に追っていることに関係していることを疑っていなかった。だがいまは前者の方に集中し、後者はあとまわしにするつもりだった。前者の真相を究明できれば、後者も解決にみちびかれると考えていた。

ひき逃げを目撃した四人に聞き取り調査をしたが、最初に供述した以上のことはだれもおぼえていなかった。つまり、オルガをひき殺した車は、帰宅とちゅうだった彼女が歩いていたカタルーニャ通りの歩道に乗りあげて突っこんできたことと、黒い車だったことしかわからなかった。メルチョールはほかの目撃者を探すことにし、周囲のバルや商店ばかりか、アパートや民家まで訪ね歩き、些細なことでも不自然に思えたこと、スピードをあげて走っていた車や不審な動きをしていた車を見た者はいないか、聞きこみをはじめた。まだひとつも手がかりが得られずにいたある晩、自分の住んでいるアパートの入り口に、街灯の黄色い光に照らされたサロームが立っていた。遠くからその姿を見ていたメルチョールは、近づいて挨拶を抜きにして声をかけた。

「ここでなにをしているんだ?」

サロームは質問に、べつの質問で答えた。

「少し話をする時間をくれないか?」

メルチョールは不審そうにサロームを見てから、鍵を取りだし、ドアを開ける準備をしながら言った。

「また今度にしてもらおうか」

サロームはメルチョールの腕をつかんで押しとどめ、ほとんどささやき声で耳もとで訊いた。

「いったいきみにはなにが起きているんだ」

「女房が殺された。起きているのはそれだ」

サロームは手を離さない。街灯が落としている明かりの環しか隔てるもののないふたりに、互いの息づかいが聞こえた。村は闇に包まれ、しんと静まり返っていた。

「私もオルガが好きだったんだ」サロームは思いださせるように言った。「私だって犯人を捕まえたいと思っている。きみの力にならせてほしい」

「力になりたいんだったら、俺をほっといて帰ってくれ」

「強情をはるな。ひとりじゃなにもできないぞ」

サロームの手をはずし、《できないかどうか、見ていやがれ》と口のなかでつぶやきながら、メルチョールはドアをあけた。サロームの鼻先でドアを閉めようとしたときに、また名前を呼ばれ、ふりむいた。

「きみに伝えるニュースがある」サロームは言った。

メルチョールは家に入り、サロームもそのあとにつづいた。電気のスイッチを入れると、天井から吊るされた裸電球ががらんとした四方の壁を弱々しく照らしだした。闇夜を映す窓がひとつ。床にはピザの空箱、ビールの空き缶、ウィスキーの空き瓶や飲みかけの瓶が散乱している。いっぽうの端にはむき出しのマットレスがあり、その周囲に衣類が乱雑に放り出されていて、もういっぽうの端には、パソコン、可動式の電気スタンド、椅子二脚が置かれたテーブルがあった。むっとするよどんだ空気に食べものの臭いが漂っていた。

メルチョールはテーブルに腰をおろし、電気スタンドをつけてパソコンを起動してから、画面が立ちあがるのを待ちながら飲みかけの缶ビールを飲みほし、容器を床に放り投げた。むさくるしい部屋に立ち、サロームが訊ねた。

「コゼットは?」

「その辺の安全な場所にいる」

「私のことも信用しないのか」

メルチョールはようやく開いたパソコンの電子メールを確認した。所轄署からのメールが何通も入っていたが、オルガの死について訊ね、なにか思いだしたら連絡するよう頼んであった人たちからのメールはなかった。署からきたメールは開かずに削除した。それからサロームに向きなおると、椅子もすすめずに訊いた。

「で、ニュースというのは?」

サロームは顎ひげをいじりながら部屋を眺め、見えたものを確かめるようにというよりも、自分の見ているものがメルチョールにわかるように、また質問に対して質問をかえした。

「もう少し片づけたほうがいいと思わないか?」

「おおきなお世話だ」

サロームはメルチョールの言うとおりかもしれないと思ったのか、ちょっと考えこむ顔になると、椅子を引きよせ、向かいあって腰をおろし、話しかけた。

「きみはこの世界に怒っているんだ。テラ・アルタに来たときと同じように。そう思うのは無理もないことだから、気持ちはわかる。しかし、よく考えてみろ。そんな気持ちになる理由はだれにでもあるんだぞ。それにそんな気持ちをかかえていても、なにもはじまらない。オルガを奪い去ったのは、この世界じゃない。彼女をはねた車だ。そこへ、頭から縁石に落ちて頭蓋骨骨折をしてしまう不運が重なったんだ」

「不運は関係ない」

「大ありだとも」サロームが言う。「だがそんなことはどうでもいい。われわれはひき逃げ犯を捜しているし、きみもそうだろう。協力しあえば犯人を捕まえる可能性が高くなると思わないか?」

メルチョールは怒りに燃えた目でサロームをにらみ、黄色がかった外の闇に視線を移した。それからなにも言わずに立ち上がり、部屋を出ていくと、少ししてウィスキーのボトルと紙コップふたつをもってもどってきた。紙コップにウィスキーをなみなみと注ぎ、ひとつをサロームに渡してから再びもとの椅子に座り、ひと口飲んで訊いた。

「わかったことはあったのか」

ウィスキーの香りを嗅いでちょっと口をつけてから、受信メールのページを開いているパソコンの横にコップをおき、サロームは答えた。

「きみの言うとおりだったかもしれない。単なる事故ではなかった可能性がある」

「そんなことは言われなくてもわかっている」

「ああ、しかしイスラム主義者のしわざだった可能性は、考えていなかったんじゃないのか?」

メルチョールは皿のように目を見ひらいた。

「なんだって?」

「確証はないんだが」とサロームは言葉を濁し、こう話した。「単なる仮説にすぎない。だが妥当な仮説なんだ。カンブリスできみがテロリストを射殺したことは、かなりの人が知っている。ずいぶん噂になったからな。噂が広まりすぎたんだ。オルガに手を出したのは、末端のやつらだったのかもしれない。訓練すら受けていない連中だったとも考えられる。きみがしたことを知っている連中なら、組織を立ちあげてテロを組織する度胸はなくても、そういうことならやってのけたかもしれない」

「それなら俺を狙ったはずだ」

「まさにそうしたんだよ、メルチョール。きみを狙う連中は、いちばん大切なものを標的にするんだ。訓練を受けた過激派でなかったとしたら、直接きみを狙うのを怖れた可能性も考えられる。きみの能力を知っているのだからな。それに、もともとオルガを殺すつもりはなかった可能性もある。きみに居場所を知っていることを伝えて、脅しをかける目的だったのかもしれない。それが、こんなことになってしまった」

メルチョールはウィスキーのカップを手に、サロームの言葉をすばやく考えてみた。一口飲み、

「信じられないね」と言った。

「それが、そうじゃないんだ。この数日、それについて討議を重ねて、フステル警視や本部の連中とも話したんだが――」

「フステル警視は、もう危険は去ったと言っていたぜ」

「そうらしいな。最初は半信半疑で、あり得ないとも言いきれないという姿勢だったが、いまではちっとも不思議はないと考えている。だれかに監視されていると感じたことはなかったか？」

「ないね」

「監視していたのかしていなかったのかは、わからない。こんなことになって怖くなり、ほとぼりが冷めるのを待って身を隠しているのかもしれない。これは単に、その可能性もあるという話だからな。真相はわからない。いずれにしても、警戒したほうがいいだろう」

サロームは立ちあがった。メルチョールはまだ驚きからさめやらず、座ったままでいた。

「バレーラが、必要なだけ休みを取ればいいと言っている。無理に出勤しなくてもかまわないとね。そして、テラ・アルタを離れたいと思っている場合は、そう言ってくれということだ。異動先を考えてくれるそうだ」

メルチョールはサロームを見つめながら、わかったと身ぶりで伝え、カップのウィスキーをひと息に流しこんだ。ふいにビバレスの顔が浮かんできた。なぜそんな連想が働いたのか、そのわけはすぐにわかった。母親が亡くなってから、いやそのまえから、無条件に

自分を支えてくれた弁護士のビバレス。テラ・アルタでよき助言者であり、だれよりも寛大で誠実な仲間であるサローム。それだけじゃない、とメルチョールはこのときにはじめて気がついた。サロームはこれまでに出あった最良の友人だった。俺は大切にしてくれる人に対してやり場のない怒りをぶつけて、相手を不当に貶めてきたのだ。メルチョールはそのことを唐突に自覚した。忌まわしい自己憐憫の井戸にはまりこんでいたのだ。彼らにそうしてきたように、オルガのことも不当に扱ったりしていなかっただろうか。つかの間、考えに沈んだ。

「私の頼みを聞いてくれるか?」サロームが言った。

メルチョールは返事をする代わりに、空のカップをテーブルに置き、椅子から立った。

「もしなにかわかったら、われわれに教えてもらいたい。信じてほしい、われわれはこれを解決するのに全力を尽くしている。きみのためじゃない、われわれ自身がそうしたいからそうしているんだ」

泣きそうになるのをこらえて、メルチョールはうなずいた。

「署の連中はきみを待っているぞ。はやくもどって来いよ」サロームはそう言い残して帰っていった。

メルチョールはその夜も、オルガが亡くなってからずっとつづいている不眠に苦しみ、ほとんど眠れなかった。夜明けごろに、寒気と頭痛で目を覚ました。すっ裸でマットレスの上で丸くなっていた。『レ・ミゼラブル』の序盤の一節が頭のなかでぶんぶんうなるように響いていた。《運命というものも、知力ある人間のごとくに悪意をいだき、人間の心のごとくに凶猛になり得るものであろうか》ジャン・バルジャンの修辞的な問いを、メルチョールはオルガがいなくなってから何度も繰りかえしていた。そして毎朝、目が覚めるや否や頭に浮かぶ思いをめぐらせた——お袋を殺した犯人は見つけられなかったが、オルガを殺した奴は絶対に見つけてやる。

窓から差しこむ骨色の光が、円錐を描いて部屋を青白く照らしていた。脱ぎ散らかした汚れた服、食べものや飲みものの食べ残し。二脚の椅子。テーブル、電源を入れっぱなしのコンピューター。メルチョールは両膝に腕を巻きつけてぎゅっと身体を折り曲げ、しばらくそのままの姿勢でイモムシのように丸まっていた。サロームとの会話が思いだされた。サロームになんてひどい態度をとってしまったのかと、また思った。サロームが言っていることは筋がとおっていると思えた。オルガの死後に自分のやってきたことは、道理にかなっていなかったと思った。オルガの死がアデル事件に関係していると確信していたことも、アデル事件の捜査に深入りしていることに結びついていると考えていたことも、不合理な思いこみでしかなかった。ひとりでオルガの事件に立ち向かおうとしてきたこともそうだ。それも、力になりたがっている仲間の協力をはねつけてまで。家を引きはらったこともそうだ。移ってきたこのアパートは、ますますゴミ捨て場のようになってきた。コゼットをテラ・アルタから遠ざけたこともそうだ。危険にさらされていると思いこんでいたからだった。やってきたことのなにもかもが、まったくの無意味なことでしかなかった。マットレスに丸まりながら、そんな思いが怒濤の勢いで押しよせてきた。オルガの死後にやってきたことのすべてが、オルガに起こったことは全員に罪があるとでもいうように、オルガを救えなかった自分、そして周囲の人びとを罰するための行為でしかなかったのではないかと思えた。

メルチョールは丸くなっていた姿勢をもどし、マットレスに起き上がると、目と鼻と額をごしごしこすった。立ちあがり、Tシャツをかぶってトランクスをはき、洗面台へ向かう。縁が錆びついた壁掛け鏡に、やつれて憔悴した顔が映っていた。とがったほお骨。充血した目。一週間の無精ひげ。自分の顔とは思えないような顔をのぞきこみながら、サロームが言っていたイスラム主義者たちがオルガを殺したという見解は正しいのかと自問した。サロームの言うことは、それについても筋がとおっている。オルガの死後、そしてそのまえも、だれかに尾行されていたとは思えなかったが、確信があるわけではない。それにあれが事故だったとはとうてい考えられないものの、絶対に偶然の事故死ではなかったとも言いきれない。とにかく、警察署にもどって同僚たちがすすめた捜査の状況を把握してから、捜査に加わらなくてはならない。メルチョールは鏡のまえでそう考えた。それからシャワーを浴び、ひげを剃りながら、そうするのはやめておくべきかもしれない、捜査は同僚に任せるべきかもしれないと考えた。母親を殺した犯人を探しつづけた何年もの努力が無駄に終わってしまったことを考えれば、警察学校で教えられた戒めにしたがうべきではないのか。被害者の親族も被害者であり、犯人を追跡するのに必要な冷静さ、客観性、距離感を欠いているというではないか。人生でふたりの女性を失ってしまったが、もうひとりがいるじゃないか。一刻も早く、なにもかもを忘れてしまったほうがいいのかもしれない。バレーラ警部補の提案を受け入れて異動を申請し、コゼットを連れて新しい任地に赴いたほうがいい。テラ・アルタにとどまっていても意味がない。貧しく、孤立した、人を寄せつけないこんなところにしがみついていても仕方がない。オルガのおかげでテラ・アルタは自分の故郷になった。しかしオルガはもういないのだ。前にすすまなければならない。シャワーを浴びてさっぱりし、ひげを剃ってもとにもどった自分の顔を見つめながら、メルチョールは自分に言い聞かせた。もういちどやり直さなければならない。

とはいえ、頭で考えることと生理現象とはべつの話なので、メルチョールはきりきりするような空腹に襲われ、かれこれ二十四時間近く、なにも口に入れていないことを思いだした。まともな朝食にありつくために家を出ようとしたときだった。電子メールの受信トレイに二件の新しいメッセージがとどいているのが目に入り、そのひとつの件名に目が吸いよせられた。《返答》と書かれている。その本文はさらに注意を引く内容だった。たった一文、《疑問に対する答えは、捜査結果のなかにある》とあった。

背筋にぞくりと戦慄がはしった。だれが送ってきたのか。なんのために？　本気なのか、冗談なのか。メールには署名がなく、送信元のアドレスはホットメールで、どこから来たのかわからなかった。疑問とは、オルガの事件を指しているのだろう。その答えがアデル事件の捜査結果のなかにあると言っているのだろう。メルチョールはそう推しはかった。アデル事件でなければ、ほかに考えられる捜査などない。仮にそこに答えがあるとして、どこを探せばいいのだろう。数百枚、数千枚もの文書のどれを探せというのか。この相手に返信し、詳細を訊ねて、予期せずして舞いこんできたオルガの死とアデル事件を結びつけるこの思いがけない手がかりが、ほんとうに手がかりなのかどうかを検証する必要がある。メルチョールはそう思ったが、そうするのを思いとどまった。これしか書かれていないのは、この電子メールの相手が詳しいことを言いたくないからだろう。この手がかりが信頼に足るものであろうとなかろうと、とことん追ってみるしかない。そう直観した。

最初の衝動はサロームに電話することだったが、ブライ巡査部長の番号を押し、ビラルバ・デルス・アルクスにあるバルのトリノスで十一時に待ちあわせることになった。

二時間後に店に着くと、すでにブライが隅でコーヒーを飲みながら待っていた。メルチョールもカウンターでコーヒーを注文してから、ブライの向かいに座った。

「調子はどうだい」ブライが訊ね、

「元気だよ」と嘘をついた。

ブライはそれから何分か質問をつづけ、メルチョールはときどきほんとうのことも織りまぜながら、それに答えていった。店主がコーヒーを運んできたので、メルチョールはそれを飲み終えると、話を切りだした。

「きいてもらいたい頼みが、ふたつある」ブライは腕を広げて《言ってみろ》とうながした。「もういちど、アデルの事件ファイルを見なおしたい」ブライの身体が硬直し、表情が曇った。ブライがなにか言うまえに、メルチョールはつづけた。

「心配しないでもいい、正気を失ったわけじゃない。そこにオルガの死を説明する鍵がありそうなんだ」

「アデル事件にか」ブライは驚いた。

「そうなんだ。オルガの死を説明する鍵をみつければ、アデル事件を解明する鍵がみつかる」

「どうしてそれがわかる?」

「そうに違いないと思えるだけだ。それを確かめるために、事件ファイルを調べなおす必要があるんだ」

窓のすりガラスから差しこむまろやかな光を浴びながら、ブライは坊主頭を左右にふった。

「また面倒を起こすだけの厄介なことになる」背もたれに身体をあずけ、ブライは言った。

「協力してもらえれば、面倒なことにはならないんだ」

背もたれから上体を起こし、また身体を固くして、ブライは警戒の色を浮かべた目をメルチョールに向ける。

「俺は自分のパスワードでは、捜査ファイルにアクセスできないんです」メルチョールは説明した。「隠密捜査が上にばれちまったし、そのせいでアクセスが禁じられているのは、まず間違いないだろうし。しかしゴマ警部補は、事件の暫定終結を決定したときに、巡査部長には継続捜査を認めたんじゃありませんか？」

「あいつはそうするに決まっていると言ったときのことだな」ブライは再びリラックスし、あざけるような笑みを浮かべた。「そのとおりだ。あの野郎、思ったとおり私に責任転嫁しやがった。あの男流のやり方で、私にこう言ったようなものだ。さあ、資料は用意してやった、なにか見つけられるものなら見つけてみろ、おまえの自惚れの鼻を高くできるというものだ、とね」ブライはそこで口をつぐんだ。笑みが消えた。「おい、まさか私のパスワードを使わせてくれというんじゃないだろうな」

「それ以外の方法で俺にアクセスができると思いますか」

「冗談を言っちゃいけない、このスペイン主義者め」

「大丈夫、見つかりっこないんです。だれかにコンピューターのログイン履歴が見つかっても、巡査部長が事件を嗅ぎまわっていたと思うだけだし、巡査部長にはそうする権限があるんだし。俺がファイルを開いたことは絶対にばれない。俺が署に入ったことさえ、だれにも知られずにすむ。理想を言えば、だれにも見られずに署に入れてもらいたい。早ければ早いほどいい。たとえば、巡査部長が当直にあたっている今週末あたりに。夜いちばんに車庫から入って朝いちばんに引きあげれば、入り口で当番をしている警官にさえ、俺がいたことはわかりませんよ」

メルチョールの顔と店主と談笑しているカウンターのふたりの地元客に交互に視線を往復させながら、ブライ巡査部長はためらった。

「俺を信じてください」メルチョールは頼みこんだ。

「それに、アデル事件を解決すればゴマの鼻を明かしてやれるんですよ」

ブライは納得がいかない顔でうなずいた。カウンターの地元客たちは、支払いをすませて店を出ていった。

「それで、ふたつめの頼みはなんなんだ」

メルチョールは折りたたんだ紙片を取りだし、本文が削除されたブライがそれを広げると、本文が削除された電子メールのコピーだった。

「これがだれのメールアドレスなのか調べてもらいたいんだ。どこから送られてきたのかがわかるだけもいい、どんなことでも」

ブライは紙片を折りたたみ、ポケットに入れながら「時間がかかるかもしれない」と言った。

「もうひとつの頼みについては？　手を貸してもらえますか？」

「どうしてサロームに頼まないんだ」

「巡査部長には貸しがありますから。たっぷりと」メルチョールはそれから、澄ました顔でつけ加えた。「困ったときはお互いさま、でしたよね」

金曜日の夜十時。メルチョールは計画どおり、ブライ巡査部長の後部座席に横たわり、だれにも見られずに車庫から署に入った。ふたりで二階にあがり、メルチョールは刑事部屋にこもってアデル事件の資料を調べる作業に没頭した。巡査部長は隣の部屋で未処理の報告書を書いたり、仮眠をとったり、コーヒーを淹れるために一階に降りたり、二回ほど外に出たりしてその時間を過ごしていた。ブライが署を離れたのは、一回目は酔っぱらいを相手にしていた巡回警官たちの要請を受けての外出、二回目は、明け方近くに外の空気を吸いにいったときだった。

いっぽう、メルチョールはなにをどう探せばいいのかわからなかったものの、根拠のない楽観主義に取りつかれて、なにかがつかめるに違いないという希望を抱いていた。そうは言っても、資料の大海原にこぎだし、詳細な調書やそうでないもの、自分で作成したものも含めて何時間も文書と格闘する航海をつづけるうちに、朝の六時半に近くなり、あきらめざるを得なくなった。ブライ巡査部長はまだ外出中だが、夜のシフトが終わる七時までに引きあげなくてはならない。そろそろもどってくるはずだ。どうすればよいのかわからず、落胆を味わいながら、また直観が間違っていたのかと思いつつ、匿名の相手から新たにメールが入っていないか確かめてみた。新しいメールは入っていなかった。ふいに、昨晩から頭にひっかかっていた疑問が浮かびあがってきた。調べるべき捜査ファイルは、アデル事件のもので間違いないのだろうか。そこで匿名のメールを開き、《答えはアデル事件の捜査にあるのか？》と書いた。何度も読みなおして返信キーを押した。返事を待っていると、ブライ巡査部長が乱暴にドアを開けて姿をあらわした。

「なにか見つかったか？」

メルチョールがなにも、と首を横にふると、

「それを怖れていたんだ」ブライはあくびをかみ殺しながら言った。「さあ、コンピューターをシャットダウンしてこい。寝ることとしよう」

メルチョールは帰宅後、メールをチェックしてみたが、なにも入っていなかった。眠れぬままに、朝からたびたび受信トレイを確認し、インターネットのさまざまなサイトをたどって情報を検索し、コゼットやビバレスと電話で話した。午後三時ごろ、昼食のために外に出かけ、もどってくると、パソコンのまえで腕に頭をのせて眠ってしまった。夜になるころに目を覚まし、最初に目に飛びこんできたのは、受信トレイに届いていた夜明けのメールに対する返信だった。メッセージは今回も簡潔だった。《指紋採取資料を調べろ》と書いてある。メルチョールはすぐさまブライに電話し、もういちど同じ行動をとってもらいたいと説き伏せた（これが最後だ、約束する、と言って）。今回は、事件発生後にアデルの屋敷で採取した指紋検出資料に調査対象を絞った。検出された指紋の拡大画像をひとつひとつ、指紋の原画像と照らしあわせて確認すると、鑑定された指紋がすべて、犯行の前日に屋敷にいたこ

とがわかっている四人、つまりアデル夫妻、ルーマニア人の家政婦ジェニカ・アルバと、エクアドル人の料理人フェルナンダ・ザンブラノのものであることがわかった。つぎに、識別不可能に分類されたデータの拡大画像を調べた。すべてが不鮮明で、判別ができない。絶望的な状況におちいったメルチョールは、拡大されていない原画像も調べてみようと思いたった。原理からすれば、未処理の指紋データからなにかを発見することなど不可能に近い。それでも、拡大画像と原画像を一枚ずつ突きあわせていった。そのうちに突然、奇妙なことに出くわした。警備システム制御室で採取された指紋のひとつが、拡大画像処理をしていない指紋像のほうが鮮明に見えたのだ。

メルチョールは不思議に思い、鑑識のラボで原画像から新たな拡大版を作成してみることにした。その作業にはしばらく時間がかかったが、最初の拡大画像よりもはるかにきれいな画像が得られた。不鮮明な画像が単なるミスや手違いの結果によるものとはとうてい思えないほど、それは鮮明な仕上がりになっていた。とにかく、この新しい画像を使えば指紋を特定することができる。探していた鍵はこれに違いない。メルチョールは胸をおどらせながら、ほとんど小走りで刑事部屋にもどった。パソコンのまえに座り、捜査中に保存された指紋と照合し、それがアデル夫妻のものとも、ルーマニア人の家政婦のものとも、エクアドル人の料理人のものとも一致しないことを確認した。つづけてアデル美術印刷の重役陣の指紋と照らしあわせた。ボテット、シルバ、アルホーナは除外された。つぎにアルベルト・フェレの指紋にたどり着いたときに、心臓が飛びだしそうになった。ほかの角度からも検証した結果、間違いなくアルベルト・フェレの指紋であると結論づけることになった。

高揚感を抑えることにつとめながら、メルチョールは立ちあがり、部屋のなかを歩きまわって考えた。この発見は、アデル夫妻殺害の数時間まえか数日まえに、フェレが警備システム制御室にいたことを証明している。警報機と防犯カメラのスイッチを切ったのはフェレである可能性が高い。そうすることで、その数時間か数日後に、犯人が屋敷に入ることができた。フェレは嘘をついたか、少なくともこの事実を隠したことになる。フェレがなんらかのかたちでアデル事件に関与していることはまず間違いない。彼はオルガの死にもかかわっているのか？ 可能性がないとは言えまい。

しかし、それとはべつに、はっきりしていることがひとつある。内部にいる捜査関係者のだれかが、この決定的な証拠を消そうとしたということだ。そうに違いない。拡大画像の過剰なまでの質の悪さは、不器用さや偶然の産物ではありえない。証拠として指紋が特定されないように、意図的にそうしたのだ。この人物は、すでに証拠として登録されたデータを削除することができないことを、間違いなく知っていた。削除すれば、自分の正体がばれてしまうからだ。そうする代わりに拡大処理を不鮮明化すれば、フェレの指紋であることが見過ごされる。だれもオリジナルの指紋像を確かめたりしないだろうと見越したうえで、そうしたのだ。そういう細工をしたのは、三人が殺害されてから時間がたっていないときでなくてはならない。そして、容易にそれができる人物でなければならない。それができた者で、唯一考えられるのは――アデルの屋敷で鑑識が採取した資料をとりまとめた人物だ。《シルヴェン》。名前が頭に浮かんだ。

たったいま、明らかになったことに目眩をおぼえながら、メルチョールはコンピューターの電源を切り、刑事部屋を出て、車を置いた場所へと歩きながらシルヴェンに電話をかけた。シルヴェンはちょうどベッドに入ったところだったが、会うことを承諾した。

「なにがあったんだ？」驚くシルヴェンに、

「二十分後に話す、待っててくれ」と伝えた。

二十分後、メルチョールはモーラ・デブレ郊外にあるテラスハウスのまえに車を停めた。シルヴェンは鉄の門の横にある庭の石塀に座って待っていた。スウェットパンツにグレーのセーターを着て、フェルトのスリッパをはいていた。十一月の晴れた夜空には満天に星がまたたき、満月に近い丸い月がかかっていた。鴨居に吊るされたランプが玄関を照らしている。

シルヴェンは立ちあがり、メルチョールに向かって歩いてきたが、挨拶を口にするまえに、メルチョールに襟首をつかまれた。

「おい、この野郎、指紋の拡大画像をぼかしただろう?」

シルヴェンは抗議しかけたが、メルチョールは襟首をつかんだままで、今しがたの発見をまくしたてて黙らせた。アデル老夫婦が殺された夜の少しまえに、アルベルト・フェレが警備システム制御室に入っている、それを証明する指紋があるのだ、証拠の指紋はフェレが殺人に関与したことを示している、だがだれも気づけないように意図的にぼかしてあった、そんな真似をすることができたのは、きさまのほかにいない、屋敷で採取した証拠をとりまとめ、ピレス巡査長に提出する責任者は、鑑識班のきさまだったんだ。

「ぼくじゃない」シルヴェンは首をつかまえられたまま、うめいた。メルチョールの説明を聞きながら瞬時に頭を整理し、「サロームのしわざだ」と言う。

メルチョールは理解できないという顔で、襟首をつかんでいた手を離し、説明を求めた。シルヴェンはふたつ折りになって咳き込んでから、身体を起こした。

「サロームがやったとしか考えられない」首筋をさすりながら、繰りかえす。「ぼくがゴマ警部補から証拠のとりまとめを任されたのは事実だ。しかし、あの日のことを思いだしてみろ。証拠はいたるところにあったし、ぼくたちは仕事に忙殺されていた。サロームは、ぼくたちを手伝うと申しでてくれた。彼は鑑識の経験を積んでいる。捜査チームの一員で、巡査長でもある……それに、ゴマ警部補からぼくたちを手伝うように命じられたと言っていた。嘘じゃなかっただろうが、訊きもしないのに自分からそう言っていた。それであの日曜日は、午後からずっとぼくたちと屋敷につめていたんだ」

「きみの言うとおりだ」シルヴェンに対してというよりも自分に言い聞かせるように、メルチョールは記憶をたどりながらつぶやいた。「自分から申しでて、ゴマが承認したんだった。俺も手伝うと言ったんだが、彼はそれを断った。だれにも見張られたくなかったんだ。あの夜は遅くまで署に残って、採取した証拠資料の作業にあたっていた。そして翌朝――」

「そうだろう?」シルヴェンが熱っぽくさえぎった。

「日曜日は、サロームが採取した証拠資料をとりまとめてピレスに届ける責任を負うことになった。そして次の日も、自分がすべてを監督する立場をとりつづけた。いったん引き受けたからには、最後までやり遂げると言ってな。アデルの屋敷で採取した資料は、ぼくが取りまとめたんだが、署でそれを整理してピレスに送ったのは彼だった。ほかにはだれもかかわっていなかった。拡大画像にそんな細工ができた者は、彼しかいないんだ」

メルチョールはシルヴェンの説明をなんとか理解して把握しようとしていた。そのとき、そこへ来てから一台も車がとおっていない郊外の夜の静寂を揺るがせて、メルチョールの携帯の着信音が鳴りひびいた。たったいまわかったことがいまだに信じられず、茫然自失していたメルチョールは、しばらく呼び出し音が鳴るのに任せていたが、相手がブライ巡査部長であることに気づき、電話に出た。

「いったいどこをほっつき歩いているんだ」ブライの声が届いた。「火事でも消しとめにいく勢いで、署を飛びだしていったのを見た者がいる。署にいることは、だれにも知られちゃならなかったんじゃないのか」

「申しわけない」シルヴェンを見つめながらメルチョールは詫びた。「いま、モーラ・デブレでシルヴェンに会っているんです」

「だれにだって?」

「シルヴェンです。あとでお話しします」

「なにかわかったのか」

「おそらく……」躊躇し、何度かまばたきをしてから、告げた。「たぶん。アデルを殺したやつがわかったと思う」ちょっと黙り、言葉をつづけた。「オルガを殺した犯人も」

「やったじゃないか、このスペイン主義者!」

「署で待機していてください。もう少しすれば、最初のひとりを連行します」

メルチョールは謝罪の言葉もなくシルヴェンに辞去を告げると、自分の車に乗りこんだ。ハンドルをにぎり、五か月まえ、いまと同じような日曜日の夜更けに、複数の遺体が発見されたという通報を受けてからなにがあったかを、頭が沸騰する勢いで思い返しながら、ガンデーザへ向かって車を走らせた。アデル事件のパズルのピースがすべてそろった。そのほとんどが、埋まるべきところにおさまった。

サロームの家は、裁判所の近くにある三階建てのモダンな建物だった。インターフォンを押すと、しばらくしてサロームが出た。開けるように頼むと、なにも訊かずにすぐに表門のロックを解除した。出迎えたサロームはパジャマにローブを羽おり、額縁におさまったようなシルエットを描いて玄関の向こうに立っていた。

「やれやれ、きみにはかなわない」眠そうな顔でほほ笑みながら、サロームは廊下から姿をみせてメルチョールを迎えいれた。「この四年間、いくら誘っても来ようとしなかったのが、連絡もせずにいきなりあらわれるんだからな。いまが何時なのか、わかってるのか?」

メルチョールは返事の代わりに、いきなり拳骨をくらわせた。サロームは吹っとんで玄関の小机にたたきつけられ、金属、木材、ガラスが割れてくだける音がひびいた。

「なんなんだ……」床に転がったままで、サロームは信じられないという声でうめいた。「酔ってるのか」

メルチョールはドアを閉め、サロームの腹と顔を蹴り、ダイニングルームへ引きずりこんで、ソファに放りだした。

「答えてもらえないか」心底不思議そうに、メルチョールは言った。「最後に会ったとき、俺はきさまを、これまでに出あえた人生最高の友人だと思ったんだ。それがいまは、俺のまえにあらわれた下種のきわみだと思っている。どうだ、なにか言えるか」

サロームは、こぼれ落ちそうなはらわたを支えるように腹を押さえながら、うめき声をあげて身体をよじり、起き上がろうともがいていた。もはや眠気も微笑も吹きとび、眼鏡を失い、鼻から流れた血が口ひげと顎ひげに飛びちっていた。

「なにが言いたいんだ、メルチョール、まったくわからない」ようやく言葉を絞りだし、サロームは答えた。

「オルガのことを言っているんだ。きさまが彼女をひいた車を運転していたのか? それとも友だちのフェレだったのか?」

「なんの話かわからない」サロームはまた言った。「頼むから、落ち着いてくれ。考えてみればわかるじゃないか、どうして私がオルガを殺したりするんだ」

メルチョールは再び、サロームの脇腹に拳骨を二発くらわせた。サロームはあきらめたのか、抵抗する気力をなくしてしまったのか、されるがままになっていた。

「空っとぼけているつもりなら、たたきのめしてぶち殺してやるまでだ」脅しつけてから椅子を引きよせてまたがるように座り、背もたれをまえにしてそこに腕をのせながら言った。「答えてくれ。こう言えばわかるか？　さっき、アデル事件の捜査ファイルにフェレが屋敷の警備システム制御室に残していった指紋をみつけた。拡大処理をしたものを。思いだしたか？　証拠資料として登録されている資料は、削除することができない。だれも拡大画像ともとの画像を見比べようとはしないだろうと考えて、拡大画像に細工をして不鮮明にした。どうだ、おぼえがあるだろう？　最初はシルヴェンのしわざだと思った。だがいまさっき話をきいて、あいつにはそれができなかったことがはっきりした。当然だ。あの日、資料を取りそろえてピレスに提出する責任を負ったのは、きさまだったんだ。きさまはだから、自分からすすんでゴマに鑑識班の手助けを買ってでた。友だちを助けて、彼が犯したかもしれないミスを隠蔽するために。だから俺にも手伝ってほしくなかった。もちろん、ひとりでやる必要があったからだ。だれかに見られるわけにはいかなかったからだ。報道関係者に対する一家の代弁者になったのも、そのためだ。情報を一手に掌握し、手ぬかりがないようにな。盗聴捜査も、きさまがフェレに教えたんだろう？　違うか？　うっかり不用意なことや愚かなことを言ったりしないように。アデル美術印刷に入るための鍵を用意してくれたときも、頼りになる友人として親切に、俺を窮地から救ってくれたんだったな。アデル美術印刷の鍵は、フェレを説得して手に入れたんだろう？　グラウのオフィスで俺を捕まえるために。そして俺を事件から永遠に遠ざけるためにだ。どうなんだ？　しかし俺は引き下がらなかった。それで次にオルガを狙ったんだろう、え？　このクズめ」

メルチョールが決定的な証拠と理路整然とした推理で組み立てられた論拠をまくしたてているあいだに、サロームはなんとか身体を起こし、少し落ち着きを取りもどした。眼鏡のほかに、スリッパとガウンのベルトも失くし、パジャマのボタンがいくつかちぎれて、胸と腹の一部をのぞかせていた。痛めつけられてぐったりし、憔悴して虚脱した表情になっていた。

「逃げ道が残されていると思っているのか？」人さし指をつきつけて、メルチョールは迫った。「首までどっぷりドブにはまっているのが、わからないのか？　フェレが少なくとも犯行を共謀したことを示す証拠を、きさまは消そうとしたんだぞ。どう説明しようというんだ。拡大画像の加工はきさまにしかできなかったのが、わからないのか。もう逃げ場はないんだ」

サロームは黙ったまま、暗い目をしてタイル張りの床を食い入るように見つめながら、まだ荒い息をつき、考えているようだった。

「もっとぶん殴ってやる必要があるのか？　これまでのことを考えれば、俺には真実を知る資格があると思わないか？　どっちにしろ、白状するしかないんだぞ」

「私はオルガの死にはまったく無関係だ」サロームはついに、低い声で言った。

はてしなく長い数秒間、ふたりは無言でくぎづけになったように互いの目を凝視した。だがサロームはすぐに視線をそらせ、メルチョールは見知らぬ人のようなその顔を見つめながら、これまでの相棒の名残りを探していた。髪が乱れ、ひげを血で汚して、放心した目をした彼のなかに、四年にわたって毎日のように行動をともにし、テラ・アルタで指導してくれた魂の友とよべる相手を。

「すまないが眼鏡をとってくれ」

サロームに頼まれ、眼鏡を取りにいって手わたしてから、メルチョールは座らずに立ったままでいた。ダイニングルームにはサロームの重い息づかいと、淡々と時を刻む時計の音だけが聞こえていた。

「私はオルガの死にはなんの関係もない」パジャマと

ガウンをかきあわせて胸と腹を隠すことに努めながら、サロームは投げやりな調子でまた言った。「アルベルトは、きみが捜査を継続していることを知るとすっかり動転して、なにか尻尾をつかまれるんじゃないかと震えあがっていた。なにがなんでも捜査をやめさせる必要があると言ってな。なだめようとしても、聞いてもらえなかった。アルベルトはきみを脅して忠告するだけのつもりだったのだ。それが、あんなことになってしまった」

「だれのしわざだったんだ」

「金を払って人を雇ったらしい。そう言っていた」

「アデルたちを殺したのも、そいつらだったのか」

「いや。違うはずだ。やったのはプロの刺客だった。詳しいことは知らない。私は友人を助けてやりかっただけで、それ以上は関与していなかった。おなじ立場にいれば、きみも同じことをしただろう」

「頭がいかれちまったのか？　三人も人を殺すことに手を貸したんだぞ」

「それは違う、友人が監獄送りにならないように手を貸しただけだ。彼は義理の父親を殺すことに決めていたんだ。協力してもしなくても、殺していたに違いない」

「なぜ？」

「なぜとはなにが？」

「なぜ義理の父親を殺すことにしたんだ」

「決まってるだろう。アデルは二十年間ずっと彼をののしり、馬鹿にしてきたからだ、まわりの連中にそうしていたように。それに加えて、全財産の半分をオプス・ディに寄付するつもりだったからだ」

「なんだって？」

「言ったとおりだ。アデルはそれを秘密にしていた。じきに打ち明けようとしていたようだが、娘でさえ知らなかった。もちろん、オプス・ディには知っていた者がいるが、彼らは決してそういうことは口外しない。

連中はそのたぐいの奸計にかけての玄人だからな。アルベルトがそうすることにしたのは、そのためだ。アデルはさんざん家族を苦しめたうえに、財産まで投げ出すつもりだった。ひどいやつだ」

「ひどいやつだったから、アルベルトの殺人に協力したのか」

「もういちど言う。殺人に協力したわけじゃない。捕まらないように手助けしたにすぎない。少なくとも、私はそのつもりだった」

「ふざけるな」

メルチョールはうんざりしてサロームから視線をはずし、怒りと嫌悪感で煮えくりかえるような心をしずめながら、この家を訪ねてきたのははじめてだとサロームが言っていたのは、そのとおりだったことに気がついた。見まわすと、ダイニングルームに置かれた家具類は個性も好みもない、ありきたりなものばかりだった。ビニールレザーのソファ、平凡なテーブル、なんの変哲もない椅子。よくあるサイドボードには申しわけていどに雑多な本がならび、使い古されたテレビに、古ぼけた目覚まし時計。面白くもない無味乾燥なものばかりのなかで、親しみ、温かみを感じさせるものは、サロームの向かいにあるマントルピースのうえの家族写真だけだった。メルチョールはその一枚に注意をひかれた。ガラスをはめた銀縁の写真たてに、夏休みのときだろう、サロームが妻と娘たちにかこまれている写真があった。砂浜で、全員が海からあがってきたばかりのような水着姿でTシャツを着てゴム草履をはき、足もとにはビーチバッグがあり、折りたたみ椅子とビーチパラソルが置かれている。サロームは若く、ひげがないが、いつもの古めかしい眼鏡をかけている。右手で六歳か七歳のクラウディアの手をとり、左手を妻の肩にまわして頰にキスをしていた。妻はミレイアと手をつなぎ、カメラに向かって晴れやかな笑顔を見せていた。メルチョールは思わず、サロームの奥さんが亡くなるどれくらいまえに撮った写真なのだろうかと考えた。このときはもうガンが進行していたのだろうか。ガンデーザで生まれ育っていながら、サロームはなぜ、よそ者の新参者のようにこんな辺鄙なところに住んでいるんだろう。奥さんや家族との思い出や家具類はどこにあるのか。孤独が苦手な彼がわびしいやもめ暮らしを、ここでひとりでどうやって生き延びてきたんだろう。俺はオルガとコゼットにかこまれて人生でいちばん幸せなときを過ごしていたのに。写真から目をそらすと、じっと見ていたサロームと目があった。

「どうしてあんなことができたのか、俺には理解できない。いったいどういう――」

メルチョールは言いかけて、サロームの目に宿るものに気づき、ふいに口をつぐんだ。それと同時に、オルガと結婚した日、披露宴の席でサロームと彼のふたりの娘とかわした会話が、記憶の底からぱっと閃光のように脳内をよぎった。会話のほんの断片でしかないような、あるいは、ほかでも話したような、それともこだまのように感じられるそのときの記憶を思い起こした瞬間に、すべてが腑に落ちた気がした。サロームの目は静かに、けれども雄弁にそれを物語っていた。メルチョールはかすかな憐憫が湧きあがってくるのを感じた。それで怒りと嫌悪感がやわらぐはずもなかったが、憐憫がそれらに溶け込んでいった。《友だちから、いくら受け取ったんだ》メルチョールがそう質問しようとしたときに、サロームが言った。

「本気で私を警察に突きだすつもりなのか」

サロームの質問は、ふたりのあいだの宙に漂った。

「警察に引きわたして私の人生を台無しにすること以外に、そんなことをしてなんになる?」サロームはさらに訊ねた。「警官は不快な存在だ、スズメの涙ほどの給料でじゅうぶんだ、その辺のイヌやネコのように、扱われて当然だと世間に言いふらしている報道に、餌を与えてやろうというのか。それとも、だれからも憎まれて、すでにもう人生を生きっていたろくでなしの老人に正義を与えるために、私を引きわたそうというのか？」

「アデルだけじゃない。奥さんと家政婦もいた」メルチョールは最後の質問に答えて言った。「それにオルガも」

「繰りかえすが、私はオルガに起きたこととはなんの関係もない。オルガは友人だったんだ。あんなことになるとわかっていたら、どんなことをしてでも止めていた。屋敷のほかの女性たちのことも、知らなかった。彼女たちも殺すつもりだったとは、思ってもいなかった。それに老夫婦をああいう拷問にかけることも、まったく知らなかった。死体を見たときは、きみと同じようにぞっとしたんだ。アルベルトは、仕事を請け負った連中が勝手にやったのだと言っている。自分は錠を開けてなかに入れてやっただけだと……どんな連中に依頼したのか、どんな交渉をしたのか、私はなにも知らない。はっきり言えるのは、私を逮捕してもオルガはもどってこないということだけだ。だが私の娘たちは、母親を亡くしたあとで父親まで失うことになるんだ。きみもいちばんの友人を失うことになる。困っているときには必ず力になってきた唯一の相手を。私が言っていることは間違っていると思うか？」

メルチョールはなんと答えていいかがわからず、サロームを見つめた。怒りと嫌悪感と憐憫の気持ちに、無力感による虚脱感が加わった。

「おしゃべりはもうじゅうぶんだ」メルチョールは気持ちを奮いたたせて言った。「服を着替えるんだ。もう行かなくてはならない」

「どこへ？」

「警察署だ。ブライが待っている。俺に話したことをブライに言ってくれ。どうするかは彼が決めてくれる。フェレのことも」

サロームは、一瞬理解できないというような、ためらうような表情になると、顎ひげを胸につけてがっくりとうなだれた。ふたりとも少しのあいだ無言だった。時計の音だけが聞こえていた。メルチョールはサロームの頭頂部が修道士の剃髪のように小さく禿げあがっていることに、はじめて気がついた。顔をあげたサロームは、冷笑ともあざけりとも見える曖昧な笑みを浮かべていた。

「アルベルトを捕まえにいかなくてもいいのか？」あいだが空いたことで、自制心を取りもどしたようだった。「私にしたように、たたきのめしてやる機会を無駄にしてもいいのか？　彼を殺すことだってできる。きみはそれも得意だからな」

メルチョールはなんと答えていいかがわからず、この四年間、毎日のように顔をあわせてきたにもかかわらず、俺は彼のことをほとんど知らないのだと改めて思った。そして深い疲労感に襲われた。自分を衝き動かしていた最初の怒りの勢いがおさまると、この数日間の悲しみ、絶望感、疲労がどっと押しよせてきたようだった。

「きみは、自分を私より優れていると思っているんじゃないのか？」サロームは曖昧な笑みを浮かべながら、わずかに挑発的な響きのある調子で、開きなおるように言った。

「しかし、それは違う。私は過ちを犯したかもしれないが、きみはそれとは違うんだ、メルチョール。なにが違うのか知りたいか？」

知りたくなかった。巡査長が考えていることなど聞きたくなかった。しかしメルチョールはこのときも、なにも言えなかった。

「きみは人殺しだ」自分の質問に答えてサロームは言った。「そうなのだ。顔にも目にも、それが書いてある。きみを見たときに、そう思った。教えてくれ、少年たちを殺すのは楽しかったか？　楽しんだんだろう？　カンブリスのテロリスト四人のことだ。楽しかったんだ、そうだろう？　ほんとうのことを言ってもいいんだぞ、ここだけの話だ。イエスかノー、どっちだ？」秘密を共有するような調子の、温かい親密な声音になっていた。

「それがほんとうのきみだ。自分を偽るな。そういう風に生まれてきて、そういう風に死んでいくんだ。人は変わらないものだ。きみも変わらない。フェレを捕まえにいこうとしないのは、殺してしまうことがわかっているからだろう？　違うか？」サロームの微笑はほとんど攻撃的と言えそうな無遠慮な笑顔になった。

「メルチョール、きみは私より優れてなどいない。いまはそう思っているかもしれないが、もっと下だ。ずっと下だ。自分でもわかっているんじゃないか？　そうだろう？」

メルチョールは実際にそう思っているとでもいうように、ああ、と首をふった。そして心のなかで、彼が言っていることは正しいのではないかと自問した。それから、殴りつけてやりたい衝動をおぼえた。それにつづけて、最近になって二度目に、泣きたくなった。そして言った。

「さっさと着替えてくれ。頼む」

サロームはまだあきらめきれないようだったが、しぶしぶゆっくり立ちあがると、寝室へいき、服を着た。数分後、メルチョールの車に乗りこみ、ふたりはサロームの家から警察署までの距離を無言で走った。

土曜日の夜にもかかわらず、カタルーニャ通りで二、三台の車がとおっただけで、ガンデーザはひっそりと静まりかえっていた。メルチョールは考えまいとしながら、自制できずに考えこんだ。サロームに言われたこと。サロームの娘たちのこと。コゼットのこと。テラ・アルタでの四年間のこと。ジャベールのことを。

警察署の前に車を停めたのは、『レ・ミゼラブル』のジャベール警部について考えていたときだった。正た。ブライ巡査部長の姿が見えた。真夜中に照明を浴びて照らしだされたロビーは、署では仲間内で《金魚鉢》と呼ばれているとおり、水槽のようにきらめく直方体のプリズムに見えた。ブライは車が到着したのに気がつき、外に出てこようとするそぶりを見せたが、こちらを見ながらそのままそこにいた。メルチョールはブライを指し、

「あそこで待っているぞ」と教えた。

サロームはメルチョールを見た。ダッシュボードのうす明かりに浮かんで見えるサロームは、口ひげと顎ひげにねばついた血痕がこびりつき、先刻の勇ましさが消え失せて、怯えてすくんだように、息苦しいほどの苦痛にさいなまれ、最後の終末に残された希望に喘いでいるようだった。

「メルチョール、ほんとうに折りあいをつけて収拾することはできないのか」サロームは言った。「いまならまだ間に合う。ブライにはすべて茶番だった、それとも誤解だったと説明できる。ふたりで喧嘩になったとでも、なんとでも」

メルチョールは首を横にふった。

「信じてもらえないさ。それにシルヴェンも知っている。さっき話してきたって、言っただろう」

「信じるに決まっている」サロームは食いさがった。「シルヴェンもな」少し間をおき、懇願した。「頼む。われわれの友情にかけて。娘たちにかけて」

ため息をついて、メルチョールは前方に広がる空き地の暗がりにしばらく目をすえた。そしてようやく、なにも考えない状態を、あるいはなにも考えていないということしか考えずにいる状態をものにすることができた。ほとんどわからないほど微かに頭を動かしてロビーの方を示し、怒りでも、不快感でも、憐れみでもない声で、うながした。

「降りるんだ」

サロームはもう哀願はしなかった。抵抗もしなかっ

た。だが出てくるまで、少し時間がかかった。メルチョールは彼が車から降りてくる音を聞いたが、ふりむかなかった。正面玄関までの数メートルを歩くところも、ブライが開けたドアをくぐってなかへ入っていくところも見なかった。人工照明に照らされたロビーでブライと話しているところさえ、見なかった。ただいちど、署の方をふりかえったときに、ブライが問いかけるように腕を広げているのをガラスごしに目にしただけだった。それから、アクセルを踏みこみ、そこを去った。

第4章

当時をふりかえると、テラ・アルタで過ごした最初の数か月ほど幸せなときはなかったとメルチョールはいつも思う。

ギュンター・グラスの『ブリキの太鼓』を返しに図書館にいったとき、カウンターのうしろにいたオルガは、思わせぶりな笑顔を浮かべていた。

「あのね」挨拶もぬきに、メルチョールに言った。

「読み終えたわよ」

『レ・ミゼラブル』のことだと、訊かなくてもすぐにわかった。図書館はちょうど開館したばかりで、風の強いその日、正面のガラスドアから朝日がさんさんと差しこんでいた。ふたりはだれにも邪魔されずに、互いの言葉を奪いあうようにして、しばらく小説の話に興じた。オルガはカウンターのうしろに座り、メルチョールはギュンター・グラスの本を脇に置き、カウンターに肘をついて話していた。ジャン・バルジャンとマドレーヌ氏のこと、ジャベールのこと、ファンティーヌ、コゼットやマリウスのこと。テナルディエ夫婦、ガブローシュ、フォーシュルヴァン爺さん、アンジョルラスと若き革命家たち、宿屋のワーテルロー亭、パリのバリケードのこと。話題は尽きなかった。そのうちにオルガが、読み終わったかどうかをメルチョールが訊ねるたびに口にしていた不思議、という言葉をまた口に出したので、メルチョールはどういう意味かとまた訊いた。

「センチメンタルだし、ドラマチックだし、教訓的だし——」とならべあげ、オルガはこう説明した。「わたしが嫌いな要素ばっかりだというのに、先を読まずにはいられない。そこなのよ、不思議なのは。わたしの好みの小説以上に、現実味があるのね」

「現実味を感じさせられるのは、ほかの面についてもそうだぞ」メルチョールはつづきを引きとった。「壮大な世界観がある。俺は、読みかえすたびにそう思わされる。この本にはすべてが詰まっているような気にさせられるよ」そこで言葉を切ったが、それでは乱暴すぎると気がつき、メルチョールはつけ足して言った。「なによりも、自分のことが書かれているような気がするんだ」

「どんな小説も、読む人のことが書かれているのよ。お友だちの言葉も、そのことを指していたんじゃない？」

「友だち？」

「小説の半分は著者が書いているが、残りの半分は読み手が埋めるって言った人」

「そうだな。しかし『レ・ミゼラブル』の場合はちょっと違う」

メルチョールはその違いについて説明を試みたが、思ったようにいかなかった。さいわい、図書館に最初にあらわれた年配の夫婦のおかげで窮地から救われた。老夫婦は本とＤＶＤを返却し、その晩に講堂でおこなわれるプレゼンテーションについてオルガと話していた。

「書籍の紹介もしているんだな、知らなかった」ふたりきりになったときにメルチョールは言った。

オルガは残念そうに答えた。

「わたしはもっと回数を増やしたいんだけど。そのほかに読書会も主催しているから、あなたも参加してみたら？　きっと気に入るから。いま話していたような感じで、みんなで本について――」

「ありがとう」メルチョールはさえぎった。「俺はあなたと話す方がいいんだ」

オルガはまたほほ笑んだ。まるで自分を誘惑しようとしているティーンエージャーに、そんなことを考えても無駄だからおよしなさい、とでもいうように、寂しげな笑顔で優しく言った。

「それはどうも。問題は、わたしは本の話をするためじゃなくて、図書館を管理するために雇われているところにあるのよね」ため息をついてから、『ブリキの太鼓』を手にとり、「返却？」と訊いた。

メルチョールはそうだ、と答えてから、いつものようにどうだった？　と感想を訊かれるのを待ってみた。オルガは返却の手つづきをすすめていた。そこでグラスの小説を指さして言った。

「この本も気に入った。次は、まったく十九世紀の小説とは思えない二十世紀の小説でなにかないか、教えてもらえるか？」

オルガはメルチョールからそうやって試されることになるのを予期していたように（あるいは、いつかメルチョールにそう訊かれるのをずいぶんまえから待っていたように）、すぐに席を立つと、小鳥か小さな少女を思わせる足はこびで奥の書架へ向かい、ジョルジュ・ペレックの『人生使用法』という本を手にしてもどってきた。

『異邦人』の十倍はあるんだな」メルチョールが面くらうと、

「そう。『レ・ミゼラブル』とほとんど同じくらいの長さ」オルガは満足そうに言った。

「『レ・ミゼラブル』はこの倍はあるぞ、もっと敬意を払わないと」

オルガは思わず笑い声をあげた。メルチョールはその口の端にあらわれた細かいシワをむさぼるような目で見つめた。本を手に取り、砂利を敷きつめた中庭が見える窓ぎわに座った。

午前中はそこでペレックの本を読み、閉館になる一時半の少し前に、オルガを広場のバルに誘った。

「ありがとう。でも、時間がないの。その近くに住んでいてそっちの方へいくから、その辺までいっしょにいきましょう」

ふたりはいっしょに図書館を出てから、旧市街に向かって歩きはじめた。テラ・アルタには冬が訪れようとしていた。冷たい強風がガンデーザの街路を吹きぬけ、まっ青な空に浮かぶ雲を押しながらしていた。『レ・ミゼラブル』の話をしながら歩いた。ラ・ファローラのロータリーへ出ると、中央に立つヤシの木が北風にあおられて激しく枝をゆらしていた。広場へ向かいながら、メルチョールはオルガの仕事に話題を向けた。オルガは、ここはテラ・アルタでいちばん大きな図書館であること、リュシアという司書に手伝ってもらっていること、リュシアは通常午後を担当していること（オルガは午前中だった）、表向きにはリュシアが図書館利用者の世話をし、オルガが管理と運営面を担当することになっている、けれどもふたりでできるかぎり仕事を分担している。朗読会や詩のワークショップ、読書会を企画するのはとても楽しい、本を注文したり、ブックフェアへ出かけていって本を買ってくるのがいちばん楽しい、と話した。

話しながら広場に出た。そこはあまり風が強くなかった。メルチョールは、なぜ司書の仕事を選んだのか訊ねた。オルガはそんなことを訊かれたのははじめて、という顔で足をとめ、メルチョールを見た。コートにくるまり、乱れた髪を片手で押さえながら、言った。

「どうしてかな。きちんと秩序だっているところに惹かれたんだと思う。あなたは？　どうして警察官になったの？」

メルチョールはすぐに答えた。

「『レ・ミゼラブル』を読んだからだ」

「だけど、『レ・ミゼラブル』の警察官は悪い人じゃないの」オルガが驚いて声をあげると、メルチョールは自信たっぷりにきっぱり言った。

「そうじゃないんだ。ジャベールは真の悪人じゃない」

それから数分間、ジャベールは見かけとは違うことをオルガに説明し、オルガは反論せずに耳をかたむけた。

「彼は偽りの悪人なんだ」メルチョールは力強くもういちど言った。「そのことに気がつかないか？　そして偽りの悪人は、真の善人なんだよ」

「そう考えると、偽りの善人もいるってことね」オルガが考察した。

「もちろんだとも。それが真の悪人だ」

ふたりで桑の木の下にある石のベンチに腰をおろした。桑の木は秋に枝を剪定され、黄色い落ち葉が広場の中央で風にあおられて、ひらひら舞っていた。向かいには、メルチョールが朝から読書にふけり、昼食や夕食をとっていたバルがあった。テラス席ではひとつのテーブルに座っているふたりの常連客が、太陽のぬくもりで風の冷たさとたたかっていた。歩いてくるとちゅうで何人か知りあいと挨拶をかわしたオルガは、ベンチのまえを通りかかった女性にも挨拶していた。

ふたりでテラ・アルタの話をしてから、メルチョールがバルセロナに住んでいたころについて訊ねると、

「どうしてわたしがバルセロナにいたことを知ってるの？」オルガが訊いた。

「サロームから聞いたんだ」

「そのほかにも、なにか言ってた？」

「いや、なにも」

「あなたはほんとうに嘘がへたくそなんだから。警察官としては致命的よ」

メルチョールは冗談半分、本気半分で言い逃れようとしたものの、オルガにはかなわなかった。まるでティーンエージャー扱いだ、とまた思ったが、心地よい気分だった。オルガはベンチのごつごつした縁にある、石の傷跡のような深くて滑らかなくぼみにぼんやり指をすべらせながら、サロームのこと、妻と娘たちのことを話した。そして、メルチョールの質問に遅れて答えながら、バルセロナにいたころのことを話し、バルセロナが恋しくない？　とメルチョールに訊いた。メルチョールは即座にいいや、と答えてから、

「まあ――恋しいものがひとつあるかな」と言った。

「なに？」

「騒音だ」

オルガはふりかえってメルチョールの顔を見た。この人は人生で出会ったなかでだれよりも美しい、とメルチョールは思った。

「まじめに言ってるんだ。騒音がないと眠れないし、最初のころは一睡もできなかった。睡眠薬に出あえてよかったよ。それでもときどき、夜中に静寂で目が覚めてしまうことがある」

オルガは左手の人さし指を唇に当て、右手でメルチョールの手をとると、「しー」とささやいた。

静けさに耳を澄ませてみると、広場はもの音であふれかえっていた。背後でラ・ファローラのロータリー

を走っている車の音がする。桑の木の裸の枝を風が鳴らす音が聞こえる。広場の中央でカサコソと落ち葉が舞い、散らばる音もしている。そこへあらわれた女児の一団が、きゃあきゃあ声をあげて噴水のまわりを走りまわっていた。メルチョールの言葉は、ふたりの笑い声で答えを与えられた。オルガはメルチョールの手を放し、ベンチの縁の磨かれた裂け目を見つめながら、またそこに指をすべらせた。ふたりは少しのあいだ黙っていた。なぜかわけもなく、メルチョールは母親のことを思いだした。

「これがなんだか知ってる?」オルガは目をあげると、ベンチの裂け目を指さした。「戦争中に、フランコ軍のムーア人部隊がここで銃剣を研いだの。父がそうしているのを見たんだって」

メルチョールは頭のなかで、母親の面影を「テラ・アルタ」でドミノをしていた年金生活者たちの顔に置きかえた。八十年前にエル・ピネル・デ・ブライのサンタ・マグダレナ聖堂で奇跡的に生き延びた、勇気ある兵士の話をしていた老人たちに。

「お父さんは戦争にいったのか?」

「ううん。まだ少年だったから。でも歳をとってから、よく話を聞かせてくれた」

メルチョールはほほ笑むような表情で言った。

「テラ・アルタのお年寄りは、戦争の話ばかりしているみたいだな。同僚が言ってたよ。それ以降はこの八十年間、まるでなにも起こらなかったみたいだって」

「それはほんとうなのかもしれない。とにかくここでは、なんでもかんでも戦争によって説明されることになるの」オルガはかくれんぼで遊びはじめた少女たちに視線を向けていた。風は広場までとどかなくなったのか、勢いを弱めていた。広場の中央には、桑の木の枯れ葉が積もっていた。「ともあれ、みんなが話しているることは、よく聞けばわかるけど、内戦じゃなくてエブロ川の戦いなのよ。それとこれとは、べつの話。

エブロ川の戦いは四か月、内戦は三年間つづいた。それはそれは凄惨な戦いだったけれど、ある種の尊厳があったのね、ほとんどの人が参加した戦いだったから歴史書にも載っているし、記念碑も建てられたし。それ以外の内戦は、まぎれもない惨禍、逃げ場のない恐怖だった。わたしたちに傷痕を残したのは、エブロ川の戦いじゃなくて内戦のほうだったのよ」オルガは昔の銃剣で削り取られた石の裂け目をなでながら、また目をふせた。まるで石が語る言葉を読みとろうとしているように見えた。「エブロ川の戦いは、目に見える傷痕を残した」オルガはメルチョールに話すというより、自分と会話をしているふうに話していた。「塹壕、廃墟、榴散弾で埋めつくされた丘。観光客が喜ぶそういうものを。だけどほんとうの傷は、それじゃなくて目に見えないものなの。みんながひっそりと腹の底にかかえているもの。すべてを説明しているのは目に見えないもうひとつの傷なんだけど、だれもそれを口には出さない。だけど案外、それがいちばんいいかたちなのかもしれないわね」

一陣の風が、またオルガの髪を巻きあげた。バルのテラスにはもう人がいなかったが、女の子たちはまだかくれんぼをしていた。

「さあ」オルガは嘆息すると立ちあがった。「もういかないと。今週はリュシアがいないし、午後に図書館を開けなくちゃ」

メルチョールもベンチを立った。

「明日はあいてる?」

ティーンエージャーを見るような目で、オルガは言った。

「明日は予定があるの」

メルチョールはあきらめなかった。それなら水曜日は? 木曜日だったら? オルガは次つぎに言いわけをならべていたが、やっと承諾してくれた。

「いいわよ、それじゃ金曜日に」広場の向かいにあるバルのテーブルを指した。「八時にそこで？」

メルチョールがバルに着いた八時、ガンデーザの広場は、テラ・アルタじゅうから週末の幕あけを楽しみにやってきた人びとで賑わっていた。陽はとっくに暮れていたその時刻には、そこかしこに立つ錬鉄製の街灯がぼんやりとあたりを照らし、心地いい気温だった。バルはテラスも店内も客で埋まり、がやがやと活気を帯びて、高だかとトレイを掲げるウェイターたちがテーブルをまわりながら、汗だくで忙しく注文に応じていた。

メルチョールは最初にあいたテーブルについた。前日に同僚のすすめで、モーラ・デブレの店で買ったまま新しいジャケット、ズボンとシャツを着て、ネクタイを締めていた。オルガとは夕食の約束まではしていなかったが、夕食にも招待するつもりだった。メルチョールを知っているウェイターが今日の装いに冗談を言うと、鷹揚にほほ笑んでコカ・コーラを頼んだ。ウェイターは驚くほどの早さでコカ・コーラをもってきた。広場ではマフラーの轟音のなかをバイクが行きかい、バルのまえに停まっているフォードのスポーツカーを若者の一団が取りかこんで、大音響でディスコミュージックを流していた。メルチョールの周囲では、ビールの小瓶、カクテル、タバコを手にした人びとが、話したり、声をはりあげたり、笑ったり、音楽にあわせて身体を動かしたり踊ったりしていた。ときどき、かしましい喧騒のなかでコカ・コーラをまえにひとりで座っているメルチョールに気がついた人が、彼を見つめてほほ笑んだり、隣の人を肘でつついたりした。メルチョールはほほ笑みかけてきた人にほほ笑みかけ、音楽と人いきれに包まれた春のような秋の夜を楽しみながら、のんびりオルガを待っていた。

オルガはメルチョールが二杯目のコカ・コーラを注文し、いくつかのグループが広場を去りはじめた九時近くにあらわれた。「遅れてごめんなさい。本のリストを送らなければならなかったの。今日が助成金申請の締め切りだったから」

デートを意識した服装ではなかった。失望をかくして、メルチョールは言った。

「いいんだ、俺も少しまえに来たところだから」

オルガは頭のてっぺんから足のさきまでメルチョールを眺めてから、声をあげた。

「すごい、ばっちり完璧に決まってるのね」

メルチョールはそれをほめ言葉として受けとり、椅子をすすめた。オルガは疲れているようだった。ちらりと周囲を見まわし、まだ賑やかに騒いでいるテラスの方へぼんやりした視線を向けた。

「場所をかえたほうがよければ、店を移ろうか？」

オルガは返事をする代わりに通りかかったウェイターの腕に手をかけ、スクリュードライバーを注文した。

「なんのために？　もう三十分もすれば、ガラ空きになるわよ」と言って、メルチョールの隣に腰をおろした。

たしかに、十時まえには広場はすっかり静かになった。バルも店内とテラスの喧騒がおさまり、少人数のグループ、いくつかのカップル、テレビを観たり、ビールを飲んでタパスをつまんだりしている常連客たちが、お祭り騒ぎの名残りをとどめているだけになった。それまでのあいだに、身近な話やもっと深いことについて、ふたりでいろいろな話ができた。『レ・ミゼラブル』と『人生使用法』について、意見を述べあった（メルチョールは《きみのいうとおり、これは二十世紀に書かれた十九世紀の小説じゃなかった》と感想を述べた）。父親が亡くなってから連絡が絶えていたらしいオルガの家族の話をした。メルチョールも嘘をついて家族の話をした。メルチョールはテラ・アルタに配属された理由についても嘘をついた。ただ、原則としてここへは一時的な赴任できているということは、正直に話した。

オルガは二杯目のスクリュードライバーを、メルチョールは三杯目のコカ・コーラを飲んでいた。

「お酒は飲まないの？」

「飲まない」

「あなたたち警察官はみんなお酒を飲むものだと思ってた」

「人生で飲む分の酒は、もう飲みつくしたからね」

三杯目のスクリュードライバーを飲んでいるころのオルガは、かなり酔っていた。二本ほどタバコも吸った。一本はウェイターに分けてもらい、もう一本は近くの客にもらっていた。メルチョールの恋愛に質問を向けてきたので、メルチョールもオルガに同じ質問をした。

「サロームからぜんぶ聞いているんでしょ？」オルガに見透かされた。

メルチョールが否定すると、

「しょうこりもなく、見えすいた嘘をついちゃって」

オルガは笑い、煙にむせて咳き込んだ。それからスクリュードライバーをひと口飲み、街灯の明かりに浮かんでいるいまはだれもいない広場を、目を細めて眺めた。

「ねえ、メルチョール。あなたはテラ・アルタが気に入っている？」

「大好きだ」

オルガは疑わしげな面持ちでタバコを一服した。メルチョールはまた嘘をついたと言われるのではないかと思ったが、違った。

「わたしは、昔はここが大嫌いだった。いまは、好きになったというわけじゃなくて、ほかの場所ではどうやって生きていけばいいのかがわからないのね」広場に視線を向けたままで、言葉を切った。タバコの煙がまっすぐ空に向かって立ちのぼっていた。曖昧に首をふり、少しするとつぶやいた。「男たち――」そしてメルチョールに顔を向けると、ぼんやりしたほほ笑みを浮かべ、漠然となにかに抵抗するような雰囲気を漂わせて、つづけた。

「ほんとうにわたしの恋愛について聞きたい？」

メルチョールは黙っていた。

「恋愛、なんてごたいそうなことをいうと笑えちゃう。ほんとうのことが知りたい？　つきあった人は何人かいたけれど、みんな期待はずれだった。全員が全員。わたしを好きになった人はいなかったの。わたしは自分のすべてを捧げたんだけど、なにかを返してくれた人はいなかった。なんにも。なにひとつ。子どもさえ与えてもらえなかった」また一服し、吸いこまずに煙を吐いた。「どう思う？　わかるでしょ、大失敗。これが事実なの。あなたはどう思う？」

オルガを見つめていたメルチョールは、すぐには答えなかった。

「俺なら最後まできみといっしょにいるよ」

オルガは目を見ひらいた。笑いだすのではないかと一瞬思ったが、メルチョールはすぐにその考えを打ち消した。彼女の目は、もうメルチョールをティーンエージャーのようには見ておらず、ひとりの男性として彼を見ていたからだった。アルコールのせいでかすれた声で、オルガは怒ったようにこう言った。

「あなたはわたしの恋人じゃないでしょ、お巡りさん」

「ああ、恋人じゃない」メルチョールは言った。「しかし準備しておけよ、そうなるから」

結局、オルガを夕食には誘わずに終わった。十時半ごろ、メルチョールはオルガを家まで送り届け、バスルームで嘔吐するのを介助し、パジャマを着るのを手伝って、ベッドに入れた。それから眠りにつくまでそばにつき添い、家に帰った。土曜日の正午、オルガから電話があった。サロームから電話番号を聞いたと言い、ひどい二日酔いになっている、昨日は恥ずかしい見世物を演じてしまってごめんなさい、とオルガは謝った。見世物、と表現していた。

「ほんとうにごめんなさい。お酒は飲み慣れていないの」

オルガはその埋めあわせに、そしてメルチョールの親切に感謝するために、彼を翌日の昼食に誘い、メルチョールは承諾した。何年ものちにテラ・アルタで過ごした幸せな数か月を思い起こすたびに、メルチョールはその日のことを正確に思いだそうとした。しかし、思いだせなかった。ただひとつおぼえているのは、食事が終わるのを待たず、オルガとベッドに入ったことだけだった。その日は午後も夜もそこで過ごし、月曜日の早朝にメルチョールが署に出勤するときまで、ずっといっしょにいた。

メルチョールの生活は、そのときからオルガを中心にまわりはじめた。午後のシフトで働くときは、午前中をオルガと図書館で過ごした。午前のシフトのときは、午後はオルガの家（オルガが働いていない場合は）か図書館（オルガが働いている場合は）で過ごした。それ以外の時間もオルガといっしょにいた。可能なときは朝食も、昼食も、夕食もオルガと食べた。オルガと買い物にいき、オルガといっしょに寝て、本もいっしょに読んだ。オルガのおかげで、メルチョールは声に出して本を読むこと、そして読みあげてもらう読書の楽しさを知った。

ふたりはそうして『人生使用法』をいっしょに読み終えた。つぎに読む本は、互いの合意のもと、十九世紀の小説（内容がそれにあてはまる二十世紀の小説も）と、二十世紀の小説（内容があてはまる十九世紀の小説も）とを交互に読むことになった。最初の二週間の週末は、ふたりともオルガの家からほとんど外に出なかった。朝も昼も夜も、抱きあい、眠り、食事をして、ペレックの小説を読んだ。三週目の週末は、車でバルデロブレス（またはバルデロウレス）へ出かけた。そこで昼食をとり、旧市街を散策し、セレという書店で何冊か本を買った。夜になってのガンデーザへの帰り道、カラセイテという村を通りすぎたあたりで、メルチョールはいっしょに暮らさないかと提案した。眼鏡をかけて運転していたオルガは、メルチョールに顔を向け、車内の暗がりでとらえどころのない輝きを放つ目で答えた。

「頭がどうかしちゃったの？　お巡りさん。未成年者に対する性的倒錯の罪で、わたしを刑務所送りにしたいの？」

「まじめに言っているんだ」

「わたしも」

「俺たちがつき合っていることは、もう知れわたってるぜ」

「べつに知られたってかまわないけど、つき合うのといっしょに暮らすこととは違うのよ。とんでもない」

オルガは譲らなかった。「わたしたちのことは、とても素敵なことよ。でも長つづきはしないの。わたしが何歳か知ってるの？」

「いいや」メルチョールは嘘をついた。「しかしそんなことは気にしていない」

「わたしは気にするの。あなたの母親であってもおかしくない歳なのよ。わからない？　四日もすればわたしに飽きて――」

「きみに飽きたりしない」

「そうなるに決まってる。そのうち嫌になって、自分の年齢の女性を見つけるでしょうよ。こんなおばあさんとつきあったりしていないで、最初からそうするべきよ。メルチョール、よく聞いてちょうだい。ものごとを複雑にするのはやめましょう。つづくあいだは楽しむことにして、そのあとは友だちになりましょう。わかった？　《それぞれがそれぞれの家に、神さまが家を守ってくださる》って、よく父が言っていた。この話はこれでおしまい。お願いだから二度と持ちださないで」

メルチョールは二度とその話題にはふれなかった。どこへ行くにもいっしょだったので、だれもがふたりがつき合っていることを知っていた（道を歩くときも、店でもカフェでも図書館でも、とくに図書館で、ふたりはいつもいっしょだった）。そしてだれもが、あたかもそれを知らないように、あるいは知っていようがいまいが問題ではないという態度でふるまっていた。しかしサロームだけは、知らないふりをするわけにはいかなかった。たびたびメルチョールを図書館まで送ったり、図書館に迎えにきたりしていたのだ。広場のバルで三人でコーヒーを飲んでいたある日、オルガと別れてからふたりで車に向かって歩きながら、サロームはメルチョールに言った。

「オルガになにをあげたんだ？　あんな彼女は見たことがない」

「あんなって、どんな？」

「すごく嬉しそうだった」

メルチョールは内心笑ったが、そっけなく言った。

「なにかお小言でもくらうのかと思った」

「どうして？」

「十五歳も上の女性と出歩いたりしてるから」

サロームはハハハと声をあげて笑った。

「私はきみの父親じゃないんだぞ。それに、そうだったとしても小言なんか言わないさ。その反対だ」

市役所のまえに停めてあった車に乗りこみ、エンジンをかけながら、サロームはためらいがちに訊ねた。

「ひとつ言わせてもらってもいいか？　オルガのことなんだが」

閃光のような直観がはたらき、メルチョールはサロームがなにを言おうと、幸せに水さすことになるだろうと思った。それに、巡査長に口出しをするような資格があるのか？　そう思い、

「なにも聞かないほうがよさそうだ。オルガのことはもうじゅうぶん知っている」と答えた。

後年、テラ・アルタで過ごした人生でいちばん幸せなそのころを思いだすと、メルチョールはそのたびに、好奇心に負けずに分別にしたがったあの日の自分に感心した。だがそれ以上に、あのときの直観は正しかったのだろうか、オルガを失う恐怖のせいで判断を誤ったのではなかったか、サロームが言おうとしていたことを聞いておくべきではなかったかとも、思わずにはいられなかった。

ある木曜日の午後、オルガとアラゴン通りのコビランというスーパーで買い物をしていると、携帯にバレーラ警部補から電話がかかってきた。明日、情報局のフステル警視が訪ねてくるから、正午に部屋に来るようにという用件だった。

「どなただったの?」電話を切ると、オルガが訊いた。

「べつに」フステルはなんの用があってわざわざ出向いてくるんだ、と考えながら、「仕事の話だった」とメルチョールは答えた。

仕事の話と答えたのは、間違っていなかった。翌日の正午、バレーラ警部補の部屋にいくと、ふたりはすでにそこにいてメルチョールを待っていた。フステル警視と顔をあわせるのは、サバデルにあるカタルーニャ州警察本部の一室で、カンブリスでのテロ事件に介入したメルチョールをイスラム主義者の報復から保護するために、考えた計画を提案されたとき以来のことだった。フステル警視はメルチョールの記憶よりも、のびのびとして活力にあふれた雰囲気だった。フステルはテラ・アルタでの数か月はどうだったかとメルチョールに訊ね、短い言葉で質問をし、短い言葉でそれに答えるやり取りがあってから、本題に入った。しかしそのまえに、メルチョールは組織にとって重要な存在である、警察の誇りである、身の安全は絶対的に優先するといったことをひとしきり話し、そのひとつひとつのあいだに、これまで連絡をとらずにきたことの言いわけを差しはさんでいた。

バレーラはフステルの隣に座り、きゅうくつそうな制服を着て、腕を組んでそれを六十代の太鼓腹にのせ、ときどき口ひげをさすったり、うなずいたりしながら、警視の話を聞いていた。フステルは、カンブリスでテロリストの襲撃があったときからすでに九か月になる、と話を切りだし、われわれはそのあいだ、国家警察や治安警察隊とつねに連携しつつ、テロリストと目される組織や、テロリストの疑いがもたれる者たちの出入国に厳重な注意をはらってきたと話した。そしてこのように説明した。バルセロナとカンブリスでテロ攻撃を画策した集団を結成し、訓練をほどこしたのは、リポイ市に住む指導者《イマーム》だった。この男はアルカナルで爆弾を作っていた際に爆発事故を起こし、テロを実行する直前に死亡した。結成した集団は孤立した組織で、ほかのテロ組織とはつながりがなかった。襲撃を首謀したくだんのイマームは、ベルギーのイスラム教の中心地とされるビルボールデを何度も訪れ、モスクの仕事を得ようとしたが失敗している。配下のテロリストたちはパリに三回旅行し、イスラム国のメンバーに接触を試みたものの、これも失敗に終わった。モロッコ警察がテロリストたちの親族や親交があった者を取り調べたが、イマームとその子分たちにはほかのテロリストとのつながりがいっさいなかった。フステルはそこまで話すと、警視総監の意向により、良い知らせを伝えるために私が直接会いにきたのだと言い、「われわれは、きみはもうもどってきても問題ないと判断している」と、三人がかこんでいるテーブルの縁を指の腹でぱらぱらたたきながら宣言した。「百パーセントの安全を保証するとまでは断言できないことは、わかってもらえることと思う。それは不可能であるのを、きみもよく承知しているはずだ。しかし、きみの身元が警察の外部に知られていないことは、じゅうぶんにたしかと考えられる。きみを狙っているような者はおらず、少なくとも現時点では危険にはさらされていないと考えている」

フステルはそこまで言うと、メルチョールの反応を待ったが、反応はかえってこなかった。当惑したようにバレーラ警部補の方を向き、ふたりで顔を見あわせると、そろってまたメルチョールを見た。

「終わったんだ」フステルはテーブルから手を離し、両腕を広げてみせた。メルチョールは自分の言葉を理解できなかったのだと考え、身ぶりで伝えようとしたらしい。「危険は去ったのだ。テラ・アルタとはおさらばできる。もどってこられるんだ。文明がきみを待っている」

メルチョールは無反応のままだった。

「あんまり嬉しそうじゃないな」警視は言った。

「これほど早くその日がくるとは、思っていなかったので」メルチョールが答えた。

「どう思っていたんだ?」顎ひげを指でたたきながら、警視はにこやかに言った。「警察はきみの功績を、世界の果てに追いやることでたたえるとでも考えていたのか? 警察のヒーローにそんなことをすると思っていたのか。警察をそんな目で見ていたのかね?」フステルはバレーラに顔を向け、説明した。「ここに配属が決まるまえに約束していたのだ、この状況は一時的な措置であって——」警視はバレーラの表情になにかを読みとったのか、唐突に黙った。「バレーラ、誤解しないでほしい、テラ・アルタが勤務地としてよくない場所だと言ったのではない。それどころか、この土地で生まれて、妻子があり、平穏な暮らしを望む人には、ここ以上にいいところはない。私は、彼のような経歴をもち、未来がひらけた若い者にとっては、必ずしも最適とは思えないと言いたかっただけなのだ」

「お気になさらないでください」バレーラは安心させた。「事実は事実で、ここは世界の果てに違いありません。人生の半分をここで過ごしてきた私も、そう思います。あと四年しか残っていませんから、定年になったら去りますよ」

「選択肢はあるんですか」メルチョールが割って入った。

「選択肢？」フステルは怪訝そうに訊いた。「前任地でない赴任先が選べるかという意味か？　もちろんだ、私はそれを任されてここへ――」

「ここに残ることもできるのかという意味です」メルチョールはさえぎって言った。

「ここに？　テラ・アルタにか？」

メルチョールはうなずいた。フステルはいま耳にしたことが信じられないという表情で、またバレーラの顔を見た。バレーラは口ひげを歪めてメルチョールに言った。

「私のことなら、心配するな。あと四年辛抱すれば、この修道院から……」

バレーラは最後まで言わずに口を閉じた。フステルは一回、二回、三回とまばたきをし、メルチョールに顔を向けた。

「ここに残りたいという気持ちは確かなのか？」

「いえ、まだそこまでは。少し考える時間をもらえませんか」メルチョールは答えた。

メルチョールの言葉でまた沈黙がおりた。フステルはテーブルの縁をぱらぱら指の腹でたたきながら黙っていたが、肚をきめたようにどん、と机にこぶしを打ちつけた。

「よかろう。必要なだけ時間をかけてそうしてくれ」握手の手を差しだした。「気持ちが固まったら知らせてくれたまえ」

「いつかはそのときが来るのはわかっていたのよ」その夜、フステル警視とバレーラ警部補との面談についてうちあけると、オルガは言った。ふたりはオルガのキッチンにいた。オルガは夕食のしたくを中断し、エプロンをはずしてへなへなと椅子に腰をおろしたところだった。「それであなたは、いつバルセロナにもどるの?」

メルチョールは家に入ってきたばかりで、上着も脱がずにオルガの前に立ったままだった。

「もどるとは言っていない」メルチョールは訂正した。「もどってきてもいいと言われただけだよ。そのふたつは意味が違う。それにほかの任地を選ぶこともできそうだ」

「あなたはもどるつもりなの? それともそうじゃないの?」オルガは目をあわせずに訊いた。表情は硬く、口もとが細かく震えていた。

「わからない。どうなるかは状況次第だ。考える時間をもらったよ」

「状況次第って?」

「ほんとうのことが聞きたいか」

「もちろん」

「きみ次第なんだ」

「どういう意味?」

「俺といっしょに来てくれれば、ここを出るし、それが嫌なら、残ることにする」

「ばかなことを言わないで」

「ばかなことじゃない。言いあいもしたくない」

「馬鹿げてるわよ、そんなの。あなたにはこれからの人生がある。あなたは若いのよ、わたしみたいな歳の女といつまでもいっしょにいちゃいけないの。前にはっきり言ったでしょ、つづくかぎりの関係でしかないって。ふたりともわかっていたことよ、だれも……」

残りの言葉は聞きとれなかった。オルガの硬い表情が崩れ、唇がぎゅっとすぼめられた。メルチョールが頬に触れようと手をのばすと、押しのけられた。

「俺はこれからの人生に向かうつもりだ。ただしきみといっしょにそうしたい」

「また下手な嘘をついてる。それにまだ馬鹿なことを言ってる。わたしにはここで仕事があるの。どこかへ移るつもりはない。そのことも前に言ったはずよ」

「それなら俺もここに残る」

「そんなことをしたら、後悔するわよ」

「後悔なんかしないさ」

「後悔するに決まってる。遅かれ早かれそのうちに。そしてここにとどまったことで、わたしを恨むのよ。そんなふうに、すべてが崩壊してしまう」

「俺は後悔しない。泣くなよ、頼むから」

メルチョールは涙に濡れたオルガの頬をなで、耳、そして髪をなでた。オルガは今度は抵抗せず、両手を膝のうえで握りあわせていた。

「泣かなくてもいい、大丈夫だ。なにも変わらない」

メルチョールがなぐさめると、

「変わるわよ、そういうものなの。なにもかもが、おしまいになるのよ」

「大丈夫だ、ほんとうに」

メルチョールは再び泣かないように頼み、愛していると断言し、いっしょに暮らしたいと言い、決して離れないと約束した。オルガはまだ床を見つめて目をふせたまま、メルチョールの顔を見ることができないようだった。大粒の涙が首筋をつたってブラウスの下に流れていた。

「あなたにはわからないのよ、メルチョール」すすり泣いて訴えた。「わたしは四十代になる。これまで、幻想をいだいては砕けるジェットコースターみたいなどうしようもない人生だった。でも父が亡くなってから、満足することにしたの。ひとりぼっちで、なにも持っていなかったけれど、バランスを見つけることができて、わたしなりに穏やかな暮らしをしてきた。そこにあなたがあらわれて――そうよ、わたしはなんて馬鹿なの、また幻想をいだいたりして。こうなることはわかっていたのに、断ち切れなかった。だけど、避けようとしなかった自分が悪いの」オルガは涙で濡れた目で、メルチョールを見た。「だから、あなたが避けて。これ以上悪い方へすすまないように。バルセロナに連絡して、もどると知らせて。お願い」

翌朝、メルチョールはフステル警視に電話をし、テラ・アルタにとどまることにしたいと告げたのだった。

それから二日後、メルチョールはボット街道のアパートを引きはらい、教会広場に近い旧市街にあるオルガの家に引っ越した。家を移ったことはだれにも言わなかった。サロームにも、ちょくちょくバルセロナから電話を《元気でやってるか？》と）かけてくるビバレスにも、電子メールをくれるエル・リャノ・デ・モリーナのカルメン・ルーカスにも、そのことは言わずにおいた。知らせる理由はなかった。住所が変わっても、メルチョールの生活に大きな変化はなかったが、オルガと暮らすようになると、彼女の仕事とのつながりが増えたために、数か月ほど、ときどき司書と間違われたりした。そうなるのも無理はなかった。オルガの都合がつかないときに、代わりに図書館の開館や閉館を手伝ったことがいちどならずあったし、オルガがバルセロナのブックフェアに出かけたときは、そのあいだ図書館で代わりをつとめたこともあった。オルガが主催する読書会は、きみと話すことが俺の読書会だと言って参加するのはきっぱり断っていたが、図書館サービスの充実には協力し、六月に学校が休暇に入ると、移動図書館の担当を引きうけ、子どもや青少年が読む本や雑誌を積んだカートを持って、勤務時間に応じて昼の十二時から二時までか午後三時から六時までの時間帯に、何週間か連続で公営プールに通ったりもした。本を紹介する企画も、手伝っているうちに準備を一手に引き受けることになり、オルガが関係者を夕食に招待するためのレストランを手配したり、講堂に折りたたみ椅子を設置したり、イベントの終了後にふるまうワイン、飲みもの、ポテトチップスやナッツ類を買ってきてテーブルにならべたり、給仕を手伝ったりし、噂を聞きこんだ署内の仲間から何週間か《給仕長》のニックネームで呼ばれることになったりした。

表面上は、メルチョールの生活は変わらなかったかもしれないが、だからといって実質的な変化がなかったわけではない。変化はしばらくまえからはじまっていたのだが、そのころになってはじめて気づくことになったのだ。根本的な変化の最初の兆候は、あるいは、メルチョールが自分が変わったことを最初に認識することができた兆候は、慢性的な不眠症が解消したことだった。オルガの家に引っ越してきて間もなく、ある日突然、テラ・アルタの静寂が睡眠を妨げていないことに気づかされた。それからは睡眠薬をやめ、六時間、七時間、ときには八時間もぐっすり安眠できるようになった。テラ・アルタに来たばかりの去年の自分とは別人になったのをはっきりと自覚したのは、オルガが読みあげる『レ・ミゼラブル』を聞きはじめたときだった。

それは夏のはじめのことだった。声に出して本を読みあう習慣が定着し、ふたりは毎晩寝るまえにそうして何時間か本を読んでいた（ときには日中に読むこともあった）。メルチョールが最初に『レ・ミゼラブル』を読んだのは、ほんの少年だった十代のころだった。クアトレ・カミンス刑務所に閉じこめられていた当時は、ミリエル司教と同じように、この世界は病んでいると感じていた。だが、社会の病気は神さまが救ってくださると信じ、ジャン・バルジャンをマドレーヌ氏に変身させた慈悲深いミリエル司教とは違い、メルチョールは自分の世界には神などいない、人間社会は不治の病を患っていると信じて疑っていなかった。それが、それから何年も経ち、テラ・アルタの夜をダブルベッドに座り、眼鏡をかけ、脚を組んだオルガが読む『レ・ミゼラブル』を聞いていると、あのころは怒り、孤独、思春期の苦しみが自分を惑わせていたことがわかった。少なくとも自分にとっては、世界の病は癒すことができるものになった。その癒しを与えてくれるのがオルガの愛だった。『レ・ミゼラブル』を読みかえしていた最初のころ、とくに、母親を失ってから読んでいたときは、孤児になった憤りと寂寥感が、この小説を重要な、哲学的な必携の書、託宣の書、知恵の書、万華鏡のように断片を集めて思索をめぐらせる本にしていた。この小説に登場するほかのだれよりも、ジャベールを英雄として賞賛し、その高潔さ、悪に対する反感、正義への信念を尊敬していた。そしてジャン・バルジャンと同じように、自分の人生は社会との戦争なのだと思い、その戦争で憎しみ以外には自分を守る武器も、自分をやしなう燃料ももたない敗者なのだと感じていた。母親を殺した犯人を捜しまわり、罪をあがなわせることを断念してからも、メルチョールは何年もジャベールを賞賛し、ジャベールの信念を自分も信じ、『レ・ミゼラブル』の陰の英雄だと考えていた。ところがオルガが読む『レ・ミゼラブル』を聞きはじめるとすぐに、もはやジャン・バルジャンを自分と同じように感じることができず、社会と戦争をしているとも思えなくなったことに気づかされた。オルガの愛によって世界と平和協定を結び、自分を敗者と思う考えを捨てたことがわかった。憎しみについて言えば、こんなことがあった。ある晩、オルガが本の最初のあたりの、哀れなジャン・バルジャンがモントルイユ＝シュル＝メールの慈善家（のちには市長）となった裕福なマドレーヌ氏の仮面をつけて再登場するくだりを読んでいたとき、メルチョールはそれをさえぎり、こう感想を述べた。マドレーヌ氏というのは、不当に投獄され、青春と人生を踏みにじられても、相手を恨んでいない。正義の名のもとに死ぬまで自分を追い回したジャベール警部すら、恨んでいない。そんなことはあり得ないとずっと思ってきたんだ、と打ち明けた。

眼鏡を下げて上目づかいでメルチョールを見つめ、耳をかたむけていたオルガは、少し考えてから、

「わたしには、あり得ないとは思えないな」と言い、眼鏡をはずすと、本をシーツに伏せて置き、「なぜだかわかる？」と訊いた。

「なぜだ？」

「ジャン・バルジャンとマドレーヌ氏の違いは、いっぽうが悪人でもういっぽうが善人ということではなくて、ジャン・バルジャンは愚かな若者で、マドレーヌ氏は賢い老人だからよ。憎むことは、賢い人がすることじゃないでしょ。そう思わない？」

メルチョールはオルガの意見に驚き、薄っぺらい反論だと思った。しかしそれに対する急ごしらえの反駁も、口にしてから、オルガの言うこと以上に説得力に欠ける気がした。

「俺は、憎しみは尊重するに値する感情だと思うね」

「わたしにはそう思えない。だれかを憎むというのは憎い相手を殺せるものと信じて自分が毒を飲むのと同じようなものよ」

何年ものちに、テラ・アルタでの最初の数か月ほど幸せなときはなかったとふりかえって思うようになったときに、メルチョールはよくそのときの会話を思い起こした。それが記憶に残っていたのは、会話それ自体の内容が忘れられないためもあったが、翌朝になって起こったことのためでもあった。その日のことも、あとになって至福のそのころを思うたびに、よく思いだされた。それは、ブライ巡査部長の部屋で定例会議を終えた直後、携帯電話にオルガから不在着信が三件あったのを知ったことからはじまった。オルガに電話をかけ、なにかあったのかと訊ねると、オルガはせっぱつまった様子で声を絞りだすように、そうなの、と言い、家にいるから帰ってきてもらえないかしらと頼んだ。オルガは繰りかえした。「お願い、メルチョー

ル、すぐにきて」
メルチョールは家までのわずか一キロメートルを、そのときほど急いで歩いたことはなかった。

警察署の階段、廊下を飛ぶように歩いて、空き地に面した通りをすすみ、入り組んだ道を急ぎながら、メルチョールの頭には次つぎに悪い考えが浮かび、渦巻いていた。家のドアを開けるときは、悪い考えがひとつに絞られていた。ルシアーノ・バロン。オルガはキッチンのテーブルに腰かけていた。手をつけていないハーブティーがまえに置かれていた。平和な光景だったが、メルチョールは落ち着かなかった。汗ばみ、息をきらせて、なにがあったんだと訊ねた。オルガは椅子から立ちあがった。少し青ざめ、おそろしく真剣な顔だった。メルチョールがまた訊くと、オルガは言った。

「赤ちゃんができたの」

メルチョールはあんぐり口をあけた。あらゆる可能性を考え、準備してきたはずだったが、それだけは思いもよらないことだった。

「どうしてわかったんだ?」と言うのがやっとだった。

オルガは、生理が数週間遅れていたのだが、心配させたくなかったから言わずにいたこと、今朝薬局にいって妊娠検査をした結果、陽性だったため、そのあとでガンデーザ保健センターで医師の診察を受けてきたのだと説明した。

「妊娠二か月よ」

メルチョールは突っ立ったまま、安堵と驚きを味わいながら、身体が硬直して動けずにいた。喉の奥でなにかがつかえているように感じていたが、それが喜びだったことには、まだ気づいていなかった。

「なにも言ってくれないの?」

なにを言えばいいのかわからなかった。

「愛していると言って。赤ちゃんが欲しいって」

「愛しているよ。赤ん坊が欲しい——

沈黙が流れた。

「ほんとうに?」

これまでいちども言ったことのない言葉が口をついてでた。

「お袋にかけて誓うよ」

オルガはほほ笑まず、真剣な顔のままで二歩メルチョールに近づき、首に腕をまわして言った。

「こっちにきて、お巡りさん。めちゃくちゃにしてあげる」

メルチョールはその晩、オルガに結婚を申しこんだ。オルガはプロポーズを拒んだ。いまのままでじゅうぶんよ、愛しあっているふたりがいっしょに暮らすのに書類にサインをする必要なんかないでしょ、というのが彼女の言い分だった。メルチョールは議論したくなかったので、その理屈に対する自分の考えは話さずに、結婚すべきだ、とただ主張した。きみは俺よりはるかに本について詳しいかもしれないが、法律についてはは俺の方が詳しい、赤ん坊のために、きみのために、なにより俺のために、結婚するのが最善だ、そうする方が俺は気持ちが落ち着くんだと話した。オルガの抵抗は、朝食のときに崩れた。

二週間後、七月の終わりに、ふたりは式を挙げた。それはちょうど、生まれてくるのが女の子であることがわかった直後になった。

女の子と知って、オルガは言った。

「名前はコゼットがいいわ。ジャン・バルジャンの娘と同じ名前」

結婚式の準備に時間をとられ、そのあいだは『レ・ミゼラブル』の朗読を中断せざるを得なくなった。式はガンデーザの市庁舎で執りおこなわれ、市議会議員が司会を務めて、サロームと、ペペと前日にエル・リャノ・デ・モリーナからきたカルメン・ルーカスが、証人として立ちあった。式にはビバレスや、その夏パテアのワイン協同組合で働いていたサロームの娘たちふたりも出席した。弁護士のビバレスは式のあいだじゅう、泣きどおしだった。前夜に知りあったカルメン・ルーカスの夫のペペが懸命になぐさめ、《面目ない、ペペ、私はこう見えて涙もろいんだ》と謝っていた。挙式が終わると、メルチョールとオルガは出席者をピケ・ホテルでの食事に招待した。

テラ・アルタでの最初の数か月ほどの幸福が味わえなくなった何年ものちに、メルチョールはこの宴席のこともよく思いだした。だが、はっきりとおぼえていたことはみっつしかなかった。

そのひとつ目は、まえもって頼んだわけでもないのに、また、そうするつもりだと聞かされていたわけでもないのに、カルメン・ルーカスが昼食のあいだ、オルガと話すときにメルチョールの母親についてと母との関係のほんとうのことを伏せ、虚実をとりまぜて語っていたことだった。ペペはビバレスに刑事弁護士の仕事をめぐる質問を浴びせていた。ウェイターや参列客たちのカタルーニャ語を翻訳してもらったり、言葉の意味を教えてもらったりもしていた。

ふたつ目に鮮明におぼえているのは、デザートが出されたころ、フェリウをのぞいたメルチョールと同じシフトの同僚たちが、一同総出で押しかけてきたことだった。

「おめでとう、このスペイン主義者！」ブライ巡査部長が感激の涙を浮かべんばかりに、腕を広げてメルチョールを抱きしめた。「言っただろう、テラ・アルタの女の魅力には逆らえないぞって」

「同情するよ」と、マルティネスも祝福の抱擁をした。「おやじがよく言っていたぞ。結婚とは包囲された城のようなものだって。外にいる者はなかに入りたがる、なかにいる者は外に出たがる」

「メルチョール、嘘だろう？」シルヴェンが素っとん狂な声をあげた。「おまえ、自分の祝宴でもコカ・コーラが手放せないのか？」

「シルヴェンはなんにもわかっちゃいないんだ」手のひらでメルチョールの肩をたたき、コロミーナスがあざけるように言った。「気にするな、コカ・コーラはティトラに効くんだからな」

「ティトラって？」ペペが訊き、ビバレスを見た。

「チンポコのことさ」熟れたトマトなみに赤い顔になっていたビバレスは、片腕を新しい友人のペペの肩にまわし、もう片方の手にジェムソンブラック・バレル《アイリッシュウィスキー》のグラスをもって教えた。「おちんこだ」

だが、後年になってメルチョールが再三再四思い起こすことになったのは、宴席がはじまって間もなく、それまでほとんど面識がなかったサロームの娘たち、クラウディアとミレイアを交えてかわした会話だった。ふたりは質問に答えて、バルセロナでの勉強やバテアの協同組合での夏の仕事についてメルチョールに話していた。姉のクラウディアが来学期の授業を受けるためにアルバイトを探していると打ち明けていたときだった。

「とんでもない」いきなり、サロームが辛辣な口調で割ってはいった。父と娘は、その件で口論したのがはじめてではないのだろうと思えた。「勉強だけに専念しても、単位をとるのは難しいんだ。それを勉強しながら働くなんて、なにを考えているんだ」

メルチョールはサロームを応援する義務を感じてそうしたが、妹のミレイアは姉の味方だった。

メルチョールが言ったことに、「そうなんですけど」とミレイアは顔を見ながら話していた。しかし言葉は父親に向けているのがわかった。「バルセロナで暮らすのにいくらかかるか、ご存じですか？」

姉妹は、互いの話をさえぎったり、訂正したりしながら、出費の内わけを細かくならべはじめた。サロームがそのとちゅうで、不適切な話題に流れたのをたしなめるように口をはさんだ。

「そりゃそうだろう」サロームは明るい皮肉めいた口

調になって、娘たちに話しかけた。だがそれをメルチョールに聞かせようとしていることがわかった。「ふたりとも修士号と博士号をとって、今どきの若い者がやっているようなことを全部やりたいし、それも、ボストンだのどこだのへ行ってやりたいというんだろう。そうだろう？　しかし、心配しなくてもいい。そのころになれば、涼しい顔をして火中の栗を拾わせている警察官に対して、この国の連中もそれにふさわしい給料を支払うようになるだろうからね。そうなれば、お父さんだって勉強の虫のおまえたちに必要なだけ支援がしてやれるというものだ。な、そうじゃないか、メルチョール？　とにかく、きみも子どもが増えたときのために、いまのうちに準備を――」

「なんの準備？」オルガが割りこんで言い、サロームの娘たちを示しながら、メルチョールの耳もとにささやいた。オルガはほとんどアルコールに口をつけていなかったが、酔っているかのように目が輝いていた。

「この美人さんたちに気をつけたほうがいいわよ、あなたに近づいたりしたら、ただじゃおかないから。あなたを捕まえるのにたいへんな苦労をしたんですからね」

ふたりは新婚旅行にはいかなかった。結婚式のまえは、考えていなかったわけではなかった。だが結局、家にいることにして、冷蔵庫を食べものと飲みものでいっぱいにし、お腹の赤ちゃんの成長を感じることと、抱きあうことと、『レ・ミゼラブル』を読むことに専念して過ごすことに決めた。『レ・ミゼラブル』は、中断されていた第一巻の終わりあたりから読書を再開した。オルガが読みはじめたのを聞きながら、メルチョールはそこを読んだおぼえがなかったため、一瞬、オルガの創作ではないかと思った。それはこんな文章だった。《しかし運命はその溝を埋めてしまった。年齢差というへだたりがあっても、似たような悲しい人生を送ってきた傷だらけの魂を、運命というものがあらがいがたい力でつなげたのだ。たしかに、ふたりは互いに補いあっていた》感想は述べずに黙って聞き、翌日、オルガが第二巻のはじめの《「もっと幸福になることを望むか」と言う者があっても、「否」と彼は答えたであろう。「汝は天を願うか」と神に問われても、「いまの方がいい」と彼は答えたであろう》というところを読んでいたときだった。メルチョールはまた同じ感覚に襲われた。オルガに声をかけ、もういちどその部分を読んでくれないかと頼んだ。ふたりは愛しあったばかりだったので、時間の感覚をなくし、背中を壁にもたせかけ、裸で向かいあって廊下に座っていた。

「わかっただろう?」オルガがその部分を再読し終わると、メルチョールは言った。「この本には俺のことが書いてあるんだよ」

オルガは眼鏡をはずし、ゆっくりと頭を横にふって答えた。

「もうそうじゃないわよ、お巡りさん。いまはわたしたちのことが書いてあるのよ」

第5章

サロームとフェレの取り調べは、トルトーザ署で、所定の三日間をとおしておこなわれた。メルチョールはこれには関与しなかった。事情聴取はゴマ警部補がみずからおこない、ピレス巡査部長とブライ巡査部長が補佐をつとめた。公式には、事件を解決にみちびいた立役者はブライ巡査部長だった。べつの事件でアデル事件の捜査資料を調べていたときに、フェレの指紋の拡大画像をみて不審に思い、それをきっかけに、メルチョールとシルヴェンの協力を得て、サロームを突きとめたことになっていた。

「ゴマはまったくにがにがしい顔をしていた」取り調べの状況を逐一メルチョールに報告しているブライ巡査部長は言った。「失地を挽回しようとやっきになってあがいているが、あいつの失態はもう修復不可能だ。それにだね、みごとだったよスペイン主義者。きみの言っていたことは、すべてがそのとおりだった」

取り調べに対し、フェレはフランシスコ・アデルの殺害を計画したのは自分だったと白状し、つぎのようにことの次第を打ち明けた。計画を決意したのは、義父が家族への相続を減らし、財産の半分をオプス・デイに遺贈することに決めたのを知ったからだった（ゴマ警部補から事情を聴取されたオプス・デイ側の責任者は、受遺者になることは知らなかったと言い、きっぱりと否定した）。メキシコのプエブラ市で殺し屋を雇い、計画を実行した。プロの殺し屋二人は、仕事を遂行するとただちに帰国し、スペインには二十四時間しか滞在しなかった。サローム巡査長に協力を求め、見返りに四十万ユーロ出すと約束した。作戦を立案したのはサロームだった。その一部を指揮し、助言を与え、指導したのもサロームだった。サロームが実行する日を決め、会社の経営陣が集まるその前日、定例の夕食会のあいだに、いつ、どのように防犯カメラを切るべきかを指示してくれた。フェレは殺害当日の夜、妻と下の娘たちふたりと夕食をとり、上の子もまじえて三人でテレビを観てから、いつもの土曜日のようにアトリエで遅くまで音楽を聴いているのだと家族に思わせ、家を出て義理の両親の屋敷にいった。鍵を開けて殺し屋たちをなかに入れ、あとのことは彼らに任せてアトリエにもどった。家を空けたのは四十五分ほど、長くみても一時間ていどだった。刺客たちが義理の両親を拷問することは知らなかった。契約条項にはそんなことは含まれていなかった。姑と家政婦まで殺すとは思わなかった、彼らが自分勝手にやったことだ。なぜそんなことをしたのか、まったくわからない。姑と家政婦を殺したのは、目撃者を始末するためだったのかもしれない。しかし犯行の晩は妻の車で屋敷へいくことは、あらかじめ決めてあった（少なくともサロームとの申しあわせではそうなっていた。サロームの発案だったのだ）。妻の車は、アデル美術印刷の常務取締役ジョゼップ・グラウの車がつけているタイヤと同じコンチネンタル製のタイヤをはいている。サロームが嫌疑を負わせるのにグラウを最適の人物と考えたため、屋敷の庭と入り口にタイヤ痕を残した。サロームは捜査のあいだ、可能なかぎりグラウに疑いの目を向けさせ、つねに捜査の最新状況を伝えてくれた。自分が犯してしまった唯一の失敗、計画実行の前日に警備システムのスイッチを切ったさいに指紋を残したミスの尻ぬぐいをしてくれたのも、サロームだった。サロームは警察が電話を盗聴していることも、メルチョールがアデル美術印刷に忍びこもうとしていることも教えてくれた。そのおかげで、侵入していた現場に踏みこむことができた。メルチョールにアデル事件から手を引かせるため、オルガを脅すことにして人を雇った。

ところが驚いたオルガが転倒してしまい、そのことがオルガの死を招いた。これがフェレの自供した内容だったが、フェレはそれから間もなく、自供で嘘をついたこと、少なくともその一部が嘘だったことを認めざるを得なくなった。ブライ巡査部長が偶然、オルガがはねられた翌朝、フェレが前日にトルトーザで借りた黒のフォルクスワーゲンをアンポスタの修理工場に持って行き、衝突事故の修理を依頼していたことを発見したのである。

いっぽうサロームは、大筋ではフェレが自供したとおりであることを認めたが、いくつか次のような訂正をくわえた。舅を始末したいというフェレを思いとどまらせようと、あらゆる努力をした。しかし聞き入れないので、捕まらずにすむように友人を守り、助言を与える道を選んだ。計画を立案したのは自分ではなかった、自分は助言や勧告を与えただけだった。フェレが契約した殺し屋たちとは、いっさい接触していない。アデル夫妻を拷問することもまったく知らなかった。なぜそれに関してはフェレも知らなかったはずだ。なぜそんなことをしたのか、皆目わからない。メルチョールが執拗に事件を追っていることを知り、フェレが不安のあまりおかしくなっていたときは、なだめることに全力を尽くした。オルガがはねられたのは、寝耳に水だった。ことが起きてしまってから知ったことで、ぞっとした。

これが、フェレとサロームによる供述の要点だった。ゴマ警部補、ピレス巡査部長とブライ巡査部長は、いくつか未解決事項は残されているが、それらの点は口頭審理で明らかになるだろうと判断した。ただし、そのうちの二点、すなわちフェレが雇った殺し屋はだれだったのか、どのように、だれを通じて雇ったのか（サロームはこの質問に答えをもたず、フェレは漠然とした信ぴょう性を欠く答えしか返さなかった）ということ、そしてなぜアデルたちを残酷に痛めつけたのかということは、わからないままで終わる可能性が高いと考えられた。

フェレとサロームの逮捕は、マスコミのアデル事件への関心を再燃させた。メディアは全力をあげて事件を取りあげ、ブライ巡査部長を時の英雄にまつりあげた。このニュースが報道されると、ビバレスはメルチョールの様子を訊ねるために電話をしてきた。

「問題なくやっているか？」

「どうなるか、まだよくわからないんだ。もう少しコゼットをあずかってもらえるとありがたい」

「必要なだけいてもらってかまわない」ビバレスは約束した。「コゼットはここで、神さまみたいにしているよ」

数日後、メルチョールはバレーラ警部補に面会を求め、バレーラはその日の午後に、対立した一件など忘れ去ったように、メルチョールを部屋に迎え入れた。ふたりでアデル事件が解決したことについて話してから（サロームが逮捕された話題は、互いに避けた）、バレーラはメルチョールの私生活を心配し、べつの警察署に居場所を見つける手配をはじめようと請けあった。そして親切に訊ねた。

「どこか配属を希望するところはあるか？」

「ありません。一刻も早く異動したいだけです」

それはメルチョールの本音だった。テラ・アルタは自分の家だと感じていたが、オルガを失ってから、もうそのようには感じられなくなった。サロームが逮捕されたあとで、警察署での仕事にもどり、中断された業務の流れにのって日常に復帰しようとしたのだが、それは不可能であることにすぐに気づかされた。同僚との関係が以前とは変わってしまったのだ。オルガが死んでしまい、サロームが逮捕されて裁判を待つ身になり、ブライ巡査部長も司法やマスコミの対応に忙殺されて不在にしていたため、周囲の関心がメルチョールに集中することになった。それはカンブリスのテロ未遂事件のあとでノウ・バリス署で経験した状況によく似た状況だったが、今回はもっとつらい思いをした。同僚を裏切ったことに対する無言の非難と、妻を失ったことへの同情の目に耐えなくてはならなかった。再び酒を断ってみても、助けにはならなかった。ただひとつの心の支えは、テラ・アルタを離れ、コゼットといっしょに踏みだす新しい暮らしを思い描くことだった。それとはべつに、メルチョールはアデル事件はまだ解決していない、あるいは解決したように見えても未解決の部分が残されていると確信していた（それはメルチョールを深く懸念させていたが、だれにも話していなかった）。サロームとフェレが逮捕された一週間後、ブライ巡査部長は署にもどってきた。ブライは部下たちにマスコミと繰りひろげたドタバタを自慢げに吹聴してから（《有名人になるのは、見かけほど楽じゃないんだぞ》と言って）、メルチョールに自分の部屋に来るように言った。

「なにがわかったか、想像できるか？」ブライはいきなり訊ねた。

「なんですか」

「ゴマのやつ、奥さんを捨ててピレスといっしょに住んでいるんだ。あのふたりはできているに違いないと、私が言ったとおりだった。しかし意外だったのは、追いかけていたのはピレスでなくて、ゴマの方だったんだ。このところ驚くようなことがつづくな。え、そうじゃないか？」

「頼んであったふたつ目の用件について、答えがもらえるのかと思いましたよ」

「頼んだって、なにを？」ブライが訊く。

メルチョールは電子メールの差出人を調べる約束になっていたのを思い出してもらった。

「しまった、そうだった！」坊主頭に手をやり、ブライは声をあげた。「テレビやらなにやらで、すっかり忘れていた。本署に照会したところ、アカウント作成者を特定するのは不可能だが、メキシコシティのどこかから送られたことは確かだそうだ。この情報で役に立つか？」

その情報はなんの役にも立たなかったばかりか、メルチョールの懸念を深めさせた。ある日、ガンデーザからコルベラ・デブレへ向かいながら、ロサ・アデルの家につづく岐路にさしかかったとき、誘惑に負けて車を横道に乗りいれた。しかし玄関に着いて呼び鈴を鳴らそうとしたときに、両親殺しの容疑者として夫が逮捕されたショックから立ち直っていないだろうと思い、来た道を引きかえした。べつのある日には、ジョゼップ・グラウに電話をしてメキシコの子会社について話を聞こうと思った。だがそのときも、土壇場でやめておいた。ところがその日の夜、すべてが一変した。午後十一時をすぎ、警察署での勤務を終え、ビラルバ・デルス・アルクスの自宅前に車を停めて、鍵を出し、建物の共用玄関を開けようとしたときだった。背後でなにかがすばやく動いた気配がした。ふりかえって拳銃に手をかける間もなく、頭に重い衝撃と、首に突きさすような痛みを同時に感じた。

三十分後、意識を取りもどしたときは、窓に黒いフィルムがはられた車の後部座席に座っていた。車はゆったりと高速道路を走っていた。口のなかが酸っぱい味がし、頭が痛み、手足をロープで縛られ、拳銃と携帯電話は取り上げられていた。車には前にふたり、両脇にふたりの男が座り、全員がスーツを着てネクタイをつけた四人の男が、無言でのっていた。運転している男とバックミラーで目があった。だれなのか、どこへ連れていかれるのかを訊ねるのは無駄だとすぐに悟ったが、少しするとラフランカ・デル・ペネデスの標識が目にはいり、バルセロナ方面に向かっていることがわかった。メルチョールは敗北感に似たほろ苦い悲しみに包まれ、もう二度とコゼットに会えない、これが自分の宿命だったのだ、ついに真実が明らかになるのだと思いながら、ふいに、満ち足りた安心感が胸にひろがった（ビバレスがコゼットを見てくれる、コゼットは安全だと思えたからだった）。そして、死ぬ覚悟をかためた。

サン・サドゥルニ・ダノイアを通りすぎ、サン・アンドレウ・ダ・ラ・バルカ、つぎにパリャジャを、それからサン・ボイ・ダ・リュブラガートをすぎて、アル・プラ・ダ・リュブラガートをあとにすると、車は間もなくリトラル通りへすすみ、バルセロナに入った。こうこうと街明かりが灯り、車が忙しく行きかい、人がアリのように歩道を歩いている光景を目にすると、テラ・アルタを離れずに過ごしたたった四年のあいだに、自分が思ってもみなかったことに、すっかり田舎の人間になっていたことに感慨をおぼえた。ところどころで海がまっ暗な口をあけてみえる海岸沿いの道をすすみ、ムンジュイック墓地を通りすぎ、しばらくすると二十二番出口からオリンピック公園方面へ向かう。出口を降りたところで右側の男が脇腹にサイレンサーつきの銃をつきつけ、そのあいだに左にいた男がロープを（最初に足首、つぎに手首を）ほどくと、車はアーツ・ホテルのまえに横づけになった。タクシー、自家用車、リムジンがひしめくなかで、男のひとりがはじめて口を開き、メルチョールに命じた。

「いい子にしていろ。そうすればすべてがうまくいく。わかったな」

四人の男たちにかこまれ、二丁の銃でこづかれながら、アーツ・ホテルのロビーに入り、エレベーターを待ってから、それに乗りこんで二十一階へあがった。エレベーターを降りると、だれもいない廊下をすすみ、一行はある部屋に入った。そこは部屋というより、スイートルームかマンションの一室のようだった。最初は無人かと思ったが、先へすすみ、つまらなそうにテレビを観ている看護師がいる部屋を横ぎったときに、そうではなかったことがわかった。それから暗い寝室を通りぬけ、奥の廊下をすすむと、突きあたりの暗がりのなかに、闇につつまれた部屋がもうひとつあった。そこへ足を踏みいれようとしたとき、男性の声がひびいた。

「どうぞ入ってください、マリンさん。このままで失礼するよ。歳には勝てなくてね」

男は腰まで毛布をかけて寝椅子に横たわっていた。背後に大きな窓があり、きらめく夜景が広がっている。看護師がひとり、かたわらにいた。右側に小さなテーブル、その向こうにひじ掛け椅子、そのさらに先にはフロアランプが置かれ、黄色がかったやわらかい光を部屋に投げかけている。左側の床には、うずたかく本が積まれていた。男はつらそうに少し上体を起こし、座りなさいとメルチョールにひじ掛け椅子を手で示した。看護師が腰のしたにクッションをあてがった。

「椅子にかけて楽にしなさい。飲みものはなにがいいかな?」小テーブルを指し、彼は訊いた。小テーブルにはテレビのリモコンのほかに、果物が山盛りになったボウル、クッキーをのせた皿、カップ二客とティーポット、水のボトルと、グラスがいくつか置かれていた。「お好きなものをどうぞ。希望があれば、もってこさせますよ。くつろいでください。こんな方法でお連れしてすまなかった。そうするしかなかったんでね。許してほしい。部下の者たちが、とちゅうで手荒なことをしたりしなかったかな」

見知らぬ男はメルチョールに話しかけながら、看護師とふたりのボディガードに下がってよいと合図をした。彼らは指示にしたがった。ボディガードのひとりは入り口にとどまり、廊下の暗がりに溶けこむようにそこに立っていた。メルチョールはひじ掛け椅子に腰をおろし、男を見た。八十歳は下らない老人だった。メキシコなまりがあり、グレーのシャツか寝まきから関節症のような手をのぞかせて話していた。ランプのうす暗い明かりで見ると、小柄でこぢんまりとしていて、貴族的な雰囲気をかもし、淡い色の瞳、滑らかな肌をもち、禿頭で頭にシミがたくさんあった。

「わしがだれで、なぜここへ連れてこられたのか、不思議に思っているだろう」老人は胸の下で手を組みあわせ、呼吸のリズムにあわせて胸を上下させながら言った。「メルチョールと名前で呼んでもいいかな。変わった名前だ、だれにつけてもらったのだね？」

「母です」メルチョールは答えた。

「なぜその名前になったのか知っているか」

「ひとめ見て、東方の三博士のひとりにそっくりだと思ったから、と言ってましたね」

　老人は腹の底から豪放に笑った。まるで殺人者か病人の笑い声のようだった。

「いいお母さんだ」背中のクッションを調整し、彼は言った。「ところで、なにも食べないのか？　夕食もとらずに、腹がすいているだろう。さあ、なにか食べなさい」

　客人に手本を示すように、彼は房からブドウを一粒つまみ、シワのあるくぼんだ口に入れた。「なんの話だったかな」機械的に口を動かしながら訊き、「そうだった、わしが何者でなぜこんなことをしたのかを知りたいだろう、と言っていたんだ。もう想像がついているかもしれないがね」

「だいたいのところは」

　老人は顔をゆがめて口のなかから皮と種をだし、皿の上に置いてから、布ナプキンで指を拭いた。

「どんな想像をしているのかな」

「あなたはアデル事件に関係がある」メルチョールは答えた。

「ほかには？」

「事件の解決に役に立つ電子メールを送ってくれたのはあなただった」

「おみごとだ」老人はナプキンを小テーブルにおき、小さな微笑を浮かべて、音をたてずに拍手した。「きみがとても賢いことはわかっていたよ、お若いの」

「そしてあなたは俺を殺そうと考えている」メルチョールはつけ加えた。

「いやいや、なにを言う、感情的になっておおげさにそんなことを——」拍手の手をとめ、微笑をひっこめて老人は言った。「わしは暴力を振るうような人間ではない。暴力はだいきらいなのだ。わしのことを知っていれば、わかってもらえるのだがね。知っているかどうかについて、もう少しだけ難しい質問をしよう。きみは、スペイン人にはとくに難しいだろう。ダニエル・アルメンゴルを知っているかね」

どこかで聞いたような気がする名前だったが、少し考えてから、

「知りません」と答えた。

「そうだろう?」小さく舌打ちし、老人は言った。「あなた方スペイン人は、そうなのだ。メキシコで起こっていることなど気にもとめない。つける薬がないい国だといわんばかりに。ほんとうのところは、ありていに言ってスペインよりずっとましなのだが」少し黙り、彼は告げた。「ダニエル・アルメンゴルとは、わしのことだ。自慢じゃないが、メキシコでは子どもたちまでが知っている。わしのような立場の人間にとっては、じつに都合が悪いことでね、ここだけの話、権力者は人に知られていない方がいいのだよ。それはともかく、わしはメキシコで権力をもっている。敵どもに言わせれば、大統領を交代させることができるほどの絶大な権力だそうだ。もちろんそれは買いかぶりだ。敵は相手を過大評価するものだからね。そんな下馬評に耳を貸す必要はない。機会がおとずれたときに敵を仕留めることができるていどのことがわかれば、それでじゅうぶんだ。しかし話をもどして、アデルの事件にわしがどうかかわっているのかを、話すことにしよう。楽にしているか? なにも食べなくていいのか? 少々長い話になるのでね。せめてお茶でもいれよう」

アルメンゴルが動くまえに、廊下からボディガードが近づき、ティーポットを手に取ると最初に老人のカップに、つづけてメルチョールのカップに紅茶を注いだ。老人は給仕を任せ、ビスケットをつまむと、ひと口かじり、口を動かしながら考えているように見えた。かたやメルチョールは不安がやわらぎ、少し気持ちが落ち着いた。アルメンゴルの歓迎の姿勢、言葉のはしばしから伝わってくる真実味から、信用できるように思え、少なくとも彼のそばにいるあいだは危険はなさそうだった。車で移動していたときに感じていた、このうなる運命だったのだという諦めの境地や、この部屋に入ってきたときの警戒心よりも、いまは好奇心が勝っていた。ボディガードに殴られた頭の痛みも消え、睡眠薬の注射の効果が完全に切れて、フロアランプと窓の外の街明かりに照らされた部屋のうす暗さに目が慣れてきた。

「アルベルト・フェレとは、四、五年まえ、ペニャ・ニエト大統領が国立宮殿で主催したレセプションで知りあった」アルメンゴルは小さく震える手で紅茶をひと口すすり、ようやく話しはじめた。命令に慣れたしゃがれ声で、ゆっくりと、目は前方の壁にかかっているなにも映っていないテレビを見つめながら、彼は話した。紅茶を注ぐと廊下に引きさがったボディガードは、カーペットのうえの丸みを帯びた靴のつま先しか見えなかった。それはまるでエナメルの二匹の小動物のようだった。

「ペニャ・ニエトはろくでなしだが、政権を握っていたときはよくわしに頼みごとをして、わしはそれを断ることができなかった。愛国者にはいろいろな不都合があるのだよ、知っていたかね。その日は大統領から、メキシコに関心があるスペインの企業家たちを招くレセプションに出席するように頼まれていた。ほとんどはすでにメキシコに投資をしている人たちで、さらなる投資やメキシコ企業との提携を誘致するためにね。

よくある常套手段だ。だれから紹介されたのか記憶にないが、フェレをアデル美術印刷の代表取締役として紹介されたことはよくおぼえている。カタルーニャ州の重要な美術印刷会社で、プエブラに子会社をもっていると説明していた。わしはフェレと握手をしながら、《ずいぶん昔、スペインでアデルという人を知っていたよ》と言った。《ほんとうですか》と驚いたフェレに、《ああ、テラ・アルタのカタルーニャ人だった。アラゴン州との境にある郡だが、ご存じかな》と言うと、知っていますとも、と答えた。彼が言うには、私はそこからきたのです、アデル美術印刷はそこで誕生した会社で、いまでもその場所に本社がありますよ、という。テラ・アルタではアデルという姓はめずらしくない、とも言っていた。話すうちに点と点がつながり、以前にわしが知っていたアデルという男は、彼の舅だったことがわかった。アデル美術印刷のオーナーだったのだ」

「どういうわけでアデルさんをご存じだったんですか」

「フェレにも同じ質問をされた。わしがなんと答えてやりたかったか、わかるかね？」アルメンゴルはメルチョールの返事を待つように、間をおいた。そして言葉をつづけた。「笑いとばしてやりたかった。宮殿に雷鳴のようにとどろきわたる笑い声をあげて、そこにいる全員がふり向き、その主を探して、あきれた顔をすればいいのかいっしょに笑った方がいいのかとまどうような、大笑いをしてやりたかった……それができたらどんなにすばらしかったことか。しかしそういうわけにはいかなかった。《話せば長くなるので、それはまたべつの日に》というようなことを答えておいた。それからフェレと彼の会社のプロジェクトやらなにやらの話をした。フェレはわしがだれであるかを知っていて、というより噂を耳にしていたようで、まあメキシコに足を踏みいれれば、わしのことはすぐにわかるからね、わしに知りあえたことをずいぶん喜んでいるようだった。ようだった、というのは余計な言葉だな、握手をかわしたときに、そう思っていることが明白に伝わってきたのだからな。きみも知ってのとおり、フェレは考えていることがすぐ顔に出る、出世に目の色を変えているわかりやすい男だ。あの鼻もちならない愛想笑いで、はっきり顔に書いてあるからね。ペニャ・ニエト大統領と大差のないろくでなしだが、世界でだれよりも操りやすいペニャ・ニエトより、もっと始末が悪い。野心家ほど懐柔しやすい相手はないからな」アルメンゴルはクッキーをまたひと口かじり、口を動かした。さっきのクッキーだったのかもしれない。カップを手にとり、紅茶をすすると、話をつづけた。

「その日はそれで終わった」カップをテーブルにおく。「彼はわしに名刺を渡し、そばにいた者がわしの名刺を彼に渡した。気が向いたらいつでも会いにいらっしゃいと言っておいた。社交辞令ではないことがわかるていどに、重ねてそう言った。思ったより時間がかかったが、彼はしばらくするとわしを訪ねてきた。こなかった場合には、わしの方から出向くつもりだったが、向こうからきてもらう方が好都合だった。なにか裏があると怪しまれることだけは避けたかったのでな」

フェレが訪ねてくるまでのあいだに、フランシスコ・アデルやアデル美術印刷、フェレについての情報を集めてあったとアルメンゴルは語った。そのうちに少しずつ、フェレと出あったのはささやかな奇跡という以上の、運命のみちびきにほかならないことが見えてきたという。それをはっきりと悟ったことで、アルメンゴルははたして実行できるのか、ほんとうに実行したいのかどうかもわからないままで、長年にわたり妄想のように胸にあたためてきた計画を決行することにした。

「決断ができず、運命に決めてもらったと言われてもしかたがない」アルメンゴルはつぶやいた。「とにかく、こんなチャンスは一生にいちどしかないと思い、わしはそれを活かすことにしたのだ」

彼は言葉を切り、ため息をついた。苦しそうに、苦労して息をしていた。寝椅子で少し身体をずらした。メルチョールはカップを手にとり、ひと口飲んだ。紅茶はぬるかったが、美味かった。

「フェレが面会を求めてきた理由は忘れてしまったが、わしは彼にメキシコシティにくるように言い、オフィスで昼食に誘ったことはおぼえている。わしはその日から、どう言えばいいのだろう、彼をたぶらかす企みに着手した。率直に言おう。ことは簡単に運んだ」アルメンゴルはメルチョールを見た。メルチョールはそのときに、老人の淡い瞳がネコ科のようなグリーンだったことに気がついた。「詩は好きかね？」

メルチョールはその質問に面くらった。そしてオルガを思い浮かべた。オルガをというより、これほど長いあいだ彼女のことを考えずにいたのは、オルガが亡くなってからはじめてだと気づかされた。もう忘れかけているとは、彼女に対して不誠実になっていると思った。

「いや、もちろん詩など読まないだろう」アルメンゴルは自分の言葉を正すかのように、代わりに自分で答えた。「きみは小説のほうが好みだったね。そう聞いている。正直に言えば、わしには小説は退屈だ。実際にあることについての本を読まずに、なぜ現実に起きてもいないことをわざわざ読まなければならないのか、理解できない。詩には、現実に起こっていることが書かれている。ミルトンは虚栄心を《高貴な心の最後の弱さ》と表現しているね。この言葉をどう思うかね。どれほど高潔な人にも、わずかな虚栄心がひそんでいるというのだ。そうなると、それほど高潔でない人の虚栄心は、それよりも強いということだ。まったく高潔でないフェレのような人は、虚栄心のカタマリだ。わしはその弱さにつけ入ったのだ」

計画は慎重にすすめた、とアルメンゴルは話した。急げば獲物を怯えさせ、作戦を台なしにしかねない。まずはメキシコシティの自分のオフィスでなんどか顔をあわせた。フェレの頼みをきき、喜ばせてやった。ちょっとした便宜をはかったり、官僚的な手つづきの問題を解決したり、有利な条件で広告キャンペーンをあっせんしてやったり、有力者との橋渡しをしてやったり。こうしてフェレの信頼を勝ちとり、フェレに自身が価値のある人物で、関係を強化してビジネスを発展させたいと人に切望されるような、将来有望な若者であると信じこませたのだという。

「きみも多少はフェレを知っているね」アルメンゴルはほほ笑み、膝のうえの手をひらひらさせてから、また膝に置いた。「彼がどんな気持ちになったか、想像してみたまえ。会社ではだれにも相手にされず、ご主人の娘婿、縁故採用の操り人形でしかなかった。それが突然、わしのような者に認められたのだ。友人のように接してもらい、お世辞も言われて、鼻高だかで有頂天になった」

フェレはメキシコを訪れるたびに、アルメンゴルと昼食や夕食をともにするようになった。たいていメキシコシティで会っていたが、フェレに会うためにわざわざアルメンゴルがプエブラまで出向いたこともあった。しばらくすると、ふたりの関係は仕事の枠をこえ、個人的なつきあいに発展した。父と息子、師匠と弟子のような関係だとアルメンゴルはフェレに思わせた。その段階で、アルメンゴルはさらに踏みこんだ。フェレはアデルと良くてもまあまあの関係か、まったくうまくいっていないことを、アルメンゴルは最初から知っていた。アデルがフェレを軽視していただけなく、見くだし、屈辱を与えていたことを承知のうえで、フェレを舅に敵対させるように仕向けた。あることないこと、義父の悪口を吹きこみ、才能を認めようとしないのは妬んでいるからだ、そうでもなければ考えられない、舅は冷酷な専制君主で、古風な考えの自己中心的な男だと言い、キャリアの妨げになっているし、期待を裏切り、人間として彼をだめにしていることをフェレにわからせた。アデル美術印刷を踏み台にして、もっと大きなことを考えなくてはいけない、視野の狭い地味な会社にいつまでも閉じこめられていてはいけないと吹きこんだ。わしと組めばもっと大きなプロジェクトに乗りだすことができる、じつはスペインで事業を拡大する計画があるのだが、きみにそれを任せてもいいかもしれないと考えているとも話した。

「要するに」と、アルメンゴルは話をまとめた。「アデルへの反感を焚きつけ、頭を壮大な空想でいっぱいにして、彼を酔わせたのだ。というより、彼が自分勝手に酔いしれたのだがね。それに加えて、運に助けられた。プエブラの子会社の業績が悪化し、赤字に転落した。アデルは子会社を閉鎖することを考えはじめ、フェレとの対立がさらに深まった」

アルメンゴルは口をつぐんだ。言葉の接ぎ穂をなくしたように、放心した顔でテレビの画面を見つめ、呼吸のリズムにあわせて胸郭を上下させながら、苦しそうな息をしていた。

「その話は聞いていました。プエブラの子会社についてはずいぶん議論していたようでした」メルチョールは口をはさみ、先をつづけるように励ました。

「フェレはもちろん――」アルメンゴルはわれに返り、話をつづけた。「閉鎖するなどとんでもないと考えていた。ラテンアメリカにあるほかの子会社にも関心をもっていたが、メキシコの会社は彼にとって掌中の珠だったのだからな。メキシコでは彼の上に立つ者はいなかったのだ。わしも、この子会社をメキシコでのほかの事業の足がかりにすべきだと彼を説得した。そうしたことのために彼はいっそう義父を恨み、われわれの昼食は義父に対する悪口で占められるようになった。フェレが思うぞんぶん義父を攻撃できるように、わしはときどきアデルを擁護してみせたりもした。わしの長年の経験から学んだトリックだ。だれかをけしかけて、敵に対する怒りをあおらせるためには、その敵をもちあげて少しばかり、かばう態度をとればいい。絶対にうまくいく手だ。わしはそうやってフェレという爆弾の導火線に火をつけてから、それを爆発させる方法を探していた。そして、わしはじきにその方法を見つけ出した。きみも知っているが」

「オプス・デイですね」

「さよう」アルメンゴルはうなずき、少しメルチョールに身体を向け、また音を立てずに拍手した。こんどは満面の笑みを浮かべていた。「あなたがたスペイン人はひどい人間だということは、同意してもらえると思うが――」と言いながら、身体の位置を調整した。「悪行を重ねて人生を過ごしたすえに、死ぬときがくると、自分のおこないの結果をどうどうと直視する代わりに、怖気づいて司祭に許しを請い、天国に送ってもらうのだからな。まったく、なんて腰ぬけの恥知らずなのだろう、嘆かわしい。ともあれ、わしはスペイン人がそういう人間であることを知っているから、アデルのような心ない男が狂信的に宗教にのめり込んでも、ちっとも不思議には思わない。それを知ったときは、天がひらけたと感じた。フェレに対してはじゅうぶん準備が整ったと判断したときに、アデルが自分の財産の半分をオプス・デイに遺贈しようと考えていることを、たしかな筋から聞いた、と彼に話した」

「作り話だったんですか？」

「さあな、なんとも言えんね。しかし信ぴょう性のある話じゃないかね？　死を恐れるあまり、どんなでたらめも信じこんでしまう人がいるものだが、アデルもそのひとりだったことは間違いない。当然だ。彼がしたことをしていたら、わしもいまごろ恐怖に怯えていただろう。事実かどうかは問題ではない、重要なのはフェレがそれを信じたことだ。それからはすべてが簡単に運んだ」

「あなたはつまり、義父を殺すようにフェレを説得したのですか」

「おおあたりだ」拍手はせず、微笑も浮かべずにアルメンゴルは言った。「妻が受けとる遺産の半分を失いたくなかったら、そうする以外に選択肢がなかっただろう。しかし、わしの骨折りも見くびらないでもらいたい。フェレのような愚か者に、あのような大それたことがひとりでできると思うか？　わしは彼を励まし、彼にない度胸をあたえ、義父を殺すのは思っているよりずっと簡単なことで、指を一本動かすだけでいい、あとのことはわしに助けてもらえるということをわからせた」

「たとえば、殺し屋を雇ってやるとかね」

「さよう、たとえばね。いっさい痕跡を残さず、きっちりと仕事をするプロフェッショナルをふたりほど。わしの国にはその手の者がいるのでな」

「サロームを引き入れたのもあなたですか？」

「きみの同僚のことか？」

「そうです」

「そのことか。いやあれは、フェレがやったことだ。どうやって思いついたのか、わしはあずかり知らないが、なかなかいい考えだったことは認めざるを得ない。すでに義父を殺す決心をかためたあとで、ある日、警察に親しい友人がいる、テラ・アルタの出身で一家をよく知っているので捜査に関与する可能性が高いというようなことを言っていた。フェレはなにか手ぬかりがあった場合に備えて、生命保険に入るか、エアバッグでも装着するつもりでそうしたのだろう。悪くない考えだった。わしも彼と同じように、すべてがうまくはこび、捕まらずに計画が完遂されるように願っていたのだからね。きみが首を突っこんだりしなければ、計画どおりにすすんでいたのだ。メキシコシティで最後にフェレと会ったときは、捜査はすでに打ち切られ、たやすくことが運んで万事うまく収まったことに、ふたりで祝杯をあげたのだよ。フェレはそのときに、自分の犯してしまった唯一のミスを、警察の友人が、義理の両親の家に残した指紋の拡大画像に細工を加えて隠蔽してくれたとわしに言った。自分の発案で友人の巡査長に協力を頼んだのだと得意満面で話していた……それはともかく、きみが執拗につきまわしていたせいで、フェレがすっかり神経をとがらせてしまい、なにもかもをぶち壊してしまったのだ」

そのとき、最初に見かけた看護師がふたりの会話に割ってはいり、「ドン・ダニエル、お時間でございます」と告げた。アルメンゴルは看護師に顔を向け、看護師と廊下にいたボディガードが彼に向かって一歩踏み出すと、手ぶりでそれを制止した。それから腰をおおっていた毛布をめくり、小さくうめいて身体を起こし、寝椅子に座った。

メルチョールははじめて老人の全身を見た。ガウンを着ていたが、横たわっていたときの印象よりはるかに肉づきがよく、ローマ人の胸像を思わせる頭と修道院長のような二重あごの下にたくましい胸があり、力強い腕、野性的な手をしていた。だが腰から下は衰弱した弱々しい姿をさらし、ガウンからとがって血色の悪い膝と、骨格を支えられるのか危ぶまれるほど小さな足が見えていた。ガウンの下のプラスチック製のカテーテルが、足もとに置かれた黒っぽい液体が入った袋につながっていた。厚みのある身体が虚弱な状態で、呼吸もつらそうにしているのをみれば、老人が病気を患っているのは明らかだった。

「奥さんのことは心から残念に思っている。あれはフェレがやったことで、わしはかかわっていなかった」

ふたりは目を見かわした。メルチョールは室内の空気に薬の匂いと腐臭の入りまじったかすかな異臭が漂っているのを感じた。

「嘘じゃないと信じてもらえるかね」老人が訊ねた。

メルチョールには彼が嘘をついているようには思えなかった。だがこう言った。

「俺に電子メールを送ってくれた理由がわからない。なぜ俺にこういう話を聞かせているのか、なぜそれほどまでにして、フランシスコ・アデルを殺害したかったのかも」

「ああ、そのことだね」メルチョールにそれを訊かれるのを待っていたかのように、アルメンゴルは言った。「それがこの話の圧巻なのだ」老人の合図で看護師とボディガードが立ちあがるのを手伝い、抱き上げるようにして彼を別室へ連れていくあいだに、「少し待っていてくれ、メルチョール。すぐにもどる」と声をかけた。

メルチョールはひとりで部屋に残された。廊下のじゅうたんから見張っていた小動物二匹もいなくなった。椅子を立ち、脚を伸ばしながら部屋を見まわした。テレビの隣に書き物机があり、そのうえに生花を飾った水差しがある。キュビスム風の静物画がかかっている部屋の隅に、窓のほうを向いた望遠鏡が三脚にすえつけられていた。のぞいてみると、黒い地表にホタルが群がっているような景観が広がった。見慣れたものも見えた。右手に、赤や青にきらめくウロコ状のガラスにおおわれ、座薬のようなかたちをしたトーレ・グロリアスがあった。ほぼ正面にはサグラダファミリアまでのびているマリーナ通りがあり、左手にぽっかりと黒い影を作っているのは、シウタデリャ公園だった。その向こうのコルセローラ山脈の暗がりに、地平線に浮かぶ巨大な宇宙船のように見えるティビダボ山頂にある遊園地が見えた。メルチョールはしばらくのあいだ、魅入られたようにそこに立って夜景に見入っていた。そのあいだ、この下にコゼットが眠っているのだと考えていた。庇護のもとで、柔らかくてあたたかい小さな身体で、心臓をトクトク動かしながら。自分の運命に向きあう晩になりそうだが、車に乗っていた数時間まえ、永遠の別れを覚悟したときとは違う展開になりそうだ、また会えると思った。

アルメンゴルは看護師ふたりとボディガードひとりにつき添われ、部屋にもどってきた。ガウンの下にのぞいているカテーテルの袋が新しくなっていた。

「待たせてすまなかった」コルチゾンを投与されたかのように明るく言う。「なにか飲んだかね。眠くはないか？　わしは昔から睡眠が浅いたちだが、このところはずっとこま切れにしか寝ていない。ここからが話の山場だから、きみもそうだといいんだが」

アルメンゴルは手伝ってもらいながら再び寝椅子に横になり、背もたれにクッションをおき、毛布をかけた。メルチョールもひじ掛け椅子に座りなおした。看護師たちが去り、メルチョールはボディガードも先ほどの場所にいないことに気がついた。老人がもはや不信感を抱いておらず、監視する必要はないと伝えたのだろうか。それとも、これから話すことをだれにも、部下にすら聞かせたくないからなのか。

「さて、真実を話すときがきた」アルメンゴルは話を切りだした。「わしはじつは、メキシコ人ではない。スペイン人なのだ。誤解しないでほしい。心はメキシコ人で、メキシコはすべてを与えてくれたわしの故郷なのだが、生まれたのはスペインだった。どこで生まれたと思う？　難しいかな。教えてあげよう。テラ・アルタだ。正確にはボットでね。フランシスコ・アデルを知っているのはそのためだ。彼は村ではフランセスクと呼ばれていたが、戦争が終わってからカスティーリャ語に改名したのだ。彼もボットの出身で、家族同士が知り合いだった。彼の父親は、村いちばんの金持ちの下ではたらく日雇い労働者だった。その金持ちがわしの父だった。カ・パラデリャという食料品店の経営者が、わしの父だった。向こうのほうが慎ましかったが、どっちの家も質素な暮らしをしていたし、わしの知るかぎり、いつも仲良くやっていた。だが戦争がはじまった。わしはちょうどその年に、三十六年に生まれたのでね、直接の記憶はない。あとになって叔父たちから聞いたり本で読んだりした、借りてきた記憶なのだが、テラ・アルタでは戦争のはじまりはじつにひどいものだった。そこで起こったのは戦争というより、革命だった。そうだろう？　まず革命があり、それから戦争があった。ひとつならず、ふたつの恐怖を経験することになったのだ」

最初の恐怖は夏にはじまった、とアルメンゴルは語った。九月のはじめ、アナーキストの一団を乗せたバスが、バルセロナからテラ・アルタにやってきた。バスは黒く塗られ、白い髑髏で飾られていた。バスに乗ってきた連中は、次つぎに住人を殺しはじめた。彼らはまたたく間にテラ・アルタに恐怖の種を植えつけた。恐怖の種はバホ・アラゴン、リベーラ・デブレ、ほかの全地域にもまかれた。アナーキストたちは村落に押し入り、地元のアナーキストと話し、右翼とされる人びとのリストを提出させて、皆殺しにした。

「どういう状況だったかというと、ガンデーザではたったの一晩で二十九人が殺された。それが戦争の初期に起こった有名なスペイン革命だ。正真正銘の血の饗宴だった。すさまじいだろう？　まったく、それなのにメキシコ人を暴力的だと言ったりする。あなた方に比べれば、思いやりのある平和な民族だというのに。それはともかく、話が面白いのはこれからだ。バルセロナからきたアナーキストたちが右翼のリストを求めたときに、ボットの連中がなんと答えたかわかるか？こう言ったんだ。心配するな、ここではわざわざよそ者に仕事をしてもらう必要はない、その仕事ならすでに自分たち村の者で始末をつけた、とな」

それは嘘ではなかった、とアルメンゴルはつづけた。戦争がはじまって間もないころ、地元の共和主義者たちはコルベラ・デブレから一キロほど離れたところで十二、三人を銃殺に処していた。きみは長い直線のその街道を何度も通っている、そこには最近まで事件を記念する十字架が立っていた、とメルチョールは教えられた。その十二、三人、犯罪者たちの同郷人で隣人だった人びとのなかに、フランシスコ・アデルの父親がいた。なぜ彼が殺されたのか、理由は定かではない。主人に忠実な忠犬のようなしもべだったから、それとも主人を見つけることができなかったからか、カトリック信徒で日曜日にミサに通っていたからだったのか。あるいはだれかの腹いせに殺されたのかもしれない。「そういう人がいたこともあの戦争の一部になっていたことが忘れられがちだが、戦争は長年にわたって蓄積された憎しみ、恨みつらみを晴らす排気弁でもあったのだ」彼は言った。

アルメンゴルが咳ばらいをし、テーブルに手を伸ばすと、すぐにボディガードがあらわれて水を出し、指示を受けてティーセット、フルーツボウルとクッキーの皿を下げた。水をひと口飲んでいる老人の手首が震えていることに、メルチョールは気がついた。

「アデルはわしより十歳近く年上だったから、父親が殺されたときは九歳か十歳だったはずだ」片づいたテーブルにグラスを置き、両手を膝の上で組みあわせて彼は言った。「その当時もボットに住んでいたのかどうかは知らないが、二年後、アラゴン戦線が陥落してフランコ軍が侵攻してきた三八年の春には、アデルはたしかにそこにいた。わしは母といっしょにずっと村で暮らしていた。父は逃亡していた。わしの知るかぎり、父はなにも悪いことはしておらず、秩序を重んじる人で、戦争初期の殺人にはかかわっていなかった。カタルーニャ左翼共和派で町議会議員をつとめていた。父は逃亡して幸いだった。村にもどってきた反乱軍は、だれを生かし、だれを殺すかを決めたのは各政党の委員会だったことを知っていたにもかかわらず、町議会の共和主義者全員に殺人の責任を押しつけたのだ。問題は、政治や組合で共和国政府にかかわりのあった者はひとり残らず村を去っていたため、責任を負うべき人が見つからなかったことだった。フランコ派は復讐のためにもどってくると考え、恐れた人びとは、間違っていなかった」

アルメンゴルは少し黙りこんだ。また口を開いたときは、いっそうゆっくりとした口調になった。だれかにこの話をするのははじめてなのだろう。それでガラスの破片が飛び散っている床を裸足で歩くようにして、細心の注意を払って言葉を選ぼうとしているのだろうとメルチョールは思った。

「父は戦争が終わるまで、バルセロナで防空壕を建設する仕事をしていた。戦争が終わるとフランスにわたり、三年間を向こうで過ごした。ときどき手紙をくれたので、母から読み方を教わってほとんど暗記していた手紙もあった。そしてついに帰ってきたのだが、それが致命的な失敗になった。なぜそんなことをしたのか、その理由はいまだにわからない。叔母は、父はひとり暮らしに耐えられなくなって、母と息子に会いたくてたまらずにもどってきたのだと言っていた。そうだったのかもしれない。フランコのプロパガンダも一役買っていたのだろう。血で手を染めていない共和主義者はなにも恐れることはない、安心して帰ってくるがよいと約束していたのだからね。父はその嘘を信じたに違いない。信じて、破滅したのだ」アルメンゴルはまた黙った。こんどはもっと長い沈黙になった。メルチョールも身じろぎもせずに待った。「父が帰ってきた日のことは、よくおぼえている。わしは六歳になっていたし、人生でそれほど幸せな日はなかったからね……しかしその話はしないから安心してくれ、他人の幸福などどうでもいいことだし、もうじゅうぶんに自分に語ってきたことだからな。しかしべつの日のことを、つまりべつの日に起こったことを話したいと思う。わしはその場にいなかったから、人から聞いた話だ。というより、あちこちでささやかれていたことをつなぎ合わせた話だから、はっきりとはわからないのだ。自分のなかに明確にしたくない気持ちがあったのだろう。はっきりさせるのが怖かったのかもしれない。そうしようと思ったときは、もう遅かった。しかし肝心なところは知っている」

肝心なところ、と言った老人の声は、しゃがれてはいたが、血の気が引くほど冷たい声だった。彼はこう語った。

父親と母親が腕をくんで村の広場を歩いていたある日のことだった。その日は日曜日で、広場はおおぜいの人で賑わっていた。父は四年の亡命生活を終えてボットにもどったばかりだった。突然、だれかが大声で彼の名前を呼んだ。そしてひとりの少年が人ごみをかきわけ、あるいは群衆が割れてできた道を歩いて、父に向かってすすんできた。夫婦のまえにきた少年は、手にもっていたピストルを上げ、だれにも聞きとれなかったか、だれもがすぐに忘れようとした言葉を発してから、アルメンゴルの父親の頭に発砲した。地面に倒れた父親の横に立ち、彼はさらに二発の銃弾を撃ちこみ、とどめを刺した。それは衆人環視のなかで起こったことだったが、恐怖で凍りついたのか、殺人ではなく儀式でも見ているかのように、だれも指一本動かさず、とめようとした人はいなかった。

「きみに質問をしよう」アルメンゴルはうす暗がりのなかでメルチョールの目を捜しながら訊いた。「わしの父親を殺した少年は、だれだかわかるか?」

答えはあまりにも明白だった。メルチョールが黙っていると、老人は自分で答えた。

「もちろん、彼だったのだ。なぜアデルが虫けらのように父を殺したのか、その理由がわかるか? 虫けらのようにではない、それよりはるかにひどかった。虫けらでさえ、それほどの悪意をもった扱いは受けない。なにが彼をそうさせたのかわかるか? 教えてやろう。戦後、村にもどってきた唯一の共和派の町会議員が父だったからだ。どう思うかね」

遺体はそれから何時間も、倒れたままの状態で広場に捨ておかれた、とアルメンゴルは話した。吹きとばされた頭部をさらし、血の池が広がるなかで横たわっていた。だれも近づこうとしなかった。叔父が市長と話してから、手押し車にのせて運びだし、おざなりに野原に埋葬した。老人はその日のことはよくおぼえていた。なによりもおぼえていたのは、そのときの静寂だった。家のなかも、村のなかも静かだった。家では、家族のだれかが凶悪な犯罪に手をそめたかのように、その罪で永遠の恥辱を負ったかのように、みんなが静かに泣いていた。

「それがわしの抱いた印象だった。みんなが泣いていたが、声を出さずに泣いていた。母だけはそうではなかった。母はわしの頭をなでながら、錯乱したように父の名前をつぶやいていた……翌日、叔父が再び市長に会いにいき、それから神父にもあって、父の遺体を掘りおこし、墓地に埋葬しなおした。立ちあったのは、叔父たち、いとこたち、母とわしだけだった。そしてその二、三日後、家と店をあわただしく売り払い、叔父たちも家をたたんで、列車に乗って村を出たのだ」

アルメンゴルは言葉を切ると、ため息をついた。彼の呼吸の息づかいが部屋のなかのこぢんまりした静けさをかきむしっているように感じられた。戦争のことや両親のことを語りはじめてから、老人はいちども声を震わせていない。そう思うと同時に、知りあって間もないころ、ガンデーザの広場でならんでベンチに腰かけていたときに、オルガがこう言っていたことが脳裏によみがえってきた。《ほんとうの傷は、それじゃなくて目に見えないものなの。みんながひっそりと腹の底にかかえているもの。すべてを説明しているのは目に見えないもうひとつの傷なんだけど、だれもそれを口には出さない》

「わしはあの日以来、ボットにもどっていない。ボットにも、テラ・アルタにも帰らなかった。あとのことは想像がつくだろう」

テラ・アルタから逃亡して間もなく、彼の母親はタラゴーナにある精神科病院に収容され、叔父たちには彼を養う経済力がなかったため、彼は孤児院に入った。母親は一年半後に、結核で亡くなった。そのころ、叔父の友人がフランスから手紙を書き、こっちへ来れば、自分が働いている工場の責任者が仕事を提供してくれると知らせてきた。叔父はふたつ返事でその友人の誘いを受けいれ、孤児院にいた彼を引きとると、三人目の子ども同様にしていっしょにフランスに連れていった。しばらくフランスで暮らした一家は、世界大戦が終わると、メキシコへ向けてフランスを去った。

「ベラクルス州に着いたときのわしは、十歳になったばかりだった」アルメンゴルは記憶をたどった。「そこからべつの物語がはじまった。そしてペニャ・ニエト大統領のレセプションでフェレを紹介された。フランシスコ・アデルの娘婿であると知ったときのわしの気持ちが、きみに想像できるか？　できないだろう。だれも想像することはできない。しかしきみには、ほかの人よりもわかるはずだ。そうだろう？」老人がなにを指しているのか、メルチョールはすぐに察したが、黙っていた。「スペインを出たときはまだほんの洟たれ小僧だったが、わしは両親を殺したこの国には二度ともどってくるものかと心に決めた。心の底からアデルを憎み、スペインを憎んだ。そして自分の誓いを守り、スペインにはもどらなかった。帰ってきたのは今回がはじめてだ。この国を全力で憎んできたが、なによりもアデルを憎んできたために、彼は生身の人間というよりも抽象的な存在、悪の化身のようなものになっていた。そんなふうに七十年以上もだれかを憎むことが、どういうものかきみにわかるか？」

「わかると思います」メルチョールはオルガを思い浮かべながら答えた。「憎む相手を殺すために、自分も毒を飲むようなものじゃないですか」

老人はわが意を得たりというように目を輝かせ、メルチョールを見た。

「そうだろう？　きみならわかってくれると思っていた。憎しみの毒は、骨の髄までまわる。わしはだから、憎しみを断ち切り、忘れることにつとめて、そのためにできるかぎりのことをした。なにもかも忘れて、なにごとも起こらなかったようにふるまおうとした。アデルなど存在せず、父を殺して、母の精神を破壊し、わしの人生を打ち壊していないというように。そうすることができたことも、ときどきはあった。アデルもテラ・アルタのことも考えずに目を覚まし、驚くほど軽い気分で起き上がり、苦しさを忘れた無重力状態で麻薬に酔いしれたように過ごせることが、ときにはあったが、急にいつもの重苦しさが、苦しみ、苦痛がもどってきた。数時間、数日間は憎しみを忘れていられるときも、あるにはあった。歳をとるにつれ、過去が遠ざかって、起きると消えてしまう夢のように、忘却のかなたに薄れていくように思えるときもあった。しかしもちろん、それは幻想でしかなかった。フェレがあらわれると、すべてがいちどきに舞いもどってきた。完全なかたちで、ほんものの現実感をともない、まるでいちども忘れたことなどなかったと思えるほどの圧倒的な強さでね。そのときに悟った。忘れることなどできないのだ、ならば抹殺するのが最善なのだと。これ以上毒を浴びずに、彼から自由になって安らかに死ぬためには、そうするしかないことがわかった。苦しめて殺さなくてはならない、どれほど苦しんでも、わしが味わってきた苦しみのほんのかけらでしかないが、父と母が安らかに眠れるように、両親の仇をうたなければならないことがわかった」

「それでアデルさんたちを拷問にかけたんですね」

「そのとおりだ」アルメンゴルは優しい声で歌うように言った。アデル夫妻の遺体を最初に目にしたときに儀式のようだと感じたことを、メルチョールは思いだした。結局、あのときの印象はそれほどまとはずれではなかったようだ。「せめて最後の最後に、わしの人生の片りんなりとも知ってもらえるようにな。正当な行為だと思わないかね。母親を殺した犯人を何年も探しつづけ、ついに見つけることができたとすれば、きみならどうするだろう」

「俺のことをよくご存じだ」

「きみが思っている以上にな。しかしまだ質問の答えをもらっていない」

「あなたは、死んだのが罪を犯した人だけでなかったことを忘れている。無実の人も巻きこまれた。俺の妻も」

「忘れてはおらん。だがわしは奥さんのこととはなんの関係もない。言ったはずだ。つきつめれば、フェレですら全面的に責任があるわけではない。彼には奥さんを殺すつもりはなかった。彼のやったことに残酷さ、残忍さはなかった。きみと奥さんを脅かしたかっただけだった。あれはあの愚か者がしでかした愚かな行動だったのだ……わしは彼のしたことが許されると言っているのではない。ただ事実を言っているだけで、それはきみにもわかっているだろう。だからこそ、母親殺しの犯人に対して復讐するようにはきみはフェレに復讐せず、法の審理に委ねたのだ。友人の巡査長についてもね。しかしなんであるにせよ、奥さんに起こったことはまったく間違っていた。わしがきみに話したいと思ったのは、そのこともあったからだ。あれはひどいと思った。そう思っていることをきみに伝えたかったのだ。心から残念に思っている。信じてもらえるか。わしにも妻がいたのだ。息子もふたり。家族がどういうものか、わしも知っている。もうみんな死んでしまって、残っているのはわしひとりなのだが、決して忘れてはいない……それに、アデルの奥さんと家政婦についても悪かったと思っている。わしは暴力を好まない。さっきも言ったとおり、暴力は大きらいなのだが、アデルの奥さんには苦しんでもらう必要があった。アデルを苦しめ、わしの苦しみを知ってもらうためには、そうするしかなかったのだ。家政婦は……いわば、巻き添えをくったかたちで、目的を達成するための多少の犠牲はやむを得なかった。卵を割らずにオムレツは作れない、ということでね。決まり文句などもちだして許してくれ、しゃべりすぎて疲れたようだ。眠くなってきた。わしが言いたいのは、きみに直接会って謝りたかったということだ。きみには説明が必要だと思ったからだ、それ以上の理由はなかった。それに、きみにはわしの言うことがわかってもらえると思ったのだ。わしの目に狂いはなかった。そうだろう?」

老人の話はしっかりと理解できた。だがメルチョールは、それを口にして満足してもらうのは避けた。夜ふけにこうしていると、老人との距離が必要以上に親密になっているように感じられるせいで、その親近感に反感をおぼえているのかもしれなかった。アルメンゴルは求めていた答えがすでに得られたというように、あるいは答えなどとうの昔から必要としていなかったというように、寝椅子で少し伸びをすると、背中のクッションを首の下に移した。

「すまないが明かりを消してもらえるかね」フロアランプを指し、「明るすぎて少しまぶしい」と言った。

メルチョールがランプを消すと、部屋を照らす光は窓から差しこむ街明かりだけになり、老人の身体が闇に包まれた。

「きみに話したかったことは、これがすべてだ。わざわざ足を運んでもらった苦労が報われたかな」

メルチョールはすぐには答えなかった。老人の息づかいが話し疲れて少しずつ苦しそうになってくると、訊ねた。

「教えてください。フェレがあなたを告発することは、恐れていないのですか？　もうそうしたかもしれないし、裁判でしゃべることも考えられる」

「ああ、裁判か」アルメンゴルはため息をついた。「わしがそれまでここにいると思っているのかね。スペインの司法制度についてはきみのほうがよく知っている。運がよければ、裁判がはじまるころにはわしはもうここにはいないかもしれない。フェレがしゃべろうがしゃべるまいが、どうでもいいことになる。義理の両親に起こったことを見ても、彼がしゃべろうと思うかどうかは、べつの話になるがね。わしの名前をまだ出していないとすれば、そのためとも考えられる。そう思わないか？」

「そうかもしれません」メルチョールは言い、この状況はじゅうぶんに掌握できていると判断し、思い切ってつけ加えた。「しかし、俺がそうすることもできますよ。このまま返してもらえれば。俺が警察官であることを忘れないでください」

メルチョールがそう言うと、闇のなかのアルメンゴルは顔に白い筋を浮かべた。笑顔になったのだ。

「忘れてはおらん。たしかに、きみの言うことはもっともだが、危険は承知のうえだ。それに、返してもらえればとはどういうことだ、メルチョール。きみは強いられてここにいるのではないんだぞ。さっき言ったように、こうするほかに話をする方法がなかったのだ。迷惑をかけてすまないと思っていることも、伝えたはずだ。しかし、せっかくこの話題になったから、わしが疑問に思っていることを晴らしてもらえるか。きみは、ここを出てわしを告発したとして、それを信じてもらえると思うのか？　よく考えてみたまえ。どこに証拠がある？　証人はいるのか？　フェレか？　わしが雇った殺し屋か？　そいつらはどこにいるのだ？　ほかにもまだある。ボットに、いやテラ・アルタ全域のどこかに、アデルがわしの父親を殺したことをおぼえている人が残っていると思っているのか。だれも彼をとめようとせず、だれも罪を問わなかったのだ！　そして七十年以上もまえの犯罪だぞ！　痕跡はとっくの昔に消えてなくなっている。テラ・アルタにある慰霊碑や記念碑にわしの父親の名前が見つかるかどうか、その目で確かめてみるがいい。きみの言うことを信じてもらえると、本気で考えているのか？」白い筋が消え、老人の顔は再び闇に包まれた。「いずれにしても、きみの判断に任せよう。ただ、そうするのであれば、急いだほうがいい。きみが告訴したときに、わしはもうここにはいないかもしれないからね」

「そんなに早くメキシコにお帰りなんですか？」

メルチョールの質問に、アルメンゴルはうなり声に似た声で短く答え、静寂をひっかくような音をたてて呼吸をし、口を開いた。

「知っているか？」声がくぐもり、ぎこちなくなってきた。「数日まえ、きみは真実を知るに値するとわかり、アデル事件の解決に協力する決心をしたときだがね。スペインは住むにはよくない場所だが、死ぬにはいい場所だと思った。わしにとっては最高の場所だ。いや、唯一の場所かもしれない。だからわしは、この国を去ったときの誓いを破るときがきたと思った。長い年月を経て、わしはこうしてここにいる。到着したのは昨日だ。まだこの部屋をほとんど出てないから、テラ・アルタの土も踏んでいない。きみと話をするまでは、そうしたくなかったのだ。気分がよければ、明日はボットにいくつもりだ。気分がすぐれなくてもそうしようと考えている。どのみち、医師たちの許可なしで出てきたのだからな。まったく、医者どもめ、寿命を引き延ばしてでも長生きさせようとする……とにかく明日は、テラ・アルタにもどる。そして村を見てまわろうと思う。街並み、家々、畑や人びと。思い出がわずかにでもどこかに残っているかどうかを見てくる。両親の店、住んでいた家、両親が眠る墓も探す。いつまでになるかはわからないが、別荘を借りてあるのでね、何日かそこに滞在しようと思っている。妙な具合になるだろうが……。アデルが彼にふさわしい最期を遂げ、正義が遂行されて、ようやく憎しみが消滅したのだから、わしもこれで安心して向こうへいけるというものだ。両親も安眠できるようになった。あとどれほど猶予が残されているのか、わからない。おそらく長くはないだろう。それで、わしを摘発するつもりなら急いだほうがいいと言っているのだ。わしも、自分のしたことの代償を払うのは当然なのかもしれないね。わからない。きみが決めてくれ。きみは賢い青年だ。きみが決めたことなら、したがうことにしよう。わしはそういうことを考えるには、もう疲れすぎているからね」

アルメンゴルの声は、ほとんど理解できないつぶやきになった。少しすると、またこう言うのが聞こえた。

「わしの最後の頼みを聞いてもらえないか」

メルチョールがはいと答えると、アルメンゴルは言った。

「さしつかえなければ、しばらくそばにいてほしい。少しのあいだだけ。疲れたら、帰ってくれ。きみと話ができて嬉しかった。わしは疲れたから、休ませてもらうよ」

アルメンゴルの声は再びつぶやくように小さくなり、間もなく規則正しい寝息をたてはじめた。メルチョールはそのままの姿勢でひじ掛け椅子に座り、老人の隣にとどまった。出あったばかりの老人の眠りを見守っているというよりも、病気の子どもか親しい親族の眠りを見守っているようだった。老人の言葉が頭のなかに響いていた。窓の外にはバルセロナのきらめく夜景が広がっていた。まぶたの心地よい重みが増し、手足に深い静けさが広がってきた。処刑台に引きたてられるようにして連れてこられた部屋から、出ていく気分が失せた。メルチョールは吸いこまれるように、またコゼットに会える、オルガはもういないが俺の家はテラ・アルタにある、あの岩だらけの人を寄せつけない、貧しく、孤立した、通りがかりの人にしか用のない土地、そこがオルガの遺してくれた故郷だ、俺が知っていて俺のことを知っている唯一の場所だ、それが俺の運命なのだ、そんな甘味な確信が渦をまくうたた寝に誘いこまれていった。

寝入ってから、目を覚ました。どこにいるのかがわからず、当惑して不安を感じ、寝椅子に仰向けになって軽いいびきをかいて眠っている老人が目に入ると、すぐに現実にもどった。窓の外では空が白みはじめていて、街をうっすらと灰白色に染めていた。

メルチョールは立ち上がると、最後の姿を目に焼きつけようとするように、もういちどアルメンゴルを見た。元老院議員のような頭蓋骨、シワがよったまぶた、そげた頬、薄い唇、尊大な口もと、猛禽類を思わせる輪郭、呼吸にあわせて上下する胸のうえで組まれた手。だれもいない廊下をすすみ、無人の寝室を横ぎった。つぎの部屋では看護師がふたり、何人かのボディガードと談笑していたが、急にあらわれたメルチョールを見てもだれも驚かなかった。まだ眠っておられますかと訊いた看護師にはい、と答え、ボディガードに拳銃と携帯電話を要求し、返してもらった。老人の具合はずいぶん悪いのか、なんの病気で、余命はどれくらいなのかを看護師に訊ねようか。メッセージを残そうか。一瞬迷った。

だがそのどちらもせずに、スイートルームを出るとエレベーターでロビー階へ降り、通りに出た。タクシーを拾おうとしたところで気が変わり、港のほうへ歩きはじめた。頭を整理し、こんがらがった糸をほぐして考えをまとめ、どうするかを決めなくてはならなかった。夜明けの冷たい新鮮な空気を吸いながら、足ばやに歩き、波止場へと向かう下り坂の手まえで遊歩道を右に曲がり、浜辺と平行に歩きつづけた。決める必要があるのか、と自問した。もう決まっているではないか。一夜をいっしょに過ごしたあの老人には、殺された三人に対する責任がある。アデル事件は彼が案を練り、陰で糸を引いていたのだ。舞台裏の黒幕として、フェレを操って殺人に向かわせ、殺し屋を雇った。彼はその殺し屋たちを知っている。フェレやサロームと同じていどに、いやそれ以上に、殺人の罪に対する償いをするべきだ。しかしアルメンゴルの主張には筋がとおっている点もあった。メルチョールは思案をつづけた。老人にも、殺された彼の父親にも、与えられなかった正義を受ける資格があったのだ。しかし、みずからの手で正義を遂行したことで、その資格が失われた。バレーラ警部補が言っていたように、正義には形式がある。彼はその形式を尊重しなかった。そしてバレーラの言葉のとおり、絶対的な正義は絶対的な非正義になり得るのだ。アルメンゴルがアデル事件に関与したことを立証するのは、おそらく難しいだろう。しかしそれは、彼を告発せず、罪を不問にする理由にはならない。すると、なにを決める必要があるのか。メルチョールは再び自問する。あの老人を逮捕すべきなのは、明らかではないか。いいや、違う。メルチョールは自答する。アルメンゴルは正しくないが、それと同時に正しくもある。彼が自分の手で正義を遂行したのは事実だ。だが、そうするほかに方法がなかったのも事実なのだ。彼が正義の形式を軽んじたのは事実だが、形式を尊重する方法では、正義がなされる望みがなかったことも事実ではないか。そうなると、これは彼が罰せられない理由としてじゅうぶんと言えるのだろうか。それを考慮して彼の罪を不問にすべきなのだろうか。アルメンゴルがこの話を俺に打ちあけたのは、起こったことが理解できるだれかに無罪を宣告してもらい、罪の免罪符を求めたからではなかったのか。彼を放免することは、俺もアデル事件に加担することを意味するのではないか。それだけでなく、オルガの死にも。

メルチョールは遊歩道を離れ、海に向かって歩いていった。水平線が茜色に染まりはじめ、そよ風が吹いていた。光とも呼べない光に照らされた人気《ひとけ》のない浜辺を横ぎり、波うちぎわに出ると、砂浜に腰をおろし、顔にあたるそよ風を感じながら、しばらくぼんやりと波の音に耳をかたむけ、だんだん明けていく海を眺めていた。犬の声がし、遠くに犬を連れた人の姿が見えた。もう一匹の犬も目に入った。寒さに対抗するために、ときどき海中に潜りながら、力強いストロークで波をめがけて水を切って泳いだ。岸から遠く離れ、ようやく波が穏やかになったところで、仰向けになり、目を閉じて頭のなかをからっぽにし、水面に身体を浮かべた。再び眠りに誘われ、まぶたが重くなってくるのを感じながら、しばらくそうして波間に身体を委ねていた。やがて、いったん潜ってから、岸に沿って再度、力強く泳ぎはじめた。ストロークのあい間に、雷に打たれたように、自分はいま、優劣のない同等に正当な真実、それでいて互いに矛盾しあうふたつの真実に向き合わされているのだと気がついた。ひとつに決めることの不可能な選択、そして刺すように冷たい水の組み合わせが、『レ・ミゼラブル』の一場面をメルチョールに思い起こさせた。それはジャベールが、シャンヴルリー通りのバリケードで捕まっていた自分を救いだし、処刑すると言ってそうしなかったジャン・バルジャンを、茫然自失となって見逃すことにした本の終わりに近い場面だった。長年追跡してきた正義からの逃亡者、ジャン・バルジャンの逮捕を断念したジャベールが、彼の人生を支えてきた生真面目な理想を裏切る瞬間である。ジャベールは、ジャン・バルジャンを逃がすことで警官としての義務を放棄し、公的な正義よりも私的な正義を、形式的な法よりも自然の法を、人間の法でなく神の法を選んだのだ。思いがけない決断をくだしたことで岩のごとき信念を粉砕されたジャベールは、当惑し、確かなものを失って無力になり、凍るような絶望に襲われて、セーヌ川の暗い水に身を投げてしまう。メルチョールは相容れないふたつの真実、等しく正当なふたつの根拠のあいだで、ジャベールと同じように判断を迫られていた。だが俺は、ジャベールと同じ轍を踏んだりしない。ジャベールの真似はしない。あきらめて暗い水に身を投げたりはしない。ジャベールが夢にも思い描けなかった確かなものを、テラ・アルタで見つけることができたからだ。揺るぎないオルガの愛、その愛を受け継いでいるコゼットの愛があるからだ。メルチョールはそう思ったときに、突然、そしてはじめて、ジャベールが遠い異質な存在のように感じられ、ジャベールは痛ましいほどこっけいな、馬鹿げたふるまいをしていたのだと思った。打ち寄せる波のなかを泳ぎながら、ジャベールに対してはかりしれない同情をおぼえ、深い悲しみがこみあげてきた。ジャベールはセーヌ川で溺れたのではなく、まさにいま、この瞬間に、まるで不在の父親の亡霊のように、自分のなかで水中に溶けて消えていくように感じられた。メルチョールは泳ぐのをやめると、息をきらせ、海のまん中に浮かびながら、輝く朝日を浴びて金色に染まり、ますます人が増えている砂浜を眺めた。内側からなにかが溶けだしているような奇妙な感覚をおぼえ、われ知らず泣いていたことがわかった。あたたかくしょっぱい涙が頬を伝い、冷たく塩からい海中に溶けていった。メルチョールは母が殺されたと知った日より、オルガが死んだと教えられた日より、泣かずに過ごした日々の涙をまとめて流すように、生まれてはじめて泣くということを知ったというように、手放しで泣いた。自分の街の浜辺で、老人と一夜を過ごした秋の日の夜明けに。あの老人は死ぬ間ぎわになって、失われた故郷にもどり、運命の環を閉じるのだ。貧しく、人を寄せつけず、荒れた岩だらけの故郷のテラ・アルタに帰るのだ。ようやく泣きやみ、あるいは泣きやんだと思えたメルチョールは、涙を洗い流すように水中に深々と潜り、海面に顔を出すと、服を脱いだ場所まで浜に沿って泳いでもどった。陸にあがり、風と太陽が濡れた身体を乾かすまで砂浜に座って待ち、服を着てから浜を横ぎり、遊歩道へ出てタクシーを拾った。

数分後、タクシーはマヨルカ通りの古い建物にあるドミンゴ・ビバレスの家のまえで彼を降ろした。メルチョールはビバレスからあずかった鍵で鉄の門を開け、木製のエレベーターで五階に上がった。ビバレスのアパートのドアを開けようとしたとき、背後から声がした。

「手をあげろ。動くな」

言われたとおりにした。日曜日の朝の静まりかえった踊り場に、ひたひたと足音が近づくと、手がのびてショルダーホルスターの拳銃を抜きとった。その瞬間を利用し、メルチョールは襲撃者の顔面にひじ鉄を食らわせた。相手は建物に響きわたるような苦痛の悲鳴をあげて、床に倒れた。男の襟くびをつかんで引きあげ、股間に蹴りを入れようとしたときに、ビバレスの声が飛んできた。

「やめろ！　メルチョール、手を出すな！」

ふり向くと、ランニングシャツにパジャマのズボンをはいたでっぷりした男を連れて、ボタンをかけずにシャツをはおり、ひざ丈のズボンをはいたビバレスがドアを開けて立っていた。ビバレスは手に拳銃をもち、太った男は野球のバットを握っていた。

メルチョールに首根っこをつかまれている男に向かい、ビバレスは言った。

「大丈夫だ、マネル。この人はあの子の父親だ」

メルチョールはわけがわからずに、恐怖におののく目で見つめている男を見てから、ようやく事情を察し、首をつかんでいた手を離した。また床に倒れ、丸くなった男に、太った男が「マネル、大丈夫か」と声をかけて駆けよった。

「なんなんだ、なんの真似だ？」

メルチョールの問いかけに、ビバレスは「なんでもない」と答えて説明した。「私の友人たちだ、軍隊時代の仲間でね。マネル・プーチとキコ・カンパだ。コゼットを守るのを手伝ってくれと頼んだんだ。ほかにもうふたりいる。ここ最近は交代制にしているのでな」

「片目にあざを作って家に帰ることになるな」まだ床に座りこんでいるプーチに、カンパが言っていた。

「どえらく派手に羽目をはずしてきたと、奥さんに思われるぞ」

「くそ、なんてことだ」プーチは目を押さえながら嘆いた。

すまなかったと謝りはじめたメルチョールをすぐにさえぎり、プーチは言った。

「いいんだ、いいんだ。気にするな、お若いの。これも仕事のうちさ。安心してくれ、おれがここにいるかぎり、たとえ神さまでもお嬢ちゃんには指一本触れさせないからな」

「黙ってろ、ランボーめ」立ちあがるのを助けながら、カンパが説教した。「まったくなんて用心棒だ。エルーゾ大尉に見つかってみろ、ただではすまないぞ」

その瞬間、踊り場でべつのドアが小さく開き、階段からも足音が響いてくると、警察を呼ぶぞと怒鳴る男の声が聞こえて来た。それと同時に、寝まきを着たコゼットが、手の甲で目をこすりながら、ビバレスのアパートの玄関口に裸足で姿をあらわした。

「パパ？」

メルチョールは腕を広げて娘を抱き上げ、プーチとカンパの先にたって家に入った。そのあいだ、ビバレスは外にとどまり、隣人たちと口論しながら、治安びん乱行為で訴えてやると声をはりあげていた。踊り場の騒ぎがおさまり、ビバレスがもどってきたとき、メルチョールは寝室でコゼットに服を着せながら、ふたりでここで過ごしていた日々のことを話していた。

「とてもいい子にしていたよ」ビバレスは部屋の入り口から声をかけた。

プーチとカンパもそのうしろから顔を出し、

「ほんとうにかわいいお嬢ちゃんだ」カンパが言い、

「それに勇敢だった」目に氷嚢をあてながら、プーチも言った。

ビバレスがなんの用でバルセロナに出てきたんだ、テラ・アルタではすべてうまくいっているのかと訊ねると、メルチョールはああ、あとで話すよと答えた。コゼットの着替えが終わると、メルチョールは旅行鞄に残りの服を入れはじめた。

「もういくのか？　いっしょに朝食も食べずに？」

ビバレスの質問にああ、と答え、バスの時間があるから急いでいるのだとつけ加えた。

「これからどこへいくんだ？」ビバレスが訊いた。

どこへ向かうのか、ゆきさきははっきりと決まっていたが、メルチョールはビバレスを見つめた。乱れた髪を、不機嫌そうな顔つきを、トラック運転手のような巨体を、酒飲みの腹を、青白い脚を見た。サン・ロックで母親と暮らしていた幼いころの記憶が押しよせてきた。父親ではないかと想像したり妄想したりしていた男たち――カツカツと経営者のように自信ありげな足音を響かせていた男。ぬき足さし足、気がつかれないように歩いていた男。死にかかっている病人か頑固な愛煙家のように、ゴホゴホ咳き込んでは痰を吐いていた男。仕切り壁の向こうで泣いていた男。幽霊話をしていた男、革のコートを着て明け方に帰っていった男――見知らぬその男たちにビバレスの顔を重ねあわせることはできなかったが、メルチョールは人生で二度目に、ビバレスを抱きしめたい衝動をおぼえた。だが、そうはしなかった。ビバレスとその友人たちに別れの挨拶をし、娘の手をとると、もう片方の手で旅行鞄をもった。ビバレスがどこへいくつもりなのかとまた訊いた。

「家に帰るんだ」メルチョールはようやく答えを返した。「テラ・アルタに」

謝辞

本書の執筆にご協力をいただいた次の方がた、フアン・フランシスコ・カンポ、マリア・デアンタ、ジャウマ・エスクデ、ジョルディ・グラシア、ミゲル・アンジェル・エルナンデス、カルロス・ソブリノ、シンタ・ロルダン、そしてダビッド・トルエバに感謝を申しあげたい。また、テラ・アルタのモスズ・ダスクアドラにお力添えをいただいたことにも、厚く御礼を申しあげる。本書が刊行にこぎつけられたのは、皆さまのご協力のおかげだった。アントニ・ブルジェス警部補、ジョルディ・エスコラ巡査部長、アントニ・ヒメネス捜査官には特にお世話になった。わけてもジョルディ・ロペス巡査部長とジョアキン・リポダス巡査長には、私の質問に辛抱強く答えてくださっただけでなく、原稿も読んでくださるご厚意を賜り、貴重な助言を与えていただいた。テラ・アルタで最高の大使であるアントニ・コルテスにも、ご本人は礼などいらないと謙遜されているものの、心から感謝を申しあげる。

解説

本作『テラ・アルタの憎悪』はスペインの作家、ハビエル・セルカスの*Terra Alta*の全訳である。本作は優れたスペイン語で書かれた小説に与えられるプラネータ賞を二〇一九年に受賞しており、さらに*Even the Darkest Night*のタイトルで英訳され、二〇二三年には英国推理作家協会賞最優秀翻訳小説賞を受賞した。〈ワシントン・ポー〉シリーズで有名なM・W・クレイヴンが本書に推薦のコメントを寄せていて、「珠玉の一冊であり、今年読んだ本の中でベストだ。文学的なエッジの効いた現代警察小説」と語っている。クレイヴンの言う通り、本作は文学的な面もありながら、それでいて現代警察小説としても素晴らしい出来である。

著者のハビエル・セルカスは二〇〇八年に河出書房新社から刊行された『サラミスの兵士たち』の邦訳があるのみで、日本ではあまり知られていない作家ではあるが、本国スペインでは優れた小説家として名高い。

セルカスは一九八七年に短篇集 *El móvil* で作家デビューした。表題作をふくめて五篇が収録されているこの短篇集は、『サラミスの兵士たち』につながるような文学的短篇小説が主となっているが、表題作であるEl móvilは小説家が自作の中で描いた隣人殺しが現実のものとなっていくという謎を追う話で、ミステリの要素が用いられている。同作は二〇一七年にスペインの映画監督マヌエル・マルティン・クエンカによって映画化され、多くの賞を受賞した。その後、セルカスは一九八九年に中篇小説 *El inquilino*、一九九七年に長篇小説 *El vientre de la ballena*、そして二〇〇一年に『サラミスの兵士たち』を刊行する。

『サラミスの兵士たち』は第二次世界大戦前夜のスペイン内戦の時期を舞台に、実在の詩人であり、ファシズム政党ファランヘ党の初期メンバーであったサンチェス＝マサスが遭遇した集団銃殺事件の話を描いた小説だ。ジャーナリストで作家の主人公ハビエル・セルカスは、マサスが遭遇した集団銃殺事件について詳細に調べていくうちに、スペイン史の裏側に隠された秘密に触れることになり……といった内容である。あらすじからもわかる通り、虚実がないまぜになった作品でありながら、歴史の裏側に埋没された真実を読み解くミステリとしても楽しめ、ミステリファンにも強くお勧めしたい。

本作はスペインで数々の文学賞を受賞し、アメリカの作家で社会運動家であるスーザン・ソンタグや、ラテン・アメリカ文学の代表的な作家マリオ・バルガス＝リョサからの推薦を受けた。特にバルガス＝リョサは絶賛のコメントを寄せており、「物語を構成する素材の配置、時間と空間の構成の仕方、データの暴露と隠蔽、人物の出はいりの描き方が素晴らしい」と評している。この一作をもって、セルカスはスペインを代表する作家のひとりとなった。

その後、彼の発表する小説は『サラミスの兵士たち』と似たようなテーマをあつかった歴史小説がほとんどだったが、二〇一九年に（ミステリファンにとっては）満を持して警察小説である『テラ・アルタの憎悪』を刊行する。

本作の舞台となるテラ・アルタはカタルーニャ州の最も南西に位置する実在の町で、「テラ・アルタ」はカタルーニャ語で「高い土地」を意味する。その名のとおり一〇〇〇メートルちかい山々に囲まれた土地で、雨が少なく一日の気温差が大きい。それがゆえにワインの名産地であるという。作中でもたびたびワインが登場しているのは、そのためだ。作中でも「険しく、不毛の、人を寄せつけないひなびた僻地」と言われ、地元の警察官から「退屈する時間はじゅうぶんにあるぞ。ここではなにも起こらないんだからな」と言われるほどに平和な町だが、本作ではそんなテラ・アルタには似つかわしくない凄惨な事件が起こる。

町いちばんの富豪であるアデル美術印刷の社長夫妻が、拷問の末に虐殺された。当初は強盗の犯行かと推測されたが、強盗が行ったとするならば、夫妻が長い時間をかけて拷問をされていたということに合理的な解釈がつけられない。平和そのものだった町で、いったいなぜこのような残忍な事件が起こってしまったのか？　捜査に当たるのは、過去に母親を何者かに殺された警察官メルチョール・マリン。彼は相棒のサロームとともに、事件の真相を追いかける。

本作は、著者には珍しく現代を舞台にした作品で、個人の問題にフォーカスして書かれている。主人公のメルチョールは娼婦の息子で、父親が誰なのかは判明していない。十代の頃、彼はコロンビアの麻薬カルテルに協力した罪で刑務所に投獄されてしまう。母親が雇った優秀な弁護士ビバレスのおかげで減刑され、短い期間を刑務所で過ごすことになるが、彼はそこで出会ったフランス人の勧めでユゴーの『レ・ミゼラブル』を読む。そんな折、刑務官から自分の母親が何者かに殺されたと聞かされる。この『レ・ミゼラブル』との出会いと、母親が殺された出来事が、彼の人生を大きく変えた。母親を殺した犯人を絶対にこの手で捕まえ、罪を償わせることを決意したメルチョールは、『レ・ミゼラブル』の主人公であるジャン・バルジャンよりも、悪役であるジャベールに共感するようになる。ジャベールの「悪と戦い、正義をつらぬく不屈の闘志」と「なにかに憑かれたように道義を求め、悪を忌み嫌」う態度が、母親殺しの犯人を絶対に罰するというメルチョールの決意と響きあったのだ。そして、彼は警察官を目指す。

ビバレスの助けもあり、無事に警察官になったメルチョールは、カンブリスでイスラム過激派が起こしたテロ事件に巻き込まれ、四人の若いテロリストを射殺する。テロリストに命を狙われることを恐れ、警察の上層部によって田舎町であるテラ・アルタに配属されたのだった。

この複雑な過去と独自の信条を持つ主人公のキャラクターの描き方は、これまで著者が書いてきた文学作品で培われてきたものであろう。彼は母親の死と、それに起因するジャベールへの盲信に縛られていると言ってもいいだろう。メルチョールにとって悪とは、絶対的に罰せられるものであり、その罰を執行するための正義が傍からは悪に見えたとしても、正義は実行しなければならないと考えている。こういった考えは、もちろん『レ・ミゼラブル』のジャベールの考え方と同じであるのと同時に、カンブリスでテロを起こした四人の若者とも同じ考え方であることが指摘できるだろう。テロを起こしたイスラム過激派の若者たちもまた、自らの正義を行うために行動した。その彼らを射殺するという形で解決したメルチョールもまた、正義を実行したに過ぎない。物語の終盤で彼はとある人物から、テロリストの少年たちを殺したこと＝正義を実行したことを「楽しかったんだ、そうだろう?」と問いかけられる。そして、その人物は「それがほんとうのきみだ」とまで言う。それに対してメルチョールは、その人物の「言っていることは正しいのではないかと自問」してしまう。物語の終盤でメルチョールに降りかかる途方もない悲劇の連続は、彼に正義とは何か、悪とは何か、そして自分の信じてきたものとは何なのかということを突き付ける。大きな壁にぶつかってしまったメルチョールが、その向こうに何を見て、ジャベールの考え方とどのように決別していくのか、というのが本書の最大の読みどころになっている。

ハビエル・セルカスは、この作品の続篇に当たる作品を二冊書いている。シリーズ二作目の

*Independencia*ではバルセロナ市長夫人が脅迫に遭う事件に立ち向かい、三作目の*El castillo de Barbazul*では大きくなったメルチョールの娘が、とある事がきっかけで家出をし、旅に出た先で事件に巻きこまれ、娘を救うためにメルチョールは事件の調査を行う。ひとりの警察官の人生を描く大河小説的な面白さもあるということで、本国スペインでもこの三部作は大きな話題になった。

スペイン・ミステリの書き手に大御所作家が加わり、そして独自の道を開拓したことを喜び、一層このジャンルが盛り上がっていくことを期待したい。

編集部

二〇二三年十二月

作中の『レ・ミゼラブル』の引用はすべて豊島与志雄訳にもとづく現代語訳です。

HAYAKAWA POCKET MYSTERY BOOKS No. 1999

白《しら》川《かわ》貴《たか》子《こ》
国際基督教大学卒
英語とスペイン語の翻訳に携わる
獨協大学外国語学部講師
訳書
『プルーフ・オブ・ヘヴン』エベン・アレグザンダー
『バサジャウンの影』ドロレス・レドンド
『ユー・アー・ヒア』ニコラス・クレイン
（以上早川書房刊）他多数

この本の型は、縦18.4センチ、横10.6センチのポケット・ブック判です。

〔テラ・アルタの憎悪《ぞうお》〕

2024年1月10日印刷　2024年1月15日発行

著者	ハビエル・セルカス
訳者	白川貴子
発行者	早川浩
印刷所	星野精版印刷株式会社
表紙印刷	株式会社文化カラー印刷
製本所	株式会社明光社

発行所　株式会社　早川書房
東京都千代田区神田多町2－2
電話　03-3252-3111
振替　00160-3-47799
https://www.hayakawa-online.co.jp

（乱丁・落丁本は小社制作部宛お送り下さい
送料小社負担にてお取りかえいたします）

ISBN978-4-15-001999-0 C0297
Printed and bound in Japan

ハヤカワ・ミステリ〈話題作〉

1988
帝国の亡霊、そして殺人
ヴァシーム・カーン
田村義進訳

〈英国推理作家協会賞最優秀歴史ミステリ賞受賞作〉共和国化目前のインド、外交官殺しの現場に残された暗号には重大な秘密が……

1989
盗作小説
ジーン・ハンフ・コレリッツ
鈴木恵訳

死んだ教え子が語ったプロットを盗用し、新作を発表した作家ジェイコブ。それはベストセラーとなるが、彼のもとに脅迫が来て……

1990
死と奇術師
トム・ミード
中山宥訳

密室殺人事件の謎に挑む元奇術師の名探偵スペクター。そんな彼の目の前で、またもや奇妙な密室殺人が起こり……。解説／千街晶之

1991
アオサギの娘
ヴァージニア・ハートマン
国弘喜美代訳

鳥類画家のロニは母の荷物から二十五年前に沼で不審な溺死を遂げた父に関するメモを見つけた。真相を探り始めたロニに魔の手が！

1992
特捜部Q ―カールの罪状―
ユッシ・エーズラ・オールスン
吉田奈保子訳

盛り塩が残される謎の連続不審死に特捜部Qが挑む。一方、カールの自宅からは麻薬と札束が見つかる。シリーズ最終章目前第九弾！

ハヤカワ・ミステリ〈話題作〉

1993
木曜殺人クラブ　逸れた銃弾
リチャード・オスマン
羽田詩津子訳
詐欺事件を調査していたキャスターが不可解な事故で死んだ。〈木曜殺人クラブ〉は、事故の裏に何かあると直感し調査を始めるが……。

1994
郊外の探偵たち
ファビアン・ニシーザ
田村義進訳
元FBIで第五子を妊娠中のアンドレアが幼馴染のケニーとともに、インド人青年殺人事件の調査を行う、オフビート・ミステリの傑作

1995
渇きの地
クリス・ハマー
山中朝晶訳
オーストラリア内陸の町で起きた乱射事件。犯人の牧師はなぜ事件を起こしたのか。ジャーナリストのマーティンが辿り着いた真実とは

1996
夜間旅行者
ユン・ゴウン
カン・バンファ訳
被災地を巡るダークツアーを企画するヨナはひき逃げ事件を目撃してしまったことで恐ろしい陰謀に加担することになる。CWA賞受賞作

1997
黒い錠剤
スウェーデン国家警察ファイル
パスカル・エングマン
清水由貴子・下倉亮一訳
ストックホルムで、女性の刺殺体が発見された。警察は交際相手の男を追うが警部ヴァネッサの元にアリバイを証言する女性が現れる